Het perfecte pl

Lauren Weisberger bij Boekerij:

De duivel draagt Prada
Gossip & Gucci
Chanel chic
Champagne in Chateau Marmont
De wraak van Prada
Love Game
Leugens en lattes
Het perfecte plaatje

boekerij.nl

Lauren Weisberger

Het perfecte plaatje

Een klein leugentje en alles lijkt uiteen te spatten.
Kunnen ze de waarheid aan?

BOEKERIJ

ISBN 978-90-225-9541-1
ISBN 978-94-023-1858-6 (e-book)
NUR 302

Oorspronkelijke titel: *Where the Grass Is Green and the Girls Are Pretty*
Vertaling: Carolien Metaal
Omslagontwerp: DPS Design & Prepress Studio, Amsterdam
Omslagbeeld: © DPS Design & Prepress Studio, Amsterdam / Shutterstock
Zetwerk: Mat-Zet bv, Huizen

Voor Dana Zuskin, mijn zus. Mijn peut. Mijn andere levenspartner. Degene die áltijd samen met mij lacht om het misplaatste, onzalige en ongepaste. Ik hou van je.

Ter nagedachtenis aan Susan Kamil. Onze tijd samen was veel te kort, maar ik zal je altijd dankbaar blijven voor je advies, steun en geloof in dit boek – en in mij.

1
Centrifugeren voor jongens

'Volgens mij is er gereserveerd onder de naam Marcus,' zei Skye tegen de starre, Scandinavisch ogende blondine die haar nors toeknikte bij de deur van Le Bilboquet. De gastvrouw van dit sterrenrestaurant zag waarschijnlijk niet veel mensen die een maxirok en Birkenstocks droegen.

'Mmm.' Het meisje staarde naar het scherm voor zich, zo een dat niet te lezen was tenzij je er precies op de goede plek voor stond. 'Is dat zo?'

Skye bloosde. Een uur geleden had ze nog gezellig koffiegedronken met haar oude vrienden uit het onderwijs in Harlem, maar hier was ze niets meer dan een ouder wordende hippie. 'Dan misschien onder Peyton Marcus, van ANN?' Ze had meteen spijt van de manier waarop ze dat zei.

Het hoofd van de gastvrouw schoot omhoog. 'O! Neem me niet

kwalijk, Péyton Marcus zei u? All News Network?'

Skye forceerde een glimlach. 'Mijn zus.'

'Natuurlijk!' Het meisje straalde. 'Normaal gesproken brengen we mensen pas naar hun plaats als het volledige gezelschap gearriveerd is. En uiteraard houden we reserveringen niet langer dan zeven minuten vast. Maar loopt u maar achter me aan.'

Ze loodste Skye langs een groepje dicht op elkaar staande tafels naar een tafeltje voor twee op een perfecte plek voor het raam, waar je ongegeneerd naar de mensen op Madison Avenue kon kijken, zo'n tafeltje dat Skye in haar eentje nevernooitniet gekregen zou hebben.

De gastvrouw legde twee menukaarten op tafel. 'Grappig,' zei ze met een glimlach tegen Skye. 'Ik zie echt geen enkele gelijkenis.'

'Ja, dat hoor ik wel vaker,' antwoordde Skye.

'Ik bedoel, juffrouw Marcus is gewoon zo mooi! Haar haren, haar huid, haar ogen...'

'Mmm, dat kun je wel zeggen, ja.'

'Nou ja, zodra ze er is, stuur ik haar naar u toe,' zei de jongedame, waarna ze eindelijk vertrok.

Skye wurmde zich op de stoel met het minst goede uitzicht en liet haar tas naast zich op de grond ploffen. Meteen toverde een ober in uniform een piepklein houten krukje tevoorschijn en zette daar trots de versleten suède tas op. Vervolgens haalde hij nogal theatraal een champagneflûte tevoorschijn, vulde die met een bruisende, goudkleurige vloeistof en zei in slecht nep-Frans dan wel met een allercharmantst authentiek accent (dat verschil hoorde Skye nooit): 'Met de complimenten van de zaak,' waarna hij wegparadeerde.

Skye proefde de champagne: droog en ongelooflijk verrukkelijk. De bubbels bereikten de achterkant van haar neus, de warmte vulde haar maag en ze leunde achterover om te genieten van dit zeldzame gevoel. Ze vroeg zich af waarom ze niet vaker dronk. Af en toe schonk ze op een willekeurige dinsdagavond een glas wijn voor zichzelf in en voelde zich dan opstandig en gek, om vervolgens onvermijdelijk in slaap te vallen, een migraineaanval te krijgen of allebei. En dan was dat ongeremde gezuip weer voor een paar weken afgelopen.

Skye voelde dat er op haar rug werd geklopt en schrok. Aan het aangrenzende tafeltje glimlachte een blonde vrouw met opgespoten lippen naar haar. 'Neem me niet kwalijk,' zei ze. 'Maar is dat een Saint Laurent?'

Het duurde even voor Skye het begreep. 'O, deze?' Ze pakte de tas van imitatiesuède van zijn troon. 'Nee, die komt van Urban Outfitters.'

De vrouw trok haar wenkbrauwen op en grinnikte geforceerd. 'O! Jeetje. Nou ja, wat dan ook, hij is prachtig.' Ze draaide zich terug naar haar tafelgenoot, een man die half zo oud was als zij en van deze korte onderbreking gebruik had gemaakt om zijn mobiel te checken.

Het is 'hoe dan ook', dacht Skye, die haar hals warm voelde worden. En het geld voor die lippen zou ik terugvragen.

Eindelijk kwam haar zus gehaast binnen. 'Hallo, lieverd!' zei ze lachend, terwijl ze over de tafel leunde en Skyes wang kuste. Twee keer.

'Meen je dat nou?' vroeg Skye.

'Wat? Vanmiddag zijn we gewoon even Frans!' Peyton trok haar AirPods uit haar oren. 'Hoelang is het geleden dat jij "Don't Know What You Got" gehoord hebt? Twintig jaar?'

'Van Cinderella?' Skye schoot in de lach. 'Veel langer geleden. Ik heb tijdens de bat mitswa van Samantha Weinstein op dat nummer zitten zoenen met Harry Feldman in de garderobe.'

'Het leven was een stuk simpeler in de tijd van de powerballads.'

'Er was geen enkele emotie die Whitesnake niet kon uitdrukken,' zei Skye lachend.

'Precies.' Peyton nam een slokje champagne. 'Nu is alles naar de kloten. Mijn leven is een puinhoop.'

Haar zus zag er op een gewone zaterdagochtend aantrekkelijker uit dan Skye ooit voor elkaar zou krijgen. Peyton droeg een koraalkleurig jasje – waarschijnlijk van Chanel – over een witzijden T-shirt, een skinny enkellange spijkerbroek en Louboutins met een open neus van schitterend huidkleurig lakleer. Haar blonde haar leek net geknipt, geverfd en zo geföhnd dat de ietwat naar buiten gedraaide uiteinden langs haar kin scheerden en haar te grote oren – de enige omissie die Peyton nog niet had laten corrigeren – aan het zicht onttrokken. Ze zette haar zonnebril van Tom Ford af en gooide hem in haar tas: uiteraard de authentieke witleren Saint Laurent-versie van Skyes goedkope neptas.

'Ja, dat zie ik. Hoe zat dat ook alweer precies?'

'Het gebruikelijke,' zei Peyton opgewekt. 'Hoe hoger de kijkcijfers, hoe meer iedereen die als een bezetene probeert te behouden. Jim, mijn eigen favoriete billenknijpende copresentator, is een nog grotere klootzak dan normaal. Ik hou een lijst bij van mensen die het goed doen op tv – ik sta niet altijd te springen over de gasten waarmee de producenten op de proppen komen – en het is nogal een uitdaging om ze ook daadwerkelijk naar de studio te krijgen. En Max moet nog zo veel leren voordat ze het huis uit gaat om te gaan studeren. Ze kan nog niet eens een afspraak bij de kapper maken! Mijn dochter! Nou vraag ik je.'

'Er is een verschil tussen "niet kunnen" en "niet willen".'

De ober zwierde langs om Skyes champagneglas bij te vullen en te bezwijmen voor Peyton, die om een fles pinot grigio had gevraagd.

'Een fles? Het is half twaalf,' zei Skye.

'Ja, bedankt, mam.' Peyton wendde zich tot de ober. 'Voor mij de niçoise, alstublieft. Met de dressing apart.'

'Natuurlijk, juffrouw Marcus.' Hij keek Skye vragend aan.

'Voor mij ook, alstublieft. En een portie friet.'

De ober knikte en verdween. Peyton trok haar neus op. 'Friet?'

'Jij hoeft het niet op te eten.'

Er doemde een andere bediende op, dit keer een jongedame die erg haar best deed Peyton niet aan te staren, terwijl ze worstelde met het openen van de fles wijn. Haar vingers gleden weg. 'O mijn god, sorry. Ik ben nieuw en...'

Peyton gebaarde dat het meisje haar de fles en de opener moest geven. 'Laat mij maar even.' Ze plaatste de kurkentrekker deskundig op de fles, draaide hem rond en trok de kurk er naadloos en met een verkwikkend plopje uit. 'Ik ben ook begonnen in de bediening.' Ze gaf de fles terug.

'Dank u wel,' zei het meisje. 'Wat ontzettend aardig van u.'

Terwijl ze de wijn inschonk, landde er een bord met een berg friet op hun tafel. Ze waren knapperig, heet en bestrooid met zeezout. Skye stopte er meteen twee in haar mond. 'Blijkbaar bestellen alleen brunettes met poepbruine ogen hier friet,' zei ze tijdens het kauwen. 'De gastvrouw was erg onder de indruk van ons gebrek aan fysieke gelijkenis.'

'Jij mag dan de poepbruine ogen gekregen hebben, maar ik zou mijn babyblauwe meteen verruilen voor de genetische afwijking waardoor jij elke dag van je leven kunt eten als een achttienjarige. Besef je wel hoe zeldzaam dat is na je veertigste? Ik kom vandaag al een pond aan door simpelweg een tafel te delen met die friet,' zei Peyton met een blik op de kauwende Skye.

Skye schoot in de lach. 'Ik ben nog geen jaar geleden veertig geworden. En jij hebt nog negen maanden te gaan. Ik zou er maar van genieten zolang het nog kan.'

'Ik zie er vreselijk tegen op. Mijn spijsvertering is aan gort, net als mijn vagina,' zei Peyton, waarna ze een flinke slok wijn nam. 'Of had ik dat al verteld?'

'Duizend keer pas.'

'Eén nietszeggende, volledig ongecompliceerde bevalling jaren geleden en nog steeds is die niet helemaal hersteld.'

Skye stak haar hand op. 'Geen sprake van. Toen je de vorige keer je vagina vergeleek met de hangende lappen vlees bij Gold's Delicatessen heb ik twee dagen niet kunnen eten.'

'Oké, oké,' zei Peyton met een wegwerpgebaar. 'Ik heb een nieuwe fysiotherapeut gevonden, die me een setje gewichten heeft gegeven. Had ik je dat al verteld? Het is de bedoeling dat je met het kleinste begint en je door de hele set heen werkt. Het schijnt dat je, tegen de tijd dat je het zwaarste kunt vasthouden, niet meer in je broek piest als je niest.'

Skye glimlachte. 'En?'

'Ik kon het beginnersgewicht al niet binnenhouden!' Peyton boog naar voren. 'Het líchtste. Dat voor begínners. Het is de bedoeling dat je er tien minuten per dag mee rondloopt, gewoon je normale dingen doet. Maar het gleed er steeds uit! Mijn fysio had dat nog nooit gehoord.'

'Een hele geruststelling. Fijne vrouw, zo te horen.'

'Ja, hè? Alsof ze zegt: "Wauw! Je hebt de breedste, meest gapende vagina van al mijn cliënten en ik ben een bekkenbodemspecialist, dus kun je nagaan."'

Skye wreef de tranen uit haar ogen. Ze bedacht vaak hoe jammer het voor het kijkerspubliek was dat het nooit deze vilein grappige, schandalige kant van haar zus te zien kreeg.

'Het slaat nergens op,' ging Peyton verder. 'Eén baby van gemiddeld formaat honderd jaar geleden. Godzijdank heb ik geen borstvoeding gegeven.' Ze omvatte haar borsten. 'Die kunnen er nog best mee door.'

'Voor zo'n uitspraak word je vandaag de dag opgehangen.'

'Kom op, nou. Die moeders van tegenwoordig hebben het maar gemakkelijk. Je laat je haar föhnen, je nagels lakken en neemt een comfortabele Uber XL naar het ziekenhuis op een voor beide partijen geschikt tijdstip. Het is allemaal zo beschaafd.'

'Het hoort een van de betekenisvolste en geweldigste ervaringen in het leven van een vrouw te zijn.'

Peyton nam nog een flinke slok wijn. 'Betekenisvol? Misschien. Maar vrouwen die het gewéldig vinden, zijn degenen die in een bad in hun woonkamer bevallen. Dank je de koekoek.'

Skye lachte. 'Esther zei dat haar badbevalling heel bijzonder was.'

Peyton rolde met haar ogen. 'Je weet dat ik dol ben op Esther, maar wil je alsjeblieft ophouden over haar woonkamerbevallingen? Daarvan ga ik oordelen over haar vellen.' Ze prikte in haar salade. 'Hoe is het trouwens met haar?'

'Goed, dacht ik. Nog steeds niet aan het daten, maar ze doet haar best.' Skye probeerde een iPad uit haar overvolle tas te halen zonder dat er iets anders uit viel. 'Ze heeft me geholpen met de juridische kwesties van het meidenhuis en dat was uitermate nuttig. Wil je mijn moodboard zien?'

'Ja, noem het alleen niet zo,' zei Peyton. Ze nam de tablet aan en begon door de categorieën *vloerbedekking*, *wanddecoratie*, *meubilair* en *beddengoed* te swipen die Skye overwoog voor het huis met de vijf slaapkamers dat werd omgebouwd tot een woning voor kansarme meiden, die vervolgens naar de prijswinnende openbare highschool in Paradise zouden gaan.

'Wauw, dit ziet er fantástisch uit.'

'Het schiet echt op.'

'Zeg dat wel. Heb je al een verhuisdatum?'

'Uiterlijk het weekend van Labor Day als ik wil dat het schooljaar van de meiden niet wordt onderbroken. Als Isaacs vriend een beetje opschiet met het geld, redden we dat wel.'

'Henry kan een zeikerd zijn, maar hij komt wel door met het geld. Dat is het enige waar hij goed in is.'

'Tot nu toe is hij niets anders dan bewonderenswaardig geweest,' zei Skye terwijl ze het laatste beetje salade met haar vork in haar mond stak.

'Misschien doet hij dit alleen maar om te voldoen aan een of andere eis van maatschappelijk verantwoord ondernemen,' zei Peyton.

'Het maakt me niet uit om welke reden hij het doet, áls hij het maar doet.'

Peyton pakte de fles pinot grigio bij de hals en tilde hem uit de zilveren koeler. 'Ik ben trots op je dat je dit idee voor het meidenhuis hebt uitgewerkt en van de grond hebt gekregen. En dat je na al die jaren weer aan het werk bent gegaan.'

Skye staarde haar aan.

'Wát? Ik veróórdeel je niet vanwege je extreem verlengde zwangerschapsverlof. Je klaagde alleen al tíjden dat je het helemaal gehad had met de meisjeswelpen en zin had in iets… opwindenders.'

'Over klagen gesproken,' zei Skye. 'Max die het huis uit gaat om te studeren? Je enige dochter, getogen en gevlogen?'

Peyton haalde haar neus op. 'Eerder zelfingenomen en opvliegend.'

'Je bent te hard voor haar.'

'Voor het kind dat er kapot van is dat ze naar Princeton gaat?'

Skye zuchtte. 'Zou de filmacademie haar leven verpest hebben? Meer zeg ik niet.'

'Zullen we dit niet nog een keer dunnetjes overdoen? Mijn god, het is wel Prínceton. Hoe dan ook, deze zomervakantie is ze helemaal van jou.'

'Was het maar vast zover. Waarom komen Isaac en jij niet ook logeren?'

'Max wil ons daar vast niet hebben. En ik zit deze zomer nog vaker dan gewoonlijk in de studio om te zorgen dat we de hoge kijkcijfers mee kunnen nemen naar het najaar.' Ze wees naar Skyes mobiel. 'Je kreeg net een bericht,' zei ze op het moment dat haar eigen telefoon trilde om aan te geven dat er een nieuwe e-mail was.

'Hoe weet mam altijd dat we samen zijn?' mopperde Skye met een blik op het bericht. 'Als ze wist hoe ze die app moest downloaden – welke app dan ook – zou ik nog denken dat ze ons volgde.'

Peyton las haar e-mail. 'Onderwerp: talkpoeder.'

'O, alsjeblieft niet.' Skye plaatste twee vingers en een duim aan de zijkant van haar voorhoofd.

'"Lieve meiden,"' las Peyton met haar beste Marcia-stem. '"Er is enig bewijs, haakje openen, niet doorslaggevend, haakje sluiten, dat talkpoeder de kans op, aanhalingsteken openen, eierstokkanker, aanhalingsteken sluiten, verhoogt. Ik heb het bij jullie allebei veel gebruikt. Wellicht willen jullie dat ter sprake brengen als je weer eens bij de huisarts bent. Liefs, mam."'

'Wat een nuttige mail op een doorsnee middag in juni! Bedankt, mam,' zei Skye.

Peyton snoof. 'Waarom zou ze "eierstokkanker" tussen aanhalingstekens hebben gezet? Alsof het niet iets echts is, of zo?'

'Toch komt het nog niet in de buurt van haar mail over tante Hattie,' zei Skye.

'"Lieve meiden,"' zei Peyton uit haar hoofd. '"Het spijt me jullie te moeten melden dat tante Hattie gisteravond is overleden. Zodra ik meer weet over de sjivve, mail ik weer. Verder heb ik eindelijk de knoop doorgehakt voor wat betreft de kleuren van mijn nieuwe Camry. Wolkenwit voor de buitenkant en houtskoolgrijs leer voor de binnenkant. Liefs, mam."'

Beide vrouwen waren in tranen. Hoewel ze deze mail toch op zijn minst honderd keer voor elkaar geciteerd hadden, werd hij nooit minder grappig.

'We moeten maar lachen zolang het nog kan,' zei Peyton terwijl ze haar lippen depte met een transparante gloss van een merk waar Skye nog nooit van gehoord had. 'Want het is slechts een kwestie van tijd voor we dit met onze eigen dochters doen.'

'Dat zeg jij. Volgens mij is het algemeen bekend dat ik de coole moeder ben,' zei Skye.

'Ik denk dat ik een goede jongensmoeder zou zijn geweest,' zei Peyton peinzend.

'Ik weet bijna zeker dat ze in Paradise sperma centrifugeren om jongetjes te krijgen. Al die gezinnen krijgen écht niet van nature zo veel jongens.'

'Ze zijn echt volkomen gestoord in die woonplaats van jou.'

Peyton streek haar blonde haar achter haar oor. 'Waarom zou iemand zó graag een jongen willen hebben?'

'Sport, denk ik. Hoe meer zoons je krijgt, hoe meer seizoenen je kunt meedraaien en sportvelden waar je kunt zitten en carpools die je kunt rijden en trainingen die je kunt bijwonen en teams die je kunt coachen. Volgens mij is het een manier voor ongelukkig getrouwde stellen om in het weekend geen seconde met elkaar te hoeven doorbrengen.'

Peyton schoot in de lach. 'Ik heb je wel degelijk gewaarschuwd toen je naar dat gat verhuisde.' Ze stak haar handen op. 'Ja, ja, ik weet het: voortreffelijke scholen, Gabes werk. Maar wat had je dan verwacht? Helaas pindakaas.' Ze schoof haar stoel achteruit. 'Zullen we gaan?'

Ze betaalden de rekening, meanderden door het restaurant, passeerden de nu vriendelijke gastvrouw en liepen de stoep op. Een moeder en dochter draaiden tegelijkertijd hun hoofd om toen ze Peyton zagen, die enthousiast zwaaide en vrolijk lachte.

'Ik snap niet hoe je dat klaarspeelt,' zei Skye toen ze dat zag.

'Wat?'

'Voortdurend dat adorerende publiek van je bedienen. Zou je nooit eens ergens naartoe willen zonder herkend te worden? Zeker in het weekend.'

'Neu.'

Skye lachte. 'Je bent gestoord. Ik hou van je.' Ze hees haar sjofele tas over haar schouder en stak haar armen uit.

'Ik ook van jou.' Peyton liep in Skyes uitgestrekte armen. 'Stuur me suggesties voor mams cadeau. En we moeten snel een plan bedenken voor haar verjaardag.'

'Gesnopen,' zei Skye. 'Ik neem aan dat je met "we" mij bedoelt?'

'Ja.' Haar zus trok een quasischuldig gezicht. 'Jij bent echt veel beter in die dingen.'

Ze omhelsden elkaar en blokkeerden zo de stroom voetgangers

op Madison Avenue. Skye trok zich snel terug, omdat ze vreemden niet in verlegenheid wilde brengen.

Peyton lachte naar haar. Ze wuifde als koningin Elizabeth tijdens Trooping the Colour.

Skye ging aan de kant staan en zag haar zus over straat paraderen alsof het een catwalk in Parijs was. Peyton kon egocentrisch, opzichtig en soms regelrecht onmogelijk zijn, maar Skye kon niet ontkennen dat ze gek was op dat gestoorde wijf.

2
Gigantisch genaaid

'Attentie, over zestig seconden terug van reclame!'

Peyton nam een slok koffie uit haar All News Network-beker en draaide haar hoofd opzij naar de visagiste die was opgedoken om haar voorhoofd te poederen. De cameramensen namen hun positie in voor het komende deel, terwijl uitvoerend producent Sean door het intercomsysteem van de studio riep: 'We zijn er bijna, mensen! Nog maar zes minuten tot het weekend.'

Peyton zag een paar mensen in de controlekamer juichen. Het was een lange week geweest en iedereen wilde graag naar huis, naar hun echte leven, dat zich niet liet opdelen in stukjes van dertig seconden of werd beoordeeld op onderdelen. Het leven dat zich buiten de hardvochtige werktijden van vijf tot acht 's morgens, de felle studiolampen en de meedogenloze druk van livetelevisie afspeelde.

Jim, haar copresentator, keerde terug naar hun gezamenlijke presentatiedesk en plofte op zijn stoel. Peyton vroeg zich af of Jims frequente bezoekjes aan de wc tijdens de reclame in feite een dekmantel waren voor een snelle set bicepsoefeningen.

'TFGIF,' zei hij, terwijl hij zijn oortje weer indeed. Hij streek zijn haar achterover, maar er verroerde zich geen plukje onder zijn krachtige haarlak. Hij zei vaak pochend dat hij er in drie dagen één bus doorheen joeg.

Niet dat Peyton Jim niet mocht, het was gewoon... Nou ja, oké, ze mocht hem niet. Hij was een verdomd goede presentator, daar viel niets tegen in te brengen, en hun kijkers – overwegend vrouwen – waren echt dol op zijn tv-persoonlijkheid: een mengelmoes van hypermannelijkheid, onwrikbaar optimisme en, indien vereist, iets wat erg leek op empathie. Maar als de camera's niet draaiden, viel hij terug op zijn authentieke zelf.

'Heb ik gelijk?' Hij keek Peyton aan.

'Hè?' Het was haar net te binnen geschoten dat ze voor die middag een afspraak bij de tandarts moest maken.

'Dertig seconden!' schalde er door de intercom. Er verscheen een PA om hun waterglazen bij te vullen.

'TFGIF,' herhaalde Jim. 'Snap je? *Thank fucking God it's Friday*.'

'Mmm.' Peyton forceerde een glimlach terwijl ze de kleine Moleskine uit hun desk pakte. Daarin noteerde ze de dingen die ze nog moest doen, die haar alleen op de minst gunstige momenten te binnen schoten.

Tandarts 17.00 uur, krabbelde ze. Meteen schoot haar nog iets anders te binnen. Max moest een controleafspraak maken bij de tandarts, huisarts en gynaecoloog voordat ze na de zomervakantie ging studeren.

'Twintig seconden!'

Terwijl zij zat te schrijven, nam Jim een luidruchtige slurperige slok van wat er dan ook in zijn ANN-beker zat. Voor de duizendste keer vroeg Peyton zich af of zijn koffie was aangelengd met cocaïne, verpulverde dextroamfetamine of toch op zijn minst een of ander testosteronsupplement van de zwarte markt. Waar zou een schijnbaar normale man anders zo agressief van worden?

'Tien seconden!'

Jim schraapte zijn keel, trok zijn schouders naar achteren en maakte intiem oogcontact met camera 3, die hen terug zou leiden van de reclame.

'Peyton? Gaat het?' vroeg Sean, dit keer via haar oortje.

Ze knikte. Verdómme! Ze was vergeten met Skye te overleggen over de verjaardag van hun moeder. Ze omcirkelde de aantekening om die de hoogste prioriteit te geven.

'En vijf, vier...'

'In godsnaam, Peyton, doe dat ding weg!' Sean klonk geïrriteerd.

'... drie, twee...'

Ze sloot haar notitieboekje.

Het werd stil op de set. Het rode lichtje van camera 3 knipperde om aan te geven dat ze live waren. Peyton voelde een vlaag van kalmte. Het was het tegenovergestelde van een adrenalinestoot, een plots opkomend gevoel van volkomen rust. Haar hersenen, die net nog aan het pingpongen waren, nestelden zich op die supergeconcentreerde *sweet spot*, en zonder ook maar een greintje inspanning veranderde Peyton in haar karakteristieke warme persoonlijkheid.

'Welkom terug,' zei ze glimlachend in camera 3 alsof ze een woonkamer vol met haar favoriete mensen in keek. 'Ter afsluiting van deze vrijdag willen we graag een ongelooflijk verhaal van volharding en liefde met u delen,' las ze van de autocue. Ze probeerden de week altijd af te sluiten met een warm menselijk verhaal om de kijkers minder suïcidaal met betrekking tot de toestand in de wereld achter te laten.

'Logan Pierce is een jongen van negen die gek is op tekenen, legoën en juichen voor de Astros vanuit zijn ouderlijk huis even buiten Houston,' las Peyton met precies de juiste mengeling van ernst en bewondering, ook al vroeg ze zich af welke deelproducent zijn bordercollie deze imbeciele tekst had laten schrijven. 'Dus u kunt zich de klap van het gezin Pierce vast voorstellen toen bij Logan lymfeklierkanker werd vastgesteld, een zeldzame en levensbedreigende ziekte.' Maar vervolgens werd Peyton volledig gegrepen door de waardige manier waarop Logans moeder verslag deed van zijn diagnose, behandeling en uiteindelijke genezing; een bijna ongehoord fenomeen als zij *on air* was en zo veel tegenstrijdige dingen tegelijkertijd moest doen. Ze ging zo op in het verhaal van de vrouw – en de o zo schattige Logan die zijn babyzusje wiegde – dat ze bijna Seans dringende oproep in haar oortje miste. Er was nieuws.

Haar ogen schoten naar de controlekamer, die van een verstild, verfijnd gechoreografeerd ballet was getransformeerd tot een chaotische rave. Ze wierp een blik op de gigantische digitale klok boven de camera's die de seconden telde. Shit. Het duurde nog zeker vijf minuten tot het acht uur was en dat betekende dat het nieuws door hen gebracht moest worden.

'Ik doe het wel,' mompelde Jim in zijn microfoon. Op de monitors voor hen beschreef Logans arts de effecten van lymfeklierkanker op kinderen.

'Nee,' klonk Seans stem. 'Te storend. Het is al erg genoeg dat we dat kind moeten wegdraaien. We gaan naar de reclame als deze *B-roll* is afgelopen.'

Beide presentatoren knikten begripvol.

'Ze zijn nu de intro aan het schrijven, maar dat zal hooguit zo'n dertig seconden in beslag nemen,' ging Sean verder. 'De aanklacht en een korte beschrijving. Daarna praat ik je er wel doorheen.'

Peyton schrok. Het was geen regelrechte paniek die ze voelde, maar iets wat ongemakkelijk genoeg was om overeind te schieten en iets sneller te ademen. *Breaking news* was altijd onvoorspelbaar.

De band was afgelopen en toen de camera terugschakelde naar Peyton vertelde ze de kijkers rustig dat ze na een korte pauze terug zouden zijn. Bijna brak de pleuris uit.

'Als dit maar wel de moeite waard is,' zei Peyton hardop tegen niemand in het bijzonder.

'Echt, hoor,' viel Jim haar bij. 'We hebben net een kind met kanker geloosd!'

Een van de deelproducenten – Jenna, een natuurtalent van halverwege de twintig die ze onlangs hadden afgepakt van Fox News – kondigde aan: 'De FBI heeft net de gelijktijdige arrestaties van tweeëntwintig personen bevestigd, onder wie enkele vooraanstaande figuren, die allemaal strafbare samenspanning en/of mailfraude ten laste is gelegd.'

'Wie geeft er nou een fuck om mailfraude?' bulderde Jim, die Peytons gedachten blijkbaar kon lezen.

Jenna negeerde hem. 'Het zijn alle tweeëntwintig rijke ouders die ervan beschuldigd worden een plek voor hun kinderen op elite-universiteiten te hebben gekocht,' zei ze in hun oortjes.

'Dertig seconden!' schalde een stem door de intercom.

Peyton voelde een stoot adrenaline. 'Wat weten we? Zijn we klaar?'

Sean denderde de studio in met een stapel papieren in zijn ene en zijn karakteristieke grote zwarte bril in de andere hand. 'Jenna, autocue?' vroeg hij.

Jenna's lichaamloze stem bevestigde dat de autocue klaarstond.

'Ik heb hier genoeg informatie om het eind van het programma te halen,' zei Sean wapperend met de printjes. 'Lees de autocue langzaam voor, dan doen we het daarna samen.'

'Tien seconden!'

Sean verdween weer achter de glazen wand van de controlekamer. Peyton zag hem zijn headset opzetten en zijn vinger priemend uitsteken naar de beeldtechnicus.

'Zet je schrap, Snoes,' zei Jim, die zijn gezicht weer plooide tot een indrukwekkende façade van empathie.

'... drie, twee, een...'

Camera 2, die hoofdzakelijk werd gebruikt voor close-ups, ging aan en Peytons ogen vonden de autocue.

‘We onderbreken het emotionele verhaal van Logan Pierce voor belangrijk nieuws,’ las ze, terwijl ze zich afvroeg of de lichte aarzeling die ze in haar eigen stem hoorde echt was, of dat ze zich die verbeeldde. ‘ANN kan bevestigen dat de FBI in vier staten tweeëntwintig ouders van aankomende studenten heeft gearresteerd en beschuldigd van het kópen van de toelating van hun kinderen op bepaalde elite-universiteiten. Hoewel we nog niet over veel bijzonderheden beschikken, hebben bronnen bevestigd dat ten minste drie van die ouders vooraanstaande figuren zijn.’

De autocue bleef stilstaan. Ze wist dat er gewoon geen woorden meer waren – Jenna had slechts tijd gehad om die paar zinnen te typen – maar stopte toch met ademhalen. Alleen Seans stem in haar oor voorkwam dat ze volledig in paniek raakte. Geen enkele presentator hield ervan om voor de vuist weg miljoenen kijkers toe te spreken.

‘Ademhalen!’ blafte hij. ‘Ik help je.’

Terwijl ze inhaleerde, voorzag Sean haar van brokjes non-informatie, die ze bijeenvoegde en weer uitbraakte voor de camera’s: ‘Er is nog geen reactie van de College Board’, ‘We wachten op commentaar van de officier van justitie in Manhattan’, ‘De grootste samenzwering ooit met betrekking tot de toelating tot universiteiten’.

Toen blafte Sean: ‘Jim, vraag aan Peyton wanneer we meer weten!’

Meteen draaide Jim zijn bovenlijf naar Peyton en vroeg fronsend: ‘Wanneer kunnen we meer informatie verwachten?’

‘Maak er een eind aan, Peyton,’ zei Sean een paar tellen voordat Peyton Jim aankeek en – hopelijk naadloos – antwoordde: ‘Onze tijd zit er bijna op, maar hierna zullen Suzanna en Alejandro dit verhaal op de voet volgen.’ Ze draaide zich naar camera 1, die schuin links van haar stond, en zei: ‘Blijf kijken voor alle details over dit ontluikende schandaal. Wij zijn Peyton Marcus en Jim Atwood, en we zien u maandagochtend vroeg weer.’

Er viel een pauze van drie tellen waarin niemand zich verroerde en toen zei Sean: 'En... uit!'

Er brak applaus uit in de studio.

Met een ietwat bezweet voorhoofd doemde Sean op voor de presentatiedesk. 'Geweldig dat je het een schandaal noemde,' zei hij. 'Sappig!'

'Bedankt voor je hulp,' zei Peyton met bonkend hart. Ze verwijderde haar oortje en zakte in elkaar op haar stoel.

'Goed programma,' zei Jim, terwijl hij zijn oortje uitdeed. Hij stond op en torende boven Peyton en Sean uit. Hij had het lichaam van een voormalig studentenfootballspeler, een feit dat hij zelden naliet te melden. Hij had de bijna abnormale hebbelijkheid om zinsneden als 'toen ik nog voor Clemson speelde', 'in mijn tijd als quarterback' en 'niets bereidt je beter op het leven voor dan eerstedivisiefootball' in een gesprek te flossen. Dat ging zo ver dat Peyton telkens als hij dat deed de neiging had een shot Jägermeister te nemen.

'Hoe dan ook, ik ben weg, meiden,' zei hij grijnzend naar Sean om te laten zien hoe volkomen normaal hij diens homoseksualiteit vond. 'Fijn weekend. Geniet met mate...' Hij zwaaide met een mollige hand ten afscheid en liep op een drafje naar zijn kleedkamer.

'Heeft hij nou Drakkar op?' vroeg Sean snuivend. Hij draaide zich in de richting van zijn kamer. 'Loop even mee.'

Peyton maakte haar microfoon los en sprong van haar stoel. 'Weten we nog meer?'

'Waarover?'

'Over dat universiteitsgedoe! We hebben toch al eens eerder van zoiets verslag gedaan? Is dit echt nog steeds een dingetje?' Peyton haastte zich over de gang achter hem aan.

Sean duwde de deur van zijn kamer open en plofte in zijn bureaustoel. 'Het is altijd een dingetje. Ik wed dat de helft van mijn jaar op Stanford daar binnen is gekomen met roeien of volleybal. Of tennis. Zó veel tennis. Deze idiote ouders steken erboven uit, maar het gaat nooit vervelen wat de rijken allemaal doen om hun kinderen op Ivy League-universiteiten te krijgen.'

Peyton accepteerde de fles water die hij haar aanreikte. Ze had zich niet gerealiseerd dat ze zo'n dorst had. Ze ademde weer normaal. 'Ja, je hebt gelijk,' zei ze knikkend. 'Dit gebeurt vast aan de lopende band. Maar deze ouders zijn waarschijnlijk anders, als ze tenminste lijken op die van de vorige keer: foto's faken van hun kids en vreemden betalen om examens te laten doen. Ik bedoel maar: wie doet dat nou?'

'Precies.' De telefoon op Seans bureau rinkelde. 'Ja? Ik kom eraan.' Hij stond weer op. 'Ik moet rennen. Als ik je niet meer zie voordat je vertrekt, wens ik je een goed weekend.' Hij gaf haar een kus op haar wang en trok de deur achter zich dicht. Het was een klein hoffelijk gebaar, maar het kwam wel goed uit, aangezien Peyton opeens heel misselijk werd. Waarschijnlijk gewoon een restje adrenaline, dacht ze. Die gearresteerde ouders waren heel anders dan zij of al die andere duizenden ouders die zich doodwerkten om hun kinderen alle mogelijke kansen te bieden. Toch was het verontrustend. Weer al dat gedoe, net nadat die eerste zaak tot bedaren was gekomen? Peyton nam nog één slokje, viel toen op haar knieën en braakte vlug de volledige inhoud van haar maag in Seans elegante houten prullenmand.

Het kostte haar slechts dertien minuten in een Uber – een record – om bij haar privésportschool op de hoek van Seventy-fourth en Madison te komen, een ruimte op de eerste verdieping die zo schitterend was dat je die gemakkelijk kon verwarren met een filmset. In een van de ruime privékleedruimtes – elk met een stoomdouche en toiletartikelen van Malin+Goetz, plus een loungegedeelte met een loveseat en een open haard op gas – verruilde Peyton haar saffierblauwe kokerjurk voor een legging en een top met ingebouwde beha. Het kostte vier in olie gedrenkte reinigingspads om de extra dikke laag tv-foundation te verwijderen en een half dozijn haken met een borstel van varkenshaar om de ijzersterke haarspray te demonteren, en hoewel elke vezel in haar lichaam schreeuwde om weg te zakken in de pluchen bank – héél even maar! – dwong ze zichzelf in beweging te blijven.

'Hé, schoonheid.' Kendric gaf haar een mep met een handdoek toen ze het cardiogedeelte betrad. 'Geweldig programma vanmorgen. En nu schudden met die billen op dat ding.'

Peyton salueerde en liep naar de dichtstbijzijnde loopband. Soms miste ze de jachtige energie van haar voormalige sportschool, hoewel het feit dat iedereen haar daar herkende en aanstaarde, stiekem foto's maakte of, het allerergst, een praatje met haar aanknoopte haar gestolen kon worden. Hier, in de verborgen oase die zichzelf een sportschool noemde, maar prijzen rekende alsof je een privéjet huurde, waren slechts twee mannen van in de zestig op naast elkaar staande loopbanden en een vrouw van in de twintig die zich in het zweet werkte op een *stairclimber*. Verder was de zaak verlaten. Leeg! Heerlijk.

Peyton deed haar oortjes in. Terwijl ze wachtte tot ANN op het scherm verscheen, stelde ze het apparaat in op een kwieke stand 6 met hellingsgraad 4 om op te warmen, maar werd afgeleid door haar eigen verschijning in de spiegelwand. Godallemachtig. Iedereen had het er altijd maar over dat alles vanaf je veertigste bergafwaarts ging. Zij had dat steeds lachend weggewuifd en gezegd dat ze zich daar totaal geen zorgen om maakte. Ze had de afgelopen negenendertig jaar alles gedaan waar ze zin in had zonder daar last van te hebben. Ze had tien jaar gerookt. Veel te veel gedronken. Gegeten als een jongen in de groei. Amper aan lichaamsbeweging gedaan. Nooit meer dan vijf uur per nacht geslapen. En desondanks was ze, ondanks het feit dat ze maar één vijfenzestig was – minstens tien centimeter korter dan ze gewild zou hebben – altijd slank en strak geweest. Maar nu? Negen maanden voor haar veertigste? Eén doffe ellende. De amper zichtbare lijntjes rond haar ogen waren veranderd in loopgraven. Haar huid was vaal en slap, hoeveel geld ze ook uitgaf aan exfolianten, oogcrème of gezichtsolie. Overal groeide haar, behalve op de plekken waar het moest. En haar lichaam? Het was alsof er een knop was omgezet waardoor haar buik uitpuilde, haar tieten waren gaan hangen en haar kont naar alle verkeerde kanten uitdijde.

Een half jaar geleden was ze bijna hysterisch naar de praktijk van haar gynaecoloog gegaan, maar die had veelbetekenend geknikt. 'Perimenopauze. Normaal.'

'Normaal!' krijste Peyton. 'Kijk dan!'

Dokter Kate, die volkomen gewend was aan dergelijke uitbarstingen in haar privékliniek in de Upper East Side, had glimlachend gezegd: 'Minder koolhydraten. Ga sporten, misschien kun je een trainer inhuren? En ik kan je een geweldige cosmetisch dermatoloog aanraden.'

Sindsdien had Peyton zichzelf – en wat voelde als de helft van haar forse salaris – gestort op zelfverbetering. Wat moest ze anders? Haar carrière was gebaseerd op haar uiterlijk. Ze maakte vaste afspraken bij de dermatoloog en onderwierp haar gezicht en decolleté en, jawel, zelfs de bovenkant van haar handen, aan elke denkbare laserbehandeling en chemische peeling die legaal beschikbaar was. De ene was voor rode plekjes. De andere voor bruine plekjes. Weer een andere richtte zich op lijntjes en rimpels. De vierde ging de strijd aan met verdwaald haar. De vijfde bekommerde zich om algehele vaalheid. Een zesde was goed voor de collageenproductie. Vervolgens was ze korte tijd blij met het gladde, lichtere en haarloze resultaat. Maar voordat ze dan ook maar de kans had om, zeg maar, een nieuwe foundation te kopen, kwam het allemaal weer terug, een ware tsunami van rimpels, vlekjes en stoppels.

Peyton was een doorzetter. Ze verhoogde de frequentie van haar botoxbehandelingen van eens in de vier naar eens in de twee maanden. Dat hielp. En dat gold ook voor de fillers in haar wangen en lippen, en de stinkende olie die ze in haar schedel wreef om de haargroei te stimuleren. Ietwat aangemoedigd richtte ze zich op haar lichaam en begon te trainen met Kendric, die per uur meer rekende dan een gepromoveerde psychiater. Hoewel ze de meest meedogenloze werkweek had van iedereen die ze kende – van maandag tot en met vrijdag om drie uur 's nachts opstaan, rond kwart over vier bij de visagie, van vijf tot acht live op televisie en vaak extra uren vergaderen en research doen – sleepte Peyton zich van de studio regelrecht hiernaartoe, waar Kendric haar door een barbaars circuit van *bicep curls*, *deadlifts* en cardio joeg. Ze scoorde een afspraak met een voedingsdeskundige die over de wereld reisde met Gisele Bündchen en Tom Brady en at precies wat de vrouw voorschreef. Ze dronk elke dag meer dan twee liter water, ook al moest ze daarvan om de twaalf minuten plassen, dipte haar slablaadjes in de dressing in plaats van die eroverheen te schenken, meed brood, pasta, kaas en elke andere korrel voedsel die ook maar het flauwste vermoeden van mogelijk genot in zich droeg.

Niets van dat alles veranderde iets, niet één fucking beetje. Zodra ze zich focuste op sterkere spieren ging haar huid naar de knoppen. Telkens als ze teruggreep op haar slopende regime van lasers en peelings kwam haar buikje terug. Ze at amper genoeg om haar trainingen of haar tochtjes naar de dermatoloog vol te houden, maar desalniettemin zette al dat hongeren geen enkele zode aan de dijk. Niet één. Niks. De weegschaal verschoof geen pondje. De spijkerbroeken waar ze sinds haar studietijd naadloos in gegleden was, kreeg ze nog steeds niet dicht. Geen enkele hoeveelheid geïnjecteerd vergif, *burpees* of keiharde cash kon de schade die het worden van veertig aanrichtte ook maar een béétje verlichten. En dan was ze nog niet eens veertig geworden! Haar zus was daarentegen nog steeds zo mager als een lat, ongerimpeld en fris, zonder dat ze daar ook maar een greintje moeite voor hoefde te doen.

De loopband versnelde automatisch en Peyton schakelde van ANN naar MSNBC, waar Joe en Mika de nieuwe golf arrestaties in verband met de universiteitstoelating bespraken, waaronder die van een arts uit Beverly Hills die expliciet een gratis maagverkleining had aangeboden aan de squashcoach op een van de universiteiten in Californië als ze zijn dochter zou 'werven'. Gestoord, dacht Peyton, terwijl ze harder ging lopen.

Peyton beweerde dat ze nooit naar het nieuws keek als ze niet in de studio was, maar dat was een leugen. Ze kende elke presentator van elke zender. Kreeg meldingen van een zestal nieuwssites. Hield nieuwe en ontslagen werknemers en interne schandalen bij. Dit was een competitieve bedrijfstak en als je de boel niet bijhield, werd je achtergelaten. Ze was geen presentatrice van een ochtendprogramma geworden door lui en ongeïnformeerd te zijn. O, nee. Ze had een tijdje in Arkansas gewerkt. En in South Dakota. En één zomer zelfs in Alaska. Niemand wist beter dan Peyton hoe belangrijk het was om niet achterover te leunen. Ze was nu eindelijk op de nationale tv, en niet in het holst van de nacht. De volgende stap was primetime. Zolang ze maar sterk en gefocust bleef.

Na tien minuten hardlopen was Peyton *Morning Joe* zat en zapte naar CNN. Poppy Harlow was een kennis van haar en ze keek 's morgens graag even naar haar programma. Vandaag was Poppy op locatie in Londen en zat Don Lemon achter Poppy's desk in de studio. Peyton werd zo in beslag genomen door het aanpassen van de hellingsgraad en haar pogingen niet te hyperventileren dat het haar bijna ontging toen Don een vinger tegen zijn oor drukte en zei: 'Poppy? Wacht heel even, we schijnen breaking news te hebben.' Bijna meteen dwarrelde er een knalrode tekst op het scherm, vergezeld van dramatisch tromgeroffel: BREAKING NEWS. Peyton rolde met haar ogen. Was dit een nieuwe ontwikkeling of een geheel ander verhaal? Ze maakten zich allemaal schuldig aan het overmatig gebruik van die aankondiging. Ja, het trok de aandacht, maar enquêtes toonden aan dat de kijkers er immuun voor werden. Brand in het Pentagon waarvan officials honderd procent zeker wisten dat het niet om een zelfmoordterrorist ging én er niemand was omgekomen? Laat maar. Recordkoers bij het sluiten van de beurs in China? Alsjeblieft, zeg. Gelekte olie voor de kust van

Indonesië? Volgende. Alles wat minder was dan een moordpoging op de president of een vuile bom in de metro maakte geen aanspraak op die tekst.

Maar toen was Don terug en hij zag er nijdig uit. 'We gaan nu live naar mijn collega Jamie in *uptown* Manhattan. Wat heb je voor nieuws, Jamie?'

Een jongeman met een strikje en een ernstige uitdrukking staarde in de camera. 'Nou, Don, zoals je weet, komt er steeds meer naar buiten. Wat ik je kan vertellen is dat de FBI hier vandaag met veel machtsvertoon is verschenen, iets wat ze alleen doen als dat gerechtvaardigd is.'

Wauw, bedankt voor die briljante analyse! dacht Peyton.

Wacht even. Peyton drukte op de noodrem van de loopband en tuurde naar het scherm. Was dat haar gebouw op de achtergrond? De camera zoomde in op de bestrikte Jamie, die zijn opwinding nauwelijks kon bedwingen, maar vlak achter hem zag Peyton haar eigen portier Peter kaarsrecht op de stoep staan.

'Wat krijgen we...' mompelde ze, eerder gefascineerd dan bezorgd. Stond iemand uit haar gebouw op het punt gearrestéérd te worden? Ze voelde een steek van paniek, maar herinnerde zich toen opeens die idioot van een plastisch chirurg die in het penthouse woonde en continu 'voor- en na-foto's' van borstvergrotingen op zijn Instagrampagina zette onder de naam @kingofboobs. Hij dekte de tepels af met kleine roze hartjes en fotografeerde zichzelf dan vanuit elke hoek terwijl hij de borsten omvatte. Hij noemde zijn patiënten 'juweeltjes' en schreef bijvoorbeeld: *Weer een nieuw juweeltje; deze hebben we met 330 cc omgetoverd van hangers naar helden.* Hij deed er ook altijd een hoofdloze foto van een vrouwenlichaam bij die er op de 'voor'-foto beeldig uitzag en als een pornoster op die erna. Elke keer dat Peyton hem in de lift of de lobby tegenkwam, herinnerde hij haar aan zijn aanbod voor een gratis borstvergroting – ze was tenslotte beroemd – en elke keer forceerde ze een glimlach en probeerde niet over te geven in haar mond. Hij moest het zijn! Seksuele intimidatie, of misschien zelfs wel regelrechte aanranding.

Waren anderen ANN vóór? Ze zapte door de zenders en schrok toen ze Jim, terug in hún studio, samenzweerderig in de camera zag kijken. 'Blijf bij ons, mensen,' zei hij op die zogenaamd volkse manier van hem waardoor ze haar handen recht door het scherm wilde steken om haar duimen in zijn ogen te drukken. 'U kunt zich voorstellen dat dit voor ons allemaal hier bij ANN een zeer gevoelig onderwerp is dat wel heel erg dichtbij komt.'

Jims linkerhand ging naar zijn linkeroor terwijl hij omhoogkeek. Een nauwelijks waarneembaar knikje. En toen drong het tot haar door: de producenten gaven hem een update. Haar producenten! Ohmygod, was dat Sean in Jims oor? Waarom liep zij hier op een loopband, terwijl Jim nog steeds in de ether was? Peyton was zo ontzet dat ze bijna miste wat er vervolgens op het scherm gebeurde. Ook ANN schakelde naar de straat voor haar gebouw. Naar de deuren van haar gebouw. Die zwaaiden open en er kwamen twee mannen in donkere pakken naar buiten die om zich heen keken. Ze werden gevolgd door twee politieagenten in uniform, een man en een vrouw, en tussen hen in liep… haar man.

Een kleine doch luidruchtige groep verslaggevers begon vragen te schreeuwen. Jim vertelde iets, maar Peyton verstond niet wat hij zei. Ze boog zich dichter naar het scherm op de loopband. Isaac zag eruit als… nou ja, als Isaac. Hij droeg een flanellen ruitjesoverhemd, een morsige kakibroek en van die wollen hardloopschoenen die elke man, vrouw en kind uit de hoogste inkomensklasse leek te bezitten. Zijn haar stond rechtovereind en hij had zijn kaken zo stevig op elkaar geklemd dat zijn nekspieren uitpuilden. Peyton drukte haar hand tegen haar hart toen ze het zag: hij droeg handboeien.

'Zoals ik al zei: dit komt wel erg dichtbij. Maar hier bij ANN stellen we u, onze gewaardeerde kijker, op de eerste plaats, dus we hebben besloten verslag te doen van de arrestatie van Isaac Marcus, echtgenoot van onze eigen Peyton Marcus, omdat het nieuwswaarde heeft,' zei Jim ernstig. 'De FBI had laten doorschemeren dat er een tweede arrestatieronde in dit universiteitsschandaal ophanden was en het ziet ernaar uit dat ze vandaag woord houden.'

'O mijn god,' zei Peyton hardop. Het kon ook zijn dat ze het krijste, of fluisterde, of gewoon alleen maar dacht – ze had geen idee.

Weer drukte Jim op zijn oor. 'Ja, ik kan nu bevestigen dat Isaac Marcus, de echtgenoot van ANN's eigen Peyton Marcus, is gearresteerd in verband met dit schandaal. Hoewel we nog niet weten wat hem precies ten laste wordt gelegd, zal dat waarschijnlijk vergelijkbaar zijn met wat we zowel in eerdere jaren als vanmorgen hebben gezien...'

Peytons mobiel zoemde in de tijdschriftenhouder van de loopband. Ze greep hem en rende naar de uitgang. Het was Sean.

'Laat Jim zijn kop houden!' bitste ze in de telefoon. 'Haal de stekker eruit!'

'Het spijt me, P, echt. Net toen hij op het punt stond de studio te verlaten, kregen we weer breaking news... Hij is er gewoon in gesprongen.'

'Je denkt toch niet dat Isaac...' Peytons stem stierf weg terwijl ze langs de balie de stoep op rende.

'Nee! Maar ik kan Jim niet tegenhouden dit te verslaan, wat het dan ook is. En ik hoef jou niet te vertellen dat hij niet naar me luistert, uitvoerend producent of niet.'

Peytons keel kneep samen. 'Ik moet erheen. Ik moet erachter komen wat er aan de hand is. Ik begrijp gewoon niet...'

'Laat het me weten als ik...'

Peyton rende de hele weg naar haar gebouw, waar de scène van de televisie zich in het echt afspeelde. Ze wist niet zeker of ze instinctmatig, door de shock of gewoon door gelukkig toeval zijn naam niet schreeuwde, maar Isaac zag haar eerder dan de camera's. Hij boog zich voorover om iets tegen een van de rechercheurs te zeggen, die knikte en naar een agent van de New Yorkse politie gebaarde dat Peyton dichterbij mocht komen.

'O mijn god, gaat het?' Meteen vervloekte ze die zinloze vraag; ze wilde eigenlijk alleen maar zijn arm aanraken, zijn gezicht, of wat dan ook. De rechercheur die haar toestemming had gegeven om dichterbij te komen, wierp haar nu een waarschuwende blik toe om afstand te houden.

Camera's flitsten van alle kanten. Overal om haar heen hoorde ze de opwinding. *Was dat Peyton Marcus? Hadden ze echt de mazzel dit drama tussen man en vrouw met eigen ogen te aanschouwen? Beter nog, droeg zij echt een legging en een sportbeha en geen make-up?*

Opeens zat Isaacs mond op de een of andere manier tegen haar oor gedrukt en voelde ze zijn warme adem toen hij zei: 'Zeg tegen niemand iets. Geen. Woord. Begrepen?'

Peyton knikte, of probeerde dat althans, maar voor ze het wist duwden de rechercheurs hem op de achterbank van een SUV en sloegen het portier dicht. De ruiten waren zo donker dat ze niet naar binnen kon kijken.

'Wat kunt u ons vertellen over de aanklacht tegen uw man?'

'Kwam dit als een verrassing of wist u dat deze arrestatie eraan zat te komen?'

'Denkt u dat er sprake is van belangenverstrengeling nu u verslag doet van een verhaal waar uw echtgenoot bij betrokken is?'

'Enig idee over vervolgstappen, wat betreft Isaac of voor u, in professioneel opzicht?'

De vragen kwamen in rap tempo en van alle kanten, terwijl Peyton daar als aan de grond genageld stond. Toen landde er vanuit het niets een hand op haar elleboog. Ze sloeg hem weg tot een vertrouwde stem zei: 'Deze kant op mevrouw Marcus.' Portier Peter loodste haar door de menigte de zalig lege lobby in.

Ze keek hem vragend aan; ze had geen idee wat ze nu moest doen, hoe ze deze aardige man moest bedanken die haar zojuist had gered uit een zekere hel.

Hij drukte op het knopje van de lift en hield de deur voor haar open toen die beneden was. 'Mag ik suggereren dat u de vaste lijn niet opneemt?' vroeg hij. 'Ik zal ervoor zorgen dat er niemand naar boven komt zonder uw uitdrukkelijke toestemming.'

'Dank je,' fluisterde Peyton vlak voordat de liftdeur dichtging. En toen schoot het haar te binnen: Max.

'Max?' schreeuwde ze terwijl ze de openstaande voordeur verder opengooide. 'Ben je daar?' Stilte. Er kwam geen reactie en Peyton was bijna opgelucht toen ze haar dochters kamer verlaten aantrof. Maar waar was Max en hoe kon ze haar bereiken? Ze stuurde een appje: *Bel me zsm, het is belangrijk*. Meteen stuurde ze er een tweede achteraan: *911!!!!* Ze toetste op de nummerherhaling, maar kreeg weer haar dochters voicemail.

Wat hoorde ze te doen in deze situatie? Haar moeder bellen? Een vriendin? Een advocaat? Ja, een advocaat. Haar kamergenoot tijdens haar studie, Nisha, die naar Yale Law School was gegaan en het ministerie van Justitie had verlaten om haar eigen crisismanagementbedrijf te beginnen. Ze was briljant en een keiharde tante; zij zou precies weten wat ze moest doen. Kalm blijven. Nisha bellen. Maar toen Peyton haar mobiel aanzette, raakte ze in paniek.

Er was maar één iemand die ze moest bellen.

Skye nam meteen op.

'Zit je te kijken?' vroeg Peyton.

In eerste instantie zei haar zus niets. Toen ze dat eindelijk wel deed, was haar stem zacht en ernstig. 'Wat ben jij gigantisch genaaid.'

3
De mannenmagneet

'Grande vanille latte, extra warm, geen schuim, voor Max!' riep een barista achter de toonbank.

Max sprong uit haar comfortabele oorfauteuil en liep naar hem toe. 'Dank je.' Ze zag meteen hoe knap hij was met zijn warrige, schouderlange haar.

'O, hé, je bent een meisje,' zei hij met een glimlach die kuiltjes onthulde.

Max nam zichzelf van top tot teen op, alsof zij dat zelf ook bevestigd wilde zien. Ze bloosde.

'Sorry.' Hij had gezien dat ze zich opgelaten voelde.

'Nee, nee, geeft niks,' mompelde ze, waarna ze praktisch naar haar stoel terugrénde. Wat wás er met haar? Waarom kon ze geen drie zinnen wisselen met een knappe gozer die ze nooit meer zou zien? Opgelaten nam ze een enorme slok van haar koffie, waardoor haar tong en gehemelte verbrandden. Ze probeerde de gloeiend hete vloeistof door te slikken, maar moest hem uitspugen.

Noem mij maar gewoon de mannenmagneet.

Ze streek over de koffievlekken op haar T-shirt en wierp een steelse blik op de toonbank. De knappe barista kéék niet eens naar haar. Natuurlijk niet. Het wemelde hier van de aantrekkelijke, professioneel ogende kantoorlui die kwamen ontbijten, mensen die wél in staat waren een geanimeerd gesprek aan te knopen.

Max swipete over het touchpad op haar laptop om het stukje dat ze de vorige dag gefilmd had van haar boksles te bewerken. De afgelopen paar maanden had ze afgesproken met haar moeders trainer Kendric en eindelijk had ze het gevoel dat ze qua vaardigheden genoeg vooruitgang had geboekt om een les te filmen. Ze had haar nieuwe camera vastgemaakt aan de *lat pulldown machine* met een kleipopachtig muuranker en was nu onder de indruk van wat ze zag. Twintig tot dertig seconden met haar beste boksbewegingen zouden een goede opening zijn voor de vlog van vandaag, en als ze er goede muziek onder zette en eindigde met zowel een hoorbare als ondertitelde Kendric die 'lekker bezig' zei, zou dat een vloeiende overgang vormen naar haar mening over de recentste uitspraak van het Hooggerechtshof. De nieuwe graffitiletter waarmee ze gestoeid had zou voor beide onderdelen perfect zijn.

Ze scande, knipte en plakte. Knipte nog wat meer. Om haar heen kwamen en gingen mensen, slurpten koffie en kletsten in hun mobiel, blij dat het vrijdagmorgen was en al bijna weekend. Niet dat zij specifieke plannen had. Nu Brynn weg was en de rest van haar eindexamenklas de fantastische dingen deed die fantastische mensen in de zomervakantie voor de studie begon deden, had ze niet echt veel omhanden. Misschien een beetje vissen met haar pa. In ieder geval ruziemaken met haar moeder.

Ze nam een slokje water uit haar nieuwe stalen fles, die ze van haar moeder had gekregen. 'Ik las dat dit de coolste was – iedereen heeft hem,' had Peyton gezegd. Hoe typisch: als iedereen iets had, moest zij dat ook hebben. Het maakte niet uit of je het mooi vond, of nodig had, of dat het gewoon een goed of handig product was, zolang iedereen maar dacht dat je cool was omdat je het had. Het was zo ironisch. Iedereen beschuldigde jongeren er altijd van dat ze te veel waarde hechtten aan wat hun vrienden dachten – dan hadden ze zeker nog nooit een moeder uit Manhattan ontmoet.

Neem nou die bokslessen. Haar moeder was erin geslaagd zich het ene sportachtige ding dat Max leuk vond toe te eigenen en er totaal iets anders van te maken. Afvallen namelijk, hoewel ze dat natuurlijk nevernooitniet zou zeggen. In plaats daarvan verwoordde Peyton het altijd omzichtig in sociaal aanvaardbare zinsneden, die waarschijnlijk allemaal waren goedgekeurd door een of andere in jongeren gespecialiseerde peut die ze raadpleegde. Sinds Max' dertiende zei haar moeder dingen als 'Lichaamsbeweging maakt alles beheersbaarder' en 'Lekker zweten is erg goed voor de nachtrust' en 'Sporten is kippensoep voor de ziel'; volgens Max uiteraard allemaal geheimtaal voor 'niet dik worden'. Of eigenlijk 'niet dikker worden'. Het was dezelfde versluierde manier als waarop Peyton altijd enthousiast over eten praatte. 'Ik begin elke maaltijd met een grote salade – het is een geweldige manier om je te vullen met gezond spul.' '*Clean eating* is zo belangrijk voor een goede gezondheid.' En Max' persoonlijke favoriet: 'Het hele gezin gaat zich focussen op beter eten – we zouden daar allemaal meer aandacht aan moeten besteden.' En dat was je reinste onzin: haar pa was van nature genetisch dun en haar moeder wijdde zo'n beetje haar hele bestaan aan het zo blijven. Nee, die opmerkingen waren overduidelijk enkel en alleen voor haar bedoeld.

Het was om gek van te worden. Was ze de afgelopen jaren een beetje aangekomen? Tuurlijk. Dat heette de puberteit. Had haar moeder daar wel eens van gehoord? Voor de jonge tiener waren die uitspraken giftig geweest, doorspekt met schaamte voor haar lichaam en angst. Die werden beide nog verergerd door haar moeders focus op haar eigen uiterlijk. Peyton zou nooit toegeven dat ze geobsedeerd was, maar Max had haar zien veranderen van een knappe, professionele verslaggever in het stereotiepe leeftijdloze, veel onderhoud vergende wezen met het gladde gezicht dat een nationaal publiek eiste. Maar nu, op haar zeventiende, had Max eindelijk ontdekt dat zij zich niet wanhopig vast hoefde te klampen aan die ingevallenwangenlook alleen omdat haar moeder dat deed. Ze mocht genieten van haar D-cuptieten, haar volle heupen en vinden dat haar kont er verdomd goed uitzag in een spijkerbroek met hoge taille. Wat kon het schelen dat zij niet dat belachelijke driehoekje tussen haar bovenbenen had waar al die modellen op Instagram mee pronkten? Max was niet achterlijk: ze had gelezen over de onrealistische druk op meisjes om mager te zijn. En over het kwaad van Photoshop. En over eetstoornissen. Het was superirritant dat zij, hoewel ze trots was op haar eigen lichaam, nog steeds de gebruikelijke lulkoek over diëten moest aanhoren van haar eigen tot anorexia geneigde móéder. Wat Peyton uiteraard in alle toonaarden zou ontkennen. Mager? Wie, zij? Nee, nee, natuurlijk niet. Het ging alleen maar om 'gezond zijn' en 'goed voor jezelf zorgen'.

Ze keek de vlog nog twee keer door om er zeker van te zijn dat ze niets over het hoofd had gezien. Tevreden drukte Max op PUBLICEREN en hield haar adem in terwijl de vlog werd geüpload via haar steeds trager wordende hotspotverbinding. Toen dat gebeurd was, slaakte ze een zucht en klikte de site weg. Gelach bij de ingang van de koffiezaak trok haar aandacht. Ze keek op en zag drie klasgenoten van Milford. Meteen baalde ze ervan dat ze niet naar een Starbucks in *midtown* of zelfs die in Hell's Kitchen was gegaan. Ze zakte nog dieper weg in haar stoel en draaide zich naar de muur. Toen ze drie dagen geleden in de vereiste witte jurk haar diploma kreeg, had ze verwacht dat de volledige Milford Academy – het deel van de stad tussen Park en Madison dat de school in beslag nam en de volledige leerlingengemeenschap gekleed in de bijpassende geruite wollen uniformen – in rook zou opgaan. Poef! Voorgoed verdwenen uit haar leven. En toch waren ze hier.

'Opschieten, jongens, anders komen we te laat!' riep Lucy, de langste van het stel; een gazelleachtig meisje met lange, gracieuze ledematen dat schermde in de landelijke competitie. Heel lief. Niet al te slim, maar dat kon het schermteam van Carnegie Mellon duidelijk niets schelen. Bij haar waren Josephine (Stanford), wier vader miljardair was, en Anne-Marie (Cornell), die allebei een buitenlandse voornaam en een vreemd accent hadden, hoewel ze geboren en getogen waren in de Upper East Side.

'O jee, moet je deze zien!' Anne-Marie hield een pakje met in chocolade gehulde crackers omhoog alsof het zeldzame, breekbare vlinders waren. 'Moet ik hebben.'

Max wierp een blik op de toonbank en zag dat de knappe barista ook naar Anne-Marie keek. *Shocker.*

'Wacht… is dat Max?' Josephine wees haar kant op. 'Ohmygod, ze is het! Hé, Max!'

Lucy leidde het groepje naar Max' stoel. Had ze nou een kroonvlecht? Had ze dat door een beroeps laten doen? En hoe slaagde ze erin daarmee zo goed voor de dag te komen? Max betastte haar eigen woeste krullen en vroeg zich af wanneer ze überhaupt voor het laatst geknipt was, laat staan een door het muziekfestival Coachella geïnspireerde haardracht had gehad.

'Hé,' zei ze.

'Bizar! Hoe groot is de kans dat we jou hier tegenkomen?' zei Lucy.

O, weet ik veel. Zo'n beetje honderd procent, aangezien ik zo stom ben geweest een Starbucks uit te kiezen die halverwege mijn huis en onze school ligt? Maar in plaats daarvan zei Max: 'Zeg dat wel!' waarbij ze de laatste 'e' uitrekte in een poging vriendelijker te klinken.

Anne-Marie boog zich naar haar toe. 'Wat lees je? Volgens mij leest mijn moeder dat boek ook.'

Max stak haar boek over Alexander Hamilton op. 'O, dit? Het

is best goed. Eigenlijk heb ik hier afgesproken met een paar vriendinnen. We gaan vandaag naar het strand, maar ik had eerst een beetje cafeïne nodig.' Zodra ze dat gezegd had, voelde Max een golf van schaamte. Waarom vond ze het zo belangrijk wat ze van haar dachten?

'Snap ik helemaal.' Lucy knikte. 'Wij gaan ook die kant op. Zo te zien wordt het heerlijk weer.'

'Mmm,' mompelde Max. Toen bedacht ze dat ze zich voorgenomen had aardiger te zijn en zei: 'Hopelijk staat er geen file.'

'Oké, nou, het was leuk je te zien,' zei Anne-Marie, die aan Lucy's arm trok. 'We moeten ervandoor. Doei, Max!'

'Veel plezier vandaag,' riep Lucy over haar schouder.

Max zag hoe de meiden hun koffie van de toonbank pakten, melk en suiker toevoegden en lachend naar buiten liepen. Pas toen zag ze wat ze aanhadden: korte rokjes van afgeknipte spijkerstof en bikinibandjes die onder schattige linnen stranddingetjes uit piepten. Ze gingen écht naar het strand.

Fuck it, dacht ze, en ze richtte haar aandacht weer op haar boek. Maar het bleef maar door haar hoofd malen. Wie deed er nou eindexamen zonder echt vriendinnen te hebben? Had iemand zich er ook maar iets van aangetrokken toen zij vol overtuiging had gezegd dat Milford Academy de verkeerde school voor haar was? Dat de meedogenloze focus op cijfers en bètavakken en de Ivy League een omgeving van bekakte Stepford-robots creëerde die elkaar vermoordden voor een zetje in de goede richting? Natuurlijk niet. Had er iemand geluisterd toen ze jarenlang had gevraagd – nee, gesméékt – om over te stappen naar LaGuardia of St. Ann's of Friends, allemaal geweldige scholen met meer creatieve vakken? Niet eens een beetje. Hoewel, dat was niet helemaal eerlijk. Haar pa had wel geluisterd, maar haar moeder overtroefde hem elke keer weer met wat zij 'onweerlegbare feiten' noemde: Milford was dé school in de stad en Max was rijp voor het gekkenhuis als ze haar plekje vrijwillig opgaf. Een plekje dat, tussen twee haakjes, al op de kleuterschool voor haar was geregeld. Het was de nadruk op 'dé' waar Max zich het meest aan ergerde. Dé meest prestigieuze. Dé moeilijkste om op te komen. Dé enige echte. Alsof het hele leven een rechte lijn was en elke richting of beslissing of gelegenheid een duidelijke, onweerlegbare waarde had – zolang jij maar degene was die die mocht bepalen.

Ach, nou ja, dacht Max, terwijl ze haar ogen weer op haar boek richtte. Al die onzin lag eindelijk achter haar. Ze zou de zomervakantie intrekken bij tante Skye, iets waar ze het hele jaar naar had uitgezien, en meteen daarna ging ze studeren en aan haar nieuwe leven beginnen.

Max pakte haar mobiel en appte naar Brynn: *ben een loser. kwam net lucy, josephine en anne-marie tegen. In* STARBUCKS.

Ze wachtte even en herinnerde zich toen het gestoorde tijdverschil met Hongkong. Nadat ze tevergeefs had geprobeerd zich weer in haar boek te verdiepen, pakte ze haar spullen bij elkaar en liep naar buiten. De knappe barista riep: 'Fijne dag!' Ze zwaaide verlegen naar hem.

Het was warm voor begin juni en Lex was bezaaid met mensen die twee kanten op liepen en zich klaarmaakten voor de zomerse vrijdag. Zou haar moeder nog op de sportschool zijn als ze nu naar huis ging? Ze had gewoon geen zin in een kletspraatje met Peyton – haar moeder was altijd extra opgefokt na een televisie-uitzending. Ze was zo in gedachten verzonken dat ze bijna haar mobiel niet hoorde.

jek kun je niet iets beters verzinnen dan starbucks? had Brynn geschreven.

zie je nou wel, appte Max bits terug.

tisser?

besef net dat ik exact nul vrienden heb sinds jouw verhuizing

vrienden worden overschat, appte Brynn.

Max glimlachte. *Zeg dat.*

Ze keek hoe laat het was. Haar moeder kwam meestal pas rond

half elf terug van het sporten, dus ze zou waarschijnlijk naar haar kamer kunnen gaan zonder haar tegen het lijf te lopen. Haar vader was misschien nog wel thuis – op de hometrainer of aan de telefoon – maar hij werkte haar niet zo op de zenuwen als haar moeder. Max liep nog een stuk verder in de richting van haar huis en bleef toen staan om op een bankje bij een bloemenwinkel te gaan zitten. De zon was warm en de bloemist, een oudere vrouw met cool punkhaar, stak haar duim naar haar op. Ze opende haar telefoon en logde voor ze er erg in had in op Instagram.

Als eerste zag ze een foto van Lucy en Anne-Marie die elkaar omstrengelden op de achterbank van waarschijnlijk een SUV met chauffeur en deden of ze zoenden. Bijschrift: *gefeliciteerd met het slagen voor je eindexamen, wederhelft, hou elke dag meer van je, bedankt dat je het leven met me doet* 🖤 😘

Josephine, Lucy en Anne-Marie juichend en met knalblauwe waterijsjes in hun hand bij een wegrestaurant. Bijschrift: *VRIENDEN VOOR HET LEVEN.*

Nog eentje van hun drieën, dit keer boven op de SUV op de parkeerplaats, stuk voor stuk hysterisch lachend en hun middelvinger opstekend naar de camera. Bijschrift: *Ga deze meiden zóóóóóó missen!!!!!!!*

Fuck it, dacht ze, waarna ze nijdig de site wegklikte en naar de beheerderspagina van haar YouTubekanaal ging, waar ze tot haar verbazing tientallen nieuwe reacties zag.

Deze was super!!!

Kun je me vertellen welke camera je gebruikt?

Hallo vanaf de Westkust! Je kent me niet, maar ik ben een fan!

Max antwoordde iedereen die haar een pb'tje had gestuurd. Ze was trots op het filmpje, had ergens het gevoel dat het een van haar beste tot nu toe was, maar zulke enthousiaste feedback had ze niet verwacht. Iedereen was zo bemoedigend en ondersteunend! Max wist dat ze talent had. Ze begreep instinctief hoe ze emotie moest vangen met een camera, en als die er niet was, kon ze die creëren. Stel je voor wat ze met de juiste hulpmiddelen allemaal kon doen! Even voelde ze een steek van verdriet dat ze komend najaar niet ging studeren aan het Film Institute in Los Angeles. Niet dat Princeton niet ongelooflijk was – dat was het wel. Als ze haar ouders mocht geloven – die haar daar zo'n beetje elke seconde aan herinnerden – zou zo'n beetje iedere ademende aankomende eerstejaars op aarde een lichaamsdeel opofferen om daar ingeschreven te worden als student. Ze voelde zich een enorm kreng als ze dacht aan de redenen waarom het niet haar eerste keus was – te bekakt, te conservatief, te dicht bij huis – zeker omdat zij degene was geweest die was bezweken voor de aanhoudende druk van haar ouders om zich vorig jaar vroeg aan te melden.

'Kijk gewoon wat er gebeurt,' had haar pa aangedrongen. 'Ik heb daar de beste vier jaar van mijn leven gehad.'

'Ga anders daarna naar een filmacademie,' had haar moeder zangerig geopperd. 'Maar zorg dat je eerst een opleiding van wereldklasse krijgt.'

'Het Film Institute is absoluut van wereldklasse,' had Max tegengeworpen, maar Peyton en Isaac hadden in een zeldzame vertoning van ouderlijke eensgezindheid hun poot stijf gehouden.

'Schrijf je gewoon in,' zeiden ze. Op een koude, stormachtige dinsdag afgelopen december was de toelatingsmail in Max' inbox beland en ze wist dat er daarna niet verder gepraat zou worden over andere aanmeldingen; op de filmschool of waar dan ook.

'De kans op een titel van de Ivy League vergooi je niet.' Dat had haar moeder als een onweerlegbare, wetenschappelijke waarheid gesteld, vergelijkbaar met 'vaccinaties redden levens' of 'de aarde draait om de zon'.

En ondanks zijn jarenlange steun aan Max, al zijn aanmoedigingen bij haar creatieve ondernemingen en zijn aandrang om onafhankelijk te denken, was haar vader het daarmee eens geweest.

Max' telefoon ging. Mam, dacht ze meteen. Om me te vertellen dat ze op weg is naar huis en te vragen waar ik ben. Ze stond op het punt het telefoontje weg te drukken toen ze zag dat het Brynn was. 'Hoe laat is het bij jou?' vroeg ze. 'Wacht, het is nog niet eens tien uur 's avonds. Ik weet niet waarom ik dacht dat je al –'

'Max.' Brynns stem was gespannen, dringend.

'Ja, ik ben er. Kun je me horen?'

'Waar ben je? Je moet nu de tv aanzetten.'

'Dat kan niet, anders loop ik het risico mijn moeder tegen het lijf te lopen en moet ik weer aanhoren hoe geweldig ze zich voelt na –'

'Max, je moet nú naar CNN. Sorry, ik wil niet...'

'Oké, oké, geef me even.' Max zette de telefoon op de speaker, opende haar CNN-app en klikte op het icoontje TV KIJKEN. Ze had bijna meteen beeld, maar het kostte haar een paar tellen om te beseffen wat ze zag.

'O mijn god,' mompelde ze, terwijl ze zich naar het scherm boog, net zoals haar moeder een paar minuten eerder op de loopband had gedaan.

'Is dat jouw pa?' vroeg Brynn.

'O mijn god. Wat is er aan de hand? Wacht... dat is ons gebouw. O mijn god. Er staat dat het live is! Maar ik ben er vlakbij. Ik snap er niks van.'

'Waar is je pa?'

'Eh... weet ik veel. Thuis? Volgens mij was hij daar toen ik twee uur geleden vertrok? Ik weet het niet meer zo goed. O mijn god. Brynn! Hij heeft handboeien om!'

'Dit moet een vergissing zijn,' zei Brynn. 'Jouw pa zou nooit ergens voor gearresteerd worden. Hij is zo'n... váder. Wacht... is dat je ma?'

Max zag vol afgrijzen hoe haar moeder, gekleed in zo'n belachelijke en voor haar veel te jonge sportbeha-leggingcombi, naar het groepje rond haar vader rende. De camera's stonden te ver weg om het geluid op te pikken, maar ze zag dat haar vader zich naar haar moeders oor boog. 'Ik moet gaan.' Ze sprong zo woest overeind dat ze het bankje bijna omstootte. Ze rende het laatste stukje naar haar gebouw en tegen de tijd dat ze daar aankwam, was de menigte zich al aan het verspreiden. Haar beide ouders waren nergens te bekennen. Ze rende de lobby in.

'Peter!' schreeuwde ze. 'Wat is er aan de hand?' Ze zag dat een paar mensen op de stoep zich naar haar omdraaiden.

De oudere portier, die ze al jaren kende, keek gepijnigd. 'Misschien moet u dat aan mevrouw Marcus vragen,' zei hij met een neergeslagen blik. 'Ik heb haar net zelf in de lift gezet. Ze is onderweg naar boven.'

Max kon zich even niet bewegen. Pas toen de liftdeuren dichtschoven, besefte ze dat ze erin was gestapt, en ze hield haar adem in terwijl de verdiepingen een voor een onder haar oplosten en ze naar een onbekende toekomst werd getild.

4
Overwerkt en onderbetaald

'Ik ga dood,' kreunde Skye, terwijl ze door haar drijfnatte legging heen haar rechterbovenbeen kneedde. 'Ik denk dat ik niet meer op kan staan.'

Esther schoot in de lach. De vrouwen zaten op houten banken buiten de zaal. 'Herinner me eraan dat ik je nooit meesleep naar de gewone bikramyoga,' zei ze.

Skye veegde het zweet van haar voorhoofd. 'Was dit niet gewoon dan?'

'Nee, dit was herstellend. We hebben amper bewogen.'

'Skye!' riep een kleine, uiterst fitte vrouw in een legging en een naveltopje. 'Ik heb jou hier nog nooit gezien!'

'Eerste keer,' zei Skye schor.

De vrouw knikte en liep door.

'Wie was dat?' vroeg Esther.

'Belinda Daniels. Ze heeft er een van elf, een van acht en een van vijf, dacht ik. Ze gaat over de vrijwilligers van de schoolbibliotheek.'

Er kwamen nog twee vrouwen de zaal uit. Ze liepen te kletsen alsof ze gewoon een ommetje maakten in plaats van dat ze hun lichaam zojuist hadden uitgewrongen in de verstikkende hitte. Ook dit duo droeg designersportkleding. Degene in felroze zei: 'O, Skye, fijn dat ik je zie. Heb je kans gezien de hapjes voor de Schrijversclub door te nemen? Ik weet dat ze het over scones hadden in de mail, maar die kinderen krijgen al zo veel rotzooi binnen! Kunnen we niet beter iets zonder koolhydraten doen? Ik zat te denken dat fruitspiesen met een paar gezonde dipsausjes misschien wel leuk waren? En misschien een paar verschillende smoothies? Met papieren rietjes, natuurlijk.'

'Klinkt geweldig, Mal,' zei Skye met een opgestoken duim.

'En zij?' vroeg Esther binnensmonds toen de vrouw en haar vriendin in de richting van de boetiek liepen.

'Mallory Salinger. Ze heeft een tweeling – meisjes – van acht en een kind van zes met een rugzakje dat bij Aurora in de klas zit. We zijn allebei klassenmoeder. Aan die andere vrouw ben ik nooit voorgesteld, maar ik kom haar overal tegen. Jane Benedict. Ik weet bijna zeker dat haar jongste elf is en dat ze nog oudere kinderen heeft, misschien een van dertien en een van vijftien? Ik heb gehoord dat ze van plan is zich verkiesbaar te stellen voor de kascommissie.'

Esther wreef zich droog met een handdoek. 'Ik kom nu al bijna een jaar elke zaterdag naar deze les en ik ken níémand.'

Alsof het was afgesproken kwam er een man in een zwarte tanktop en short naast Skye zitten en sloeg zijn bezwete, gespierde arm om haar schouders. 'Wat doe jij hier?'

Skye probeerde niet te denken aan hun zich vermengende zweet. 'Hé, Kenny. Dit is mijn vriendin Esther. Het is haar schuld dat ik hier ben.'

De twee wisselden beleefdheden uit, waarna Kenny zei: 'Ik moet rennen, maar ik app je om een datum te prikken voor de volgende museumochtend, oké? Mevrouw Harney zit in mijn nek te hijgen over de agenda.'

'Absoluut. Dat moeten we regelen.' Skye wuifde hem na.

Esther trok haar wenkbrauwen op.

'Kenny Goldberg. Goldman? Goldstein? Iets Joods. Huisvader. Zijn man is voortdurend op reis voor zijn werk – iets van drie van de vier weken. Dat moet verschrikkelijk zijn.' Het was haar mond nog niet uit of Skye besefte dat ze zich versproken had. 'Sorry,' zei ze. 'Zo bedoelde ik het niet.'

Esther maakte een wegwuifgebaar. 'Ik zou Trish voor geen enkele man willen ruilen. Ze kookt, maakt schoon, moedert over mijn kinderen en ik hoef niet met haar naar bed. Zij is de beste.'

Skye schoot in de lach. 'Hé, zullen we koffie halen? IJskoude, uiteraard.'

'Moeten we niet terug? Ik heb wel allebei mijn kinderen bij jouw man gedumpt.'

'Ik weet zeker dat hij ze voor de buis heeft gezet zodra wij onze hielen hadden gelicht.' Skye was eindelijk genoeg afgekoeld om een lichte trui aan te trekken terwijl ze de straat overstaken.

'Toch was het heel aardig van hem om ook op de mijne te passen,' zei Esther. 'Alles komt op losse schroeven te staan als Trish teruggaat naar Trinidad.'

'Ik snap niet hoe je het voor elkaar krijgt,' zei Skye. 'Ik zit hem al te knijpen met één kind en zonder baan. Ik zie ook wel dat dat belachelijk is, maar het is wel waar. Ik begrijp niet hoe jij het redt met twee kinderen en een fulltimebaan, en dan ook nog zonder partner.'

Esther haalde haar schouders op. Haar lichaam vormde één rechte lijn – geen rondingen of welvingen – maar haar gezicht was precies het tegenovergestelde: hartvormig met zachte, onopvallende gelaatstrekken, alsof ze door Photoshop geblurd waren. Roze lippen van zichzelf. Appelwangen. Zelfs haar donkere haar was dik en glanzend, dankzij haar beeldschone Filipijnse moeder. 'Je doet het gewoon. Ik bedoel: het was allemaal nou niet bepaald een verrassing, toch? Tegen de tijd dat je online sperma koopt, heb je meestal wel een aardig idee van wat je je op de hals haalt.'

'Toch vind ik dat je te bescheiden bent. In je eentje een kind krijgen is ongelooflijk. Maar twee, terwijl je vijftig uur per week werkt? Dat is bovenmenselijk.'

Ze pakten hun koffie aan het eind van de toonbank en nestelden zich aan een hoektafeltje.

'Ach, nou ja. Jij bent de meest betrokken ouder die ik ooit gekend heb! Aurora boft maar met jou,' zei Esther als een brave werkendemoedervriendin die het script uit haar hoofd had geleerd.

'Ik?' Skye sloeg haar ogen ten hemel. 'In feite ben ik gewoon een beroepsvrijwilliger. Ik ben pauzemoeder, leer kleuters composteren, sus ruzies in de kantine, alfabetiseer boeken in de schoolbibliotheek, ben voorzitter van de oudercommissie en penningmeester van de nieuwkomersclub, ga over de waterglijbaan op Field Day, houd toezicht op de klassenindeling bij de schoolboekenbeurs, ben groepsleider bij de meisjeswelpen en leur met schoolkleding als de school dienstdoet als stembureau. De shirts met omkeerbare pailletten zijn onze bestseller, voor het geval je je dat afvraagt.'

Esther schoot in de lach. 'Jij bent de reden dat onze openbare school een van de beste in de staat is. We hebben moeders als jij nodig!'

'Ik was nog niet klaar!' zei Skye. 'Ik heb je nog niet verteld over alle cursussen die ik heb gevolgd. Héél véél cursussen. Ik weet niet precies wat ik moet doen met mijn schat aan kennis, maar boven op de cursussen die we hebben gevolgd toen we Aurora adopteerden, ben ik nu een autoriteit op het gebied van stress, angst, sociaal-emotionele intelligentie, overbelastingsblessures, ADHD, vapen, *power parenting*, hoogbegaafde kinderen en pesten. Ik heb me door experts laten vertellen dat ik moet opkomen voor Aurora's belangen en ik heb van andere experts gehoord dat ik me fucking gedeisd moet houden als ik wil dat ze ook maar enigszins kans maakt een functionele volwassene te worden.'

'Hou op!' zei Esther schaterend.

'Ik heb ook geld ingezameld. Noem maar op: honden, softbal, analfabetisme. Ik heb van alles verkocht, van browniebakblikken tot autostickers, en dat allemaal om ervoor te zorgen dat Abington Elementary beroemde kinderboekenschrijvers, culturele dansgroepen uit Brazilië en bekende jazzkwartetten kon binnenhalen.'

'Hebben we niet net de zussen Bush gehad? Met hun nieuwe kinderboek?'

Skye knikte. 'Ik ben moe. En opgebrand. En ik weet dat ik dat niet hoor te zeggen, omdat ik hashtag dankbaardeemoedigeneenbofkont ben, en dat besef ik ook, écht, maar...' Ze boog zich naar Esther toe en dempte haar stem. 'Ik ben ook heel verveeld. Ik denk dat ik me pas realiseerde hoe verveeld ik me echt voelde toen Aurora afgelopen jaar hele dagen naar school ging. Het is tijd dat ik weer aan het werk ga.'

'Overweeg je dat?'

'Absoluut. Ik denk er al jaren aan, maar het voelde altijd gek om mijn salaris aan een nanny te geven. Maar nu ze de hele dag op school zit...' Skyes stem stierf weg. 'Ik sta alleen niet zo te springen om hier les te geven.'

'O nee?' Esther lachte. 'Ik kan me niet voorstellen waarom niet.'

'Ik ga zorgen dat dat meidenhuis loopt en dan wil ik weer op zoek naar een baan als leraar in de stad. Queens of de Bronx, misschien – die afstand is overbrugbaar.'

'Wat vindt Gabe daarvan?'

Skye haalde haar schouders op. 'Hij staat erachter. Kijk, als het aan hem lag, zouden we de boel inpakken en naar Australië verhuizen. Hij heeft het almaar over de hogere levensstandaard daar.'

'Ja, maar geen werk. Of serieuze mensen. Hoewel je waarschijnlijk ook niet al die gestoorde ouders zou hebben.' Esther zweeg. 'Je gaat toch niet naar Australië verhuizen, hè?'

'Nee! Absoluut niet. Gabe meent het niet serieus. Hij is dol op Paradise, zegt altijd dat het zo'n ideale filmlocatie is. Maar toch mis ik de stad wel. Misschien niet eens zozeer het wonen daar, maar wel het lesgeven. Met al die verschillende kinderen een band opbouwen; zo veel verschillende achtergronden en perspectieven. Het was echt een eyeopener dat hun cultuur en tradities bepaalden hoe ze keken naar leren en creativiteit. Ik vond het heerlijk om te zien hoe ze na dagen – en soms weken – proberen een band kregen. Ik weet niet zo goed hoe ik het duidelijk moet maken, maar het was... anders dan hier. Beter.'

'Dat begrijp ik helemaal,' mompelde Esther.

'Ik heb een informele groep samengesteld van... Hoe zal ik ze noemen? Consultants, denk ik, bij gebrek aan een beter woord. Vier in totaal, allemaal getinte vrouwen, twee pedagogen en twee mensen uit de geestelijke gezondheidszorg, die me zullen adviseren hoe ik de overgang zo soepel mogelijk kan laten verlopen voor de meiden. Los van het feit dat ik enorm veel aan ze heb, ben ik door de gesprekken met hen terug gaan verlangen naar mijn onderwijswortels.'

Skye wierp een blik op haar trillende telefoon op tafel. 'Het spijt me verschrikkelijk, maar Gabe appt dat zijn vergadering een half uur vervroegd is en hij naar kantoor moet.'

Esther sloeg op tafel. 'We gaan hem redden. Kan Aurora de rest van de ochtend bij ons komen? Dat is gemakkelijker; hebben mijn monsters tenminste iets te doen.'

'Skye! Ben jij dat?' galmde een stem in de buurt van de toonbank.

'Nee!' fluisterde Esther, die Skye terug zag zwaaien.

'Ze hebben me al gezien!' zei Skye met opeengeklemde kaken.

Drie vrouwen, bijna identiek aan degenen die ze bij yoga hadden gezien, dromden om hun tafel.

'Kennen jullie elkaar?' vroeg Skye. 'Dit is mijn vriendin Esther. Esther, dit zijn Becky, Denise en Ana, allemaal moeder van...' Skye deed of ze even nadacht '... achtjarige jongens, toch?'

Esther streek haar pony uit haar gezicht. 'O, echt? En allemaal op Abington? Mijn zoon van acht zit daar ook.'

Stilte. Alle drie de moeders keken Esther voor het eerst aan. Opeens was ze interessant. Relevant. 'Wie is jouw zoon?' vroeg Denise, Skyes collega bij de meisjeswelpen.

'Crew. In de klas van mevrouw Goodwin.'

'Ooooooo, heb jij dit jaar mevrouw Goodwin? En hoe ís dat?' Ana boog zich naar haar toe.

Esther haalde haar schouders op. 'Goed, volgens mij. Ik heb Crew niet horen klagen.'

'Zij schijnt verschrikkelijk te zijn!' zei Denise, terwijl ze haar golvende haar schudde. 'Heel ouderwets. Heel streng. Ik bedoel, het is geweldig dat jouw zoon er niet mee lijkt te zitten, maar misschien is hij wel te bang om toe te geven dat hij haar niet mag? In mijn brief aan het hoofd vorig jaar heb ik erop gestáán dat mevrouw Goodwin onze klas niet lesgaf.'

De anderen knikten. 'Het hebben van zo'n leerkracht kan langdurige gevolgen hebben,' verkondigde Becky ernstig. Ze probeerde er bezorgd uit te zien, maar haar gebotoxte voorhoofd werkte niet mee en wekte de indruk dat ze emotieloos dan wel onder invloed in de ruimte staarde.

'O jee, het is al bijna negen uur,' zei Denise. 'Ik kan Bryson niet op tijd naar zijn honkbalwedstrijd brengen als ik niet over een kwartier bij zijn lacrossetraining in Larchmont ben. Echt hoor, wie stelt die roosters eigenlijk samen?'

Voor het geval iemand dat iets kon schelen, kondigden ook Ana en Becky aan dat ze twee zwemafspraken, drie softbalwedstrijden en een zes uur durend voetbaltoernooi hadden. 'Jake mag geen seconde denken dat hij de hele dag honkbal kan gaan zitten kijken,' zei Ana, terwijl ze haar gigantische Chloé-tas over haar schouder slingerde. Het zware hangslot miste Skyes jukbeen op een haar na.

'Daarom moet je ze voor álles als coach inschrijven,' zei Denise gebiedend. 'Een man die geen team heeft om te coachen, is als het hebben van een extra kind.' Ze wendde zich tot Skye. 'Ik zie je volgende week voor de laatste bijeenkomst van de meisjeswelpen van het jaar. Wil jij de agenda checken en een datum prikken met de tussendoortjesmoeder?'

'Tuurlijk,' jubelde Skye.

Het drietal vertrok.

'Wauw. Dat was... overweldigend,' zei Esther.

'Je moest eens weten,' zei Skye.

'Nou, het begint me wel een beetje te dagen. Mijn god, moet je daar élke dag mee dealen?'

Skye dacht terug aan de ouders van haar tienjarigen in Harlem, mensen die bij hadden kunnen klussen als diversiteitsmodellen. Er was een radio-dj bij geweest, een verloskundige, een maatschappelijk werker en twee tandartsen. Enkele ouders die werkten voor de gemeente, voornamelijk bij het openbaar vervoer, en een paar thuishulpen. Er was een vader die naar verluidt banden had met Mexicaanse kartels, hoewel Skye hem altijd uiterst attent en betrokken had gevonden. Er waren ook ouders die ze nooit had ontmoet, omdat ze niet in staat of bereid waren geweest ouderavonden, het kerstconcert of het valentijnsfeest bij te wonen, en nooit een mailtje of telefoontje beantwoordden. Elk jaar telde ze de talen die haar leerlingen spraken; ooit had ze een record van zestien gehad, Engels en Spaans niet meegerekend.

'Nee,' zei Skye, terwijl ze hun lege bekers oppakte. 'Zeker niet in Harlem. Iets meer toen we net hier woonden en ik nog lesgaf in White Plains, maar niets is te vergelijken met Paradise. Ken je Denise?'

'Die met die ring in Kardashian-formaat van net?'

Skye knikte. 'Afgelopen najaar kreeg haar man ruzie met een

andere vader tijdens een wedstrijd *flag football* van hun zoon.'

'O? Je bedoelt dat ze elkaar uitkafferden?'

'Nee, ze gingen met elkaar op de vuist! Letterlijk! Twee volwassen mannen die vechtend over het veld rolden en schreeuwden hoe het team het beste in de Super Bowl kon komen. Die van Páradise welteverstaan. Voor kínderen. Godzijdank was Gabe erbij. Hij en een andere vader hebben ze uit elkaar gehaald, maar tegen die tijd had elke zesjarige uit het team het allemaal al gezien. Echt, hoor, ik daag je uit een scenario te verzinnen waarbij minder op het spel staat dan een flag-footballwedstrijd voor zesjarigen.'

'Dat kan ik niet.'

'Natuurlijk niet. Want dat bestaat niet.'

Esther wreef over haar slapen. 'Ik ben nog nooit in mijn leven dankbaarder geweest om overwerkt en onderbetaald te zijn. En volkomen ondergewaardeerd door die lul voor wie ik werk. Serieus. Ik bóf maar.'

Ze stapten samen in Esthers auto en reden het korte stukje naar huis. Nadat ze Gabe had uitgezwaaid en vanuit haar keukenraam Aurora naar Esthers achtertuin had zien lopen, ging Skye tien volle minuten onder het beukende water van de douche staan. Toen ze met een handdoek om haar borst en een om haar hoofd geknoopt uit de badkamer kwam, zette ze de tv aan op zoek naar een muziekzender, maar toen trok een schreeuwende BREAKING NEWS-balk haar aandacht.

'Wat nu weer?' mompelde ze, terwijl ze naar het scherm tuurde.

De camera zoomde in op het gezicht van de man die op de achterbank van een officieel ogende auto werd gedrukt. Skye fronste en boog zich dichter naar het scherm. 'O mijn god,' fluisterde ze. 'Is dat...?'

Ze keek rond in de kamer en probeerde zich te herinneren waar ze haar bril had gelaten. Mijn hemel, wat was er aan de hand? Het moest een vergissing zijn. Waar was Peyton en wat wist ze?

De verslaggevers op het scherm begonnen te schreeuwen. 'Wat

kunt u zeggen over de aanklacht tegen uw man?' riep er een boven de anderen uit.

Ondanks haar halve blindheid haalde Skye haar zus er zo uit. Het was alsof je je eigen baby herkende op een afdeling vol identiek ingebakerde pasgeborenen. Ze stond zo dicht bij de televisie dat er waterdruppels uit haar haren op het scherm vielen. O. MIJN. GOD. Het was Peyton. Honderd procent zeker. Het was voor Skye allang geen rare gewaarwording meer haar zus op tv te zien, maar dit was anders. Waarom droeg haar zus spandex en een sportbeha? Vanwaar dat gekke haar, dat rood aangelopen gezicht en de doodsbange uitdrukking? Skye besefte dat ze zo verlamd was geweest door Peytons verschijning en Isaacs handboeien dat het commentaar haar ontgaan was. Ze zakte op de vloer; haar lichaam begreep dat er iets afschuwelijks gebeurde, maar haar verstand kon het nog niet bevatten. Op dat moment kon ze alleen maar denken: Max.

Ergens rinkelde een telefoon. Ze krabbelde overeind en vond hem op de wastafel.

Zij noch Peyton zei iets. Ze wachtten af; allebei te bang om te praten. Toen vroeg Peyton eindelijk: 'Zit je te kijken?'

Skye haalde diep adem en zei: 'Wat ben jij gigantisch genaaid.'

5
We hebben een probleem

Voor de tweeëntwintigste keer in het afgelopen uur rinkelde Peytons telefoon. Ze griste hem van de oplader op het kookeiland. 'Ik heb niet meer te melden dan zeven minuten geleden, Kenneth,' zei ze zo onbewogen mogelijk.

'Nou, ik heb meer dan genoeg te melden,' zei de man die al bijna tien jaar haar agent was op zijn karakteristieke norse toon. De kale en te zware Kenneth kwam nog uit de tijd dat je lunchte met twee martini's. Hij was oud genoeg om Peytons vader te kunnen zijn – en in sommige kringen wellicht haar grootvader – maar hij was de beste in het vak en liet zich niet om de tuin leiden, zeker niet door Peyton. Normaal gesproken waardeerde ze dat, maar vandaag lag dat anders.

'Ik heb je al verteld dat dit één groot misverstand is.'

'Dat mag dan zo zijn, en ik hoop voor jou dat het zo is, maar dat verandert niets aan het feit dat ANN nogal – hoe zal ik het omschrijven? – onáángenaam verrast is door het feit dat hun favoriete ochtendshowpresentatrice zelf de voorpagina's heeft gehaald. Ik heb behoefte aan enige duidelijkheid, Peyton, als je wilt dat ik je hiermee help. Wat is er verdomme aan de hand?'

Peyton bracht twee vingers naar haar slaap. Ze kon hem met geen mogelijkheid de waarheid vertellen. 'We kennen elkaar al heel lang, Kenneth. Je moet me gewoon vertrouwen als ik zeg dat we geen probleem hebben.'

'Geen probleem? Wie heeft er geen probleem? Nee, ík heb geen probleem, maar naar het schijnt heb jíj wel degelijk een probleem. Joseph is op zijn zachtst gezegd geagiteerd en je baas is niet echt vatbaar voor mijn geruststelling dat jij het gevoel hebt dat dit allemaal een groot misverstand is.'

Haar telefoon gaf een inkomend gesprek aan. Van Joseph zelf, dit keer. Ze kreeg de zenuwen. 'Ik moet deze opnemen.' Ze drukte Kenneth weg voordat hij daarop kon reageren.

'Peyton,' zei Joseph. 'Zou je me willen vertellen wat er in godsnaam aan de hand is?' Zijn lichte zuidelijke accent was traag en stroperig, maar ze kende hem goed genoeg om te weten dat hij graag slijmde met mensen voordat hij de genadeklap toediende.

'Joseph,' mompelde Peyton, die probeerde haar meest geruststellende en professionele toon aan te slaan. 'Ik weet dat dit er slecht uitziet, dat begrijp ik, maar ik kan je verzekeren dat –'

'Slecht uitziet?' Hij viel haar in de rede. 'De echtgenoot van Amerika's lieveling is net op de nationale televisie gearresteerd! Dan moet je me toch eens vertellen of jij denkt dat huisvrouwen in Oklahoma die elke ochtend inschakelen voor verhalen over heroïsche brandweermannen zich echt willen voorstellen dat jouw man gevangenzit voor omkoping. Voor het uitschrijven van een cheque van meer dan hun jaarsalaris om jullie kind op een elite-universiteit te krijgen.'

'Isaac heeft niemand ómgekocht.' Peyton probeerde niet defensief te klinken. De officiële aanklacht was mailfraude, iets wat ze nog niet helemaal begreep.

'Wist jij hiervan?' Die vraag had ze niet verwacht. 'Vast wel. Ik ken Isaac. Hij is een voortreffelijke kerel en hij kan dit onmogelijk zonder jou gedaan hebben.'

'Ik heb niet –'

'Ik vraag het je op de man af. Ben jij hierbij betrokken? Ik moet weten wat ons nog meer voor ellende te wachten staat, voordat ik kan besluiten hoe we verdergaan.' Peyton voelde zweet prikken onder haar armen. 'Wat was jouw rol hierin?'

Peyton verstijfde. Joseph was dol op haar. Hij had haar weggekaapt bij MSNBC met een reeks lunches en dinertjes, die was uitgelopen op regelrecht stalken toen zij met het verhaal over illegale fracking in een natuurreservaat in Alaska was gekomen. De afgelopen vijf jaar was hij haar mentor en promotor geweest. Hij had haar op persoonlijke titel een magnum Dom Pérignon met een dweperig kaartje gestuurd toen ze een Emmy had gewonnen in de categorie televisienieuws. Hoe was het mogelijk dat hij haar niet het voordeel van de twijfel gaf?

'Hoor je me?' Zijn slijmerige toon was op de een of andere manier verdwenen.

'Ik heb al de beste advocaat in de arm genomen, Joseph, en je zult zien dat dit allemaal –'

'Los. Het. Op. Begrepen?'

Peyton opende haar mond om hem nogmaals gerust te stellen, maar haar stem werd geblokkeerd door het volgende telefoontje. Joseph hing op en ze zag op haar scherm dat het Nisha was.

'Hai.' Peyton ademde eindelijk uit.

'Ik heb Claire gesproken. Ze schakelt elke connectie in die ze heeft – en geloof me, ze kent iedereen – om Isaac voor het weekend vrij te krijgen. Ze is nu daar. Ze belooft niets, maar ze is hoopvol.'

'O mijn god, Nisha, hij kan echt niet een nacht doorbrengen in een cel.'

'Als iemand hem daar uit kan krijgen, is het Claire wel. Zij is de allerbeste.'

'Dank je,' fluisterde Peyton. Ze voelde een golf van dankbaarheid jegens Nisha, omdat ze Claire zover had gekregen de zaak op zich te nemen, maar kon niet de juiste woorden vinden om dat te zeggen. Op Penn State was Nisha een feestbeest geweest. Spontane trip naar een nabijgelegen casino in een indianenreservaat? Ca-zones om drie uur 's nachts? Tequilashotjes als brunch? De wedstrijd overslaan om te blijven picknicken? Blijven slapen? Nisha was overal voor te vinden. Zelfs Peyton wist pas dat Nisha net zo hard studeerde als feestte toen ze als enige van hun hele jaar werd toegelaten op Yale Law School.

'Vergeet niet: jij blijft thuis, wat er ook gebeurt. Hij kan een Uber naar huis nemen. Een foto van jou voor een of ander politiebureau op elke tv in Amerika zou nu wel het allerergst zijn. Dat kan ik niet genoeg benadrukken.'

'Dat weet ik,' zei Peyton, en dat was ook zo.

'Neem geen telefoontjes op waarvan je het nummer niet kent. Ga er maar van uit dat je werkmail wordt gelezen, want dat is zo. Sterker nog, ik zou ook maar aannemen dat dat voor je privémail geldt. Jij moet je nu volledig focussen op zwijgen. En dat geldt ook voor Max. Neem voor mijn part al haar elektronica in beslag en sluit haar op op haar kamer – als zij iets stoms doet op sociale media brengt ze jullie allemaal in gevaar.'

'Dat begrijp ik. Ik heb dat allemaal al aan haar uitgelegd.'

'Doe het nog maar een keer. En dan nog een keer.'

'Begrepen,' zei Peyton.

'Dit is geen grap,' zei Nisha gespannen. Dat klonk vreemd uit de mond van iemand die meestal een of ander bizar verhaal vertelde over de zoveelste beroemdheid of miljardair die zich misdragen had. Toen Nisha het ministerie van Justitie had verlaten om met twee andere vrouwen haar eigen crisismanagementbedrijf te beginnen, was Peyton verrukt geweest: haar beste vriendin was een constante bron van geweldig materiaal geworden. Maar nu? Hoe kwam het dat ze opeens een cliënt van haar was?

'Nee,' zei Peyton.

'Luister, P. Dit wordt niet gemakkelijk. Ik wil dat je dat beseft. Maar ik ben er om je op alle mogelijke manieren te helpen, oké?'

'Echt, Nish, dat waardeer ik, dat weet je. Maar deze hele... situatie is overdreven. Eigenlijk is het belachelijk; het waait zo weer over.'

Vanwege de korte stilte die viel, controleerde Peyton of ze nog wel verbinding had.

'Ik bel je als ik meer weet,' zei Nisha ingetogen. Ze hing op.

Peyton staarde even naar haar telefoon. Haar handen trilden. Nisha klonk nooit bezorgd. Nooit. Maar ze kende het hele verhaal natuurlijk niet. Als ze dat eenmaal wel deed, zou ze begrijpen dat iedereen overdreef. Peyton liep door de gang en klopte op Max' deur, maar er kwam geen antwoord.

'Liefje? Ik ben het. Mag ik alsjeblieft binnenkomen?'

'Nee!'

Peyton duwde haar dochters slaapkamerdeur open. 'Max? Ik heb Nisha net gesproken. Zij heeft de beste advocaat van New York geregeld, ene Claire, een studiegenoot van haar op Yale.'

Max zei niets. Met een belachelijk grote koptelefoon over haar oren zat ze op haar bed te staren naar de geopende laptop op haar gestrekte benen.

'Hoor je me?' vroeg Peyton. 'Max? Max! Kun je dat ding alsjeblieft afzetten?'

Max trok het ding boos van haar hoofd en gooide het op bed. 'Wat is er?'

'Ik vertelde je dat ik heb gesproken –'

'Jaja, Nisha en haar advocatenvriendin. Ik heb je wel gehoord. Anders nog iets?'

'Ze benadrukte dat wij allemaal niets mogen zeggen, maar dat weet je al. Ik hoop dat papa zo thuiskomt; dan kunnen we er even een goed gesprek over voeren.' Peyton stak haar hand uit om die op Max' been te leggen, maar haar dochter trok dat met een ruk opzij. Haar strakgespannen lippen en opeengeklemde kaken waren nog net zoals toen ze een dreumes was; een uitdrukking die alleen een moeder herkende: Max probeerde niet in tranen uit te barsten.

'Een "goed gesprek"? Over dat mijn vader mijn leven verpest heeft? Nee, dank je. Hoeft niet.' Ze boog zich over het bed en zette haar koptelefoon weer op.

Voor één keer stond Peyton met haar mond vol tanden. Er waren duizend dingen die ze kon zeggen, maar er stond er haar niet één duidelijk voor ogen. In plaats daarvan sloot ze zachtjes de deur achter zich.

Meteen zoemde haar telefoon.

Wat gebeurt er? appte Skye.

Advocaat genomen. Isaac hopelijk snel thuis. Zodra Peyton het verzonden had, vroeg ze zich af of iemand anders dit ook las. Bedoelde Nisha echt dat ze met niemand contact mocht hebben?

Ze liep de zitkamer in. Die grensde aan de keuken en was klein doch comfortabel, met veel wit en grijs en subtiele dierenprints. Zo zag het hele appartement met vier slaap- en badkamers in een gebouw met portier eruit. Het was zeker een luxe, maar verre van extravagant, en voor Peyton was het belangrijkste dat het knus en chic was. Ze waren er pas een jaar geleden in getrokken, toen Peytons promotie tot ochtendpresentator en het daaruit voortvloeiende salaris in werking traden, en ze vond het er heerlijk.

Tegen beter weten in zette Peyton de tv aan, die voorgeprogrammeerd was op ANN. Renees gezicht vulde het scherm. Peyton voelde een golf van misselijkheid toen ze besefte dat haar vriendin en collega niet alleen verslag uitbracht over Isaac, maar ook niet de moeite had genomen om haar daar vooraf voor te waarschuwen, al was het maar middels een app.

'We horen nu dat er door de officier van justitie een aanklacht is ingediend tegen Isaac Marcus, de echtgenoot van ANN's eigen

Peyton Marcus. Marcus, een parttime vermogensbeheerder in vastgoed, zou worden beschuldigd van strafbare samenspanning en mailfraude. Hij zou een "fixer" betaald hebben om de toelating van zijn dochter op Princeton University, waar hij zelf is afgestudeerd, zeker te stellen.'

Peyton ademde uit. Frustratie en onmacht welden in haar op. Ze pakte haar telefoon.

Meen je dat nou? Had je me niet eerst kunnen bellen? hamerde ze op de toetsen.

Zodra ze het verstuurd had, kreeg ze spijt. Natuurlijk kwam er geen reactie, zelfs niet toen Renee de presentatie om vijf uur overdroeg aan Dean. Nu ze erbij stilstond: niet een van haar vriendinnen uit haar tv-moedersappgroep had gebeld of geappt, ondanks het feit dat ze dat zo'n beetje elke dag de hele dag door deden. Ze hadden elkaar als jonge verslaggevers leren kennen en waren meteen vriendinnen en bondgenoten geworden in deze hyperconcurrerende en nietsontziende bedrijfstak. Ze waren van tv-chicks veranderd in tv-moeders – hoewel vijftien jaar later alleen Peyton en Renee nog in het vak zaten – maar ze waren wél haar werkvriendinnen. Degenen die voor haar opkwamen. De vrouwen die sushi en champagne het ziekenhuis binnen hadden gesmokkeld toen ze van Max was bevallen en met wie ze had gebrainstormd over briljante manieren om wraak te nemen op collega's die zich schuldig maakten aan seksuele intimidatie bij de zenders waar ze werkten. Met wie ze uitjes en etentjes had gepland als een van hen vrijgezel of depressief was geworden, ging scheiden of alleen was op haar verjaardag. En nu stond haar hele wereld op zijn kop en had ze van geen van hen ook maar iets vernomen. Ze keek weer op haar mobiel. Haar moeder had nog drie berichten gestuurd, Skye twee en Kenneth had de voicemail ingesproken, maar er was nog steeds niets van de advocaat of van Isaac.

Ze begon vanuit de hal door het appartement te ijsberen, liep met lange passen heen en weer over de gang in het midden, langs

Max' kamer, de slaapkamer die diende als gedeeld kantoor voor Isaac en haar, een logeerkamer met een slaapbank en tot slot hun ruime slaapkamer met uitzicht op het westen en de boomtoppen in Central Park. De keuken en zitkamer, die in elkaar overvloeiden, namen de ruimte tegenover de slaapkamers in, en hoewel de indeling rechttoe rechtaan was – sommigen zouden zeggen fantasieloos – vond Peyton het geweldig dat hun kleine gezinnetje er zo prachtig in paste. Ze dook hun kantoor in en wierp een blik op de foto die ze onlangs had ingelijst en op haar bureau had gezet: Isaac en zij op het recente jaarlijkse kerstfeest van ANN. Ze zagen er allebei gelukkig en knap uit in hun feestkleding. Op zijn tweeënveertigste had Isaac nog net zulk dik en donker haar als op de dag dat ze elkaar ontmoet hadden. Soms trok hij dat met twee handen strak naar achteren om zijn zogenaamd wijkende haargrens te laten zien en dan sloeg ze haar ogen ten hemel en zei dat zijn ogen achteruitgingen, niet zijn haargrens. En ook dat hij niet moest zeiken, want het was echt heel oneerlijk dat hij met het verstrijken der jaren alleen maar knapper werd. Door de lijntjes rond zijn mond leek hij continu blij en het kleine beetje zout en peper in zijn karakteristieke stoppelbaard van twee dagen maakte hem op de een of andere manier extra mannelijk. Zijn ogen, die een onnatuurlijk lichtblauwe kleur hadden, waren geen greintje doffer geworden. Terwijl ze naar de foto keek, voelde ze een vreemde paniek opkomen. Hoe had het zo uit de hand kunnen lopen?

Ze schrok toen de voordeur opeens opengging. Wat was dat? Ging Max weg? Nee, dat zou ze niet doen. En de portier liet niemand naar boven gaan zonder haar toestemming, tenzij... Zou het Isaac zijn? Ze had nog maar een uur geleden met Nisha gesproken; hij kon echt met geen mogelijkheid al thuis zijn. En bovendien zou hij haar dan ongetwijfeld gebeld hebben.

'Isaac? Schat? Ben jij dat?' Ze pulkte nerveus aan haar strakke katoenen trui – de blauwe, zijn lievelings – terwijl ze door de gang beende. Haar man schopte zijn schoenen uit en keek op toen ze de hal in liep, maar zei geen woord. Zelfs nu nog, na achttien jaar samen, ging Peyton sneller ademhalen bij het zien van zijn scheve grijns. Niet dat hij grijnsde.

'O, godzijdank.' Ze sloeg haar armen om zijn borstkas, streek een haarlok uit zijn ogen en ging op haar tenen staan om hem te zoenen, maar hij maakte zich los.

'Waar is Max?' Isaac weigerde haar aan te kijken. Zijn stem was kil.

'Op haar kamer. Ik heb gezegd dat we vanavond tijdens het eten met elkaar praten.' Peyton probeerde een geruststellende toon aan te slaan, iets wat ze vaak had gedaan toen Max een dreumes was en later weer als tiener.

Isaac zei geen woord, maar liep over de gang naar Max' kamer.

'Mackenzie?' Hij klopte drie keer, en toen eens drie keer. 'Doe alsjeblieft open.'

Peyton kon niet verstaan wat haar dochter antwoordde, maar ze wist dat er geen enkele kans was dat ze de deur zou openen voor de vader die haar voor haar gevoel verraden had. Korte tijd later kwam Isaac terug.

'Hoe heb je zo stóm kunnen zijn!' Zijn woede was tastbaar. 'Na dat gesprek van ons! Nadat ik je expliciet te verstaan had gegeven er niet bij betrokken te raken. Nadat je beloofd had dat je dat niet zou doen! Wat heb je in godsnaam gedaan?'

Peyton liep naar hem toe en pakte behoedzaam zijn hand, die hij meteen losschudde. 'Kom even zitten, oké? Dan schenk ik een glas wijn in en kunnen we –'

'Je hebt hier verdomme verslág van gedaan, Peyton. Twee jaar geleden! Je hebt het er zo vaak over gehad dat het je de keel uithing. Je hebt gezien wat die idioten gedaan hadden. Dat ze de wet hadden overtreden. De gevángenis in zijn gegaan. En dan doe je het gewoon zelf ook?' Het kwam er grommend uit.

Peyton schonk twee glazen pinot grigio in en keek hem aan. 'Die ouders overtraden willens en wetens de wet. Ze betaalden mensen om in plááts van hun kinderen het toelatingsexamen te doen. Lieten hun kinderen poseren voor foto's alsof ze waren aangenomen voor een sport die ze niet eens beóéfend hadden. Ik bedoel, dat is compleet gestoord – en heel wat anders dan waar jij en ik het over gehad hebben.'

'Denk jij dat het uitschrijven van een cheque niet als een misdrijf wordt gezien?'

Peyton schudde haar hoofd. 'Nee. Tenzij het bouwen van een scheikundelaboratorium of het aanleggen van sportvelden bij een universiteit dat ook zijn. Dat gebeurt voortdurend – al generaties lang – en niemand gooit díé mensen in de gevangenis. Natuurlijk zou ik nooit de boel zo belazeren als die mensen hebben gedaan.'

'O mijn god, Peyton. Zeg alsjeblieft dat je dat zelf niet gelooft. Zeg dat je heus wel weet dat er een verschil is – in het echte leven, maar ook in de ogen van de wet – tussen het uitschrijven van een cheque voor een zogenaamd goed doel om je kind op die opleiding te krijgen en doneren aan een school waar de gehele gemeenschap van profiteert. Kom op, nou.'

Peyton schudde koppig haar hoofd. 'Het zit anders.'

'Hoe dan?'

'Ze zou nooit toegelaten zijn zonder een klein zetje. Dat weet jij net zo goed als ik.'

Isaac keek haar met grote ogen aan.

Peyton haalde diep adem. 'Dacht jij nou echt dat ze op Princeton toegelaten zou worden omdat ze goede cijfers en redelijke testresultaten had? Want dat is gewoon lulkoek. En ga nou niet ontkennen dat jij net zo graag wilde dat ze daarheen ging als ik.'

'Natuurlijk wilde ik dat ze daarheen ging.' Een vlekkerig rood verspreidde zich over zijn hals. 'Omdat ik het daar zelf geweldig vond. Omdat de professoren en vakken verbazingwekkend zijn, de campus schitterend is en ik dacht dat ze daar wél geestverwanten zou vinden. Iets waar ze nooit in geslaagd is op die verstikkende, geestdodende Milford Academy waar ze van ons zo nodig naartoe moest omdat alle “goede” families daarheen gingen.’

Peyton deinsde achteruit, hoewel ze dat gesprek over Milford al talloze malen gevoerd hadden. ‘We hebben haar naar Milford gestuurd omdat die school het beste voorbereidende onderwijs in de stad biedt en elk jaar de meeste kinderen op de beste opleidingen krijgt. Dat weet je best. Daar waren we het over eens.’

‘Ja, en wie staan er nu voor gek? We hadden haar overál naartoe kunnen sturen als jij toch al van plan was een plekje te kopen.’

‘Isaac, liefje,’ zei Peyton zacht. ‘We zijn het er lang geleden al over eens geworden dat Princeton de perfecte opleiding voor Max was. Ik heb gedaan wat nodig was. Wat honderden, zo niet duizenden ouders in heel Amerika doen om hun kinderen de beste kans te geven.’

Isaac nam een woeste slok wijn. ‘Ze had het hoogste gemiddelde examencijfer en een score van 1480 voor haar SAT-test. Max is een kei. Ze had het op eigen kracht ook wel gered.’

Peytons ogen werden groot. ‘Niemand houdt meer van Max dan ik en we weten allebei dat ze een bijzonder mens is. Maar als gegadigde voor een elite-universiteit is ze gewoon een van de velen.’

‘Wat leuk om zo over je dochter te praten.’

Peyton telde op de vingers van haar linkerhand. ‘Ze is een wit, joods meisje uit Manhattan: dat zijn al drie punten. Ze heeft nooit eerste viool gespeeld in het New York Philharmonic, vier, is nooit haar eigen wereldwijd succesvolle internetonderneming begonnen, vijf.’ Ze telde op haar andere hand verder. ‘Ze heeft nooit een nieuwe plantensoort ontdekt, zes. Geen wezenlijk doch fascinerend fysiek of mentaal trauma, zeven. Ze heeft niet hoeven strijden tegen armoede, racisme of wat voor discriminatie dan ook om te komen waar ze nu is, acht. Haar ouders zijn heteroseksueel en voor zover wij weten is zij dat ook, negen. Moet ik verdergaan?’

‘Maak er gerust tien van,’ zei Isaac met samengeknepen stem.

‘Ondanks al deze ongelooflijke pluspunten – of misschien juist dankzij die pluspunten – heeft ze een GPA van 4.0 en een SAT-score van 1480, die waarschijnlijk aan de lage kant zijn voor dit soort opleidingen.' Ze tikte op de pink van haar rechterhand. 'Begrijp je wat ik bedoel?'

'Nee.' Hij stond op.

'Loop alsjeblieft niet weg,' zei ze smekend. Ze kon zich niet herinneren dat ze hem ooit zo had gezien. Haar handpalmen waren klam – iets wat haar echt nooit gebeurde – en haar hart ging als een razende tekeer.

'We hebben het hier over gehad, Peyton. Ik heb je overduidelijk gemaakt hoe ik hierover dacht. Je hebt het belóófd.' Hij klonk oprecht gekwetst en dat ging Peyton meer aan het hart dan zijn kille woede.

'Isaac, ik heb alleen maar gedaan wat –'

Hij beende door de zitkamer en draaide zich om. 'Nog één ding. Waarom heb je een cheque van mijn rekening gebruikt?'

Peytons ogen schoten omhoog. 'Jouw wat?'

'Waarom heb je een cheque van mijn zakelijke rekening uitgeschreven in plaats van die van jezelf? Of van onze gezamenlijke?'

Tot dat moment had Peyton er geen seconde bij stilgestaan welke rekening ze had gebruikt. 'Ik kon geen ander chequeboek vinden. Ik heb gewoon gepakt wat er op je bureau lag. Dus ik heb niet geprobeerd om, zeg maar, sporen te wissen of zoiets. Het was gewoon een donatie. Ik heb geen moment gedacht...'

Hij knikte. 'Je hebt geen moment gedacht dat je je dochters leven ging verknallen.' Ze kon zich niet herinneren dat hij haar ooit zó kwaad had aangekeken. Toen liep hij de kamer uit. Even later hoorde ze de deur van hun gezamenlijke kantoor dichtgaan.

Peyton nam een enorme slok wijn, hoewel ze die met moeite door haar verkrampte keel kreeg. Het was waar, ze hadden hier afgelopen zomer over gepraat toen Max was begonnen met het aanschrijven van universiteiten, en ze had hem beloofd dat ze het los zou laten. En dat had ze ook gedaan. Maar toen aan het begin van Max' laatste jaar de gekte van het aanmelden bizarre vormen aannam en ze zowel haar dochter als haar man kon opdweilen, herinnerde Peyton zich de gast die ze in haar programma had gehad. En toch – tóch – had ze hem toen niet gebeld. Ze had Isaac beloofd dat ze dat niet zou doen. Maar toen de man háár belde, alsof hij op de een of andere manier een camera in hun woonkamer had opgehangen en wist hoe gestrest ze allemaal waren, had ze wel opgenomen. En geluisterd. Ze slikte weer en dacht terug aan de eerste keer dat ze er tegen Isaac over begonnen was, op een vrijdag eind augustus, toen ze bij de plaatselijke Italiaan waren gaan eten.

'Ik had vandaag een interessante gast in het programma,' had ze zo terloops mogelijk gezegd toen ze aan hun gebruikelijke tafeltje waren gaan zitten.

Ook toen had Isaac zijn neus opgetrokken. 'Was dat die actrice, die vrouw die uit de school klapte over Johnny Depp? Ik ben haar naam even kwijt...'

'Ja, maar na haar interviewde ik een gerespecteerde studieadviseur. Je zou moeten horen hoe mensen over hem praten – alsof hij je kind op Harvard kan krijgen door met een toverstokje te zwaaien.'

'Ik wil niet dat ons kind naar Harvard gaat. Dan wordt ze zo'n Harvard-type dat in elk gesprek het woord "Harvard" laat vallen.'

'Was het maar waar,' zei Peyton.

'Max gaat níét naar Harvard.'

'Dat doet er helemaal niet toe, want daar komt ze toch nooit op. Maar goed, die man kwam dus om zijn nieuwe boek te promoten, *Cracking the Code*, waarin hij de beste strategieën beschrijft om de prioriteiten van je voorkeursopleiding te achterhalen en vervolgens uit te vogelen hoe je daaraan kunt voldoen.'

'Laat me raden,' had Isaac grijnzend gezegd. 'Voor de spotprijs van tweeëntwintig negenennegentig onthult hij al zijn geheimen in een gebonden editie.'

'Het gaat niet om het boek.' Peyton had een wegwerpgebaar gemaakt. 'Waar het wel om gaat, is dat ik hem na afloop heb gesproken, gewoon, je weet wel, om hem te vertellen dat Max bijna eindexamen ging doen en of hij nog advies voor haar had.'

'En?'

'Hij vroeg waar we naartoe wilden en of we al dan niet persoonlijke connecties met die opleidingen hadden. Toen ik hem vertelde dat jij was afgestudeerd op Princeton, zei hij dat hij een zeer goede vriend had in de raad van toezicht daar en dat hij graag een goed woordje voor Max bij hem zou doen.'

Isaac was gestopt met eten en had haar aangekeken. 'Waarom zou hij dat doen? Hij kent Max helemaal niet – en ons ook niet.'

'Het is een van de diensten die zijn bedrijf levert. Als we een donatie doen aan zijn goede doel zal hij zijn connecties aanspreken en voor haar pleiten. Natuurlijk kan hij niets garanderen, maar hij heeft een slagingspercentage van vijfennegentig procent – hoger als de student relevante kwalificaties heeft, zoals Max.'

'Een goed doel? Wat dan?' Isaac had er verbaasd uitgezien.

Peyton had haar uiterste best moeten doen om haar ergernis niet te tonen. Hij richtte zich op de verkeerde dingen! 'Geen idee. Iets op educatief gebied. Dat laat hij je weten als je akkoord gaat,' had ze zo beheerst mogelijk geantwoord. 'De gesuggereerde donatie is vijftigduizend, wat, begrijp me niet verkeerd, niet niks is. Maar als je kijkt naar wat de studieadviseurs hier vragen voor een handjevol afspraken en het redigeren van een scriptie, valt het eigenlijk best mee.'

'Het kan me niets schelen, al deed hij het voor een tientje.'

'Ach, kom nou toch, Isaac! Je vergeet dat we al betaald hébben om Max op de best mogelijke school te krijgen. Haar opleiding heeft al vanaf de kleuterschool meer dan vijftigduizend dollar per jaar gekost. Toen ze acht was hebben we een privéhockeytrainer ingehuurd. En weet je die professor met een doctorstitel in toegepaste wiskunde van Columbia nog, die haar bijles heeft gegeven? Of dat bedrag van bijna twintigduizend dollar dat we afgelopen zomervakantie hebben betaald, zodat ze als "vrijwilliger" huizen kon bouwen voor arme gezinnen in Costa Rica? Al die dingen hebben we opzettelijk gedaan om ons kind alle kansen te geven, zodat ze uiteindelijk naar de best mogelijke universiteit zou kunnen. Wat is hier dan anders aan?'

Isaac had zijn bord bestudeerd. 'Als je het zo op een rijtje zet, ben ik niet trots op sommige beslissingen die we hebben genomen. Maar ik weet gewoon dat dit geen goed idee is.'

Toen had Peyton op de tafel geslagen – ze huiverde nu ze daaraan terugdacht. 'En die cheques dan die je elk jaar al uitschrijft voor Princeton? Was het toeval dat je daarmee begonnen bent in het jaar dat Max geboren is? Kun je in alle oprechtheid zeggen dat je dat blijft doen als ze gaat studeren? Heb je geld gegeven om de universiteit te steunen en je waardering te uiten of om de kans te vergroten dat ze er wordt toegelaten? Eerlijk zeggen.'

'Allebei,' zei hij. Toen Peyton hem probeerde te interrumperen, had hij zijn hand opgestoken. 'De tien of vijftienduizend dollar die wij elk jaar schenken, heeft geen invloed op Max' toelating. Dat kost miljoenen.'

Peyton had zich naar hem toe gebogen. 'En als dat nou niet zo is?'

Ze hadden de rest van de maaltijd in stilte opgegeten, totdat Isaac zei: 'Ik ben niet geïnteresseerd, P. En dat zou jij ook niet moeten zijn.'

'Wat hebben we de afgelopen zeventien jaar dan gedaan?'

Isaac had zijn keel geschraapt. 'Kijk me aan,' had hij op een geruststellende, kalmerende toon gezegd. 'Ik wil geen ruzie. Ik weet dat je alleen maar het beste met Max voorhebt. Maar je moet me beloven dat je niet meer gaat praten met die *Cracking the Code*-gast. Oké?'

'Maar ik denk dat als –'

'Peyton James Marcus. Beloof het me. We zullen Max op elke mogelijke manier steunen en ik weet – en dat weet jij ook – dat ze op een geweldige plek terechtkomt. En dat ze het heerlijk zal vinden waar ze uiteindelijk naartoe gaat. Beloof me dat je geen stap verder zet met die gast.'

Peyton had haar mond geopend om iets te zeggen, maar weer was Isaac haar voor. 'Beloof het me.'

Ze had gezucht. 'Dat beloof ik.'

'Je belt hem niet terug. Maakt geen nieuwe afspraak. Er worden geen cheques uitgeschreven, niet aan hem en ook niet aan een goed doel. Beloofd?'

'Dat heb ik al gedaan! Beloofd.'

Ze had de rest van de avond gemokt, maar dat had hij niet gemerkt, óf hij had gedaan alsof hij dat niet deed, en ze hadden het er nooit meer over gehad.

Ze kon zich nu, terwijl ze naar het plafond zat te staren, niet herinneren dat haar gelijkmoedige man ooit zo boos was geweest dat hij de kamer uit was gestormd. Ze slaakte een diepe zucht; ze had inderdaad haar belofte verbroken. In al die jaren dat ze samen waren, was hij nog nooit echt kwaad op haar geweest. Het leven met Isaac was een avontuur; hij was haar constante factor, al vanaf het allereerste begin, toen ze alleen nog samen uitgingen. Ze had toen voor het eerst sinds maanden een weekend vrij gehad bij de zender in Queens waar ze nachtdiensten draaide, en wilde heel graag naar een hotel. Een paar dagen roomservice en liggen op een strand of naast een zwembad. Slapen, vrijen, fruitige cocktails drinken. Maar Isaac was zo overtuigend geweest! Hij was anders dan al die sukkels met wie ze daarvoor altijd uitging. Hij zag er goed uit – maar was niet superknap – en gaf niet veel om sport, of het nu om de beoefening ervan of het kijken ernaar ging. Hij had filosofie als hoofdvak en Engelse letterkunde als bijvak gevolgd op Princeton. Hij was vriendelijk, attent en hartelijk, en mán, wat kon hij onvermurwbaar zijn als hij ergens enthousiast over was. Bijna niets had Peyton van die ligstoel op een smerige, stinkende, gehuurde vissersboot kunnen krijgen, behalve Isaacs geduldige en aanhoudende smeekbedes. En hoewel ze vijf uur aaneengesloten had gekotst – meer dan vijfentwintig keer – en zo uitgedroogd was dat ze naar de spoedeisende hulp moest voor een infuus, blééf ze die avond maar tegen hem glimlachen toen ze op hun hotelbed pizza uit een doos zaten te eten en herinneringen ophaalden aan de vis die ze gevangen hadden. Peyton had het niet gepland of er überhaupt over nagedacht, maar zodra ze het eruit flapte – 'Wil je met me trouwen?' – was ze er voor duizend procent van overtuigd dat dat precies was wat ze wilde. Isaac had een fractie van een seconde zo geschrokken gekeken dat hij van het bed leek te kukelen, maar toen had hij haar vastgepakt – waardoor de pizza op de grond viel – en gekust. Er zaten nog steeds stukjes kots in haar haren en zijn kleren stonken nog naar aas en vis, maar ze hadden op dat moment en op die plek besloten voor eeuwig bij elkaar te blijven.

Voor eeuwig betekende voor eeuwig. Door alle hoogte- en dieptepunten die het leven met zich meebracht. Zeker weten, dacht Peyton toen ze haar glas leegdronk en op zoek ging naar haar gezinsleden. En Isaac wist het ook. Ze zouden wel een manier vinden om hierdoorheen te komen. Hij zou het haar wel vergeven, toch? Aan het alternatief wilde ze niet eens dénken.

6

Bloemen voor de zomer

Max hoorde de gedempte stemmen, de deuren van twee kamers die gesloten werden. Ze klapte haar computer dicht. Ze moest ophouden met dat dwangmatige vernieuwen van de koppen op verschillende sites. Alsof het niet genoeg was dat haar vader die ochtend voor het oog van de hele wereld was gearresteerd en zij voorgoed bekend zou staan als het meisje wier vader haar plekje op de universiteit had gekócht – en echt hoor, dat was genoeg – leek het wel of de enige foto van haar die in de media circuleerde haar pasfoto van Milford was, terwijl ze toch een zeer avant-gardistische foto op het 'Meet Max'-onderdeel van haar kanaal had staan, of een hele reeks zorgvuldig bewerkte foto's op haar Instagrampagina. Ze sloot haar ogen en de foto verscheen op haar netvlies: de belachelijke Milford-blazer, het springerig geföhnde haar waar haar moeder ondanks Max' bezwaren op had gestaan, de lippenstift die op de foto veel rozer leek dan in het echt. Jezus, wie wás dat? Er was nauwelijks een gelijkenis met wie ze écht was; met de woeste krullen, borstelige wenkbrauwen en de drie extra gaatjes die ze sindsdien in haar linkeroor had laten zetten. Overal op de sociale media dook die foto op, elke trol met een internetverbinding had er iets over te zeggen en niets daarvan was aardig. En daar kwam nog eens bij dat ze zich nu een oppervlakkige, egocentrische snob moest voelen, omdat ze zich druk maakte om een foto, terwijl haar hele leven in puin lag. Maar mijn god, zij was ook maar een mens. Deze mate van publieke vernedering gunde je geen enkele zeventienjarige. Zonder waarschuwing maakte de opgekroptheid in haar keel voor de zoveelste keer plaats voor hete tranen en Max vroeg zich af hoe ze in hemelsnaam om moest gaan met de woede die ze jegens haar eigen vader voelde.

Haar mobiel pingde. Op het scherm verscheen een foto van Brynns cavalier-kingcharlesspaniël; de puppy die haar ouders voor haar gekocht hadden als troost/chantage toen ze haar naar Hongkong hadden gestuurd voor haar laatste schooljaar. Indertijd had ze zich afgevraagd hoe Brynns ouders in staat waren dergelijke afgrijselijke beslissingen te nemen, maar als de afgelopen vierentwintig uur iets hadden aangetoond dan was het wel dat je je ouders beter niet kon uitdagen. Dat grepen ze namelijk altijd met beide handen aan.

Zooooooooo schattig. Wat is hij groot geworden, appte Max.

Hij pist nog steeds in bed. Ik ben dol op hem, appte Brynn terug.

Max boog zich opzij en keek onder haar bed. Cookie gromde hevig. *Hoe is het om een hond te hebben die niet bijt?*

Hoe is het om te verstaan wat iedereen zegt? Ik heb nu al drie jaar Mandarijn en spreek nog steeds amper een woord.

Hoe is het om een tussenjaar te hebben en aan de andere kant van de wereld te wonen?

Hoe is het om met allebei je ouders en geen vriendinnen/jongens/ opwindend bestaan in een minuscuul appartement in die bizarre stad te wonen? Ik heb het gevoel dat ik er erger aan toe ben.

Voor het geval je dat vergeten was: mijn vader heeft vandaag in de GEVANGENIS *gezeten omdat hij* VOOR MIJ *iemand heeft* OMGEKOCHT*!!!*

Er gebeurde even niets. *Ja, dat is zo. Jij wint.*

Max grijnsde en stuurde een foto terug van Cookie met ontblote tanden.

Wanneer komt hij eruit? Is het net zoals op tv? Je betaalt borg en hij komt thuis?

Max tikte drie vraagtekens, gevolgd door *Denk het? Hij is niet thuisgekomen. Ze hebben ruzie.*

Gezellig samen eten, hoop ik?

Ja, duh.

Klinkt superknus. Mis je moeders gekookte eiwitten en gestoomde groenten.

Ik zou het liefst de deur uit rennen als dat kon. Het wemelt van de paparazzi beneden.

Bekijk het van de positieve kant: je bent beroemd!

Max snoof. *Ik ben het meest gehate verwende nest in het hele land. Wie gaat er nou geloven dat ik hier niets mee te maken heb?*

Er werd op haar deur geklopt en haar hart sloeg over. Haar moeder kwam de kamer binnen zonder op een antwoord te wachten. Zelfs in het midden van de grootste gezinscrisis ooit, leek ze zo uit een fucking catalogus te stappen.

'Ha, liefje. Papa heeft gedoucht. Hij heeft flinke trek, dus we gaan zo eten.' Haar moeder wierp een blik op haar bezwete bokskleren. 'Wil jij ook even douchen voor het eten?'

Max was dat wel van plan geweest, maar nu ze werd behandeld als een peuter veranderde ze van gedachten. 'Nee, laten we gelijk gaan eten. Wat heb je besteld? Zeg alsjeblieft dat het een salade is.'

'O, Max. Hou daar toch eens mee op,' zei haar moeder met neergeslagen ogen.

'Grapje!'

Haar moeder zuchtte en trok de deur dicht. Max kwam haar bed af, maar kon zichzelf er niet toe brengen naar de keuken te lopen en haar vader daadwerkelijk te zien. Wat moest ze zeggen? Wat zou híj zeggen? Ze had de hele dag verschillende scenario's afgespeeld in haar hoofd, geprobeerd een verklaring te vinden voor het feit dat dit allemaal één groot misverstand was. Verstandelijk wist ze dat ze een weldenkend mens diende te zijn en de voor de hand liggende waarheid moest accepteren. De FBI stond tenslotte niet bekend als leugenachtig. Maar hij was haar váder. Degene die erop stond al haar vrienden te ontmoeten voordat ze die thuis opzocht. Die altijd een ontbijt voor haar maakte, haar met haar huiswerk hielp en zich door een ontluisterende doch ontwapenende lezing over menstruatie had geworsteld en een andere over alleen met iemand naar bed gaan als je verliefd was. Hij was degene die toegaf dat ook hij op school had geëxperimenteerd met drank en wiet, en hoewel hij het niet aanmoedigde, wel openstond voor een incidenteel biertje of joint, zolang één ding haar maar duidelijk was: geen pillen. Niet één. Welke dan ook. Ooit. Pillen waren onbekend, gevaarlijk, angstaanjagend. Ze had verschillende keren moeten zweren dat ze nooit van haar leven een pil zou nemen waarvan ze niet wist waar hij vandaan kwam.

Het was gewoon ónmogelijk dat haar vader – die voortdurend zeurde over anderen helpen, aardig zijn en al die andere vaderlijke dingen – iets gedaan zou hebben waarvan hij wist dat het illegáál was. En niet alleen illegaal, maar ook iets wat de potentie had háár toekomst en hún relatie te ruïneren. Dat kon niet. Al die jaren was het haar moeder geweest die zo verdomd geobsedeerd was door studeren. Zij had haar voortdurend aangeraden welke programma's van de College Board ze moest volgen, voor welke goede doelen ze zich het beste als vrijwilliger kon aanmelden en welke 'leiderschapsposities' ze het beste op zich kon nemen. Max begreep dat wel. Je hoefde niet doorgeleerd te hebben om te zien dat haar moeders obsessie met elite-universiteiten het gevolg was van haar eigen onzekerheid toen ze op haar highschool zat. Peytons ouders hadden veel meer aandacht geschonken aan Skye, die naar Amherst was gegaan, en Peyton behandeld als het lieve, maar enigszins domme gansje. Max' vader had haar moeder daar echter altijd van afgepraat: *Max kan erg goed leren, ze heeft een brede belangstelling die veel meer om het lijf heeft dan louter cv-vullers; er zijn letterlijk honderden fantastische scholen waar ze naartoe kan gaan voor een eersteklas opleiding en een ronduit verbijsterende ervaring; de Ivy League mag dan prestigieus zijn, maar is niet bepaald zaligmakend.* Hij had ontelbare keren gezegd dat hij haar zo voor zich zag op een kleine, vrijzinnige kunstacademie in het Noordoosten, een opwindende stadsuniversiteit in Chicago of Boston, of een consciëntieuze filmacademie in Los Angeles. Had hij dan al die tijd gelogen? Geloofde hij echt, net als haar moeder, dat er maar acht uni's de moeite waard waren? Elf, als je Duke, MIT en Stanford meetelde? Was hij daar zo van overtuigd dat hij een van die opleidingen – zijn eigen alma mater – had betaald om haar toe te laten?

'Kom nou, Max, anders wordt het eten koud!' riep haar moeder uit de keuken.

Ze haalde diep adem en liep naar binnen. 'Ik ben er al!' Ze ging op haar eigen plek op de ingebouwde bank zitten.

Haar vader had net gedoucht, maar kon zijn vermoeidheid niet verbergen – daardoor zag hij er gekweld uit. En triest. 'Ha, liefje,' zei hij, terwijl hij zijn hand op de hare legde.

Ze trok haar hand weg, pakte de slakom en probeerde zich niets aan te trekken van zijn gekwetste blik. Naast de salade was er een schaal met gestoomde broccoli, een klein schaaltje met groene aspergepunten en citroenschijfjes, en drie stukken gegrilde kip, waarvan er niet een groter was dan een spel kaarten.

'Mijn god, in de bajes kreeg je vast beter te eten,' zei Max.

'Mackenzie!' zei haar moeder scherp, maar haar vader lachte een beetje.

'Laten we maar zeggen dat ze geen volkorenpasta serveerden,' zei hij glimlachend. Dat was hun grapje. Elke keer als haar vader haar kwam vertellen dat het eten klaar was, vroeg Max wat er op het menu stond. Toen Max een paar maanden geleden aan het modderen was met een zware opdracht voor scheikunde was haar vader haar kamer binnengekomen en had de deur achter zich dichtgedaan. 'Ja, er is een salade, want je moeder zou van me scheiden als dat niet zo was. En de zogenaamde kip-parmezaan is gegrild, mist de gesmolten kaas en de saus is suikervrij. Hij wordt echter wel geserveerd op linguine, maar...' – hij had zijn stem gedempt tot fluistersterkte – '... ik heb niet de volkoren versie gebruikt. Ik herhaal: ik heb niet de volkoren versie gebruikt. Kan ik ervan op aan dat je dit niet verder vertelt?'

Max onderdrukte een zucht. Mijn god, had hij dan niet door dat hij haar belazerd had? Moest ze hem recht op de man af vragen waarom hij het gedaan had? Hem op zijn plek zetten en laten uitleggen hoe hij zo achterlijk had kunnen zijn? Ze stond op het punt haar mond open te doen, toen haar moeder op haar opgewekte, zij het duidelijk gespannen manier zei: 'Ik kan niet eens uitleggen hoe spectaculair het was om zo veel pioenrozen te zien. Die waren vast diezelfde ochtend ingevlogen uit Hawaï. Zou dat kunnen?'

Dit vermogen het onderwerp te veranderen in iets goedaardigs, onnozels, of beide was Peytons sterke punt. Dat was letterlijk waar ze voor betaald werd en mijn god, wat was ze er goed in.

'We hebben geen van beiden een idee waar je het over hebt,' zei Max zonder op te kijken.

'Weten jullie nog die lunch waar ik vorige week een praatje moest houden? Voor het leren lezen van kinderen?' Toen niemand reageerde, ging Peyton verder. 'Kosten noch moeite waren gespaard! Voor een liefdadigheidsgebeuren. Ik heb me daar altijd over verwonderd. Ik begrijp dat je zonder een fabelachtig, extravagant feest geen grote sponsoren aan kunt trekken, maar toch! Er moet daar voor honderdduizenden dollars aan bloemen hebben gestaan en ik denk steeds wat ze met al dat geld hadden kunnen doen voor de leesbevordering in plaats van het áánkleden van de gelegenheid waarop voor leesbevordering werd gepleit.'

Max en haar vader zwegen. Max kauwde op haar smakeloze kip.

'Dus ik zit aan mijn tafel te luisteren naar Salman Rushdie, die aan het voorlezen is – alsof dat verdorie iets is wat je elke dag meemaakt, toch? – en ik kan me niet eens concentreren op wat hij zegt, omdat die krankzinnige pioenen overal om me heen staan te bloeien.'

'Bloemen? Voor de zomer? Grensverleggend!' zei Max, maar haar moeder reageerde daar niet op.

Haar vader knipoogde naar haar, maar ze deed of ze dat niet zag. Het was precies dezelfde knipoog die hij haar vorige week gegeven had, toen ze in het Financial District uit de metro stapte en hem een van de twee flesjes chocomel gaf die ze had meegebracht.

'Gemeen spul.' Hij had de dop eraf gedraaid en een flinke slok genomen.

'Smerig. Een en al chemische troep.' Zij had haar flesje in een paar slokken leeggedronken.

'Kanker in een flesje,' had Isaac met een knipoog gezegd. 'Vertel dit nooit aan je moeder.'

'Sommige mannen gaan vreemd met vrouwen. Anderen doen dat met drankjes. Ik snap het.'

Ze hadden moeten rennen om de volgende metro te halen. 'Hoe was je vergadering?' vroeg Max nadat ze een plekje naast elkaar hadden gevonden.

'Goed, hoor. Hier, kijk.' Hij haalde een opgevouwen papier uit zijn zak, streek dat glad op zijn been en zei: 'Dit is mijn plan. Wat vind je ervan?'

Hij had drie potentiële visplekken onderzocht die ze van plan waren allemaal uit te proberen, maar hij had de hoogste verwachtingen van hun eerste stop: de Belt Parkway Promenade.

'Dit kan straks allemaal niet meer, mop.' En toen was hij volgeschoten.

Max had liefdevol in zijn arm gepord. 'Je weet dat ik niet voorgoed wegga, hè? Ik ga gewoon studeren. Ik kom terug. Zo gemakkelijk kom je niet van me af.'

Hij had gelachen als een boer met kiespijn. 'Dat weet ik. Maar dit is wel het begin van je echte leven. Je volwassen leven. Natuurlijk kom je op bezoek, maar het zal nooit meer hetzelfde zijn.'

Max had hem met samengeknepen ogen aangekeken, terwijl de metro een tunnel in reed en de verlichting aan en vervolgens weer uit schoot. 'Zit je nou te huilen? Ik zit maar een uur bij je vandaan, pap! Je kunt altijd op bezoek komen!'

'Ik ben gewoon... zo trots op je. Op wie je bent en waar je voor staat. En je gaat zo genieten van je studietijd. Ik weet dat je er niet helemaal zeker van was, maar Princeton wordt echt ongelooflijk. Je kunt er letterlijk alles waar je van gedroomd hebt studeren.'

'Ja, dat denk ik ook. Ik heb gemaild met een tweedejaars die een inleiding in digitale kunst en cultuur doet, en zij zegt dat het geweldig is. Ze is bezig met een analyse van vrouwelijkheid in het digitale tijdperk door bepaalde Instagramaccounts te bestuderen. Hoe cool is dat?'

'Het klinkt super. Je gaat het er vast ontzettend naar je zin hebben. Al die schoolse onzin over wie er is uitgenodigd op welk feestje en zo? Dat is gewoon voorbij. Afgelopen. Je gaat zo veel soorten mensen ontmoeten met verschillende achtergronden en opvoeding en ideeën...' Hij had een diepe zucht geslaakt. 'Ik zou het zo allemaal overdoen.'

'O, kom nou toch! Het huiswerk, de tentamens, blokken tot diep in de nacht? Nee, toch zeker!'

'Meteen.'

'Is oud zijn echt zo erg?'

Haar vader was in de lach geschoten. 'Ja. Vanuit het perspectief van leren is het, althans in mijn wereld, bagger. Ja, het is heerlijk om geen ouders of leraren meer te hebben die zeggen wat je moet doen. Dat je overal naartoe kunt of alles kunt doen wat gezien de omstandigheden mogelijk is. Maar ik wed dat ik in de vijfentwintig jaar dat ik van de universiteit af ben net zo veel geleerd heb als in het eerste semester van mijn eerste jaar. Je kunt lezen, wat ik natuurlijk doe, en je kunt in professioneel opzicht groeien, maar... Het is moeilijk uit te leggen. De nadruk op leren óm het leren – het pure genot van kennis vergaren – heb ik daarna nooit meer meegemaakt.' Hij had zijn schouders opgehaald. 'Misschien geldt dat alleen voor mij, maar ik denk dat veel vrienden van je moeder en mij het daarmee eens zouden zijn. Het is gewoon geen prioriteit meer als je kinderen, een baan, een hypotheek en zo hebt.'

Max had daarover nagedacht. Ze beschouwde haar beide ouders als slimme, redelijk betrokken mensen. Begrepen ze de sociale veranderingen in haar generatie? Natuurlijk niet. Ze vertoonden nog steeds tekenen van ongeloof als ze hun vertelde dat die en die jongen uit de kast was gekomen of dat meisje transgender bleek te zijn en dat dat geen punt was. Dat dat geen nieuwswaardige berichten waren. Ze worstelden met het idee dat mensen een voorkeur hadden voor bepaalde voornaamwoorden. Het idee dat veel van haar vrienden, en misschien zij zelf ook wel, seksualiteit als iets fluïdes zagen, dat het een cyclische beweging was en niet een vast punt op een rechte lijn, ging er bij hen niet in. Sterker nog, ze zouden waarschijnlijk over hun toeren raken als zij op een dag zou willen trouwen met iemand die niet joods was, hoewel ze de minst gelovige mensen waren die ze ooit ontmoet had. En dan waren zij nog vrijdenkende New Yorkers! Maar toch, van politiek, actualiteiten en uiteraard het nieuws, hadden haar ouders altijd een indrukwekkende vertoning gemaakt. Ze waren geabonneerd op verschillende kranten, haar vader las bergen romans, haar moeder kende de naam van elke senator uit elke staat en de meeste volksvertegenwoordigers. Maar ze begreep dat dit niet het soort leren was waar haar vader op doelde. Dat soort pure, academische focus had lang geleden al plaatsgemaakt voor koppen lezen en eindeloos staren op hun mobiel. Ze leken allebei altijd zo onoverkomelijk úítgeput.

Was dat met alle ouders zo? Of alleen met die van haar?

Ze had toen een bericht gekregen op haar telefoon: sinds ze een uur geleden haar laatste video had gepost, had ze 130 nieuwe abonnees gekregen.

'Hé, pap, moet je zien.' Ze had hem haar mobiel gegeven en naar het cijfer gewezen. 'Zo veel mensen zijn nu geabonneerd op *To the Max*. Hoe bizar is dat?'

'Achtduizend mensen? En die ken je niet allemaal?'

Ze was in de lach geschoten. 'Ik ken er amper één! Nou ja, het voelt wel zo – we sturen elkaar berichten – maar los van een paar vrienden in de stad, jullie en wat andere mensen, zijn het allemaal vreemden.'

'Niet te geloven, Max. Je hebt zo veel talent. Ik popel om te zien wat je ermee gaat doen.'

'Ik dacht aan reality-tv. Misschien iets als een vunzig datingprogramma? Ik heb ook gehoord dat er veel geld valt te verdienen met porno –'

Haar vader had zijn hand tegen zijn hart geslagen. 'Ik word al misselijk als ik mijn meisje dat woord hoor zéggen.'

Max had haar arm door de zijne gehaakt en haar hoofd op zijn schouder gelegd, iets wat ze in eeuwen niet meer gedaan had. 'Ik hou van je, pap. Ik beloof dat ik niet in de pornobusiness ga.'

Hij had een kusje op haar kruin gedrukt en in haar arm geknepen. 'Dat weet ik, liefje, maar ik wil je toch even zeggen dat ik dan niet zou aarzelen je te laten vermoorden.'

Toen was de metro gestopt en waren de deuren opengegaan. 'Hier moeten we eruit,' had ze gezegd. Ze was opgesprongen en had haar hand uitgestoken naar haar vader. 'Kom op, ouwe. We gaan een paar stekkies scoren.'

'Max? Lieverd?'

Haar vaders stem haalde haar terug naar het heden, waar ze tegenover hem bleek te zitten. Ze kneep haar ogen tot spleetjes. 'Was alles wat je vorige week tegen me gezegd hebt complete bullshit?

Dat moet wel. Hoe kon je maar doorgaan over mijn "veelbelovende toekomst", terwijl je wist dat die er alleen maar was omdat je iemand had omgekocht?'

Iedereen was een paar tellen stil. Toen legde haar moeder haar vork neer en zei: 'We begrijpen dat deze, deze... situatie... stressvol is, liefje. Maar het is maar tijdelijk.'

'O ja? Zo voelt het anders niet.' Max keek haar vader recht aan. 'Ik kan niet geloven dat je zoiets zou doen. Uitgerekend jij.' Ze zag dat haar woorden de gewenste uitwerking hadden.

'Het is een groot misverstand,' zei haar moeder, 'en je moet ons vertrouwen als we je vertellen dat we alles recht gaan zetten. Niemand heeft de wet overtreden.'

'Een mísverstand?' Max keek van haar vader naar haar moeder. 'Dus je vertelt me nu officieel dat pap niét heeft geprobeerd een plek op Princeton voor me te kopen? Dat de FBI het mis heeft?'

Haar ouders wisselden een blik. Niemand zei iets.

'Oké dan,' zei Max. 'Dus hij heeft mijn leven wél verpest – al onze levens – door te betalen om me op een opleiding te krijgen waar ik, hoe ironisch kan het zijn, überhaupt niet eens naartoe wilde! Verbluffend, pap. Lekker bezig.'

'Princeton is een ongelooflijke universiteit,' zei Peyton zacht.

'Daar gaat het verdomme niet om!' schreeuwde Max.

'Hoho, kalm aan, oké?' zei haar vader kortaf. 'We staan nu allemaal onder veel spanning. Max, lieverd, schreeuw alsjeblieft niet tegen je moeder. En, Peyton, zullen we voorlopig even ophouden met dat "ongelooflijke universiteit"-gedoe?' Hij wendde zich weer tot haar. 'Max, ik weet dat dit... afschuwelijk voor je is. Meer dan afschuwelijk. Maar luister: dit mag vandaag dan het eind van de wereld lijken – geloof me, ik heb net een middag doorgebracht in een gevangeniscel, dus ik snap het helemaal – maar dat is het niet. Ik zweer je dat het overgaat.'

Max lachte spottend. 'Over? Hoe dan? Als Princeton me wegstuurt en ik echt naar een opleiding kan die ik wil volgen?' Ze had die mogelijkheid nog niet eens overwogen voor ze het zei.

Haar ouders keken verslagen. 'Lieverd, jij bent briljant en getalenteerd; je hebt zo'n mooie toekomst voor je,' zei haar vader langzaam. 'We komen hierdoorheen, dat beloof ik je.'

Haar moeder knikte.

Max staarde naar haar bord. 'Ik neem het vanaf nu wel over, pap. Hoe goed jouw "we komen hier wel doorheen"-onzin ook klinkt, ik denk dat je meer dan genoeg hebt gedaan.' Ze kon daar niet meer blijven zitten, ze trok het niet meer. 'Ik ben er klaar mee.' Ze stond op en vluchtte zonder op een antwoord te wachten naar haar slaapkamer.

7
Niets bijzonders

Het ondergoed zelf onthulde niet veel. Het was van zacht katoen, mooi turquoise van kleur en afgezet met kant. Het leek op het tiental andere setjes in verscheidene kleuren dat de laatste tig jaar in de bovenste la van haar kast had gelegen; vanaf de dag waarop ze, in een vlaag van kruiskruipende frustratie, elke ellendige string en elk bilnaadbikinibroekje uit haar leven had gebannen en vervangen door alles bedekkende heupslips. Het mocht dan niet het meest sexy ondergoed zijn, maar het was ook niet afzichtelijk. Pas toen Skye een blik wierp op de vouwtafel in de waskamer drong het met een schok tot haar door: dit in uitstekende staat verkerende turquoise setje moest zijn achtergelaten door Carol, haar schoonmoeder, die de afgelopen maand over was geweest uit Australië.

'O mijn god, dit kan niet waar zijn.'

'Wat niet, mama?' kwetterde Aurora vanaf haar plekje in de gang, waar ze op haar buik en met haar kin in haar handen geduldig lag te wachten tot Skye met haar mee terug zou lopen naar de keuken.

'Niets, meis. Ga anders alvast even een bakje muesli maken. Ik kom er zo aan.'

Skye trok haar mobiel uit de kontzak van haar spijkerbroek: 7.37 uur. Iedereen was allang wakker, wist ze, en misschien zou het ontnuchterend werken om over iets belachelijks als ondergoed te appen in plaats van het feit dat de man van haar zus de dag ervoor op tv was gearresteerd. Ze tikte in de groepsapp met haar moeder en zus.

Net ontdekt dat ik hetzelfde ondergoed draag als Carol!!!

Nou en? antwoordde Peyton.

Nou en??? Is dat alles wat je te zeggen hebt als ik je vertel dat ik hetzelfde ONDERGOED *draag als mijn* SCHOONMOEDER*??*

Ze is erg aantrekkelijk, liet Marcia, de moeder van de meiden, weten.

Ja, ze is erg aantrekkelijk. Ze is ook 68! Waarom heb ik dezelfde lingerie als zij??

Ik heb jouw beha's en onderbroeken gezien. Die vallen niet onder de term 'lingerie', schreef Peyton.

Mee eens, tikte Marcia.

Bedankt voor jullie steun.

Volges mij zegt het veel meer over Gabe, schreef Peyton.

'Volgens', tikte Skye. *Met een 'n' ertussen.*

Zoals gebruikelijk negeerde haar zus die verbetering. *Ik bedoel, vind je het niet* FASCINEREND *dat jouw man het niet erg vindt dat jij en je schoonmoeder hetzelfde ondergoed dragen???*

Waarom zou hij gvd weten wat voor ondergoed zijn moeder draagt? Skye typte als een bezetene.

Ik zeg je al eeuwen dat je te oud ben voor meer dan één gaatje in je oor en te jong om opoe-onderbroeken te dragen, schreef Peyton.

Het is 'bent'.

Marcia schreef: *En die tatoeage van je. HEEL FOUT.*

Weet jij daarvan???

Natuurlijk. Een moeder weet alles.

Dat heb ik haar al een jaar of vier geleden vertelt. Ze weet alles over de zeester die zo te zien uit jou kontgat komt zwemmen.

'Verteld' is met een 'd'! En J-O-U-W kontgat!!!

Uit mijn kontgat komt geen zeester zwemmen!

Skye glimlachte.

Moet ervandoor, schreef Peyton. *Max is op. En ze praat nog steeds niet met ons.*

En terecht! tikte haar moeder.

En voor de goede orde, de zeester zwemt niet uit mijn kontgat, maar ERIN... Skye wachtte dertig tellen op een reactie, maar toen duidelijk werd dat haar moeder en zus iets anders waren gaan doen, slaakte ze een zucht en stopte de telefoon weer in haar zak. Ze vouwde haar schoonmoeders ondergoed tot een keurig pakketje en vroeg zich af of ze het zou opsturen.

'Kom op, mop,' zei ze, terwijl ze zich bukte om haar dochter, die gewoon was blijven liggen waar ze lag, overeind te hijsen. 'Je moet naar schilderles.'

Het kostte enig geworstel en iets meer geschreeuw dan ze graag gewild zou hebben, maar Skye slaagde erin om Aurora voor kwart over acht te eten te geven en aan te kleden. Hoewel haar dochter elke ochtend haar 'drie dingen' hoorde te doen – tandenpoetsen, bed opmaken en zichzelf aankleden – was daar in januari de klad in gekomen en deed ze het rond de eerste februari helemaal niet meer. Het enige pluspunt was dat Aurora's haar de week ervoor was ingevlochten, wat elke ochtend minstens een kwartier scheelde. En het zou twee maanden blijven zitten. In stilte bedankte Skye voor de zoveelste keer de twee schatten van kapsters die gespecialiseerd waren in kroeshaar en de styling van haar dochters kapsel voor hun rekening namen, omdat zij dat zelf – ondanks het bekijken van eindeloze filmpjes op YouTube en zelfs een paar privélessen – nooit in de vingers had gekregen.

'Papa!' riep Aurora toen Gabe in de keuken verscheen. Zijn rode haar was nog nat van het douchen. Zijn outfit – een zomerse blazer met suède elleboogstukken, een strakke spijkerbroek en sneakers – zou op een studentencampus net zomin misstaan als op het hippe architectenbureau waar hij partner was.

'Hoe is het vandaag met mijn favoriete meisje?' vroeg Gabe met het Australische accent dat iedereen voor hem innam. Hij stal een aardbei van Aurora's bord en pakte een appel uit de schaal van acaciahout die op het midden van het kookeiland stond.

'Het is zaterdag!' meldde Aurora. 'Waarom ga je werken?'

'Je weet toch dat ik huizen ontwerp?' zei hij, terwijl hij zijn appel doorsneed. 'Nou, het is dan wel zaterdag vandaag, maar de mensen voor wie ik dat doe hadden alleen vandaag tijd. Dus ik heb op mijn werk met ze afgesproken.'

'Kun jij haar afzetten bij de schilderles?' vroeg Skye. 'Ik heb mijn moeder beloofd dat ik langs zou komen en ik ben al aan de late kant.'

'Sorry, schat, ik moet meteen weg.' Zijn stoppelbaard van drie dagen schaafde langs haar wang toen hij die kuste.

'Het is maar twee minuten omrijden.'

Hij kneep zijn blauwe ogen tot spleetjes. 'Voor jou ook. Marcia kan wel wachten. Mijn cliënten niet.'

'Maar ik ben nog niet aangekleed,' zei Skye. 'En ik heb geen tijd om eerst naar huis te gaan als ik haar heb afgezet.'

'Hou op met ruziemaken!' Aurora drukte haar handen tegen haar oren.

'We maken geen ruzie, pop, we discussiëren,' zei Gabe. Hij keek Skye met opgetrokken wenkbrauwen aan.

'Oké, ik breng haar wel,' zei Skye. 'Dan ren ik nu naar boven om me aan te kleden. Ik ben zo weer beneden, oké? Aurora, trek je schoenen aan, schat.'

Dit keer kuste Gabe haar op haar mond. 'Hou me op de hoogte van de situatie met Peyton, oké? Ik zal Isaac vanmiddag bellen.'

Skye knikte en rende de trap op. Ze had geen tijd om te douchen als ze Aurora op tijd wilde afzetten, dus ze propte haar favoriete RBG-T-shirt in haar spijkerbroek en schoof in haar bloemen-Birks. Ze spoot droogshampoo op haar haarwortels en brieste toen haar shirt onder de witte schilfertjes kwam te zitten. Nadat ze die als een krankzinnige had weggeveegd, draaide ze haar golvende bruine haar snel tot een knotje en trok een paar plukjes los rond haar gezicht.

Tegen de tijd dat ze weer beneden kwam, was Gabe al vertrokken.

'Kijk, mama, tante Peyton!' Aurora wees naar de tv in de zitkamer, iets wat ze elke ochtend deed. 'Haar haren zijn zo mooi. En haar jurk ook.'

Skye wierp een blik op het scherm en, ja hoor, daar was Peyton, naast die aantrekkelijke – dat moest ze toegeven – hansworst van een copresentator. Ze zag er in alle opzichten uit als de perfecte presentatrice: gladgeföhnd blond haar tot net boven haar schouders, een frisse smaragdgroene jurk met een conservatieve boothals en onberispelijke make-up ter accentuering van een stralende witte glimlach die meer had gekost dan een auto.

Skye zette het toestel uit voordat Aurora in de gaten kon krijgen dat het feitelijk een oude opname van Peyton was in verband met de arrestatie van haar oom. 'We gaan over een minuut weg. Tussendoortjestrommel en schoenen, alsjeblieft! En vergeet niet je tekening mee te nemen.'

Het tafereel op de parkeerplaats van Abington Elementary bleef haar, zelfs op een zaterdagochtend, verbazen. Doordeweeks leverde een rustige, ordentelijke rij Land Rovers en Tesla SUV's blozende en modebewust geklede kinderen af bij jonge, opgewekte en bijna verontrustend aantrekkelijke leerkrachten die stuk voor stuk een meesters- of doctorstitel van een prestigieuze universiteit bezaten. Dit perfecte plaatje ging binnen verder, waar de jonge leerlingen rekenen leerden op de nieuwste digiborden en individuele leesinstructies kregen van letterkundigen. In de loop van de dag zouden ze rondsnuffelen in de uitgebreide schoolbibliotheek, lokaal geproduceerd biologisch voedsel eten in de zonnige kantine en spelen op de schitterend onderhouden speelplaats, die was ontworpen door deskundigen op het gebied van ontwikkelingspsychologie en volledig gefinancierd door de ouderraad. Gymnastiek, kunst, muziek, programmeren, vreemde talen, koorzang, leerlingenraad – was er iets wat deze vijf- tot tienjarigen niet konden doen? En dan was dit nog een openbáre school. Skye dacht terug aan de aftandse basisschool in Lancaster, Pennsylvania, waar Peyton en zij op hadden gezeten, met zijn samenraapsel aan tafeltjes en chagrijnige leerkrachten die hun beste tijd gehad hadden en niet aarzelden om het licht in het lokaal uit te doen, een videoband op te zetten en letterlijk de rest van de les te verdwijnen. Bijna zes jaar had Skyes schoollunch bestaan uit gezouten tortillachips met gesmolten kaas, een plastic bakje met mandarijnpartjes op siroop en een pakje ananassap. Niemand die het merkte. Niemand die het erover had. Niemand die ermee zat. En nu, dertig jaar later, stuurde ze haar dochter naar een school waar de moeders een petitie waren gestart – o, hoor haar nou, nee, het was een bewéging – om het ene merk yoghurt in de kantine te vervangen door het andere, waar twee gram minder suiker per portie in zat, ook al was het vijf keer zo duur.

Aurora klom van de achterbank van de Subaru en zwaaide naar Skye.

'Ik hou van je, mop! Veel plezier bij de schilderles. Ik kom je ophalen voor de lunch,' zei Skye. Ze zag haar dochter naar de ingang huppelen. Paradise was niet haar eerste keus geweest – het was té wit en té rijk – maar net zoals veel andere gezinnen die aan de stad wilden ontsnappen, hadden ook Gabe en zij, toen ze daar een baan konden krijgen, hun beslissing maar op één ding gebaseerd: de scholen. En niemand kon beweren dat die hun beloften niet nakwamen.

Om bij haar moeders huis in White Plains te komen, reed Skye door het centrum van Paradise: een paar kruisende straten die de inwoners The Village noemden. Op het eerste gezicht leek The Village met zijn smalle straten en ouderwetse winkelgevels op zo'n typisch stadje in New England. Bomen en bankjes stonden verspreid over de trottoirs van charmant ongelijke kinderhoofdjes. Schoolborden waarop met krijt de openingstijden of de menu's waren gekalkt. Parijsachtige bistrotafeltjes met een bloempot erop. Bijna elke zaak had buiten een bak met water staan voor alle chocoladekleurige labradors en golden retrievers die hun baasjes vergezelden. Maar achter die dromerige façade bestond een volledig andere wereld, een waarin de caissière van de papier- en schrijfwarenwinkel een diamanten ring van vijftigduizend dollar droeg en de werkbank van de schoenmaker vol stond met Gucci-reistassen en Louboutin-pumps. Zestienjarige kinderen probeerden tevergeefs Range Rovers in te parkeren, terwijl Ariana Grande uit hun ultramoderne geluidsapparatuur galmde. Voor elke bakker en kinderkledingwinkel waren tien designershops: Tiffany, Vince, Theory, Joie, Alice + Olivia, Rag & Bone. Er was zelfs een schattig filiaal van Saks Fifth Avenue en, aan de rand van de stad, een gloednieuwe Tesla-dealer. Elke keer dat Skye in The Village kwam, of dat nou voor een boodschap was of om koffie te drinken met een vriendin, vroeg ze zich onwillekeurig af hoe ze hier was beland.

In de buurt van haar moeders huis rinkelde haar telefoon. Ze wilde het telefoontje wegdrukken tot ze het netnummer zag en bedacht dat het een oude vriendin of collega uit Brooklyn kon zijn.

'Hallo?' riep ze luidkeels in de lege auto. Gabe lachte haar altijd uit omdat ze zo schreeuwde als ze handsfree belde.

De stem aan de andere kant van de lijn was allesbehalve vriendelijk. 'Spreek ik met Skye Alter?' vroeg een man.

'Met wie spreek ik?' Skye had nu al de zenuwen.

'U spreekt met Leonard van Pacific Financial Services. Spreek ik met Skye Alter?'

Ze overwoog te liegen, maar dat had geen zin. Ze zouden haar op de een of andere manier toch wel vinden. 'Daar spreekt u mee.'

'Mevrouw Alter, ik bel om u te vertellen dat u momenteel drie maanden en twee dagen rood staat op uw Discover-card. Vanmorgen om negen uur was u ons tweeëndertigduizend zeshonderdzevenenzeventig dollar en tweeëndertig cent schuldig. Wilt u nu misschien een telefonische betaling doen?'

Skye ademde in. De laatste keer dat zij ernaar had gekeken, was het dichter bij de achtentwintigduizend geweest. Zo veel maakte dat niet uit, maar het overschrijden van de dertigduizend voelde toch wel als een dingetje.

'Mevrouw?'

'Ja, ja, ik heb u verstaan,' zei Skye. 'Maar ik zit midden in een vergadering, dus het komt niet zo goed uit.'

'Wanneer kan ik u dan terugbellen?' vroeg de man. Hij was beleefd doch vasthoudend.

'Later, alstublieft.' Skye verbrak de verbinding. Haar hart sloeg sneller. Ze was niet eens van plan geweest die verdomde kaart te gebruiken – Discover was zo uit de tijd – maar ze hadden zo veel extraatjes geboden: gratis kilometers, nul rente en krediet bij haar lievelingsrestaurant in de stad. Al haar andere creditcards zaten vast aan hun gezamenlijke rekeningen, maar om de een of andere reden had ze deze Discover-card geheimgehouden en was ze alle spullen voor het nieuwe huis ermee gaan afrekenen. Ze had zichzelf gesust met de gedachte dat ze alles – van de keukenapparatuur tot en met de handdoeken – zou terugbetalen zodra de financiering rond was. Gabe zou niet nerveus worden van alle meldingen op zijn telefoon, want die kwamen alleen op de hare. Maar het was allemaal heel snel opgelopen en ze had nog geen kans gezien Gabe te vertellen dat ze voor duizenden dollars rood stonden. Ze was nooit gek geweest op winkelen – of het nu om kleding, huishoudelijke dingen of alles wat niet strikt noodzakelijk was ging – maar door een dwangmatige wens een perfect huis te creëren had ze nu soms het gevoel dat ze niet kon stoppen.

Haar wijsvinger ging automatisch naar Peytons naam op het scherm op haar dashboard, maar ze liet hem erboven hangen. Hoe kon ze haar zus nou om hulp vragen als haar leven net letterlijk in duigen was gevallen? Ze hadden de vorige dag onregelmatig contact gehad, maar sinds Isaac was thuisgekomen had ze niets meer van Peyton gehoord. Wat was daar aan de hand? Hadden ze ruzie? Afspraken met advocaten? Hoe was het met Max? Ze had haar nichtje geappt, maar ook daar was geen reactie op gekomen. Ging alles gewoon zijn gangetje bij het gezin Marcus, ondanks het feit dat er in de gehele Verenigde Staten openlijk over hen werd gepraat? Hoe gestoord het ook klonk, het zou kunnen dat Peyton er gewoon van overtuigd was dat het allemaal één grote vergissing was, dat haar niet-aflatende positiviteit en het vermogen om onder druk te presteren botsten met haar waanbeelden en zo de Peyton hadden gecreëerd die ze allemaal kenden en liefhadden.

Zolang Skye het zich kon herinneren was haar zus al zo. Daarom was het ook bijna onmogelijk om zich in te houden en haar niet te bellen. Peyton had altijd het juiste antwoord. Het maakte niet uit of ze niets van het probleem wist, of van de mensen die erbij betrokken waren, of van welke verzachtende omstandigheden dan ook. Ze wist zeker hoe het opgelost moest worden, of in ieder geval wat de volgende stap diende te zijn. Tijdens het rijden probeerde Skye haar zus' zelfverzekerde advies voor de geest te roepen. Wat zou Peyton haar aanraden? Gewoon naar Gabes kantoor gaan en vertellen dat ze het verkloot had? De kwestie bagatelliseren door te zeggen dat ze zich ietwat had laten meeslepen bij haar bestelling bij Amazon, maar dat hij zich geen zorgen hoefde te maken? Doorgaan met schaamteloos verzwijgen tot het hele gebeuren was opgelost? Volgens haar zou haar zus al die dingen kunnen zeggen; het was een kwelling om haar niet te bellen.

Marcia liep haar driekamerappartement op de begane grond uit zodra Skye de parkeerplaats op reed. Ze hield haar hand boven haar ogen en zag Skye de gigantische tas van Bed Bath & Beyond uit de kofferbak halen.

'Dank je voor de moeite, schat,' zei ze, terwijl ze de deur openhield voor Skye, 'maar ik ben nog steeds heel tevreden met mijn oude.'

Zodra ze naar binnen liep, werd ze getroffen door de geur van pompoentaartkruiden. 'Mam, het is juni. Is het niet een beetje vroeg voor dat luchtje?'

'Het is nooit te vroeg. Trouwens, de extra lange kaarsen waren vorige week in de aanbieding bij HomeGoods. Ik heb er zes gekocht. Wil jij er ook een?'

Skye streek met haar arm over Marcia's aanrecht om ruimte te maken en tilde de doos uit de tas. 'Nee, hoor, dank je.'

Marcia frunnikte aan haar katoenen tuniek die, samen met de *mom jeans* en platte schoenen, haar dagelijkse warmweeruniform vormde, en boog zich over de doos. 'Goh, die ziet er erg duur uit. En veel te ingewikkeld voor mij. Ik heb al die knopjes niet nodig! En al helemaal geen digitaal scherm. Koffie is niet ingewikkeld en ik zei al: mijn oude doet het nog prima.'

Skye hield op met het uitpakken en wees naar Marcia's koffiezetapparaat in de hoek. 'Het snoer wordt met plakband bij elkaar gehouden en er zit een barst in de pot. Jij drinkt de hele dag koffie. Wil je over dit ene ding alsjeblieft niet zeuren?'

'Oké.' Marcia zuchtte. 'Maar dan moet je wel alles wat ik moet doen op een stukje papier schrijven en dat op de koelkast hangen.'

'Weet ik.'

Nadat ze een testpot en vervolgens een echte had gezet, ging Skye met haar koffiebeker tegenover Marcia in de kleine, rommelige woonkamer zitten. Foto's van Marcia's reizen in niet bij elkaar passende lijsten – die soms de verkeerde maat hadden – bedekten de muren en elk plat oppervlak stond vol prullaria.

'Hoe is het met je zus?' vroeg Marcia. 'Ze neemt de telefoon niet op. Wie praat er nou niet met zijn moeder als zoiets gebeurt?'

Skye trok een lelijk gezicht. 'Ik heb haar sinds gisteren ook niet meer gesproken. Isaac was net thuis. Het nieuws staat er nog steeds bol van. Ik moest Aurora fysiek weerhouden ernaar te kijken.'

Marcia nam een slokje, haar dunne lippen rimpelden zich rond de beker. 'Isaac is niet dom,' zei ze. 'Hij is slimmer dan zij. Ik begrijp niet waarom hij zoiets zou doen.'

'We weten allemaal wat voor man Isaac is. Misschien moeten we hem het voordeel van de twijfel geven.'

'Ja, dat vind ik ook, maar de feiten lijken steeds moeilijker te ontkennen. Trouwens, is er al niet eerder iemand gepakt voor zoiets? Die rare actrice van die sitcom uit de jaren negentig? Ik bedoel maar, waarom gebeurt dit nu weer?'

'Het slaat allemaal nergens op,' zei Skye. 'Bovendien is Max heel goed in staat om zelf op een universiteit te komen. Ze is de slimste van de hele verdomde familie.'

Marcia grinnikte. 'Wat zou ik nu graag een vlieg op hun muur zijn.'

'Mam!'

'Je moet niet alles zo serieus nemen.' Marcia wapperde met haar vrije hand en morste een beetje koffie op haar tuniek. 'Je zus heeft gelijk, dit waait allemaal wel weer over. Met alles wat er in dit land aan de hand is, op de wereld, zal niemand hier lang bij stilstaan.'

Skye keek haar aan. Marcia had het meestal bij het rechte eind. Ze was vroeger verpleegkundige geweest en had dubbele diensten gedraaid nadat hun vader hen verlaten had voor zijn mondhygiëniste toen zij en haar zus respectievelijk tien en elf jaar oud waren. Hij had een heel nieuw gezin gesticht – twee jongens dit keer – waaraan hij blijkbaar de voorkeur gaf, aangezien ze buiten verjaardagen en Chanoeka zelden iets van hem hoorden. Maar Marcia? Die vrouw stond haar mannetje. Ze wíst dingen, en niet alleen op medisch gebied. Wie er de komende verkiezingen ging winnen, bijvoorbeeld. Of wanneer de uitverkoop begon. Hoe je bouillabaisse maakte, in een auto met versnellingen moest rijden en ergens vlekken uit kon krijgen. Ze was een doorgewinterde koopjesjager, boekte pas op het allerlaatste moment, als reizen tegen bodemprijzen weggingen. Ze maakte alleen groepsreizen met oudere hosteltypes en was onverschrokken als het over de reisbestemming ging: zo'n beetje overal waar geen oorlog woedde. Ze was bovendien rijp voor het gekkenhuis, ervan overtuigd dat het heel normaal was om gebakken vlees weer terug te doen in de marinade voor 'extra smaak' en dat al die regels voor de 'veiligheid van voedsel' – ze maakte altijd aanhalingstekens in de lucht als ze dat zei – onzinnig en een samenzwering waren. De monteur die haar vertelde dat haar tweeëntwintig jaar oude afwasmachine zo vastgekoekt was met etensresten dat het gezonder zou zijn om de hond de borden te laten aflikken, geloofde ze gewoonweg niet. De vrouw had nog nooit een dokter ontmoet die ze vertrouwde of een restaurantmaaltijd gegeten die de eerste keer meteen goed was. Ze was stoer, hardwerkend en excentriek genoeg om Skye en Peyton voortdurend op hun hoede te laten zijn. Maar wat dit betreft wist Skye zeker dat haar moeder het mis had.

'Ik denk het niet,' zei ze hoofdschuddend. 'Als je als bekend gezicht in verband wordt gebracht met iets wat zo in de schijnwerpers staat als een onderzoek van de FBI? En de kluit belazeren terwijl je tot de bevoorrechten behoort? Daar sluiten mensen niet snel hun ogen voor.'

'Maandag is iedereen het vergeten.'

'Nee. Dit heeft de potentie haar hele carrière om zeep te helpen.' Skye wierp weer een blik op haar mobiel om te zien of er een bericht van haar zus was. 'Peyton is vast in paniek.'

'Mensen doen elke dag veel ergere dingen dan proberen hun eigen kinderen te helpen. Dit heeft niets om het lijf. Het zal zijn tijd wel duren.'

Skye stond op en nam Marcia's beker mee om die bij te schenken. 'Denk je dat ze het wist? Ik bedoel, dat moet haast wel, toch?'

Marcia haalde haar schouders op. 'Ik zeg altijd maar dat je er nooit achter komt wat er zich afspeelt in een ander huwelijk. Zelfs dat van je eigen dochter. Volgens mij moeten we gewoon afwachten hoe het verdergaat. Dan kun je ondertussen vertellen hoe het met jou is.'

Skye gaf haar moeder de dampende beker. 'Fijn, hè, om hete, verse koffie te hebben? Ben je je oudste dochter niet dankbaar dat ze je van deze luxe heeft voorzien?'

Marcia kneep haar ogen tot spleetjes. 'Je ziet eruit alsof je gaat huilen.'

Hoewel ze helemaal niet het gevoel had dat ze elk moment in tranen kon uitbarsten, gebeurde dat toch, louter door die suggestie van haar moeder. In een flits zat Marcia naast haar op de bank over haar schouder te wrijven en 'agossie' te mompelen. 'Trek je dat gedoe van je zus toch niet zo aan,' zei ze. 'Ze is een taaie. Ze redt het wel.'

'Je hebt gelijk.'

'Hoe is het met Gabe? En met Aurora?'

'Goed, hoor.'

Wat zou haar moeder, die haar beide dochters had geleerd met contant geld te betalen, je uitgaven bij te houden en alleen creditcards te gebruiken vanwege de veiligheid, denken van het feit dat Skye een schuld had ter grootte van het jaarsalaris van een leerkracht? Of dat het project waar ze al twee jaar mee bezig was – letterlijk dátgene wat haar bestaan rechtvaardigde, afgezien van louter een betrokken ouder zijn van een schattige en gemakkelijke zesjarige – nog steeds niet af was? Skye zou zo graag willen dat haar moeder voor één keer in net zulke gloeiende bewoordingen over haar zou praten als dat ze dat deed over Peyton. Als iemand die stoer was en vastberaden, net als zij. En hoewel Marcia het nooit had gezegd – het zelfs niet eens echt geïmpliceerd had – wist Skye dat haar moeder teleurgesteld was dat de chique opleiding van haar oudste dochter en de jaren in dienst van de gemeenschap langzaam waren uitgelopen op... niets.

'Waarom huil je, lieverd? Vertel het maar aan je moeder.'

Net toen Skye haar mond opendeed, ging de deurbel. Haar moeder schoot overeind.

'Dianne!' hoorde ze haar roepen bij de voordeur. 'Wat een verrassing! Kom binnen. Ik heb een fantastisch nieuw koffieapparaat, je moet echt even een kopje proeven.'

Haar moeder verscheen in de woonkamer met een vrouw in een bijna identieke tuniek, een legging en sandalen. 'Skye, je herinnert je Dianne nog wel, toch? Haar schoonzoon is medisch specialist bij Columbia Presbyterian, toch?'

'Nou, eigenlijk bij HSS,' zei Dianne. 'En het is mijn schoondochter.'

'Geweldig, hè?' zei Marcia, die er geen woord van had verstaan. 'Skye, liefje, wil jij een kopje van die speciale koffie voor Dianne maken?'

Skye glimlachte lusteloos en liep naar de keuken. Ze hoorde de twee vrouwen praten over de recente keuze van hun leesclub, waar ze allebei ontevreden over waren. Toen ze terugkwam met een kop koffie voor Dianne, zei haar moeder: 'Ga zitten, lieverd. Praat met ons.'

'Ik moet Aurora ophalen,' loog ze.

'Oké, maar vergeet alsjeblieft niet de instructies voor dat apparaat op te schrijven!'

'Het is een automaat, mam. Er zijn geen instructies. Je stopt de pad in de houder, doet het deksel dicht en drukt op het knopje waar een kopje op staat.'

Marcia sloeg haar hand voor haar ogen alsof Skye een gedetailleerde beschrijving gaf van de ontmanteling van een cv-ketel. 'Voor mij is dit echt allemaal abracadabra. Alsjeblieft. Schrijf het op.'

'Leuk je gezien te hebben, Dianne. Ik spreek jou later, mam.' In de keuken pakte Skye een blokje dat Marcia ongetwijfeld had gejat bij een lokaal restaurant en schreef:

OPEN DEKSEL

LEG PAD ERIN

DOE DEKSEL DICHT

DRUK OP KNOPJE

Skye hing het briefje achter een magneet op de koelkast en liep terug naar haar auto. Ze slaagde erin haar riem vast te maken en te starten voordat de tranen terugkeerden. Dit keer was ze echter helemaal alleen.

8
Veel gelul en weinig slaap

'Kom binnen,' zei Nisha, terwijl ze de deur van haar ruime appartement in Gramercy openzwaaide. 'De jongens zijn bijna klaar met ontbijten en dan schop ik ze eruit.'

Ondanks het vroege tijdstip zag Nisha er chic uit in skinny jeans, een zijden blouse en bonten pantoffelslippers. Haar dikke zwarte haar zat in een nonchalante wrong en hoewel ze geen make-up ophad, slaagde ze er toch in er stralend en uitgerust uit te zien.

'Het spijt me heel erg dat ik je op zaterdagochtend moet storen,' zei Peyton toen Isaac en zij Nisha volgden naar de gigantische keuken.

'We weten dat dit familietijd is,' zei Isaac. 'We waarderen het enorm dat we zo mogen binnenvallen.'

'Ach, hou toch op!' Nisha schudde haar hoofd. 'Jullie zíjn familie. Trouwens, we konden nou niet bepaald afspreken op kantoor met al die paparazzi buiten. Dit is veel beter. Oude vrienden die komen brunchen. Nu ik het zeg... Jongens! Waar zijn jullie manieren?'

Achter het kookeiland, een vlakte van grijswit marmer die zo groot leek als een sportveld, zaten vier jongens met een ragebolkapsel. Voor hen torste een enorme draaischijf een schat aan dingen die je op wafels kon doen, allemaal in zwarte schaaltjes: blauwe bessen, *chocolate chips*, aardbeien, vruchtenhagel, geschaafde amandelen, Nutella, zelfgemaakte slagroom en een schaaltje met *maple syrup* en een bijpassend opscheplepeltje in de vorm van een honingraat. Ieder kind was ingespannen bezig met het bakken, decoreren dan wel kauwen van een wafel.

'Mijn god,' mompelde Peyton.

'Dat komt allemaal door Lydia. Ik wist niet eens dat we een wafelijzer hadden tot zij dat vanmorgen tevoorschijn toverde,' zei Nisha. Vervolgens bulderde ze: 'JONGENS!' Haar gezicht verzachtte tot een glimlach zodra de kinderen verstijfden en opkeken. 'Ik weet niet of het jullie is opgevallen, maar we hebben gasten. En wat doen wij als er gasten zijn?'

Meteen, alsof ze hun een por had gegeven met een taser, sprongen alle vier de jongens van hun kruk en gingen naast elkaar staan.

'Leuk om u te zien, meneer en mevrouw Marcus. Ik ben Finn. Ik ben vorige week zes geworden.'

'Hallo. Ik heet Lucas en ik ben vijf.'

'Hai, ik ben William. Ik ben drie en driekwart!'

'Ik ben Chammy. Ik ben twee.'

'Hij heet eigenlijk Sammy,' zei Lucas. 'Maar hij kan de "s" nog niet zeggen.'

Peyton en Isaac wisselden een blik. Vervolgens zei Peyton zacht tegen Nisha: 'Ik zie ze... wat is het? Twee keer per maand? Ik ken ze allemaal al vanaf hun geboorte. Moeten ze zich echt voorstellen?'

Nisha haalde haar schouders op. 'Lydia is daarmee begonnen.

Volgens haar is het goed om dat te oefenen. En wie ben ik om daartegenin te gaan?'

'Peyton, Isaac, goed om jullie te zien!' Nisha's man Ajit kwam de keuken in. Zijn haar was nog nat van het douchen en Peyton zag een dotje scheercrème achter zijn linkeroorlel.

De mannen omhelsden elkaar en sloegen op elkaars rug. 'Goed je te zien, man,' zei Isaac. 'Sorry dat we zo binnenvallen.' Hij wapperde met zijn hand naar de kinderen, die hun feestmaal hadden hervat.

'Doe niet zo gek. Het breekt de sleur.' Ajit stak een beker onder een ingebouwd espressoapparaat en drukte op een knop. 'Latte? Cappuccino? Filter?'

Al snel werd nanny Lydia opgedragen met de jongens naar het park te gaan, en na veel gehannes met schoenen en sokken en wandelwagens en stepjes en ballen en tussendoortjes, gebaarde Nisha dat ze allemaal naar de woonkamer moesten gaan. Die was typisch New York jaren zestig met lage zitelementen, een oncomfortabele kruk zonder rugleuning en twee Eames-stoelen. Onder de muur van ramen die uitzicht boden op Gramercy Park stonden vijf met sherpastof overtrokken zitzakken, elk met een jongensnaam erop en een zijzak vol boeken.

'Ziet er goed uit, hè? Ze zitten er nooit op,' zei Ajit.

'Ze zitten nooit. Punt,' voegde Nisha eraan toe.

'Ik snap niet hoe je het voor elkaar krijgt,' zei Peyton hoofdschuddend. 'Vijf!'

Alsof het afgesproken was, verscheen er een zwaarlijvige vrouw in ziekenhuiskleding. Een mollige hand hield een ingebakerde pasgeborene in de ruimte tussen haar imposante boezem en schouder, en in de andere had ze een voedingskussen en een slabbetje.

'O mijn god. Hij heeft toch net gedronken? Tien minuten geleden, of zoiets?' vroeg Nisha.

De vrouw schudde haar hoofd. 'Dat voelt alleen maar zo, mama. Het is tweeënhalf uur geleden en Teddy heeft er wel zin in.'

Nisha zuchtte en pakte de ingepakte baby aan.

'Bel maar even als u klaar bent,' zei de kraamzuster, waarna ze verdween.

Peyton zag dat Isaac zijn ogen afwendde toen Nisha haar blouse losknoopte en haar linkerborst eruit wipte. Die positioneerde ze deskundig boven de mond van de baby, zodat die meteen begon te zuigen.

'Ach, kom nou toch, Isaac,' zei Nisha lachend toen ze zag dat hij naar de grond staarde. 'Doe normaal. Het is gewoon een borst.'

Ajit schoot in de lach. 'Als ik nu borsten zie – mooie dus, van modellen op tv of waar dan ook – denk ik alleen maar: zou er veel uit komen?'

Peyton had Nisha ooit gevraagd of ze tevreden waren met twee kinderen, of dat ze nog een keer voor een meisje zouden gaan. Nisha was in de lach geschoten en had gezegd: 'Ik ben pas op mijn vijfendertigste begonnen. Ik denk dat ik... hoeveel zal het zijn? Vijf, misschien zeven jaar heb? Als ik geluk heb? We gaan er zo veel als menselijkerwijs mogelijk is in proppen en het kan me niet schelen wat het zijn, zolang er maar niet een op Ajits moeder lijkt.'

Peyton nam een slokje koffie en legde haar hand op Isaacs knie, maar hij trok zijn been meteen weg. De veertien uur sinds zijn thuiskomst waren afschuwelijk geweest. Zodra Max tijdens het avondeten naar haar kamer was gevlucht, was Isaac verdwenen in hun kantoor. Ze had bijna de hele nacht wakker gelegen, maar hij was niet naar bed gekomen. In de keuken had hij haar die ochtend niet aan willen kijken.

'Ik eh... wilde jullie nog even bedanken voor dit... hele gedoe,' zei Peyton, zwaaiend met haar arm.

Iedereen knikte. Het was stil, afgezien van Teddy's zuigende geluidjes.

'Nou?' Nisha zwaaide de baby naar haar schouder, waarna ze vakkundig op zijn rug klopte. 'Wie begint er?' Ze keek van Peyton naar Isaac, die beiden naar hun handen staarden. 'Oké, goed. Dan begin ik wel. Jullie hebben jezelf echt een hoop ellende op de hals gehaald.'

'Ik wil graag even zeggen –' Peyton stak haar wijsvinger op, maar Nisha keek haar boos aan.

'Nee. Die uitnodiging van daarnet om iets te zeggen was niet oprecht. Feitelijk wil ik dat jullie allebei je lippen stijf op elkaar houden.'

'Maar ik wil gewoon –'

'Mond dicht!' zei Nisha op het moment dat Teddy een harde boer liet. 'Ik vermoed dat jullie geen van beiden begrijpen dat ik niet jullie advocaat ben en dat jullie derhalve momenteel geen verschoningsrecht hebben. Dus ik ben de enige die het woord doet. Begrepen?'

Ze knikten.

'Zoals dit hele toneelstukje dat we opvoeren voor de pers hopelijk duidelijk maakt, is dat dit niets meer is dan een ontbijt met vrienden. Het feit dat ik crisismanager ben, maakt het natuurlijk iets gecompliceerder, maar we blijven bij ons verhaal, dat trouwens ook nog eens waar is: we zijn oude studievrienden en dit is een vriendschappelijk bezoek. Oké... waren jullie tevreden met Claire?'

'Absoluut,' zei Isaac. 'Bedankt voor de tip. Ze lijkt me geweldig.'

'Dat is ze ook. De beste strafrechtadvocaat in de stad, zo niet van de gehele Oostkust. Doe wat ze zegt,' zei Nisha.

Isaac knikte en Peyton merkte dat hij zijn handen samenkneep en met zijn vingers zat te draaien. Ze voelde opeens zo'n vlaag van paniek dat het leek of ze niet kon inademen. Het was al erg genoeg dat het hele land dacht dat hij dit gedaan had. Hoe kon ze hun oudste vrienden dat ook laten denken?

'Ik moet je iets vertellen,' zei Peyton gehaast, voordat Nisha haar in de rede kon vallen. 'Eigenlijk –'

'Nee!' Nisha schreeuwde het bijna. 'Ik hoef niet te weten wat je me wilt vertellen. Ajit hoeft het niet te weten. Eerlijk gezegd wéígeren we het te weten.'

Peyton ademde uit.

'Ik zal jullie even op een paar feiten wijzen,' zei Nisha, terwijl ze Teddy aanlegde aan haar andere borst. 'Wie van jullie daadwerkelijk heeft gecommuniceerd met die ritselaar – en ik verbied jullie me dat te vertellen – is eigenlijk irrelevant. Het publiek zal aannemen dat jullie als een getrouwd stel gezamenlijk gehandeld hebben, of toch ten minste op de hoogte waren van elkaars handelingen.'

'Maar dat is –' Isaac wilde iets zeggen, maar werd daarvan weerhouden door de indringende blik van Nisha.

'Oké. Verder is het bedrag waar het om zou gaan best klein in vergelijking met andere zaken op dit gebied – dat is het goede nieuws. Ook goed is dat het een eenmalig iets was, wat voor een rechter een stuk gemakkelijker te slikken is dan aan één stuk door liegen en bedriegen, zoals we een paar jaar geleden gezien hebben bij die zaak met vervalste foto's, mensen die werden ingehuurd om testen te maken, enzovoort. Niemand kan natuurlijk de toekomst voorspellen, maar als ik een gok mocht wagen, zou ik zeggen dat jij, Isaac, aankijkt tegen een wat milder vonnis. Een paar weken, misschien hooguit een paar maanden als de rechter kickt op dit soort zaken. In ieder geval honderden uren taakstraf en een boete, maar dat wisten jullie vast al.'

Peyton voelde haar ogen groot worden. Het was misschien niet éthisch geweest – dát wilde ze best toegeven. Maar ze had echt nooit gedacht dat het illegaal was, gezien het feit dat dit iets was wat mensen voortdurend deden, op wat voor manier dan ook.

'Ben je verbaasd?' vroeg Nisha.

'Ik vind gewoon... Denk je echt dat... Ik bedoel: gevangenisstraf?' Peyton ging er prat op kort en duidelijk te zijn, maar nu voelde het alsof haar brein versmald was tot één donkere tunnel.

'Ik kan jullie niet zeggen wat je moet doen, maar bedenk wel dat ongeacht wiens idee dit was – en nogmaals, dat wil ik niet weten – Isaac beroepsmatig gezien significant minder te verliezen heeft. Peyton, mocht jij hier officieel bij betrokken zijn, laat staan veroordeeld worden, dan denk ik dat het niet overdreven is om te zeggen dat je nooit meer aan het werk komt.'

'Dit lijkt allemaal zo... overdreven,' zei Peyton, maar niemand stemde daarmee in.

'Dus?' Isaacs stem brak een beetje. 'Vertel het maar gewoon zoals het is.'

Peytons mond was zo droog dat ze amper kon slikken. Ajit werd opeens volledig in beslag genomen door een los draadje aan de zak van zijn spijkerbroek. Nisha keek hen aan. 'Isaac, jij hebt dit helemaal alleen gedaan. Het zou ook helpen, en niet zo'n klein beetje volgens mij...' Nisha zweeg even, alsof ze besefte dat wat ze nu ging zeggen het vervelendst was om te horen '... als jullie uit elkaar gingen – alleen voor de vorm, natuurlijk – tot dit is opgelost.'

Niemand zei iets.

Ajit trok aan het draadje.

Peyton probeerde haar lippen nat te maken, maar haar tong leek wel van schuurpapier. Zelfs Teddy was gestopt met drinken en lag te slapen.

'Volgens mij moeten jullie in je achterhoofd houden dat we hier te maken hebben met een dubbele strijd: de juridische, uiteraard, maar ook die op de sociale media. Je mag vinden wat je wilt van de cancelcultuur, maar die bestaat en is wreed. Deze zaak zal berecht worden door de media, door de bloggers, door de influencers en het klootjesvolk dat anoniem achter hun toetsenbord zit. En die zijn niet zo vergevingsgezind. Ongeacht wat je al dan niet gedaan hebt, Peyton – en nogmaals, dat wil ik niet weten – je zult heel voorzichtig moeten zijn.'

'Hoe dan precies?' vroeg Peyton timide.

'Het allerbelangrijkst is dat jullie ervoor zorgen in het openbaar nooit samen gezien te worden. Vervolgens moeten we jou waarschijnlijk betrekken bij een bekend goed doel, bij voorkeur iets wat gerelateerd is aan het onderwijs. En laat je socialemediamanager mij bellen, zodat we de berichtgeving kunnen doornemen.'

Peyton slikte hard en merkte toen pas dat ze haar vingernagels in haar handpalmen drukte. Ze wist dat het waar was wat Nisha zei, maar het was nog erger dat niemand het over Isaac had – zijn leven, zijn carrière, zijn reputatie; allemaal naar de knoppen door iets wat zij gedaan had.

Ten slotte schraapte Isaac zijn keel en stond op. 'Nisha, Ajit, ontzettend bedankt voor jullie advies en gastvrijheid. Volgens mij hebben we nu genoeg tijd... Nee, blijf zitten alsjeblieft. We komen er zelf wel uit.'

Peyton voelde een vlaag van opluchting omdat hij tenminste 'we' zei. Ze kuste Nisha's wang en streek over Teddy's hoofdje. 'Dank je,' fluisterde ze. Ze had nog heel veel vragen.

'Hou je taai, P. En vergeet niet: iedereen maakt fouten. Deze is wel heel erg stom, dat moet ik toegeven. Maar ook dit zal overgaan.'

'Zei je dat echt?' vroeg Peyton met grote ogen.

Nisha, die nooit een aanhalig type was geweest, keek Peyton aan en pakte haar toen vast. 'Jij bent zo sterk, P, je bent een van de stoerste vrouwen die ik ken. Ik ga je niet vertellen dat dit gemakkelijk wordt, maar het zal niet eeuwig duren. Onthoud dat. Beloofd?'

Niets werkte die avond, helemaal niets. De kamillethee niet, de CBD-gummybeertjes niet en ook de belachelijke homeopathische relaxdruppels niet die ze per doos op de boerenmarkt op Union Square kocht. Het warme bad niet, de stoomdouche niet en ook de drie kwartier geestdodend trappen op de hometrainer niet. Ze had twee glazen pinot grigio achterovergeslagen en daar alleen maar hoofdpijn van gekregen. Dat gold tevens voor de blokjes pure chocola die ze uit haar geheime voorraad in de vriezer in de bijkeuken had gevist. Als er ooit een avond was geweest om wiet te roken, dan was deze het wel. Maar alleen al van de gedachte een paar trekjes te nemen van de vaporizer die een vriendin haar cadeau had gedaan, kreeg ze aanvallen van achtervolgingswaanzin. Waarom was zij de enige vrouw in de Upper East Side – sterker nog, misschien wel de enige vrouw in heel Manhattan – zonder een betrouwbare voorraad Xanax? Het was belachelijk. Blootgesteld worden aan de afgelopen vierentwintig uur zonder het allerbeste gunde je niemand.

De wekker op het nachtkastje schreeuwde 1.06 uur. Ze draaide zich voorzichtig op haar zij om Isaac niet wakker te maken, maar besefte toen dat hij nog steeds op de slaapbank in hun kantoor sliep. Peyton boog zich over de rand van het bed en rommelde in haar nachtkastje. Haar vingers sloten zich om een doosje met Antigrippine-tabletten waarvan de houdbaarheidsdatum allang verstreken was. Nou en, dacht ze, terwijl ze het doosje als een wasbeer met haar tanden openscheurde, een pil uit de strip drukte en die wegspoelde met het restje wijn, terwijl ze aan een of andere hogere macht vroeg om slaap, maar alsjeblieft niet om een onbedoelde dood à la Heath Ledger, die enkele ongelukkige combinatiekeuzes had gemaakt, maar vast nooit van plan was geweest zelfmoord te plegen. Mijn hemel, wat voor indruk zou het maken als zij de avond nadat haar man was gearresteerd stierf in haar eigen bed? Niemand zou geloven dat het toeval was. Max zou denken dat haar moeder niet genoeg van haar hield om haar door deze rottijd heen te slepen. Nisha zou zichzelf verwijten dat ze te hard was geweest. Skye zou zich de rest van haar leven vertwijfeld afvragen waarom ze het niet had zien aankomen. En Isaac? Die zou niet alleen afgevoerd worden naar de gevangenis voor een misdrijf dat hij niet had gepleegd, maar ook verdacht worden van moord vanwege, nou ja, een dode vrouw.

Ze liet zich vallen op het kussen en sloot haar ogen. Geheel in lijn met alle artikelen over 'goede slaapgewoonten' die ze had verzameld, stond haar slaapkamerthermostaat op 17 graden, waren haar op maat gemaakte verduisteringsgordijnen secuur dichtgeschoven en snorden er twee behoorlijk grote *white noise*-machines in verschillende hoeken. Peyton trok haar dekbed omhoog, dat gevuld was met het beste dons, en probeerde langzaam te ademen. Drie tellen in, vijf tellen uit; precies zoals alle apps adviseerden. Maar ze werd juist opgefokter door dat verdomde ademhalen. Deed ze het wel goed? Waarom kon zij nooit iets lang genoeg volhouden en er een gewoonte van maken? De hele tijd maar van die apps downloaden; álles, van calorieën tot stappen tellen. Maar hield ze ook maar iets daarvan vol? Gaf ze ook maar enigszins blijk van de meedogenloze toewijding die ze voor haar werk toonde? Absoluut niet. Het was altijd de zoveelste halfslachtige poging tot – wat ze stiekem hoopte – een snelle oplossing. Er was duidelijk iets mis met haar hersens. Of haar karakter. Wat was de definitie van krankzinnigheid? Uur na uur starend op dezelfde plek liggen en wachten op de slaap, terwijl het verlaten van dat gevangenisbed het enige was wat je wilde.

Gevangenis. Ze dacht aan Isaac, die ongetwijfeld als een blok lag te slapen op de bedbank, ondanks de gruwelijkheden die sinds kort zijn leven bepaalden. Hij had geen slaapmiddelen nodig, geen ademhalingsoefeningen, geen ingewikkelde apparaten. Hij hoefde alleen zijn hoofd maar neer te leggen, zijn ogen te sluiten en de zalige, diepe slaap te omhelzen die daar moeiteloos op volgde. Peyton was er al vanaf het begin van hun relatie stikjaloers op, toen ze nog deed of ze normaal was. Ze kroop altijd tegen hem aan en wachtte dan stilletjes tot hij sliep, waarna ze het bed weer uit ging om te ijsberen door het huis. Tegenwoordig deed ze dat meteen.

Waarom werkte die verdomde Antigrippine niet?

Opeens werd ze overspoeld door een golf misselijkheid. Ze gingen hem behandelen als een crimineel! Haar man. Het was al erg genoeg dat hij feitelijk niets verkeerd had gedaan. Maar godsamme, hoe kon je zo'n man nou ópsluiten? Isaac húílde als hij naar *Parenthood* keek! Dit was een man die nooit doorreed bij stopborden en het telefoontje op zondagavond naar zijn achtennegentigjarige oma niet één keer had overgeslagen. Hoe vaak had Peyton niet geprobeerd in een huurauto zonder pasje een tolweg op te rijden?

Of pas op de parkeerplaats ontdekt dat ze de flessen water onder op haar winkelwagen was vergeten af te rekenen? En dan niet terug naar binnen was gegaan? En hoe vaak had ze – alleen al van de gedachte kreeg ze een kleur – gedaan of ze de bejaarde in een volle metro niet zag, zodat zíj haar plaats niet af hoefde te staan? Nee, zíj was een onvolwaardig mens met een gebrek aan integriteit. Maar Isaac? Hij was zo'n type dat zijn belastingen niet uit angst voor boetes betaalde, maar omdat het zijn plicht was als werkende burger. Hij gaf te veel fooi en klaagde te weinig. Hij kwam opdagen! Bij elke begrafenis, elke besnijdenis, elke schoolvoorstelling, hockeywedstrijd of wat voor onbenulligs dan ook. Hij was haar morele kompas en zij stuurde hem naar de gevangenis.

Genoeg. Ze was dat gepieker spuugzat. Opeens dacht ze aan de bananenmuffins die ze van Nisha per se mee had moeten nemen. Ze kwam overeind en voelde een steek van pijn bij haar enkel.

'Verdomme!' fluisterschreeuwde ze. Ze strekte haar been, half in de verwachting dat bijtertje daar nog aan te zien hangen, maar er was niets te zien. Die hond was een verdomd deskundige misbruiker. Haar telefoon zoemde in de zak van haar kamerjas toen ze over de gang naar de keuken schuifelde.

Ben je wakker? Van Skye.

Ja, duh, antwoordde Peyton, terwijl ze een van de muffins in de magnetron stopte.

Gaat het?

De gedachte te moeten typen voelde opeens overweldigend, dus Peyton belde haar zus. 'Waarom ben jij wakker?' vroeg ze op gedempte toon aan Skye, hoewel ze wist dat daar waarschijnlijk geen reden voor was. Ze leden beiden al vanaf hun jeugd aan slapeloosheid: een genetisch geschenk van hun moeder.

'Gewoon. En jij?'

De magnetron pingde. Peyton haalde de muffin eruit en smeerde er pindakaas op. 'Mmm, net zoiets,' zei ze met een enorme mond vol. 'Hoor ik nou Mr. Big?'

Skye snoof. 'Wie anders? Ik zal voor eeuwig volhouden dat "To Be With You" een van de beste nummers ooit is.'

Peyton kon haar lachen niet inhouden. 'Jij luistert verdomme om half twee 's nachts naar Mr. Big en… wat? Je voelt je begrepen?'

'Weet jij nog dat wij voor het eerst van mam samen naar een concert mochten? We hadden tegen haar gezegd dat het van James Taylor was. We hadden zelfs "You've Got a Friend" gedraaid, zodat ze zich geen zorgen zou maken, maar dat we toen naar Guns N' Roses zijn gegaan?'

'Als de dag van gisteren. Het was een van de mooiste dagen van mijn leven. Toen ze "Welcome to the Jungle" speelden, Axl zijn haar rondslingerde en Slash zijn gitaar in de fik stak… Ik had nog nooit zoiets verleidelijks gezien.'

'Bieber en Swift kunnen daar niet aan tippen,' zei Skye. 'Maarre… nog nieuws over zieken?'

Peyton drukte haar vingertoppen tegen haar voorhoofd. 'Ik heb heus wel door dat je me probeert af te leiden. Maar dat waardeer ik. Eens even zien… Brads vrouw heeft vandaag een update gegeven op CaringBridge. Ik denk dat hij zelf nog te suf was van de operatie.'

'Wie was Brad ook alweer?'

'Het vriendje op school van de beste vriendin van mijn beste vriendin van kamp. Weet je Erin nog van Camp Everest? Nou, haar beste vriendin had vroeger verkering met Brad.'

Wie zou er, behalve Skye, begrijpen waarom zij de medische voortgang van volmaakte vreemden zo nauwlettend in de gaten hield? Jarenlang had ze gedacht dat ze de enige was die zorgvuldig de afschuwelijke ziektes en aandoeningen volgde waar mensen door geteisterd werden die ze nog nooit ontmoet had. Maar Skye snapte het wel, want zij deed dat ook.

'En wat is de prognose? Ze wachten zeker op de resultaten van het pathologisch onderzoek?'

'Niet goed. Glioom. Hersentumor graad 4.'

Skye floot. 'Dat is héél erg niet goed.'

'Ja, zijn vrouw zegt dat ze naar Duitsland gaan voor een of andere experimentele behandeling, maar de levensverwachting na zo'n diagnose is negen tot twaalf maanden.' Peyton stopte nog een muffin in de magnetron.

'Ik heb een jonge vrouw gevolgd die de eerste week van haar laatste schooljaar te horen kreeg dat ze ziek was en voor het eindexamen overleden was,' zei Skye timide.

'Ja,' zei Peyton, die het verdriet en de oneerlijkheid van het zo jong sterven toeliet, ook al had ze Brad of de jonge vrouw van Skye nooit ontmoet. Als zij zichzelf namelijk onderwierp aan hún pijn – al was het maar bij benadering – zou dat dan haar familie niet op de een of andere manier beschermen tegen die ziekte? Als zij diep in het profiel dook van iemand die streed tegen, of overleed aan eierstokkanker, ALS of een hersentumor – écht meeleefde met hun lijden en dat probeerde te begrijpen – garandeerde dat dan niet haar eigen veiligheid? Althans wat betreft dat specifieke onheil? En daarom las ze alles wat los en vast zat, volgde links op Facebook en Instagram naar GoFundMe en CaringBridge. De pastoor van de moeder van haar cameraman die drie weken nadat hij ontdekt had dat hij alvleesklierkanker had dood was neergevallen. De neef van de vrouw van haar stomerij wiens niet-gediagnosticeerde melanoom zich had verspreid naar zijn longen en lever. De neef van een van haar dispuutsgenoten die een dwarslaesie had gekregen nadat hij in een ondiep meer was gedoken. Echt het allerergst waren de verhalen die ze door haar tranen amper kon lezen over kinderen met kale hoofdjes en een treurige glimlach onder ziekenhuisdekens met tekenfilmfiguren erop. Het was getikt dat Skye en zij dit deden, toch? Toch bood het op de een of andere vreemde manier troost om te weten dat ze niet alleen was.

De magnetron pingde en dit keer doopte Peyton de muffin meteen in de pindakaaspot.

'Hoe gaat het met Isaac?' vroeg Skye.

Peyton slikte. Ze móést Skye in vertrouwen nemen en haar vertellen dat zij het was, en niet Isaac, die deze ellende over hen had afgeroepen. Ze mochten het weliswaar aan niemand vertellen, maar Skye zou het wel begrijpen. Zou ze oordelend en aanmatigend reageren? Ongetwijfeld. Maar dit was een geheim dat ze niet voor haar zus verborgen kon houden. Ze zou het haar vertellen, beloofde Peyton zichzelf, voordat ze ophingen.

'Het gaat wel, gezien de omstandigheden,' zei ze, terwijl ze de pindakaas van haar gehemelte probeerde te krijgen. Ze hoorde iets spetteren. 'Zit je nou te plassen?'

'Sorry,' zei Skye. 'Hoe is het met Max? We hebben geappt en ze beweert dat het goed gaat, maar mijn god – dit is landelijk nieuws dat om háár draait.'

Peyton nam nog een hap en kauwde langzaam. 'Niet al te best. Ik weet zeker dat ze al het nieuws als een krankzinnige bijhoudt. We proberen alle twee steeds met haar te praten, maar dat weigert ze botweg.'

'Godzijdank heeft ze al eindexamen gedaan. Het zou allemaal nog veel erger zijn als ze nog op Milford zat, ingekapseld door al die uniformiteit. Dat was echt een nachtmerrie geweest.'

Peyton rolde met haar ogen. Echt iets voor Skye om af te geven op Milford. 'Jij woont in Páradise. Dus ga jij alsjeblieft niet de moraalridder uithangen. Maar serieus, het was misschien juist beter geweest als ze daar nog wél had gezeten. Ze zijn gespecialiseerd in ouderlijke schandalen.'

'Milford?'

'Ik heb ontvoeringen meegemaakt door ouders die uit de ouderlijke macht waren ontzet, een vader die vierkant achter de cocaïnehandel van zijn zoon stond, en niet één, maar twee vaders die opgepakt waren voor het frequenteren van dure prostituees.'

'Je maakt een geintje.'

'En dat waren niet eens de interessante gevallen! Heb ik je niet verteld over de arrestatie van een chauffeur van een elfjarige leerling, die naar Syrië was gereisd om te proberen een jihadistisch trainingskamp te bezoeken? O! En dan had je nog de ouders – van bijna vijftig – van een meisje uit de bovenbouw die, terwijl hun dochter in een Europees kuuroord verbleef, een baby adopteerden omdat ze dat "simpelweg niet konden weerstaan". Tja, wat wil je met die overvloed aan witte Europese baby's die popelen om geadopteerd te worden? En dan natuurlijk nog alle doorsnee financiële misdrijven: fraude, witwassen, belastingontduiking. Zelfs een verzekeringsgerelateerde brandstichting. Mailfraude is praktisch een zeldzaamheid.'

'Klinkt als een fijne gemeenschap.'

Peyton snoof. 'Ach ja, het is in ieder geval niets wat die kinderen al niet honderd keer eerder hebben gezien.' Ze was opeens duizelig en doodmoe. 'Volgens mij gaan de drank en Antigrippine eindelijk werken. Ik moet hangen.'

'Drank en Antigrippine? Moet ik me zorgen maken? Kun je niet iets beters krijgen dan dat?'

'Blijkbaar niet, anders zou ik niet om één uur 's nachts in mijn keuken volle melk en pindakaas naar binnen zitten te werken, terwijl ik met jou praat.'

Skye schoot in de lach. 'Slaap lekker. Ik laat mijn telefoon aanstaan voor het geval je nog wilt praten.'

'Mmm,' fluisterde Peyton, terwijl ze door de gang slofte. 'Sorry dat ik helemaal niet heb gevraagd hoe het met jou gaat.'

'Geen zorgen. Met een man die op borgtocht vrij is, mag je egoïstisch zijn.'

'O, wat dat betreft. Ik moet je iets vertellen en ik wil niet dat je...' Isaac verscheen in de deuropening van het kantoor, zijn kamerjas hing open en ze zag een boxershort met ananassen erop. Hij keek ernstig.

'Laat maar, Skye, ik bel je morgen wel, oké?' Ze hing op en wilde haar armen om hem heen slaan, maar hij glipte langs haar.

'Ik denk dat Nisha gelijk heeft,' fluisterde hij, ongetwijfeld om te voorkomen dat hij Max wakker maakte.

'Over wat?'

'Over dat wij een tijdje uit elkaar moeten gaan,' zei hij tegen de vloerbedekking op de gang.

Weer voelde Peyton haar ogen groot worden. 'Dat opperde ze alleen voor de vorm.'

Hij reageerde niet.

'Isaac. Kijk me aan!' Zij fluisterde ook, maar het klonk dringend. Hij streek met zijn handen door zijn dikke haar. Eindelijk keek hij haar aan. 'Ik heb tijd nodig om over alles na te denken – jou, wij, Max, over hoe dit allemaal heeft kunnen gebeuren. Het is niet voor eeuwig. En het kan me niet schelen wat je tegen anderen zegt.'

'Maar, Isaac, we moeten alleen –'

Hij draaide zich abrupt om en zei: 'Ga mij nou niet vertellen wat wíj moeten! Dat recht heb je verspeeld zodra je je belofte verbrak. Heb je ook maar één moment stilgestaan bij wat dit allemaal voor gevolgen heeft voor Max? Of voor mij? Wíj lijkt mij nou niet bepaald jouw eerste keus tegenwoordig. Ik ga in mijn eigen bed slapen; ga jij maar op de slaapbank.' Hij knalde hun slaapkamerdeur dicht.

Peyton bleef geschrokken naar de deur staan kijken. Ze hoorde de wc doorspoelen, het beddengoed ruisen en toen niets meer. Hij had de deur niet op slot gedaan – niets weerhield haar ervan naast hem in bed te stappen. Maar haar slapen waren weer hevig gaan kloppen en ze had last van buikkramp. *Wat heb ik gedaan?* Met haar lichaam op de automatische piloot zakte ze op de grond en maakte zich klein. Max' kamer was vlakbij en ze wilde niet dat haar dochter haar zo zou aantreffen, maar ze kon zich niet bewegen. Ze wist niet goed hoelang ze daar lag te rillen voordat ze eindelijk in een benevelde slaap viel.

9
Twee keer zo mooi

Skye staarde naar het scherm van haar laptop en vroeg zich af welke aanhef ze moest gebruiken voor haar mail. *Beste ouders* kon niet, aangezien een van de meiden werd opgevoed door haar grootouders en een ander bij een pleeggezin zat. *Beste verzorgers* klonk zo kil. Kauwend op de pen tussen haar tanden nam ze eindelijk een besluit.

Beste ouders en/of verzorgers,

Ik heb groot nieuws! Zoals jullie al weten, hebben we het pand verworven dat gebruikt zal worden als woning voor onze meiden als ze naar de Paradise High School gaan. Een plaatselijke architect – mijn echtgenoot – heeft tekeningen gemaakt om de ruimte aan te passen aan onze behoeften en ik ben al begonnen met het aanschaffen van meubilair en beddengoed, om te zorgen dat de meiden zich er thuis voelen. Het geld van een genereuze plaatselijke investeerder kan nu elke dag binnenkomen en dan beginnen we meteen aan de noodzakelijke restauraties om er ons plekje van te maken. Het verheugt me jullie te kunnen melden dat we op schema zitten en er aan het eind van de zomervakantie in kunnen trekken, zodat de meiden hopelijk tegelijk met de andere leerlingen aan het schooljaar kunnen beginnen.

Aarzel niet om contact op te nemen als jullie vragen hebben. Ik verheug me erop jullie dochters snel te begroeten!

Hartelijke groet,
Skye Alter
Uitvoerend directeur Serenity Home for Girls

Ze herlas het, haalde het door de spellingchecker en drukte voldaan op VERSTUREN. De klok op het aanrecht gaf aan dat het 14.46 uur was. Over iets minder dan een half uur moest ze Aurora van de bus ophalen. Eigenlijk moest ze een eindje gaan lopen; ze was de hele dag het huis nog niet uit geweest. Maar net toen ze gemotiveerd haar laptop dicht wilde klappen, trok het icoontje van het winkelwagentje van Amazon haar aandacht. Ze klikte erop. Het zat al vol van eerder die morgen. Acht bureaulampen met dimmers. Een verzameling ladeverdelers. Een enorme rijstkoker. Aan de wand monteerbare shampoodispensers. *Klik, klik, klik.* Het ene product bracht haar bij het andere en het volgende, om de minuut verscheen er een nieuw scherm dat haar iets liet zien waarvan ze zich niet gerealiseerd had dat het nodig was in het huis, tot het als een standwerker zijn eigen pluspunten uitbrulde: *Verbeterde versie! Weer op voorraad! 2041 vijfsterrenbeoordelingen! Klik, klik, klik.* Haar vingers vulden het winkelwagentje zo snel dat haar hersenen het amper bij konden benen.

Het kostte twintig minuten om de boel af te handelen, hetgeen betekende dat de zoveelste kans op lichaamsbeweging verkeken was. Ze nam de trap met twee treden tegelijk en pakte het eerste sweatshirt dat ze zag, trok het aan terwijl ze de trap weer af liep en naar buiten ging. Pas daar besefte ze dat het haar Amherst-trui was. Die was twee maten te groot en zo ontzaglijk oud, zacht en verwassen dat hij als zijde tegen haar blote huid voelde. Peyton en zij hadden hem samen gekocht in de campuswinkel toen haar zus tijdens haar eerste jaar een weekendje op bezoek kwam.

'Ik trek hem nooit meer uit,' had Peyton gezegd, terwijl ze ronddraaide voor de passpiegel van de winkel. 'Ik ga hierin terug naar Penn State zodat iedereen weet dat mijn zus slim genoeg is om naar een van de beste scholen van het land te gaan.'

Skye wist nog dat ze Peyton onderzoekend had aangekeken, hyperalert op ook maar het minste teken van jaloezie of spot. Maar daar was niets van te merken. 'Ik betaal hem wel,' had ze gezegd, terwijl ze het sweatshirt uit Peytons handen trok.

'Je bedoelt dat pa en ma hem voor me kopen,' had Peyton lachend gezegd. 'Maar jij moet er ook een nemen. Dan zien we er twee keer zo mooi uit.'

Skye bezat al een vijftal Amherst-sweatshirts, maar het was gemakkelijker om er nog een te kopen dan om Peyton tegen te spreken. Als die ergens haar zinnen op had gezet... Ze hadden hun identieke sweatshirts de hele weg naar Skyes kamer gedragen en Skye kon zich nog steeds goed herinneren hoe het voelde om arm in arm lachend en zingend over de campus te lopen met haar zus, terwijl een paar zeldzame stralen van de zon in Massachusetts hun gezicht verwarmden. Terug op Skyes buiten de campus gelegen etage hadden ze cranberrycocktails gedronken – Peyton had een fles Absolut meegenomen – en zich al roddelend verkleed.

Skye herinnerde zich die avond, twintig jaar geleden, alsof het de vorige week was gebeurd.

'Trek je dát aan?' Peyton had haar neus opgetrokken toen Skye in een vormeloze bordeauxrode maxi-jurk haar slaapkamer uit kwam.

'Ja.'

'Maar die is... niet om aan te zien.'

Skye had een zucht geslaakt. 'Het is een jurk. Wat kan mij dat nou schelen.'

'Ja, dat zie ik.' Peyton verdween in Skyes kleine slaapkamer. 'Kun je even komen? Volgens mij kunnen we er iets mooiers van maken.'

Je verzetten tegen Peyton was net zoiets als op je tenen een enorme golf op je af laten komen. Skye sloeg haar ogen ten hemel maar deed wat haar gevraagd was. 'Wat?' vroeg ze met een hand op haar heup. Peytons perfect gespijkerbroekte kont stak uit haar klerenkast.

'Hier, kijk! Deze is bijna schattig. En ik durf te wedden ook flatterend.' Ze gooide een broek met wijde pijpen naar Skye, die hem opving. 'En dan trek je... eens even kijken...' – ze schoof de hangers een voor een opzij – '... deze erbij aan!'

Skye pakte de mouwloze witte zijden blouse aan die haar moeder afgelopen zomer voor haar gekocht had voor een stagegesprek en liet die over haar hoofd glijden.

Peyton stopte Skyes blouse in haar broek, deed er een riem omheen die ze god mocht weten waarvandaan had gehaald en zei: 'Wacht, ik ben zo terug.' Ze kwam terug met haar eigen weekendtas, waaruit ze een handvol kettingen en een paar imitatieleren rode pumps met hakken van minstens acht centimeter haalde.

'Doe normaal,' zei Skye met een blik op de schoenen.

'Het is een cocktailparty!'

'Bij mijn professor thuis! De professor die ik als mijn mentor wil.'

'Nou en? Sinds wanneer mag je er niet goed uitzien? Ben je bang dat hij denkt dat je niet slim bent als je op hakken loopt?'

Skye rolde met haar ogen, maar het antwoord was simpel: ja.

Dat was precies waar ze bang voor was. 'Het is een zij.'

'Wat maakt het uit. Probeer ze nou maar even,' drong Peyton aan. En weer zwichtte Skye. Ze stak haar voeten in de schoenen, keek in de spiegel en viel bijna om toen ze haar spiegelbeeld terug zag turen. In de broek leek haar taille nog smaller dan normaal en haar benen waren palen geworden. De zijden blouse golfde over haar kleine borsten en benadrukte haar smalle schouders, en hoewel ze niet goed wist waar het aan lag – de hakken, of gewoon haar eigen bewustzijn – leek ze een stuk zelfverzekerder.

'Zie je wel?' zei Peyton.

Skye kon haar blik niet van zichzelf afhouden.

'Dit is het beste wat ik ervan kan maken.' Peyton wapperde met haar hand naar de kast. 'Ik vind het nog steeds bizar dat de zus zonder ook maar een greintje modebewustzijn het mooiere gezicht en lichaam heeft gekregen. Dat voelt heel oneerlijk. Kom, dan maak ik je op. Tegen de tijd dat ik met je klaar ben, zullen ze denken dat je een volkomen gestoord oppervlakkig type bent.'

Peyton ging aan de slag en tien minuten later bekeek Skye zichzelf in de spiegel. Ze straalde. Het was bijna verontrustend hoe knap ze eruitzag en zich voelde. Waarom had ze nooit geweten dat haar zus zo goed overweg kon met het samengeraapte zooitje make-up van de drogist en een paar oude borsteltjes? Ze keek toe hoe Peyton in nog geen kwartier een zwarte kokerjurk dichtritste, haar wimpers en vervolgens haar haren krulde, en letterlijk een volmaakt geproportioneerd gezicht op het hare schilderde. 'Laten we dat kreng van een professor maar eens laten zien dat er met de gezusters Marcus niet te spotten valt.' Peyton stak haar heup naar voren en blies zichzelf een kushandje toe voor de spiegel.

Skye voelde een vlaag van irritatie. Of was het iets anders? 'Luister, ik ben helemaal voor een beetje lol trappen, maar wil je alsjeblieft niet vergeten dat dit... serieuze mensen zijn? Het zijn wetenschappers, geen feestbeesten.'

Peytons ogen werden groot. 'Natuurlijk.' Ze knikte ernstig.

'Wétenschappers. Staat genoteerd. Gesnopen. Ja, want ik heb natuurlijk nog nooit een echte proféssor in levenden lijve ontmoet.'

'P, dat is niet wat –'

'Ach, kom nou toch.' Peyton liep lachend de deur uit. 'Ik plaag je alleen maar.'

Peyton kakelde aan één stuk door over haar studentenvereniging terwijl ze in de schemering over de Main Quad liepen. 'Ik was helemaal niet van plan om lid te worden, maar ze hebben me zo'n beetje gesmeekt om dat te doen. Ik bedoel, als lid van de sociëteitscommissie bepaal je de volledige sociale jaaragenda van de vereniging. Dat is juist de reden dat mensen er lid van worden,' zei ze zwaaiend met haar armen. Opeens bleef ze staan en keek om zich heen naar de met klimop begroeide gebouwen, de uitgestrekte groene grasvelden en de felle tinten van de verkleurende bladeren. 'Mijn god, wat is het hier mooi.'

In plaats van daarmee in te stemmen, wat ze wel deed – ook na drie jaar kon ze nog steeds niet geloven hoe mooi de campus was – zei Skye: 'Ik kan me niet voorstellen dat ik naar een opleiding zou gaan waar het Griekse systeem zo veel invloed heeft.'

Peyton keek haar met samengeknepen ogen aan. 'O, nee?'

'Ik bedoel, ik heb niets tegen disputen,' ging Skye verder, 'maar godzijdank bestaan die op Amherst niet.'

Meteen had ze spijt dat ze dat gezegd had. Peyton had vijf uur gereden om een weekendje bij haar te zijn en al die tijd dat ze er was, had ze zich van haar beste kant laten zien. Gisteravond, toen ze thuis waren gebleven om een film te kijken, had ze popcorn met cheddar en milkshakes gemaakt. Ze had ontelbare malen gezegd dat Amherst echt schitterend was. Ze was superaardig geweest tegen Skyes kamergenoten en vrienden. En dan had je nog dat kledingadvies en die make-up en het feit dat Peyton vrolijk had ingestemd Skye te vergezellen naar een cocktailparty bij haar geschiedenisprofessor thuis, iets waar zelfs Skye vreselijk tegen opzag.

‘Probeer je nou een omhooggevallen kreng uit te hangen?’ vroeg Peyton. ‘Want als dat zo is, doe je het echt heel erg goed.’

‘Sorry,’ zei Skye. ‘Zo bedoelde ik het niet.’

‘Net zoals je het niet zo bedoelde toen je me eraan herinnerde dat je op Amherst niet eens journalistiek als hoofdvak kunt studeren? Ik vermoed omdat jullie allemaal verondersteld worden Engelse letterkunde als hoofdvak te hebben? Dat is veel elitairder. Maar zal ik jou eens wat vertellen? Ik wil al sinds mijn vijftiende radio- en televisiejournalistiek studeren en ik ben blij dat ik nu een opleiding volg waar ik dat kan doen. Als ik volgend jaar naar de hoofdcampus ga, zit ik in een van de beste programma’s van het land.’

Skye dacht aan Peytons leven op Penn State, waar haar zus ondanks het feit dat dat een kleine, regionale campus in niemandsland was schijnbaar een behoorlijke leuke niche voor zichzelf had gecreeërd. Ze floreerde als lid van de sociëteitscommissie, was dol op haar lacrosse spelende vriendje, ging in het weekend naar footballwedstrijden kijken en bracht de doordeweekse ochtenden door op het tv-station van de campus. Peyton leek het studentenleven te omarmen op een manier die Skye zich niet echt kon voorstellen. Uiteraard was ze dol op het intellectuele keurslijf van haar colleges en de beschikbaarheid van professoren van wereldklasse. Bovendien had ze het geluk gehad een handjevol echte vrienden van over de hele wereld te leren kennen. Maar ze zou de afgelopen drie jaar nou niet bepaald omschrijven als léúk. ‘Sorry. Ik ben onuitstaanbaar,’ zei ze.

‘Even wachten, lieve zus, zou je misschien een woord kunnen gebruiken dat een simpel studentje op een regionale campus begrijpt? Alsjeblieft?’

Skye gaf Peyton een por. ‘We zijn er,’ zei ze, opgelucht dat ze erover konden ophouden. ‘Maar het is nog vroeg. Laten we nog even wachten.’

‘Hoe eerder we beginnen, hoe eerder we ervan af zijn,’ zei

Peyton. Ze beklom het trapje naar de voordeur en drukte op de bel voordat Skye haar kon tegenhouden.

'Ik ben nog niet klaar!' schreeuwfluisterde Skye, die zich opeens wanhopig graag om wilde draaien en wilde weglopen. Serieuze een-op-eengesprekken zonder koetjes en kalfjes? Prima. Maar Skye had een hekel aan grote groepen en feestjes, en wist dat ze heel slecht was in doen alsof.

'Waar maak je je zo druk om? Het zijn cocktails! Het is jouw professor! We nemen gewoon twee glazen slechte wijn, glimlachen en vertrekken.' Peyton woelde door haar krullen. 'Echt hoor, ik begrijp niet waar die sociale fobie van jou vandaan komt. Ik heb nergens last van.'

Skye had niet de kans om te reageren, want de deur zwaaide open en professor McCann en een andere vrouw keken hen glimlachend aan.

'Skye, je bent de eerste!' Professor McCann stapte achteruit om de meisjes te laten passeren.

'Ik hoop dat u het niet erg vindt dat ik mijn zus heb meegenomen, professor McCann,' zei Skye. Ze baalde ervan dat haar stem trilde.

'Kom binnen, kom binnen.' De professor loodste hen een verrassend traditionele woonkamer in, waar een paar schalen met kaas en crackers op stapels kunstboeken waren neergezet. 'Dit is mijn vrouw Brenda. Brenda, dit is Skye Alter, derdejaars geschiedenis, en haar zus...'

'Peyton,' zei Peyton met een brede glimlach en een uitgestoken hand. 'Ik weet dat Skye al weken uitkijkt naar deze avond en ik ben heel blij dat ik mee mocht komen. Fijn om hier te zijn.'

Skye ademde in. Dit ging te ver. Peyton ging altijd te ver. Ze moest een beetje dimmen, zich niet zo losjes en enthousiast gedragen. Respect tonen. Maar tot haar verbazing glimlachte professor McCann en zei: 'Noem me alsjeblieft Amanda. Kom, ga zitten.'

Brenda, die verrassend aantrekkelijk was en minstens tien jaar jonger oogde dan de middelbare Amanda, schonk een glas witte wijn voor hen in.

'O mijn hemel, moet je dat schatje zien!' kraaide Peyton, waarop Skye wederom ineenkromp. Kon ze zich niet een beetje inhouden? Maar het was te laat – Peyton was al opgesprongen en liep naar een grote harige hond. 'O, jochie toch! Wat ben jij prachtig! Wie is dit?'

Skye had professor McCann nog nooit zo zien stralen. 'Dat is Martin. Hij is dol op aandacht.'

'O, natuurlijk,' zong Peyton, terwijl ze haar gezicht in dat van Martin duwde. 'Hij is een alaska-malamute, toch? Die wil ik al eeuwen, ze zijn echt de allermooiste beesten die ik ken! Verliest hij veel haar?'

'Bákken!' Brenda nam een slokje wijn. 'Maar hij is het waard.'

'Ja, ongetwijfeld! Heeft hij ook zo'n hekel aan de zomer? Als kind had ik een vriendinnetje dat ook een malamute had en ik weet nog dat die de hele winter smeekte om naar buiten te mogen en zich dan gewoon plat in de sneeuw liet vallen.'

Skye beet bijna op haar tong door Peytons banale manier van ondervragen, maar toen besefte ze dat zowel professor McCann (ze kon haar gewoon geen Amanda noemen) als Brenda helemaal opging in dit gesprek. Zij was degene die hier een beetje dom voor zich uit zat te staren.

Toen Peyton uitputtend geïnformeerd had naar alles wat er te weten viel over de hond, begon ze te vragen naar Brenda's werk, hun monumentale huis en zelfs hun vakantieplannen. Ze kletste zo gemakkelijk dat Skye zich al snel minder bewust werd van Peytons gedrag en zich juist dankbaar begon te voelen. Wat zou ze gedaan hebben als ze hier in haar eentje was aangekomen voordat alle andere gasten er waren? Ze kon niet één ding bedenken om te vragen of te zeggen! Misschien dat ze geïnformeerd zou hebben naar iets wat professor McCann tijdens het college ter sprake had gebracht... Maar was het niet onfatsoenlijk om op een feestje over het werk te praten? Of kon dat wel? Ze nam een flinke slok wijn en genoot van het gevoel dat de drank in haar lege maag veroorzaakte. Godzijdank was haar zus erbij.

Tegen de tijd dat er meer studenten arriveerden, had Peyton professor McCann aan het schateren gekregen met een slappe, maar grappige mop over aftrekken en was Brenda zo geboeid door Peytons charmante verhaal over een of ander reisincident dat ze naast haar was gaan zitten. Ze had altijd geweten dat haar zus sociaal vaardiger was, maar was bijna vergeten in welke mate. De nieuwe studentenlevenminnende Peyton was zelfs nog vaardiger dan klassenvertegenwoordigster Peyton, en dat wilde wat zeggen. Toen ze een paar uur later hun gastvrouwen bedankten en vertrokken, liep Skye bijna te hyperventileren van erkenning.

'Dank je,' zei ze.

'Graag gedaan.' Peyton trok de deur achter hen dicht.

'Je hebt me gered.'

'Zeg dat wel. Maar waar maakte je je nou zo druk om? Ik weet dat het zogenaamd weledelzeergeleerde professoren op een superprestigieuze opleiding zijn, maar het zijn ook maar gewoon mensen, toch?'

'Ik denk dat ik dat soms vergeet.'

Peyton grinnikte. 'Iedereen houdt van honden en flauwe grappen, vergeet dat niet.'

Skye schoot in de lach. 'Staat genoteerd.'

'Zullen we nu naar een echt feestje gaan? Een kroeg? Iéts?' vroeg Peyton.

Skye haakte haar arm door die van haar zus. 'Ja.' Ze kneep in haar arm. 'Dat ben ik je wel verschuldigd.'

Skye sloeg haar armen om zichzelf en het heerlijk zittende sweatshirt heen en liep fronsend naar de bushalte. Haar zus was in veel opzichten compleet gestoord, dat viel niet te ontkennen. Maar ze was dol op haar. En nu, met alles wat er aan de hand was met Isaac? De gevolgen zouden desastreus zijn voor Peyton, waarschijnlijk hadden ze nog geen idee op welke manieren. Na al die jaren en heel veel offers stond ze op het punt veel te verliezen. Skye nam zich plechtig voor dat ze haar zus zou steunen en er voor haar zou zijn, zoals Peyton er ook altijd voor haar was geweest. Ze appte haar *Bel je snel* en bukte toen om Aurora te begroeten, die de bus uit stapte en – o, hoe heerlijk – recht in haar armen rende.

10
Briljante Harvard-clichés

Het irritante getjilp uit haar wekker dreef haar tot waanzin. Peyton had die woede doorgaans nodig om om half vier 's nachts haar bed uit te komen, maar vandaag was ze al wakker en vroeg zich af of ze nu blij, of vervuld van afschuw moest zijn dat het maandag was. Instinctief draaide ze zich naar Isaacs kant en stak haar hand naar hem uit, maar weer was zijn plek verlaten. Ze sleepte zich naar de douche en liet het kokendhete water haar schouders geselen, terwijl ze zichzelf een peptalk gaf.

Zondag was... afschuwelijk geweest. In een misplaatste poging dingen glad te strijken, had ze redderend door het appartement gelopen en wanhopig haar best gedaan haar gezinsleden te plezieren: pannenkoeken voor Max en lattes voor Isaac. Maar beiden hadden geweigerd met haar te praten. Op een gegeven moment was Max naar buiten gegaan om te filmen in de stad, maar had een wel heel vastberaden paparazzo haar het huis weer in gejaagd. Isaac had zichzelf het grootste deel van de dag opgesloten op hun kantoor; Peyton had flarden van gesprekken opgevangen met zijn beste jeugdvriend, die in Noorwegen woonde, en zijn oude vader, door wiens alzheimer de huidige situatie – althans voor hem – godzijdank niet bestond. Het leek wel of de enige die iets van haar wilde horen Kenneth was, die maar liefst vier keer gebeld had om er nutteloos en ongevraagd advies uit te gooien in de trant van 'hou je gedeisd en zorg dat je maandagmorgen op tv bent'. Peyton had amper een oog dichtgedaan.

Maar vandaag was een nieuwe dag en ze was nog nooit zo vastbesloten geweest er iets moois van te maken. Niemand wist beter dan zij hoe snel dit soort verhalen in en uit het nieuws waren. Ze zou vandaag naar het werk gaan en een verpletterende indruk maken, net als altijd. Wat ze over Isaac zeiden – ze kon zichzelf er nog steeds niet helemaal toe brengen toe te geven dat het ging om wat zíj had gedaan – kon gewoon niet op tegen de belangrijke nieuwsberichten of zelfs het vorige toelatingsschandaal. Na een dag met wat onderlinge afstand zouden ze die middag als ze thuiskwam een lang en goed gesprek met elkaar kunnen voeren.

Met hernieuwde energie trok Peyton een spijkerbroek en een T-shirt aan en liep op haar tenen naar de keuken, waar ze op de magnetron zag dat het 3.45 uur was. Ze checkte haar telefoon voor de derde keer om er zeker van te zijn dat ze Seans bericht goed gelezen had en werd gerustgesteld door zijn ferme, stellige bewoordingen: *Je staat op de lijst voor vanmorgen. Business as usual.* Het koffieapparaat siste er precies op schema zijn laatste druppel uit en ze schonk een beker vol. Ze deed er amandelmelk en een beetje kaneel bij. Er verscheen een bericht van de taxidienst van de studio dat haar auto er was. Snel printte Peyton de briefing uit die een van de assistenten elke avond mailde en stopte die in haar Goyard. Ze raapte haar sporttas op, pakte een Griekse yoghurt en een plastic lepel, en tuurde in Max' donkere slaapkamer. Overvallen door een overweldigende drang om haar lippen op Max' warme wang te drukken, liep ze op haar tenen naar binnen. Omdat ze doodsbang was haar wakker te maken, bleef Peyton staan op het pluizige vloerkleed en keek naar haar vredig slapende dochter. Hoe vaak had ze niet de wacht gehouden toen Max klein was? Honderd keer? Duizend? Alle koortsnachten, nachtmerries, speelkwartierdrama's en spreekbeurtzenuwen. Elke 'ik ben bang in het donker' en 'er zit een monster onder mijn bed' vormde een draadje van de stof van Max' kindertijd. En nu stond Peyton te staren naar haar prachtige, slapende dochter en vroeg zich – zoals elke moeder op aarde – af waar de tijd was gebleven. Haar gedachten schoten naar de situatie met Max en Isaac, maar die zette ze meteen weer van zich af.

'Mam? Wat dóé je?' gromde Max slechts ietwat geïrriteerd. 'Je weet dat het bizar is om te kijken naar iemand die slaapt.'

'Jij bent niet íémand,' zei Peyton, die wanhopig graag net als vroeger door Max' haar wilde strijken.

'Alles in orde?' Max streek de woeste krullen uit haar gezicht. 'Wat is er?'

'Niets, lieverd! Ik ga. Ik stond gewoon… naar je te kijken.'

Max opende haar andere oog. 'Wat is er aan de hand?'

'Ach, liefje,' zei Peyton, terwijl ze zich op het randje van Max' bed liet zakken. 'Alles is prima! Een nieuwe dag! Ik bedoel, niet dat het is opgelost. Maar het komt allemaal goed.'

'Oké,' zei Max. 'Alles gaat geweldig.'

Peyton streek Max' haar van haar voorhoofd. 'Ga maar weer slapen, schat, ik wilde je niet wakker maken. Ik moet naar mijn werk. Ik hou van je.'

In reactie daarop trok Max het dekbed over haar hoofd. Peyton stond op, liep de kamer uit en trok de deur zachtjes achter zich dicht. Ze ging naar beneden en stapte in de wachtende auto.

'Werk ze, mevrouw Marcus,' zei portier Peter toen hij het portier dichtsloeg.

Het was niet een van de chauffeurs die ze meestal had, maar gelukkig had iemand hem verteld dat ze 's ochtends liever niet praatte. Terwijl ze over een grotendeels verlaten Park Avenue zoefden, legde Peyton de uitgeprinte briefing op haar schoot en probeerde zich te concentreren. Met een beetje geluk zou het een doorsnee dag worden: geen breaking news, geen noodgevallen, geen conflicten op kantoor. De lager geplaatste personeelsleden zouden hun blik afwenden, zich opgelaten voelen en niet weten wat ze moesten zeggen, maar de wat hoger geplaatste producenten en leidinggevenden waren ongetwijfeld even bot als altijd. Ze zouden vast dingen mompelen als 'Die dingen gebeuren' en 'We zijn er voor je', waarna ze haar een stapel bijgewerkte papieren en de synopsis van het ochtendprogramma overhandigden. Ze zouden het allemaal strak omlijnd en professioneel houden, precies zoals het hoorde, ongeacht wat er al dan niet gebeurde in iemands privéleven. Haar en visagie zouden gevolgd worden door het aftellen van Sean, waarna zij met precies de juiste dosis ernst en enthousiasme zou zeggen: 'Goedemorgen en fijn dat u er vandaag weer bij bent.' Vervolgens zou ze vaardig overgaan op het nieuws van de dag en dat ongelooflijk heerlijke gevoel hebben dat ze altijd had als de hete studiolampen op haar gezicht gericht waren en er een groen lampje knipperde op de camera om aan te geven dat ze nu live in miljoenen Amerikaanse huiskamers te zien was. De werktijden waren barbaars, de werkdruk was verpletterend en het stressniveau sadistisch, maar ze was er verdomd gek op.

De chauffeur stopte op de door hekken omringde afzetplek van ANN en een PA opende het portier. 'Goedemorgen, mevrouw Marcus,' kwetterde Sahara, een kleine brunette met een pokdalige huid, maar een prijswinnende glimlach. 'Alstublieft.' Ze gaf Peyton een kokendhete latte en ging haar voor door de spelonkachtige, ondergrondse gangen naar de lift die hen naar de achtste verdieping zou flitsen.

Peyton bespeurde niets geks in het gedrag van het meisje. 'Dank je,' zei ze. Ze nam een slokje koffie. 'Heb je een fijn weekend gehad?'

'Zeker, dank u. U ook?' Sahara bloosde.

'Ja, heel fijn,' loog Peyton.

Sahara staarde naar de grond. Opeens hing er een tastbaar opgelaten sfeer, hoewel ze ditzelfde gesprek nu al meer dan een jaar elke ochtend voerden. Zodra de liftdeuren openschoven, leek Sahara de benen te willen nemen.

'Ik ga even de laatste briefing halen.' Weer keek ze Peyton niet aan. 'Zal ik ze naar haar en visagie brengen?'

'Mijn bureau is prima.' Ze keek het wegrennende meisje fronsend na en ging toen naar haar hoekkamer. Ze liet haar tassen op de grond vallen en knipte de lichten aan, terwijl ze naar de aangrenzende inloopkast liep. Vreemd dat niemand dat nog had gedaan, dacht ze, terwijl ze de rekken met edelsteenkleurige jurken en mantelpakjes naderde. Hoewel ze heel goed in staat was zelf een outfit uit te kiezen, kwam Bev of Roger meestal binnendrentelen om zich ermee te bemoeien. Van een rek ergens achterin haalde ze een smaragdgroene kokerjurk van zwaar viscose met een subtiele hartvormige halslijn en koos vervolgens een paar bijpassende groene pumps uit de schoenenkast. Ze verkleedde zich snel op haar kamer, griste de papieren mee die Sahara op haar bureau had gelegd en liep naar haar en visagie.

Mensen zwaaiden en zeiden gedag zoals gebruikelijk toen ze langs hun werkplekken liep, maar er hing een bepaalde spanning die ze niet kon negeren. Een producent, een overmoedige man van ergens in de twintig die net bij een concurrerende omroep was weggekaapt, vroeg ook hoe haar weekend was geweest. Was dat vriendelijk bedoeld of was hij passief-agressief? Ze waren allemaal beleefd en professioneel, maar Peyton kon zich niet aan het gevoel onttrekken dat iedereen – van de stagiairs tot de producenten – haar in de gaten hield, alsof ze elk moment kon breken. Ze hadden haar altijd in de gaten gehouden – zij was het talent dat in de watten werd gelegd op de set – maar dit was een andere manier van kijken, een behoedzame, nerveuze manier, en ze merkte dat het zweet haar uitbrak.

Aangekomen bij de deur van haar en visagie bleef ze verbaasd staan, omdat ze binnen Isaacs naam hoorde vallen.

'Ze laten haar echt niet meer op tv verschijnen. Over belangenverstrengeling gesproken.' Peyton hoorde aan de stem dat het Bev was, die al honderd jaar haar haar deed bij ANN en over van alles en nog wat een mening had.

Roger, Bevs assistent, beaamde het. 'Ze heeft verdorie verslag gedaan van die vorige affaire! En nu heeft Isaac...'

'Het ziet er verschrikkelijk uit,' deed een derde stem een duit in het zakje. Het was Karen, Peytons favoriete visagiste. 'Ik heb zo met haar te doen.'

'Ach, kom nou toch! Denk je dat ze het niet wist?' vroeg Roger. 'Overtreedt jóúw echtgenoot de wet zonder dat jij dat weet?'

Karen schoot in de lach. 'Als ik een echtgenoot had, mocht hij zijn goddelijke gang gaan.'

Peyton keek omlaag naar haar jurk, die er in het felle licht op de gang opeens opzichtig uitzag. Ze haalde diep adem, toverde haar televisieglimlach tevoorschijn en zwierde de kamer in. 'Goedemorgen allemaal!' zei ze jubelend.

'Peyton!' zei Karen verbaasd, alsof Peyton niet elke ochtend op exact dit tijdstip verscheen.

'Fijne maandag, allemaal.' Ze keek samenzweerderig om zich heen en zei op gedempte toon: 'Iemand al seksueel geïntimideerd door mijn copresentator vandaag? Nee? Nou ja, de dag is nog jong.'

Ze lachten alle drie beleefd.

Peyton huiverde. 'Hoe is het met je moeder, Roger? Blij dat ze het ziekenhuis uit is?'

Roger knikte. 'Een stuk beter. Lief dat je dat vraagt.'

Er viel een stilte die net lang genoeg was om de ongebruikelijke formaliteit op te merken.

'Ga zitten!' Rogers stem klonk hoger dan normaal. 'Ik weet dat je vandaag een redactievergadering hebt, dus laten we vaart maken.'

Peyton liet zich met ingehouden adem zakken op haar gebruikelijke stoel, waarna Roger hem omhoogpompte met het voetpedaal.

'Hoe was jullie weekend?' vroeg Peyton met gesloten ogen, zodat Karen met haar oogleden kon beginnen, zoals ze altijd deed. 'Ik wil alles horen!'

Niemand reageerde. Toen Peyton haar ogen opendeed, zag ze Bev aandachtig naar haar make-upborstels kijken, terwijl Karen haar keurig in het gelid staande flessen nog maar eens verschoof. Het enige geluid kwam van een van de televisieschermen die aan het plafond waren gemonteerd: een reclame voor droogtrommeldoekjes.

'Wat een schitterende dag was het gisteren, hè?' zei Roger. 'Zo warm is het toch nooit in juni?'

Peyton draaide haar hoofd om. 'Het weer? Gaan we het echt zo spelen?'

Roger giechelde, maar keek haar niet aan. 'Ik wilde gewoon –'

'Luister, jullie hebben allemaal vast het verhaal over Isaac gehoord. Sterker nog, er is waarschijnlijk niemand in het land meer die van niets weet.' Peyton ademde eindelijk uit. 'Dus hou op met dat rare gedrag. Er is niets aan de hand! Ik verzeker jullie dat het allemaal een gigantisch misverstand is dat zo snel mogelijk opgeklaard wordt. Jullie hoeven je niet opgelaten te voelen in mijn buurt!'

Roger spoot droogshampoo op haar haar, terwijl Bev een borsteltje in donkerpaarse oogschaduwpoeder doopte.

'Niks aan de hand, hoor!' zei Bev, terwijl ze met haar knokkel op Peytons wenkbrauwen tikte om aan te geven dat ze haar ogen dicht moest doen. 'Wij veroordelen niet!'

'Natuurlijk wel!' Het kwam er piepender uit dan Peyton bedoeld had. 'Daarom hou ik ook zo van jullie!'

'Oké,' zei Roger, die de föhn aanzette. 'We veroordelen wel. Maar jou niet! En Isaac ook niet! Hij is een schat van een man. Die kan echt ónmogelijk –'

Roger hield opeens op met praten en het werd zó stil dat Peytons ogen openvlogen.

'Sean!' riep ze vanuit de stoel. 'Waarom sluip je daar rond? Kom binnen!'

'Mogge, P.' Hij zag er bleek uit.

'Sorry dat ik je gisteravond nog zo laat heb geappt. Ik kon niet slapen, *surprise, surprise*. Ik moest steeds aan Naomi denken. Heeft ze...' Peyton stopte. Waarom stond hij haar zo aan te kijken?

'Wil je even meekomen naar mijn kamer?' vroeg Sean.

'Kan het niet wachten tot we hier klaar zijn? Ik was al een beetje laat en als zij vandaag niet de kans krijgen om het goed dicht te plamuren, schrikken de kijkers van me.'

'Sorry, P, het eh... kan niet wachten.'

Voordat Peyton kon reageren, haastten Bev, Roger en Karen zich naar de deur.

'Ik ga even koffie halen. Willen jullie ook?' vroeg Bev.

Roger en Karen mompelden allebei iets onverstaanbaars over ofwel een bezoek aan de wc, ofwel een ander dringend klusje, en in een flits waren ze alle drie verdwenen.

Peyton keek Sean met samengeknepen ogen aan. Zijn rode haar had bijna dezelfde kleur als dat van Gabe, maar dat van Sean was kort en netjes, en werd om de drie weken geknipt. Hij kleedde zich altijd onberispelijk, maar vandaag zaten er al kreukels in zijn overhemd, dat ook niet helemaal goed in zijn broek was gestopt. Bovendien zag ze dat hij stoppels had, iets wat ze nog nooit eerder had gezien.

'Alles in orde?' vroeg ze. 'Is er iets met Naomi?' Afgaand op zijn ernstige uitdrukking, vreesde Peyton dat zijn dochter misschien ziek was.

Hij schudde zijn hoofd.

'Mijn god, je ziet er beroerd uit. Vooruit met de geit.'

'Ze trekken je terug.'

'Ze trekken me terug? Wanneer? Dit meen je niet. Meen je dat, Sean?'

'Vandaag. Ik ben net gebeld. Het spijt me enorm, P, je weet dat dit niet mijn –'

'Wacht – na de uitzending van vandaag, toch?' Ze keek op haar horloge. 'Ik moet over negentien minuten beginnen.'

Sean sloeg zijn ogen neer.

'Wat een klootzak, die Joseph,' zei ze tandenknarsend. 'Hij heeft dit expres gedaan. Me helemaal hiernaartoe laten komen… Ik heb me verkleed! Ik zit bij haar en visagie en dán pas besluit hij de stekker eruit te trekken? Mág dat eigenlijk wel?'

'Ik weet alleen wat ze me verteld hebben en dat was dat je vandaag niet in de uitzending zit.' Hij stak hulpeloos zijn handen op. 'Volgens mij waren ze er een paar minuten geleden nog over aan het vergaderen.'

'Een vergadering? Een verdomde vergádering? Om half vijf 's morgens?' Peyton begon te ijsberen. 'Wat moet ik nu doen dan?'

Sean keek zo mogelijk nog gepijnigder. 'Naar huis? Je hoort vast snel van hem.'

'Naar húís?'

'Het spijt me, P. Echt. Ik ken Isaac en –'

Ze bedekte haar ogen met de ene hand en stak de andere voor zich uit. 'Alsjeblieft.'

'Ik geef het alleen maar door, hè? Je weet wat onze vriendschap voor mij betekent, daarom zeg ik je dit ook recht op de man af. Dit mag dan weliswaar niet eerlijk zijn, of zelfs legaal – daar heb ik geen verstand van – maar dit…' – hij zwaaide met zijn handen – '… zou geen verrassing moeten zijn. Jouw man, en in het verlengde daarvan, jij, vormen het middelpunt van een nationaal… verhaal. Volgens mij moet je het allemaal een beetje op zijn beloop laten.'

'En wat wil dat precies zeggen?'

'Peyton, ik zie dat je van streek bent en dat begrijp ik best. Dit programma is niets zonder jou en gelukkig weet iedereen dat jíj de reden bent dat ANN eindelijk tot de top is gaan behoren. De wisselwerking tussen Jim en jou op het scherm – niet in het dagelijks leven, dat weet ik ook wel – is ongeëvenaard. Ik moet nu terug naar de controlekamer, maar ik zal tegen Sahara zeggen dat ze een taxi voor je moet bellen. Bel me zodra het programma is afgelopen, oké? Nee, laat maar, ik bel jou wel. En neem op!' Hij kneep in haar schouder en was weg voordat ze ook maar iets kon zeggen.

Duizelig, bijna aangeschoten, liep Peyton de kamer uit en botste bijna tegen Karen aan, die op de terugweg was en net de hoek om kwam.

'Alles goed?' vroeg Karen bezorgd.

Peyton schonk haar slechts een maniakale lach en strompelde op haar bijna twaalf centimeter hoge hakken naar haar kamer. De digitale klok boven haar bureau blèrde de tijd – 4.47 uur – en zowel haar vaste telefoon als haar mobiel rinkelde onophoudelijk.

Ga weg, ga weg, ga weg, zei ze tegen zichzelf terwijl ze rondkeek in haar kamer, die normaal gesproken een eiland van rust in alle hectiek was, maar de afgelopen dertig tellen als een doodskist was gaan voelen. Schiet op, schiet op, schiet op. Ze pakte haar Goyard en morste het kleine beetje koffie dat nog in haar beker zat op de vloer. Geeft niks. Dat lost iemand anders wel op. Ze stopte haar telefoon, een flesje kombucha uit haar koelkastje en de ingelijste foto van Max en Isaac die ze sinds Max' geboorte bij alle werkgevers op haar bureau had gehad in haar tas. Op de foto hield Isaac de blote en een week oude Max in de palmen van zijn handen.

Ze denderde de gang op, waar een doodsbang ogende Sahara haar opwachtte.

'Ik heb eh... een taxi gebeld. Hij staat te wachten aan de kant van Fifty-first Street en eh...'

Peyton negeerde haar en dóók praktisch de openstaande lift in, waar ze voor haar gevoel eindeloos naar de achterwand stond te staren tot de deuren godzijgeprezen eindelijk dichtschoven. De afgelopen paar minuten was haar telefoon alleen lang genoeg gestopt met rinkelen om degene die haar belde het nummer opnieuw in te laten toetsen. Toen ze hem uit haar tas viste, zag ze dat het Kenneth was.

'Wat is hier verdomme aan de hand?' viel ze met de deur in huis.

'Peyton, ik probeer je al –'

'Ze vertelden het me pas toen ik bij de visagie zat! Waar zo'n beetje het voltallige personeel bij was! Wist jij hiervan?'

Zijn stem was vervormd en werd onderbroken door geruis.

'Versta je me? Ken?' Ze stootte een lange, lage keelklank uit – een waarachtig gegrom.

De lift ging open en ze strompelde naar buiten, maar de ontvangst op de raamloze begane grond was nooit goed. 'GRRRRRRRR!'

Pas buiten, waar het nog steeds donker was, hoorde ze Ken luid en duidelijk: '... een proces. Eerlijk gezegd kan ik niet zeggen dat ik geschrokken ben en ik wil niet "zie je nou wel" zeggen, maar –'

Uit een stilstaande auto met draaiende motor sprong een chauffeur, die het achterportier voor Peyton opende, maar ze mimede *nee, bedankt* en liep verder, hoewel ze geen plan en geen bestemming had en alles nog dicht was.

Kenneth zwetste maar door. '... het allemaal gladstrijken in de komende dagen. Hou je tot die tijd gewoon gedeisd en praat met niemand.'

'Dit is belachelijk! Beseffen ze niet dat ik een contráct heb? Dat ze me niet gewoon kunnen afzeggen?'

'Peyton? Ik heb Joseph op de andere lijn, ik bel je terug...'

De verbinding werd verbroken. Peyton sloeg de hoek om naar Rockefeller Center, dat met uitzondering van een paar vroege forensen verlaten was.

Ze ging op de rand van een fontein zitten en scrolde naar haar tv-moedersappgroep.

Jongens! Ik ben net min of meer uit de studio geschopt! Dat is toch niet normaal!

Ondanks het vroege tijdstip kwamen er meteen reacties, maar die waren hooguit lauw.

Lekker dan

Wat naar om te horen.

Hoop dat alles oké is!

Hoop dat alles oké is? Peyton slingerde haar mobiel bijna weg. Alles was duidelijk níét oké, en waar waren die verdomde vriendinnen van haar als ze hen nodig had? Dit waren de vrouwen die voor elkaar opkwamen als het niet goed ging op het werk, als bazen handtastelijk werden of collega's bits of als hard bevochten salarisverhogingen niet doorgingen. Maar nu leek haar hele wereld de afgelopen achtenveertig uur in duigen gevallen en had niet een van hen haar ook maar gebéld. Beelden flitsten door haar hoofd: van een wanhopige Max, haar normaal gesproken zo evenwichtige man die haar woedend aanstaarde en zelfs Nisha, haar onverstoorbare vriendin, die zichzelf er niet toe kon brengen haar recht aan te kijken. Ze voelde haar keel samenknijpen, maar dwong zichzelf niet te gaan huilen.

Ze hield een taxi aan en ging terug naar huis. Isaac en Max sliepen nog. Een snelle app naar Nisha werd niet beantwoord, maar net toen Peyton een kop koffie inschonk, rinkelde haar telefoon.

'Sorry, heb ik je wakker gemaakt met mijn app?' vroeg ze aan Nisha.

'Wakker gemaakt? Het is kwart voor zes. Denk jij dat ik een luizenleven leid?'

'Ze hebben me vandaag uit de lucht gehaald, Nisha! Dat geloof je toch niet? Ík ben toch niet gearresteerd!'

'Wat zeiden ze precies?'

'Niet veel. Ik zat al bij haar en visagie en toen kwam de uitvoerend producent me vertellen dat de leiding niet wilde dat ik vandaag het programma presenteerde. Dat ik beter naar huis kon gaan en dat zij "over een paar dagen" contact zouden opnemen.'

Nisha zweeg.

'Ben je er nog?' vroeg Peyton.

'Eerlijk gezegd verbaast me dat niets.'

'Echt niet? Dat ze me twintig minuten voor tijd geschrapt hebben? Meen je dat nou?'

'Luister, dit moet zijn beloop hebben – zo gaat het altijd. Ik sta nog steeds achter wat ik zaterdag zei: jullie moeten je gedeisd houden. Het is een goed moment om afstand te nemen van Isaac, al was het maar voor de vorm. Kun je een week of twee ergens heen? De Hamptons? De Vineyard? Je kent vast wel iemand met een huis op Nantucket, toch?'

Peyton kreunde en schudde haar hoofd. Maar ze droomde niet, dit gebeurde echt. Ze was uit de lucht. In gedachten liet ze haar vriendinnen de revue passeren en het uitzonderlijke gebrek aan pogingen tot hulp en steun sinds vrijdag. Ze wierp een blik op Max' gesloten slaapkamerdeur. 'Max gaat deze week naar mijn zus in Paradise en blijft daar de hele zomervakantie...'

'Geweldig! Ga met haar mee! Eigenlijk is dat perfect. Dichtbij genoeg om even terug te komen als dat nodig is, maar wel de stad en de schijnwerpers uit.'

'Ze zal niet staan te springen als ik meekom. En ik weet niet zeker of mijn zus –' Ze hoorde gekrijs door de telefoon.

'Samuel! Hoe vaak moet ik je nog vertellen dat je je broer niet mag bijten? Peyton? Luister. Ik weet niet hoe ik het anders moet zeggen, maar jij lijkt niet te beseffen dat alles niet gewoon zal verdwijnen. Jij mag dan niet degene zijn die in het nieuws is, maar in de rechtbank van de publieke opinie – degene die er echt toe doet, vind ik – zijn Isaac en jij onderling inwisselbaar.'

Peyton opende haar mond om te reageren, maar Nisha was haar voor.

'P, sorry, maar ik moet rennen. Het is nu een soort *Heer der vliegen* in mijn keuken.'

'Natuurlijk, sorry, heel erg bedankt voor –'

Nisha had al opgehangen. Voordat ze zich kon bedenken, belde Peyton Skye.

‘Hoor jij nu niet op tv te zijn?’ viel ook Skye met de deur in huis.

‘Ja, inderdaad. Precies. Luister, even snel: wat zou je ervan vinden als ik een paar weken naar Paradise kom? Misschien zelfs wel de hele zomervakantie?’ Ze hoopte half dat Skye nee zou zeggen of het een belachelijk idee vond.

‘Ach, je rijdt zo heen en weer, zeker als je een taxiservice hebt. En natuurlijk is het fijn om een tijdje samen te zijn zonder dat een van ons na afloop nog veertig minuten naar huis moet rijden. Mam zou het heerlijk vinden.’ Skye zweeg even. ‘Komt Isaac ook mee?’

Peyton deed of ze die vraag niet had gehoord. ‘Kan ik niet beter proberen iets te huren? Ik kan toch moeilijk de hele zomervakantie bij jullie slapen. En als ik iets huur, kan Max ook bij mij komen slapen, wat ze ongetwijfeld het einde vindt.’

‘Een van Gabes partners heeft een huisje dat hij verhuurt.’

Terwijl Peyton daarover nadacht, voegde Skye eraan toe: ‘Zijn vrouw heeft net een grote groep mensen gemaild met de vraag of we iemand kennen die het wil huren. Hun huurders hebben blijkbaar afgezegd of zoiets. Ze zijn vast heel flexibel. Max kan bij ons slapen, of bij jullie, of heen en weer pendelen. Ik denk dat de meiden het geweldig zouden vinden.’

‘Het zou fijn zijn om met z’n allen bij elkaar te zijn,’ zei Peyton automatisch, hoewel ze niet kon geloven dat ze een serieus gesprek voerde over een zomervakantie in dat gat. Ze schonk nog wat koffie in. ‘Stuur je me die mail door?’

‘Doe ik. Het is niks bijzonders, dan weet je dat alvast.’

‘“Niks bijzonders” als in “Het aanrecht zul je waarschijnlijk niet mooi vinden” of “niks bijzonders” als in “Het is gedecoreerd met wilde eenden en Schotse ruiten en misschien tref je er wel een kat. Of twee”?’

Skye schoot in de lach. ‘Dat laatste, waarschijnlijk.’

‘Super. Nou, als je bedenkt dat het al eind juni is, mijn omroep me geschrapt heeft en mijn gezinsleden amper met me praten, moet dat het maar worden.’

'Peyton Marcus wordt niet geschrapt!'

'Zeg dat maar tegen ANN. Schijnbaar ben ik in nul komma twee seconden van geliefde presentator van een ochtendprogramma een persona non grata geworden.'

'Kom in de vakantie hiernaartoe. We krijgen jou er wel weer bovenop, oké? Kijk maar in je mail, ik stuur het nu door.'

Ze hingen op. Peyton besefte dat ze gillende honger had en koos voor een hele ananas, die ze had aangeschaft zonder te weten hoe ze dat verdomde ding moest snijden. Terwijl ze erop inhakte, dacht ze aan Isaac en zijn wens uit elkaar te gaan. Ze hoopte echt dat hij alleen Nisha's advies wilde opvolgen. Ze dacht aan Max, wiens hele leven op zijn kop was komen te staan, en aan Skye, die nog steeds de volledige waarheid niet kende. Ze dacht aan Nisha, die toen ze vertrok tegen haar gezegd had dat ook dit over zou gaan. 'Ook dit zal overgaan,' mompelde Peyton, terwijl ze de ananas in stukken sneed en steeds pissiger werd. Ook dit zal overgaan. What the fuck betekende dat eigenlijk? Natuurlijk zal ook dit overgaan, dacht Peyton nijdig. Maar zouden ze het overleven? Ook dit zal overgaan. Wat had dit voor gevolgen voor haar gezin, voor hun levens? Wat ging er gebeuren met Isaacs carrière? Met Max' reputatie, haar toekomst? Nou, Nisha? Welke briljante Harvard-clichés heb je daarvoor, hè? Het mes sneed in Peytons linkerduim, vlak bij de knokkel, en het begon te bloeden. Peyton wist dat ze het moest schoonmaken, of in ieder geval moest proberen het bloeden te stelpen, maar ze kon alleen maar toekijken hoe het bloed en haar tranen een lange, bibberige stroom ellende vormden.

11
Kippendans

Max hoorde vanuit haar kamer dat er op de voordeur geklopt werd en wist dat het Peter was, de portier, met een bagagetrolley. ‘Mevrouw Marcus,’ hoorde ze hem zeggen. ‘Als u zover bent?’

‘Max! We gaan!’ gilde haar moeder, ondanks het feit dat Max ver weg noch doof was. Hoe was dit mogelijk? Hoe kon het dat haar perfecte zomer, naast alle andere shit, onder haar neus was weggekaapt?

‘Ik kom eraan,’ mompelde ze, terwijl ze nog een paar dingen in haar veel te grote canvas tas gooide: haar reisdoos met waterverf en kwasten, een grote zak met opladers en batterijen voor haar camera’s en laptop, en het konijn en de kangoeroe waar ze al van jongs af aan mee sliep. Ze hoorde dat haar moeder en de portier de trolley aan het volladen waren.

‘Mackenzie Marcus!’ gilde Peyton.

‘Ik kom er verdomme aan!’ krijste ze, veel harder en iets maniakaler dan de bedoeling was. Even schaamde ze zich; Peter dacht vast dat ze gestoord was. Maar toen bedacht ze dat hij haar wel vaker had horen schreeuwen.

Max liep de hal in en zag met enige mate van voldoening hoe haar moeder haar opnam. Ze droeg een spijkerbroek met scheuren (was Peyton niet blij mee), een oud Grateful Dead-T-shirt van haar pa (was Peyton nog minder blij mee) en de allergrootste zondaars: haar oude vertrouwde Doc Martens. Ze was te oud voor dit gedrag en dat wist ze. Ze vond die kistjes eigenlijk niet eens mooi meer en zou ze ongetwijfeld in New York hebben achtergelaten als ze haar moeder niet zo effectief op stang joegen.

‘Ben je klaar, liefje?’ vroeg haar moeder.

‘Ik sta hier toch?’

Haar vader verscheen op de gang. Sinds de arrestatie schuifelde hij al een week in dezelfde trainingsbroek door het appartement. Max had amper een paar woorden tegen hem gezegd en ze merkte dat hij dat verschrikkelijk pijnlijk vond, maar ze wist gewoon niet waar ze moest beginnen.

‘Ik ga je missen, meis.’ Hij keek haar met treurige ogen aan.

Max zei niets.

‘Ik dacht dat je blij was dat je hier weg kon – en bij mij.’

‘Ze baalt dat ik ook meega,’ zei haar moeder. ‘Ze had zich erop verheugd alleen met Skye en Aurora te zijn deze zomervakantie.’

Max wilde ertegenin gaan of het in ieder geval halfhartig ontkennen, maar dat kon ze niet. Er viel even een gespannen stilte en toen zei haar moeder: ‘Maar dat geeft niets! Want we gaan het geweldig hebben. Niet te geloven dat je na de zomervakantie gaat studeren. De laatste keer dat ik je kan rondcommanderen, naar je kan kijken als je slaapt en een rondfladderende, irritante moeder kan zijn.’

‘Yep. De laatste,’ mompelde Max. Ze wierp een steelse blik op haar vader, die haar aan stond te staren met een blik in zijn ogen die ze niet goed kon plaatsen.

'Max?' zei hij timide. 'Ik hou van je, lieverd. Ik weet dat je kwaad bent.'

Ze liet hem haar wang kussen en ze moest zich tot het uiterste inspannen om haar armen niet om zijn nek te slaan. Het was zo verwarrend: tegelijkertijd zo veel van hem houden en heel boos op hem zijn.

'Ik wacht wel in de lobby,' kondigde ze aan. Ze nam de lift naar beneden en vroeg zich af hoe het afscheid tussen haar ouders zou zijn. Niet geweldig, waarschijnlijk. Ze had hen de afgelopen week nou niet bepaald tegen elkaar horen schreeuwen, maar af en toe hadden er wel gespannen stemmen achter hun gesloten slaapkamerdeur geklonken. Ze had echt in geen miljoen jaar gedacht dat haar ouders konden gaan scheiden – ze waren bijna misselijkmakend klef met elkaar – maar nu was alles anders. Haar moeder ging deze zomer het huis uit, hoewel ze dat zelf nooit hardop zou zeggen.

Eindelijk kwam haar moeder – met onmiskenbaar gezwollen oogleden – de lift uit en gebaarde dat Max in de auto moest stappen. Peter probeerde Peyton een stapeltje post te overhandigen, maar omdat ze dat niet in de gaten had, pakte Max het aan en propte het in haar rugzak. Ze ging op de passagiersstoel zitten en zag haar moeder nauwgezet de stoel en achteruitkijkspiegel instellen.

'Je hebt toch wel een rijbewijs, hè?' vroeg Max met de bedoeling de stemming wat te verlichten, maar haar grapje kwam er onhebbelijker uit dan de bedoeling was.

'Natuurlijk!' snauwde Peyton.

'Ik wilde alleen maar zeggen dat pap altijd rijdt.'

'Dat is omdat hij dat zo leuk vindt, niet omdat ik het niet kan.' Haar moeder stuurde hun Audi Park Avenue op en ontweek op het nippertje de bumper van een gele taxi.

'Jezus, mam!' Meteen baalde Max dat ze dat gezegd had.

Maar haar moeder had een vastberaden trek om haar mond die de wereld duidelijk maakte dat het haar allemaal geen ene moer kon schelen.

'Ach, wat een schattige keuken,' zei tante Skye, terwijl ze met haar hand over het houten aanrecht streek.

'Hij is heel… antiek,' zei Peyton, die op zoek was naar een broodmes.

'Ik vind dat rustieke fantastisch,' zei Max. Ze bewonderde de groen geschilderde kastjes met het sierlijke houtsnijwerk. 'Het voelt knus.'

'Ja, zo zou je het ook kunnen noemen,' zei haar moeder.

Skye wees omhoog. 'Moet je al die balken zien. Ongelooflijk.'

Max keek hoe haar moeder de bagels doorsneed die ze hadden meegenomen uit de stad. Peyton had daarop gestaan, ondanks het feit dat ze bagels qua calorieën net zo destructief vond als Big Macs en er waarschijnlijk in geen twintig jaar een gegeten had. Áls ze dat al had gedaan. 'Ik vind het een geweldig huis,' zei ze. 'Het heeft charme. Het ziet er tenminste niet precies zo uit als alle andere huizen, net zoals het onze. Geen vijftig tinten grijs.'

'Vind je de spinnenwebben ook zo leuk?' vroeg haar moeder.

'Peyton!' zei Skye vermanend. 'Het is een zomerhuisje, het hóórt landelijk aan te doen!'

'Nou, daar slaagt het uitstekend in.'

'Wanneer begint het vuurwerk?' vroeg Aurora vanaf haar rieten barkruk.

Skye liep naar haar toe en streek over haar dochters wang. 'Pas als het buiten donker is, mop. Je hebt er zin in, hè?'

'Ja!' juichte Aurora. 'Ik heb het nog nooit gezien.'

'Wacht even,' zei Max overdreven ernstig, terwijl ze naast haar nichtje aanschoof. Ze keek naar Skye, maar wees naar Aurora. 'Gaat zíj vanavond met ons mee naar het vuurwerk? Als het al donker is? Is ze daar wel oud genoeg voor?'

Skye knikte plechtig. 'Jazeker.'

'Ja, hoor! Echt! En als we thuiskomen is het al twee uur na mijn bedtijd!'

'Misschien wel drie,' fluisterde Max, die glimlachte om de opengesperde ogen van het meisje.

Aurora kroop op Max' schoot en legde haar hoofd tegen haar schouder. Meteen werd Max zeven jaar terug in de tijd geslingerd, na haar mislukte zomerkampexperiment, toen Aurora nog maar een baby was en Max haar urenlang vasthield en probeerde haar buikkrampjes weg te wiegen. Een paar keer had ze het opgegeven en was gewoon mee gaan huilen, wat een vreemde louterende uitwerking had gehad. Vaak vielen ze samen op de bank of het hoogpolige tapijt op Aurora's kamer in slaap, en dan voelde Max zich veiliger en geborgener dan ooit.

Max' eerste zomerkamp was een gigantische mislukking geworden. Niemand had haar die zomer gedwongen te gaan – sterker nog, haar vader had het juist uit haar hoofd willen praten – maar ze was tien, woonde in de stad en had twee ouders met veeleisende fulltimebanen. Al haar dagkampvriendinnen gingen ernaartoe. En al haar schoolvriendinnen die geen zomerhuis op Nantucket of Montauk hadden ook. Op de onlinefilmpjes zag het er geweldig uit: de tokkelbanen, het paardrijden, het waterskiën en de *s'mores*. Lachende meisjes die vriendschapsbandjes maakten en elkaars haar vlochten vulden de catalogi die op magische wijze bij haar thuis arriveerden. Daarin stonden dingen als 'vrienden voor altijd', 'mijn zomerse thuis' en 'tien maanden leven voor twee'. Max bestudeerde ze en bedacht hoe schitterend het er allemaal uitzag. En ze kwam er al snel achter dat het geen schone schijn was: alles was écht schitterend. Ze kon er meer dingen uitproberen dan ze ooit voor mogelijk had gehouden, de meisjes met wie ze een slaapzaal deelde waren bijna allemaal lief en grappig en het eten was zelfs nog beter dan het er op de foto's uitzag. Er zat niemand tegenover je aan tafel commentaar te leveren op wat je at, of hoeveel, of dat het al dan niet gezond was. Het kon niemand iets schelen wat je droeg of hoe je haar zat. Toch had niets van dat alles Max' verpletterende heimwee kunnen voorkomen of stoppen. Die had toegeslagen op de derde of vierde dag en was in de loop van de volgende twee weken verergerd. Halverwege de derde week – een moment waarop de laatste volhouders over het missen van thuis heen waren – voelde Max zich ellendiger dan aan het begin. Al snel vond zelfs de leiding van het kamp dat het tijd was om naar huis te gaan, dat het misschien het beste was om het de volgende zomervakantie nog een keer te proberen. Max had een zucht van verlichting geslaakt. Tot de kampleidster terugkwam en haar met een barse blik vertelde dat haar ouders net voor hun al lang geleden geplande veertiendaagse vakantie naar Griekenland waren vertrokken.

Ze had bijna de hele nacht gehuild, zo hevig dat ze, toen oom Gabe de volgende ochtend in het kamp verscheen, dacht dat ze hallucineerde. Tijdens de zes uur durende autorit van Maine naar Paradise vertelde hij haar alles over het meisje dat Skye en hij geadopteerd hadden, dat ze een paar weken eerder opeens een telefoontje hadden gekregen en het zelf nog steeds amper konden geloven. Toen Max hun huis in liep en tante Skye een kribbige, zes weken oude Aurora de fles zag geven, was ze opnieuw in tranen uitgebarsten. Ze had altijd al een broertje of zusje gewild. En nu had ze een nichtje! De twee weken erna zorgden Gabe en Skye voor Max alsof ze hun eigen dochter was; ze kookten voor haar en kropen naast haar op de bank voor de tv. Max leerde hoe ze voor Aurora moest zorgen, hielp met het voeden, luiers verwisselen en in bad doen. Toen haar ouders terugkeerden uit Griekenland weigerde Max Paradise te verlaten, maar dat was maar goed ook, want Max' nanny was naar huis gegaan voor familiebezoek en zowel Peyton als Isaac moest weer aan het werk. Ze was daarna nooit meer naar een zomerkamp gegaan, maar ging wel elke zomervakantie naar Paradise.

'Max?' Er werd aan haar haar getrokken en ze keek omlaag naar Aurora. 'Is vuurwerk eng?'

‘Eng? Nee, liefje, het is schitterend! Soms maakt het harde knallen, maar dat is juist leuk. Ik denk dat je het geweldig vindt.’ Ze pakte een gewone bagel voor Aurora en een met zout voor zichzelf. Ze was er net roomkaas op aan het smeren toen ze buiten een onderdrukt geblaf hoorde.

‘Waar is Cookie?’ Ze sprong in paniek overeind, waardoor haar bagel met de besmeerde kant op de grond viel. Omdat er een hek om het terrein stond, hadden ze Cookie buiten losgelaten, maar opeens had Max visioenen van hondsdolle wasberen, coyotes en vossen, allemaal vastbesloten haar hapklare pup te verslinden.

Cookies gegrom, dat verrassend dreigend klonk voor zo’n klein hondje, zwol aan toen ze naar buiten rende, maar Max zag bijna meteen dat Cookie de jager was en niet de prooi. Een tiental kippen scharrelde kakelend en pikkend en nu en dan fladderend rond tussen de struiken, met uitzondering van een grote hen, die Cookie met zijn gegrom en ontblote minitandjes in het nauw had gedreven tegen een boom.

‘Foei, Cookie!’ Max bukte om hem op te tillen.

Aurora verscheen vlak achter haar. ‘Heb jij kippen?’

Max fronste. ‘Nee?’

Peyton kwam naar buiten rennen. ‘Ik zie dat jullie onze nieuwe tijdelijke bewoners hebben ontmoet. Aurora, Max, mag ik jullie voorstellen aan de Hennies.’

‘Sorry, de wat?’ vroeg Max.

‘De Hennies! Jullie moeten maar zien of je ze allemaal een aparte naam wilt geven, maar ze zijn de hele vakantie van ons.’

Skye stapte van de veranda op het gras en hield haar hand boven haar ogen tegen de zon. ‘Wat zei je nou?’

‘Ze is gestoord, toch?’ zei Max, alsof haar moeder er niet bij was.

‘Hoezo? Ik hoorde jullie praten over kippen nemen. Nou, voilà!’ zei Peyton met een weids armgebaar.

Pas toen zag Max de ren, die leek op een miniatuurversie van het huis van Frank Gehry en was opgetrokken rond de stam van een enorme beuk. Hij was witgeschilderd als een echt huis en had twee verdiepingen, een zolder met een balkon en grote afgeschermde stukken waar de kippen van het frisse buitenleven konden genieten. In de kozijnen stonden plantenbakken gevuld met vlijtige liesjes en aan de voorkant zag ze openslaande deuren. De kippen zelf hadden verschillende kleuren en maten, maar waren allemaal onberispelijk getooid met lippenstiftrode kammen op hun continu pikkende koppen. Als je ze op een rijtje zette, leken ze kippenmodellen van Victoria's Secret.

'Leuk!' juichte Aurora. Ze begon een prachtige inktzwarte hen op te jagen, die verrassend behendig rende.

'Je bent gestoord,' zei tante Skye, die zo hard moest lachen dat ze bijna dubbelklapte.

Max' moeder haalde zichtbaar verrukt haar schouders op. 'Best goed, hè? Het schijnt helemaal voorzien te zijn van bedrading, en kachels of airco of wat dan ook te hebben. En er is natuurlijk een KippenCam zodat we ze via onze telefoon kunnen bekijken. De boer van wie ik ze gehuurd heb, heeft me ook een aardige mevrouw uit de stad aangeraden die biologisch voer voor ze maakt, dus we hebben er geen omkijken naar.'

Max kon het niet helpen. Zonder dat ze het wilde schoot ze in de lach. En al snel stroomden ook bij haar de tranen over haar wangen. 'Je maakt zeker een geintje, mam. Heb je kippen gehúúrd? Dat meen je niet.'

Haar moeder glimlachte. 'We zijn hier op een plek waar driejarigen hun eigen schaakcoach hebben. Dacht je dat het moeilijk was om een paar huurkippen te vinden?'

Later die avond, toen Max een handdoek om haar natte haar wikkelde, hoorde ze een verdwaald getok onder haar raam en schoot meteen weer in de lach. Ja, natuurlijk zou ze liever net als elke zomervakantie bij Skye logeren, maar haar moeder deed haar best, dat moest ze haar nageven. Hun huisje was schattig en ze vond het geweldig dat ze een ingebouwd erkerzitje op haar kamer had. De kippen waren hysterisch. En tot nu toe was haar moeder minder betuttelend dan menselijkerwijs mogelijk was. Het vuurwerk, dat Max overgeslagen zou hebben als Aurora er niet was geweest, bleek geweldig te zijn. Niet de show zelf – die was in elke Amerikaanse stad vast zo'n beetje hetzelfde – maar het inpakken van een picknick en die mee te nemen naar het sportveld van een plaatselijke highschool om daar onder de sterren te eten. Het voelde allemaal zo gezond, zo door en door Amerikaans, zo'n welkome afleiding van het stadsleven. Zoals gebruikelijk hadden een paar mensen haar moeder herkend, maar dat was op een ingetogen manier gebeurd – niemand had gevraagd om een selfie of was begonnen over haar vaders recente juridische problemen. Max was het gewend achter haar beroemde moeder aan te lopen, maar ze zag vreselijk op tegen de dag dat iemand haar zou herkennen als het meisje dat via haar vaders geld een plekje op de universiteit bemachtigd had.

Ze trok een oversized T-shirt aan en klom met haar laptop op de twee ijzeren ledikanten die tegen elkaar aan waren geschoven. Ze scrolde door de foto's en filmpjes die ze die dag gemaakt had om te kijken welke stukjes ze kon monteren en besloot zich te beperken tot de kippen. Iedereen deed vast iets met de vierde juli, en was er iets minder interessant dan naar de vuurwerkshow van iemand anders te kijken? Misschien iemand anders' concertervaring, maar dat ontliep elkaar niet veel. Ze had net een supergrappige meme gevonden van Trump die de kippendans deed in zijn boxershort toen ze een oproep voor een FaceTime-gesprek kreeg.

'Hai!' zei ze toen het gezicht van haar vriendin Brynn op haar scherm verscheen. 'Wacht – het is hier dag. Lopen jullie nou voor of achter? Dat vergeet ik steeds.'

Brynn lachte, waardoor de sproeten op haar gezicht leken samen te vloeien tot een egale donkere teint. 'Voor. Hier is het al morgen. Maar raad eens? Je bent wereldnieuws!'

Max had het gevoel dat haar maag zich omkeerde, net zoals in die afgrijselijke achtbaan op de kermis. 'Wereldnieuws?'

Brynn hield een krant omhoog. Die stond vol onleesbare Chinese karakters, maar de foto was onmiskenbaar: het was haar foto uit de bovenbouw en die stond naast de publiciteitsfoto van haar moeder.

'O, fuck me,' zei ze.

'Wat? Alle publiciteit is goed, zeggen ze toch?'

'Mijn moeder zegt de hele tijd dat dit allemaal snel over zal waaien, maar het is verdomme al meer dan een week geleden en nu schrijven ze erover in Ázië? Dit is echt klote.'

'Sorry dat ik het überhaupt vraag,' zei Brynn, 'maar heb je al nagedacht over wat je mensen gaat vertellen als je op de campus komt?'

Max trok haar rugzak het bed op en zocht haar koptelefoon. 'Hoe bedoel je?'

'Kijk, ík weet dat jij de cijfers en scores had om op eigen houtje op Princeton toegelaten te worden, maar dáár gaat niemand dat denken.'

Max slaakte een zucht. 'Wat moet ik dan? Rondlopen met een sandwichbord waar mijn cijfers op staan? Die laten tatoeëren op mijn voorhoofd? Mensen denken toch wat ze willen denken.' Ze vroeg zich af of Brynn in haar stoere taal trapte.

'Zeker,' zei Brynn. 'Maar voor de goede orde vind ik dat je dat hele gebeuren moet loslaten en naar mij moet komen.'

'Dat heb ik al geprobeerd te regelen,' zei Max, 'maar mijn ouders gingen helemaal door het lint. Ze zeiden dat jij recht had op een tussenjaar omdat jouw ouders je naar het buitenland hebben gestuurd voor je examenjaar. Maar dat heb ik blijkbaar niet.'

De stapel post die de portier haar bij hun vertrek had gegeven, tuimelde uit haar rugzak toen ze daar haar koptelefoon uit haalde. Max begon die te sorteren voor haar ouders. 'Krijgt iedereen zo veel catalogi?' mompelde ze bladerend door die van Sharper Image. 'Wist jij dat ze zo'n beetje op elke pagina adverteren voor vibrators? Ze doen niet eens alsóf het iets anders is.'

Brynn schoot in de lach. 'Er is hier een meisje dat die vergulde vibratorketting van Goop draagt. En voor het geval iemand niet weet wat het is, vertelt ze dat. En dan zeggen ze iets van "O, we snappen het, jij gaat echt helemaal voor zelfbevrediging. Fijn voor je."'

Opeens zag Max een envelop met een knaloranje afzender. Princeton. Het was waarschijnlijk weer een aankondiging van een of andere activiteit in de kennismakingsweek, of een uitnodiging om toekomstige studenten uit haar streek te ontmoeten tijdens de zoveelste picknick of barbecue. Sinds ze was toegelaten had Max elke paar weken wel post van de universiteit ontvangen, en elke keer was haar aanvankelijke onrust een beetje meer verdwenen. Er waren gewoon zó veel ongelooflijke mogelijkheden, vakken, professoren en programma's. Ondanks haar initiële bange voorgevoel dat Princeton louter een verlenging van Milford zou zijn, leken de studenten op de foto's een magnifieke mengeling van maten, vormen en kleuren. Hoewel ze dat nooit zou toegeven aan haar ouders, had Max nu een heel goed gevoel over de plek waar ze haar zo intens graag wilden hebben.

Maar als het nou niet een *save the date* voor een picknick of een uitnodiging om koffie te drinken met de afdeling Beeldende Kunsten was? Haar ademhaling versnelde. Stel dat dit de mededeling was waar ze stiekem zo bang voor was geweest?

Ze scheurde de envelop open en begon te lezen.

Beste juffrouw Marcus,

Afgelopen december hebben we u tot ons genoegen aangeboden eerstejaarsstudent te worden op onze universiteit. Dit aanbod is gedaan op basis van uw superieure schoolprestaties en voortreffelijke aanmelding. Maar nu er nieuwe informatie met betrekking tot uw toelatingsproces aan het licht is gekomen, ben ik bang dat ik niet anders kan dan uw toelating tot Princeton University herroepen.

'O mijn god.' Haar maag kwam in opstand.

'Wat lees je?' Brynn keek met samengeknepen ogen op haar eigen scherm. 'Van wie is het?'

'Ik moet kotsen.'

Brynn bleef doorvragen, maar Max las verder.

Wees ervan verzekerd dat we tevens de beschuldigde partij in de raad van toezicht op Princeton zullen aanspreken zodra nieuwe informatie beschikbaar komt. Princeton gaat er prat op een instituut van hoger onderwijs te zijn dat is gebaseerd op eerlijkheid, rechtvaardigheid en, boven alles, integriteit.

Wij wensen u veel succes bij uw toekomstige academische aspiraties.

Hoogachtend,
Patricia Palmer, PhD,
Toelatingsdecaan Princeton University

Max las de brief nog eens en toen, om er absoluut zeker van te zijn, nog een derde keer. Ze kon zich niet herinneren dat ze Brynn had opgehangen, maar het scherm was donker. O mijn god, o mijn god, o mijn god. Dat galmde door haar hoofd, terwijl de misselijkheid toenam. Dit is niet waar, dit kan niet waar zijn. Maar dat was het natuurlijk wel. Ze las de brief nog een keer, maar alle woorden bleven hetzelfde. Ze strompelde haar bed uit en liep naar de badkamer, waar ze nog een seconde of twee had voordat de inhoud van haar maag omhoogkwam. Toen het braken eindelijk ophield, zakte ze naast de wc op de grond in elkaar, met haar rug tegen de muur, en wachtte op de tranen.

12
Mijn vriendinnen joehoeën niet

Het zweet stroomde over haar gezicht en verzamelde zich tot een klein plasje tussen haar borsten. Eindelijk liet haar Apple Watch godzijgeprezen weten dat haar training er voor vandaag op zat.

'Hoera,' mompelde Peyton, terwijl ze vertraagde tot een wandeltempo. Ze was nog maar vierhonderd meter van Skyes huis, maar ze vertikte het om verder te rennen. Tegen de tijd dat ze bij haar zus aanbelde, had ze het gevoel dat de ochtendzon haar huid blakerde.

'Skye? Ben je thuis?' Peyton duwde de voordeur open toen er niet werd gereageerd. 'Aurora?'

Er was een tekenfilm op tv en de ontbijtspullen stonden nog op de keukentafel, maar haar zus en nichtje waren nergens te bekennen. Peyton liep de trap op.

'Is er iemand thuis?' riep ze.

'Mijn kamer!' gilde Skye terug.

Peyton liep naar het eind van de gang en betrad de slaapkamer van Skye en Gabe, die net als haar zus een chique, boho uitstraling had. De vloekende, over elkaar heen geschoven vintage kleedjes en hangstoel zagen er op de een of andere manier weldoordacht uit en het schitterend bewerkte houten hoofdbord kwam tot aan het plafond en vormde de perfecte achtergrond van een verzameling geweven, geborduurde en met franjes omzoomde kussens in verschillende tinten, bruin, roze en donkerpaars. In een hoek verrees een eenzame vijgcactus uit een enorme terracottapot.

'Wauw!' zei Peyton toen ze Skye zag, die haar lippen zat te stiften achter een wit gesausde, shabby-chique toilettafel. 'Wat is hier aan de hand?'

'Ik heb een afspraak met een groepje moeders uit de buurt om te praten over het meidenhuis.'

'Ooooo, mag ik mee?'

Skye draaide zich fronsend om. 'Waarom zou je dat willen? Die bijeenkomsten zijn nogal vervelend. Ik moet ze om geld vragen zonder dat het lijkt dat ik ze om geld vraag.'

Peyton wierp zich op het bed. 'Daar ben ik retegoed in! Bovendien heb ik niets beters te doen.'

'Was het raar om vandaag niet naar je werk te gaan? Ik kan me niet herinneren dat je ooit een uitzending hebt gemist.' Skye wreef iets op haar wangen; Peyton wilde tegen haar zeggen dat het te glinsterend was voor de ochtend.

'Pruilende Vivian met haar opgeblazen lippen en verblindende facings zat vanmorgen op mijn plek.' Peyton pakte een paperback van Skyes nachtkastje en legde hem weer terug. 'Ach, nou ja. Het is maar tijdelijk. Hooguit een paar dagen. Tegen het eind van volgende week ben ik vast weer op de buis.'

Skye zweeg op die stille veroordelende manier van haar waarvan Peyton altijd de neiging kreeg te gaan gillen.

'Neem me mee,' zei Peyton. 'Ik kan je helpen.'

'Nee.'

'Kom op, nou! Ik wil je vriendinnen ontmoeten! Is Esther er ook? Ik heb haar al in eeuwen niet meer gezien.'

Skye snoof. 'Nee, zij is op haar wérk. Bovendien zijn zij niet haar type. Het mijne trouwens ook niet. Mijn vriendinnen joehoeën niet.'

'Hè?'

'Dat merk je vanzelf wel.'

Peyton sprong van het bed. 'Dus ik mag mee!'

'Ik vertrek over twee minuten en jij bent nog niet eens aangekleed.'

'Ga je me nou vertellen dat die Paradise-vrouwen iemand in sportkleding niet gastvrij onthalen? Het is hun úniform. Ik denk juist dat ik er heel erg toegankelijk van word.'

Skye liep de slaapkamer uit en Peyton volgde haar.

'Waar is Aurora?'

'Aan het spelen bij een vriendinnetje. Ik moet haar om twaalf uur ophalen.' Skye griste haar autosleutels van het tafeltje in de hal en wendde zich tot Peyton. 'Meen je het serieus? Wil je echt mee? Met alles wat er gaande is? Je moest je toch gedeisd houden?'

Peyton schoof langs haar zus de garage in, waar ze op de passagiersstoel van de Subaru ging zitten en riep: 'Waar wachten we op?'

Skye kwam hoofdschuddend naast haar zitten. 'Wat zullen ze onder de indruk zijn. Een echte beroemdheid in hun midden.'

'Zie je nou wel? Zo mag ik het horen!'

Skye reed achteruit de garage uit en stuurde door de lommerrijke straten. 'Mijn god, wat zie ik hiertegen op.'

'Geen stress! Zo moeilijk is het niet. Hou het vooral luchtig. Wees erkentelijk. Zet geen druk. Opper de oprichting van een commissie – dit soort vrouwen zijn dol op commissies!'

'Dat is echt een goed idee.'

'Als je het benadert als een update in plaats van een verzoek voelen ze zich gerespecteerd en reageren ze beter. Maar als ze er wél open voor lijken te staan – en geloof me, ze vinden het echt héééér-lijk om in het openbaar geld weg te geven – hou de focus dan op tastbare dingen die ze kunnen kopen in plaats van op de armoede van die kinderen. Winkelen: leuk. Armoede: deprimerend.'

Skye schoot in de lach. Ze reed de slingerende oprit op langs een vijftal Land Rovers en Tesla SUV's – dezelfde als die van school, of misschien juist totaal andere. 'Ik kan dit niet,' zei ze.

'Dat kun je wel! Je hebt het huis al binnengehaald – van geld dat je hebt ingezameld! Dat is echt heel indrukwekkend. Nu moet je hun alleen nog laten zien hoe ze dat kunnen áánkleden!'

'Ik heb nog steeds Henry's centen nodig voor alle verbouwingen. Het is een kleine vervallen eengezinswoning die omgetoverd moet worden tot een huis waar acht meiden en twee huismoeders kunnen slapen, studeren en eten. In dat opzicht is er nog een hoop werk te verrichten en –'

'Saai! Je verveelt me! Dat is ongetwijfeld allemaal waar, maar ik wil alles horen over donzige handdoeken en schattige spreien, niet over triplex en spaanplaat. Volgende!'

'Oké, ik snap het. Kan ik hun wel vertellen dat hun donaties ook besteed worden aan het in dienst nemen van het benodigde personeel en het vervoer in het weekend van –'

Peyton drukte haar handen tegen haar oren en begon hard te neuriën.

'Begrepen. Ik moet me beperken tot nieuwe schoolkleren en kussentjes.'

'Hèhè!'

Nadat ze geparkeerd had voor een Chevrolet Suburban die was volgeplakt met stickers van Nantucket, Martha's Vineyard en Cape Cod – en daartussen een IK ♥ LACROSSE en een HOCKEYMOEDER – wierp Skye Peyton een waarschuwende blik toe en drukte op de deurbel.

'Wát?' vroeg Peyton onschuldig.

'Gedraag je,' zei Skye.

'Haaaaai!' kirde Vanessa, de huiseigenaar, toen ze met een bezeten keffende maltezer onder haar arm de deur openzwaaide. Haar haar was tot aan haar roze schedel platinablond – zo'n kleur waarvan je gewoon wist dat die echt was – en ze had een lang, gespierd lichaam. En uiteraard droeg ze een fietsbroek met hoge taille, een voor haar leeftijd te korte tanktop en een paar agressief roze sneakers van tweehonderd dollar.

Peyton gaf haar zus een discrete por in haar zij.

'Hai!' kirde Skye te hard terug. 'Ik hoop dat je het niet erg vindt dat ik mijn zus heb meegenomen.'

'O jee, dat is ook zo! Ik was helemaal vergeten dat Peyton Marcus jouw zus was,' loog ze, alsof dit niet hét biografische feit was waardoor de meeste vrouwen in Paradise wegliepen met Skye. Of alsof Peyton er niet bij was.

'Mag ik even zeggen dat ik wég ben van je truitje? Met dat gestoorde korte bovenlijf van mij kan ik zoiets nooit dragen,' zei Peyton, terwijl ze een klopje gaf op Vanessa's topje. 'Maar het staat jou supergoed. Mijn god, wat is je geheim?'

Vanessa's roze schedel kleurde rood en ze kon haar verrukking niet maskeren. 'Hou op! Jij bent zo verbijsterend op tv.' Ze deed niet eens moeite om haar ontzag te verbergen. 'Op ochtenden dat ik niet op de sportschool ben, mis ik jouw programma nooit. O, kijk mij nou, wat ben ik toch onbeleefd. Kom binnen, kom binnen!'

Vanessa leidde hen een enorme open ruimte in, waar de Paradise-keuken (met marmeren aanrecht, twee Miele-afwasautomaten en een fornuis van Viking met kersenrode knoppen) overging in een Paradise-woonkamer (open gashaard, een modulair Cloud-bankstel van Restoration Hardware en een tv ter grootte van een matras aan de muur). Vanessa had zich ook zichtbaar gehouden aan de in Paradise geldende regels op het gebied van woninginrichting: diptyque-kaarsen, kussentjes van bont, een schitterende boekenkast zonder boeken en een fotocollage van het gezin met blonde kinderen die scharrelden door herfstbladeren, op stranden in New England en op verbazingwekkend lege skihellingen. De vier kinderen waren stuk voor stuk zo universeel knap – zo verontrustend zonder tekortkomingen – dat het je niet verweten kon worden als je je afvroeg of Vanessa gewoon vergeten was de foto's eruit te halen die er al in zaten toen ze de lijst kocht.

Skye had Peyton in de auto verteld dat de zes vrouwen die aanwezig zouden zijn allemaal gulle gevers en enthousiaste fondsenwervers waren. Samen hadden ze Skye geholpen genoeg geld in te zamelen om het huis aan te kopen – geen kleinigheid, zelfs als je bedacht dat het pand ietwat vervallen was en dicht bij de grens met New Rochelle lag, een minder gewilde plek. Deze vrouwen waren lastige tantes die het gewend waren hun zin te krijgen, of dat nu ging om een bepaalde leerkracht voor hun tienjarige, een reservering om zeven uur op een volgeboekte zaterdag of een cheque op naam van een 'zeer belangrijk doel' van hun keuze. Bij elkaar opgeteld beschikten ze over één arts, twee meesters in de rechten, één doctor, twintig kinderen en god mocht weten hoeveel miljoenen. Ze hadden gedatet met beroemdheden en waren getrouwd met de meest begerenswaardige mannen. Ze reisden regelmatig naar exotische oorden, konden intelligente gesprekken voeren over hedendaagse gebeurtenissen en 'de allerbeste' persoon voor wat dan ook aanraden: het aanleggen van een tuin, het boeken van eersteklastickets met Air Miles of het verwijderen van die irritante vetbult onder je oksel. Ze wisten instinctief wat ze bij elke gelegenheid moesten dragen, of dat nu een benefietgala, een avondje stappen met de moeders of een bar mitswa op zondagmiddag was. Hun huid was glad en stevig dankzij kwartaalbehandelingen met Botox, elk half jaar Juvéderm en crèmes van vijfhonderd dollar zo vaak als nodig was. Ze konden binnen twee uur een elegant etentje voor twaalf personen organiseren. 'Uitverkocht', 'volgeboekt', of 'niet verkrijgbaar' stonden niet in hun woordenboek. En dat gold ook voor wachtrijen van welke soort dan ook. Ze spendeerden belachelijke hoeveelheden tijd, geld en moeite om ervoor te zorgen dat hun kinderen het beste van het beste kregen, waaronder een eindeloze stroom therapeuten en behandelingen voor jonge kinderen zonder waarneembare diagnoses, Invisalign voor elke tienerdochter die klaagde over de sociale zelfmoord van slotjes, nieuwe luxe-SUV's – gekozen vanwege hun 'veiligheidskenmerken' – voor iedere rijbewijsbehaler en het gebruikelijke scala aan dure elektronica, designerkleren en onthutsende vakanties. En hoewel Skye beweerde dat ze zowel geïrriteerd als geïntimideerd was door deze vrouwen, had ze ook bewondering voor hun meedogenloze vastberadenheid.

'Hallo, allemaal,' zei Skye een tikkeltje timide.

De vrouwen draaiden zich om en juichten. 'Joehoe! Welkom!' riepen ze, alsof Skye binnen was gelopen met een gigantisch dienblad vol margarita's en sieraden met diamanten.

'Kijk eens wie we hier hebben!' riep Vanessa als een veilingmeester. 'De enige echte Peyton Marcus!'

Glazen gevuld met mimosa's bleven hangen in de lucht, gesprekken stokten. Iedere vrouw straalde alsof ze van Oprah een nieuwe auto had gekregen.

'Hi, y'all!' zei Peyton lijzig, hoewel ze in haar negenendertig jaar geen minuut ten zuiden van Pennsylvania had gewoond. 'Wat leuk dat ik vandaag op jullie feestje mag komen. Mijn zus heeft me verteld dat jullie de meest georganiseerde en invloedrijke groep vrouwen in de stad zijn, dus ik heb haar gedwongen mij mee te slepen!'

Het applaus sloeg al snel om in gejoel en gejuich. 'Joehoe!' riepen ze.

'We houden van je, Peyton!' riep een vrouw die nog in het verband zat vanwege een recente neuscorrectie.

'Ik weet nu al dat dat wederzijds is!' Peyton plofte op een bank tussen twee vrouwen wier gezichten oplichtten van verrukking. 'Ik ben hier om te genieten van de frisse plattelandslucht, dus ik hoop dat we snel weer bij elkaar kunnen komen – misschien een borrel bij mij thuis?'

Skye drukte haar vingertoppen tegen haar voorhoofd.

'Joehoe!' gilde iemand.

'Ben ik helemaal voor!' riep een ander.

'Geregeld!' zei Peyton. 'Laten we eerst luisteren naar de ongelooflijke dingen die mijn zus gepland heeft voor de woning die jullie allemaal mogelijk hebben gemaakt, dan prikken we daarna een datum.'

Skye pakte een beker koffie aan van Vanessa, keek om zich heen op zoek naar een zitplaats en liet zich toen nogal onbeholpen op het randje van een poef zakken. 'Heel erg bedankt voor jullie komst vandaag. Ik weet dat iedereen het druk heeft en... Nou ja, ik waardeer het echt heel erg.'

'We helpen graag,' zei Laura, die het tot managing partner bij de Deutsche Bank had geschopt voordat ze een inzinking had gekregen en er voorgoed mee was gestopt.

'Ik ben gewoon... zo opgewonden! Kijk maar even naar de aangepaste plannen.' Skye klapte haar laptop open en zette hem zo neer dat iedereen erop kon kijken. In gedachten dwong Peyton haar zich te focussen op de leuke dingen.

'Dit is de woonkamer. Daar komen een open haard en een piano, zodat de meiden kunnen leren spelen. En daar breken we een muur door om de bestaande keuken twee keer zo groot te maken. Boven komen vier slaapkamers, elk met twee bedden en twee bureaus, plus een vijfde slaapkamer voor de huismoeders. En het is nog niet definitief, maar ik zou heel graag het souterrain afmaken en daar zitzakken en heel veel boeken neerzetten, zodat het een plek wordt waar ze gezellig met vriendinnen kunnen chillen.'

Vanessa floot. 'Het ziet er fantastisch uit.' Ze wees naar een foto van het vervallen huis zoals dat er nu uitzag en vervolgens naar Gabes 3D-weergave van de verbouwde versie. 'Niet te geloven dat het er zo uit gaat zien!'

'Dankzij jullie!' zei Skye. 'De grootste verbouwings-, personeels- en verzekeringskosten worden gedragen door een investeerder en ik hoop dat we daarnaast nog wat meer kunnen binnenhalen, misschien zelfs wel hier voor eh... de leuke dingen, zoals spreien, vloerkleden en kussentjes en zo.'

Skye wierp een steelse blik op Peyton, die bemoedigend knikte.

Rosemary, een moeder van twee kinderen die in verwachting was van een tweeling, vroeg: 'Wie is die investeerder?'

'De eigenaar van een hedgefonds dat in de buurt van Rye gevestigd is,' antwoordde Skye. 'Hij heeft blijkbaar een bedrijf in de arm genomen om te kijken of hij wel "maatschappelijk verantwoord"' – ze maakte aanhalingstekens in de lucht – 'bezig was en dat heeft geadviseerd een donatie te doen aan een lokaal goed doel. Waarschijnlijk om te vergoelijken dat ze miljarden binnenharken?' Dat laatste zei ze lachend, hoewel niemand met haar meelachte.

'Perfect.' Laura knikte instemmend en nam nog een slokje van haar mimosa. 'Een vriend van Gabe?'

Skye schudde haar hoofd. 'Nee, een vriend van mijn zwager. Ze hebben samen gestudeerd. Hoe dan ook, ik vind het echt geweldig dat –'

'Dus een vriend van jouw man?' vroeg Nicole, die zich naar Peyton toe boog.

Er viel een gespannen stilte.

Peyton toverde haar allervrolijkste, innemendste en meest authentieke valse glimlach tevoorschijn. 'Ja, Henry is een goede vriend van Isaac. Ze kennen elkaar al sinds ze op Princeton zaten.' Ze zweeg even. 'Jullie hebben zeker allemaal wel gehoord over de belachelijke beschuldigingen tegen mijn man, hè?' Ze knikte aanmoedigend en wachtte tot alle vrouwen met haar meeknikten. Toen wapperde ze met haar hand alsof ze een irritante mug wegjoeg. 'Duidelijk allemaal één groot misverstand. Jullie weten toch ook dat de media zich altijd zo laten meeslepen?'

De vrouwen schoten in de lach; ze waren zo verrukt over Peytons zelfkritiek dat ze volkomen bereid leken bepaalde details over het hoofd te zien, zoals de betrokkenheid van de FBI.

'Hoe dan ook,' ging Peyton verder. 'Henry is geweldig. Zijn bedrijf heeft in de loop der jaren bákken met geld binnengehaald en hij had geen project kunnen kiezen dat het meer verdient dan dit, althans, dat vind ik.'

'Zeg dat,' zei Vanessa knikkend. De anderen mompelden instemmend.

Het moment verstreek en Peyton was opgelucht dat niemand verder nog opdringerige vragen stelde over haar privéleven die ze kunstig zou moeten omzeilen. In plaats daarvan scrolde Skye door haar Pinterestbord en folders van Houzz om de vrouwen haar ideeën voor beddenspreien tot en met spatwanden te laten zien. Ze slaakten kreten van bewondering – deskundig als ze waren in het bevestigen van elkaars aankopen – terwijl Skye hun liet zien wat ze al gekocht had en wat ze nog moest kopen: grote stapels lakens, handdoeken, rugzakken, sneakers, bureauaccessoires, keukenapparatuur, toiletartikelen, boeken en zelfs kleine kleedjes van nepbont voor naast de bedden van de meiden.

'Skye?' vroeg Peyton op haar opgewektste toon. 'Wat dacht je van een moestuin aan de achterkant?'

'Ooooo, wat een geweldig idee!' zei Nicole. 'Ik ken wel iemand die zoiets kan aanleggen. Hij is echt de beste.'

Peyton wist dat Skye verder geen aanwijzingen nodig had. Biologische komkommers en pompoenen, meer peultjes dan ze op zouden kunnen. Een gezonde buitenactiviteit waar het hele huis bij betrokken kon worden.

'Super.' Skye sloeg haar handen ineen. 'Dat zou niet alleen de kosten beperken, maar ook een geweldige bron van afleiding en troost zijn voor de meiden, want die krijgen waarschijnlijk heimwee, in ieder geval in het begin.'

Vanessa voegde eraan toe: 'Ik wil met alle liefde met mijn aannemer praten om te kijken of we er een klein prieeltje in kunnen zetten voor schaduw? Of een schommelbank? Wat denken jullie?'

Voor Peyton besefte wat er gebeurde, zag ze de tranen in de ogen van haar zus springen. 'Ik huil alleen van blijdschap. Echt.' Skye veegde haar tranen af. 'Zet een pistool tegen mijn hoofd op een begrafenis en dan kan ik het nog niet.'

De vrouwen lachten beleefd en al snel bracht iemand het gesprek op *travel soccer*. Peyton verontschuldigde zich. In de geborgenheid van Vanessa's Paradise-damestoilet – een orchidee in een pot, gastendoekjes met geborduurde monogrammen, handzeep van Molton Brown – keek ze naar zichzelf in de spiegel en glimlachte. Het voelde zo goed om haar zus op deze simpele manier te helpen.

Skye stond voor de wc op haar te wachten. Ze sloeg haar armen om haar zus. 'Bedankt,' zei ze. 'Je was verbijsterend.'

Er klonk schor gelach in de woonkamer.

Skye wilde teruglopen, maar Peyton pakte haar bij haar arm. 'Ik heb niks met travel soccer. Ik heb niks met speelpleinbeleid voor peuters. Ik zou het met alle liefde hebben over wie met wie het bed deelt, maar daar hebben ze het nu niet over. Haal me hier weg.'

Skye schoot in de lach. 'Begrepen. Terugtrekken over tien seconden.'

'Maak daar maar vijf van.'

'Ik zie je in de auto; ik zeg wel gedag.'

De rit naar huis was ouderwets gezellig: Peyton vond het heerlijk om samen met haar zus te lachen over het absurde van die ochtend, hoe volmaakt deze vrouwen leken, althans vanbuiten.

'Nogmaals bedankt,' zei Skye, toen ze voor Peytons vakantiehuis stopte. 'Je was briljant.'

Peyton stapte uit en boog zich voorover. 'Je moet gewoon je publiek kennen. Later!' Ze liep naar het huis en riep Max zodra ze binnenkwam, en nog een keer toen ze naar boven ging om te douchen. 'Liefje? Ben je thuis?' Ze keek in Max' kamer, maar die was verlaten. Haar bed was een onopgemaakt zooitje en haar bureau lag vol rommel. En dat was niets voor haar ordentelijke dochter.

Ze liep de kamer in en raapte het eerste op wat ze zag: een geopende envelop van Princeton. Met een groeiend gevoel van angst keek ze de kamer rond, tot haar ogen een prop papier zagen op Max' bureaustoel. Het kostte maar een paar tellen om de eerste zinnen te lezen, die haar alles vertelden wat ze moest weten.

'Max! Mackenzie!' schreeuwde ze, terwijl ze de trap weer af vloog. Wanneer had Max die brief gekregen? Waarom had ze haar er niets over verteld? Peyton keek weer in de keuken en de serre, maar die waren allebei verlaten. Ze dacht aan Isaac: wist hij het? Had Max hem gebeld? Was Max teruggegaan naar de stad zonder dat tegen haar te zeggen? Ze haalde haar mobiel uit haar zak en stond net op het punt Isaac te appen toen ze buiten tumult hoorde.

'Max, liefje, ben je buiten?' Ze stapte de achtertuin in. De Hennies fladderden en kakelden als bezetenen en de veren vlogen in het rond, omdat bijtertje Cookie in een rondje achter ze aan rende. In de verste hoek van de tuin zat Max met gekruiste benen op de grond.

Voordat ze iets kon zeggen, keek Max haar met ogen als spleetjes aan en riep: 'Zo te zien weet je het van Princeton. Best gaaf, hè?'

Peyton voelde haar maag samentrekken, terwijl ze naar haar dochter toe liep.

'Nou ja, zo gek is het natuurlijk niet, hè? Wat hadden we anders verwacht?' Max pulkte aan de nagelriem van haar rechterduim.

'O, liefje.' Peytons stem brak. 'Ik vind het zo erg voor je.'

Max' hoofd schoot met een ruk omhoog. 'Nee! Niet janken. Dit gaat niet om jóú, maar om mij. En pap.' Haar nagelriem begon te bloeden. Ze stopte haar duim in haar mond en zoog eraan.

Peyton liet zich op het gras zakken en probeerde haar arm om haar dochter heen te slaan, maar Max ontweek haar. 'Niet doen,' fluisterde ze, waarna ze een traan van haar wang streek.

Om hen heen renden de kippen nog steeds kakelend voor Cookie uit door de tuin.

'Max, ik weet dat dit het allerlaatste is wat we wilden,' zei Peyton na een diepe zucht. 'Ik weet dat ik voor ons beiden spreek als ik zeg dat je vader en ik –'

'Spreek jij namens pap? Echt? Dat zullen we nog wel eens zien.' Max pakte haar telefoon en swipete een paar keer tot het bekende deuntje van FaceTime klonk.

Isaac nam meteen op. 'Max? Wat ben ik blij dat je belt, schat! Ik eh... wacht even, ik doe even iets aan het licht, zodat ik je beter kan zien.'

Peyton wierp een blik op het scherm en zag Isaac met warrig haar en in een hoody en joggingbroek tegen het aanrecht leunen. Hij straalde van blijdschap omdat zijn eigen dochter hem gebeld had, en ze gruwde bij de gedachte aan wat er kwam.

'Nou, pap, je hebt niet meer licht nodig om te horen dat ik officieel geweigerd ben op Princeton.'

Er klonk wat geruis en toen zei Isaac: 'Sorry, schat. Je viel even weg. Wat zei je?'

'Princeton. Heeft. Me. Eruit. Gegooid.'

Het geruis stopte en daarmee ook Peytons ademhaling.

'Maar goed, zo verrassend is dat niet, toch?' zei Max met stemverheffing. 'Het zal waarschijnlijk geen verbazing wekken dat een van de voortreffelijkste instituten in het land – jouw woorden – niet staat te springen om iemand te verwelkomen die zich met list en bedrog een plekje heeft toegeëigend.'

'Max, jij hebt niet gelogen of bedrogen, ik hoop –'

'Nee, maar jíj wel! Ik ben alleen maar degene die voor de gevolgen opdraait.'

Achter hen hoorden ze een lang en klaaglijk gekakel.

'O, schat. Ik weet niet wat ik moet zeggen. Ik kan niet...' Hoewel ze het scherm niet meer kon zien, hoorde Peyton Isaacs stem breken.

'Wat valt er nog te zeggen?' snauwde Max tegen haar telefoon. Haar woede kon amper verhullen dat ze wanhopig haar best deed niet te gaan huilen.

'Max?' zei Peyton zacht.

Haar dochter draaide zich verbaasd naar haar toe, alsof ze vergeten was dat Peyton daar zat.

'Papa en ik kunnen ons niet voorstellen hoe jij je nu voelt, maar we willen allebei dat je weet –'

Max stond abrupt op en keek haar met zo veel woede en verdriet aan dat ze met stomheid geslagen was. 'Laat maar, mam. Bewaar dat maar voor wanneer ik voorgoed thuis woon en zelfs de uni's waar ik op eigen kracht toegelaten had kunnen worden me niet meer willen hebben. Ik heb nu echt geen zin in dat schijnheilige gedoe van jou. Of van hem.' Max richtte haar aandacht weer op het scherm. 'Bedankt voor het verpesten van mijn leven en het wissen van mijn toekomst. Ik hoop dat je tevreden bent.'

Ze verbrak het gesprek met haar duim en rende zonder nog iets te zeggen naar het huis.

Peyton pakte haar eigen telefoon; ze wilde wanhopig graag zelf met Isaac praten, bedenken hoe ze dit moesten oplossen. Ze konden vast wel een beroep doen op de decaan, toch? Brieven schrijven om uit te leggen dat Max hier allemaal niets mee te maken had, de universiteit smeken haar niet te straffen voor de zonden van haar ouders? Ze was in gedachten al een mail aan het componeren toen ze Isaac belde: als zij de koppen bij elkaar staken – zeker wat betreft Max – was er niets wat ze niet konden fiksen.

De telefoon bleef maar overgaan. Toen ze naar zijn voicemail werd doorgeschakeld, hing Peyton op en belde nog een keer. Weer kreeg ze zijn voicemail. Ze probeerde FaceTime. Uiteindelijk activeerde ze ten einde raad de Zoek mijn mobiel-app op Isaacs telefoon, waardoor die onophoudelijk zou gaan piepen. Ze gebruikten die alleen in noodgevallen, als ze elkaar niet konden bereiken, maar dit was tenslotte een crisis. Even later kwam er een bericht dat Isaac zijn toestemming had ingetrokken: Peyton kon zijn telefoon niet langer lokaliseren.

Ze staarde naar het scherm. Hij was weg. Max was weg. Wat had ze gedaan?

13
Schat aan heerlijkheden

'Ze kunnen er elk moment zijn,' mompelde Peyton terwijl ze in Max' kamer stond te bekvechten met haar dochter over een saaie groene jumpsuit. Ze wist dat ze beter niets kon zeggen over Max' kleren – nooit niet, maar nu, in het licht van de afgelopen vierentwintig uur, al helemaal niet – maar ze kon het niet helpen. Alles werd er weer een beetje normaal van. Zelfs als Max geïrriteerd raakte. Ze práátte tenminste met haar. 'Ik weet het niet, hoor schat, het zou gewoon fijn zijn je te zien in iets...'

'Vrouwelijkers? Was dat wat je wilde zeggen?'

'Nee. Ik wilde zeggen: wat geschikter is voor een etentje.'

'Met de familie!' zei Max geïrriteerd. 'Wat kan het jou nou schelen wat ik draag?'

Peyton zweeg. Max had gelijk: waarom zeurde ze altijd over haar kleren en haar, terwijl ze wist dat dat net zo zinloos was als toen haar eigen moeder dat bij haar had gedaan? Zinloos, ja, maar ook ronduit belachelijk als je bedacht wat er op dit moment in hun leven gaande was. Maar ze wilde gewoon graag dat Max een beetje beter voor zichzelf zorgde; dat deed zo veel voor je humeur en zelfvertrouwen. Wie voelde zich nou niet beter als hij of zij er op zijn best uitzag? Max had bijvoorbeeld schitterend, golvend haar. Waarom maakte ze daar altijd een knotje boven op haar hoofd van? Waarom droeg ze nooit make-up? Waarom verborg ze haar gewelfde, jeugdige lichaam altijd onder lelijke, vormeloze kleren?

'Het is de verjaardag van je oma,' zei Peyton, terwijl ze kleren opraapte van de grond. 'Ik denk dat ze het leuk vindt om haar kleindochter iets moois te zien dragen.'

'O, schei toch uit. Het kan oma geen reet schelen hoe ik eruitzie, dit is jóúw dingetje.' De toon die haar dochter aansloeg, was vijandiger dan ooit.

'Ik weet dat je van streek bent,' zei Peyton zo sussend mogelijk. 'En daar heb je alle recht op.'

'Je klinkt net als pap. Hebben jullie daar afspraken over gemaakt?'

Peyton zag dat Max haar telefoon opende.

'"Liefste Max,"' las ze. '"Ik weet dat je nu van streek bent en daar heb je ook alle recht op."' Max keek Peyton aan. 'Sinds het begin van deze ellende heeft hij me elke dag een variatie op dit thema gestuurd.'

Peyton voelde haar keel samenknijpen. De schade die de relatie tussen Max en Isaac hierdoor opliep, was aantoonbaar het meest tragische onderdeel van deze hele helse, afschuwelijke nachtmerrie. Ze zou het liefst door de telefoon van Max heen haar man vastpakken om hem gerust te stellen dat hun dochter nog steeds van hem hield, dat ze nu weliswaar naar hem uithaalde, maar dat de wonden uiteindelijk zouden helen en alles weer snel normaal zou worden. Zoals het was voordat zij de slechtste beslissing van hun leven had genomen. 'Hij doet zijn uiterste best,' zei ze. 'Hij houdt heel erg veel van je. En ik ook.'

'Nou,' zei Max. 'Dat merk ik.'

De deurbel ging. Ze waren nog niet uitgepraat, maar Max maakte duidelijk dat dat wat haar betreft wel zo was. Peyton liep naar beneden en was even uit het veld geslagen door Skye en haar gezin. Ze waren zo stralend, zo naturel, zo moeiteloos mooi, dat het haar de adem kon benemen. Gabe met zijn vreemd aantrekkelijke, roodachtige haar, gevoelvolle ogen en sexy baard, die allemaal erg aan prins Harry deden denken. Aurora's smetteloze huid, vlechtjes tot aan haar schouders en een handgebreide visserstrui. En natuurlijk Skye, met haar lange rok, woeste wenkbrauwen en abnormaal volmaakte teint, ondanks het feit dat ze geen foundation bezat en nog nooit – nooit! – een facial had gehad.

Opeens geneerde Peyton zich voor de tijd die ze had besteed (uren? dagen? weken? járen?) aan het uiterlijk van haar gezin. Het aflopen van winkels voor de juiste spullen: Brunello Cucinelli voor Isaacs truien van kasjmier en Vineyard Vines voor zijn dagelijkse kleding, Carbon 38 en Bandier voor de trainingskleren die ze enthousiast had aangeschaft zodra Max met haar bokslessen was begonnen, Bergdorf Goodman voor haar eigen uitgebreide en doordachte collectie van werk-, avond- en vrijetijdskleding. Oscar Blandi voor het haar, Neve – achternaam was niet nodig – voor voedingsadviezen, dokter Bittman voor huidverzorging en trainers van beroemdheden voor de conditie. En toch waren hun levens op een wel zeer spectaculaire manier geïmplodeerd. Zo weinig had dat er in feite allemaal toe gedaan.

'Hallo, jongens!' Ze toverde een glimlach tevoorschijn en stapte opzij om hen binnen te laten.

'Tante P!' riep Aurora verrukt, terwijl ze haar armen om Peytons middel sloeg. 'Waar is Max?'

'Boven. Ze weet nog niet wat ze moet aantrekken,' zei Peyton.

'Hallo, schat!' kwinkeleerde Marcia vanaf de veranda.

'Hai, mam,' zei Peyton. 'Van harte gefeliciteerd!' Ze kuste haar moeder op de wang en voelde haar vochtige huid onder haar lippen.

'Waar is mijn andere kleindochter?' vroeg Marcia. 'Ik heb een werkelijk schitterende boeddha meegebracht uit Bhutan die ik haar wil laten zien.'

'Ze komt zo beneden. Kom, dan gaan we zitten.'

Ze liepen allemaal achter Peyton aan naar de knusse, afgeschermde veranda met witrieten meubels en bolle kussens met een bloemetjespatroon. Peyton schonk pinot grigio in voor haar moeder en zus en gaf Gabe een flesje bier. Aurora vertrok om Max te zoeken.

'Nou, mam, vertel ons alles over de Himalaya. Niet te geloven dat je pas gisteravond terug bent gekomen,' zei Skye. Peyton schonk haar een dankbare blik.

'Ach, kom nou toch! Dit was mijn zevenenzestigste land. Ik weet ondertussen echt wel dat niemand geïnteresseerd is in mijn reizen.'

'Dat is niet waar,' protesteerde Peyton met weinig overtuiging. 'We zijn dol op de diavertoningen.'

Marcia schaterde. 'Volgende week ga ik naar Boedapest. Een vluggertje. Zeven dagen, zevenhonderd piek, alles inbegrepen. Ik kreeg vanmorgen een mail dat er nog een plekje vrij is. Wil er iemand mee? Max misschien?'

Max kwam met Aurora in haar kielzog de veranda op. 'Ha, oma,' zei ze, waarna ze haar oma een kus op de wang gaf. 'Waar ga je naartoe?'

'Boedapest. Prachtige cultuur en heerlijk eten. Waarom ga je niet met me mee?'

Max wierp Peyton een ietwat paniekerige blik toe.

'Max heeft een vakantiebaantje,' zei Peyton zo enthousiast mogelijk.

'Ja, ik pas af en toe op dit meisje,' zei Max, terwijl ze speels een van Aurora's vlechtjes rond haar vinger wond, 'en ik heb een baantje bij de ijssalon hier.' Ze trok een blikje cola open en ging naast Peyton zitten, die haar dochter zachtjes hoorde mompelen: 'Nu ik nooit meer ga studeren, kan dat net zo goed mijn vaste baan worden.'

'Goh!' zei Marcia. 'Waar is Isaac?'

Iedereen verstijfde.

Marcia keek om zich heen. 'Wat? Doen we of dit niet bestaat?'

'Mam!' riepen Skye en Peyton in koor.

'Wat?' riep ze verontwaardigd. 'We zijn toch familie?'

Peyton zuchtte. Ze zag dat Skye een enorme slok wijn nam. Gabe zat ingespannen op zijn telefoon te kijken.

'Doe eens een beetje vrolijker, allemaal, ik ben jarig! En jullie weten dat niemand meer van haar schoonzoons houdt dan ik. In mijn ogen kan Isaac niets verkeerd doen. Iedereen weet dat die mannen van de FBI gewoon een stelletje antisemieten zijn.'

'Wat zei je over oom Isaac?' Het iele stemmetje bij de deuropening zweeg. Aurora keek van haar moeder naar Marcia en Peyton, alsof ze bij een tenniswedstrijd zat.

Skye stak haar armen uit en mompelde: 'Kom hier, liefje.' Maar het was Max die naar haar toe liep en haar hand pakte. 'We zeiden net dat we allemaal zo dol zijn op oom Isaac. Meer niet.'

Peyton verwonderde zich dankbaar over het feit dat elk greintje ongeduld en sarcasme waarmee Max haar de laatste tijd behandelde als sneeuw voor de zon verdween wanneer Aurora in haar buurt was.

'Heath uit mijn klas zei dat oom Isaac naar de gevangenis gaat!' zei Aurora, waarna ze zich tegen Max aan drukte.

'De gevangenis?' zei Max overdreven verbaasd. 'Zoiets raars heb ik nog nooit gehoord. En wat is dat eigenlijk voor naam, Heath? Het is net als Keith, alleen dan zonder de "k"! Iemand die zo heet moet je niet geloven.'

Aurora leek hierover na te denken. 'Hij kan het beste lezen van onze klas. En hij heeft een Fitbit.'

Max drukte een kusje op haar kruin. 'Een Fitbit? Ga weg!'

Aurora knikte. 'Wél.'

Max keek Peyton aan met een blik van: zie je? Alles is weer vergeten. Peyton schonk haar een dankbare glimlach terug. 'Zeg, zullen wij die grote mensen hier lekker over hun saaie grotemensendingen laten praten en in het kippenhok naar eieren gaan zoeken?'

Zodra de meisjes weg waren, keek Marcia Peyton aan. 'Ze is een leuke meid, die Max. Hoge cijfers op school. Zelfverzekerd. Lief voor haar oma. Het zou nog leuker zijn als ze eens iets anders droeg dan die kistjes, maar dat is gewoon een fase. Ze zou de mooiste bat mitswa van alle kleinkinderen van de mensen uit mijn leesclub gehad hebben als haar ouders haar gewoon gelovig hadden opgevoed.'

Peyton drukte haar vingers tegen haar voorhoofd. 'Zullen we het daar nu alsjeblieft niet over hebben?'

Marcia klakte met haar tong en richtte haar aandacht op Skye, die zichtbaar ineendook onder haar blik. 'Skye, lieverd, hoe gaat het met dat huis?'

Skye schraapte haar keel. 'Goed, hoop ik. Met een beetje geluk komt het laatste geld snel binnen en dan zijn we hopelijk klaar voordat de meiden in september beginnen.'

'Ik vind het geweldig wat je doet!' zei Marcia.

Skye glimlachte. 'Bedankt, mam. Fijn om te horen.'

'Eindelijk maak je gebruik van die eersteklas opleiding van je! Het zou zo zonde zijn om dat diploma van Amherst te verspillen aan carpools en voetbalwedstrijden.'

Gabe schraapte zijn keel.

Peyton sprong overeind. 'Was dat de deurbel?' Ze had de deurbel niet gehoord, of welk geluid dan ook, maar precies op dat moment ging de bel. 'Yep, het eten is er! Laten we in de keuken gaan zitten.'

Peyton tekende voor de levering en Marcia ging de meisjes halen.

'Waarom krijg ik toch altijd zo de zenuwen van haar?' vroeg Skye, terwijl ze Peyton hielp met uitpakken.

'Omdat ze je moeder is,' antwoordde Peyton.

'Ja, maar ze is ook de jouwe en jij lijkt veel beter toegerust om ermee om te gaan!'

'Beter toegerust? Ze belde me uit Bhutan met een of andere simkaart die ze daar gekocht had en toen ze voor de negentiende keer vroeg hoe ik dacht dat Isaac het zou gaan redden in de gevangenis, heb ik gedaan of ik haar niet meer hoorde en opgehangen.'

Skye schudde haar hoofd. 'Ik heb hier vandaag de kracht niet voor.'

'Tuurlijk wel. Ik schenk nog een wijntje voor je in en dan zit je dit etentje uit zoals mensen dat al sinds onheuglijke tijden doen: met een ziedende, opgekropte woede in een aangename roes.'

Later, toen de taart was verslonden, Gabe Marcia en Aurora naar huis bracht en Max op haar kamer verdween, liep Peyton naar de veranda voor nog een glas wijn met haar zus.

'Heb je niet iets sterkers?' vroeg Skye.

'Tequila? Ik moet hier ergens een fles hebben.' Peyton rommelde in een doos uit het appartement in New York.

'Ja. Een dubbele, alsjeblieft.'

Peyton vulde twee ouderwets geslepen glazen met ijsblokjes, schonk er een overdadige hoeveelheid alcohol overheen en voegde er een scheutje agave- en limoensap aan toe.

Skye proefde de hare meteen. 'Hemels,' zei ze. 'De migraine van vanavond meer dan waard.'

De achtertuin bij het huisje was klein, maar volledig beschut, aan drie kanten omzoomd door altijdgroene planten. Het simpele zwembad – weinig meer dan een rechthoekig gat in de grond – was donker.

Peyton gooide Skye een handdoek toe en drapeerde er een voor zichzelf op de ligstoel. Toen ze zich daar naast elkaar op genesteld hadden, zei Skye: 'Ik begrijp niet waarom familie-etentjes zo... uitputtend zijn.'

'Volgens mij is dat zo'n beetje de definitie van "familiediner".'

'Wat is er mis met ons?' vroeg Skye. 'We zouden dankbaar moeten zijn dat we überhaupt familie hébben, dat iedereen nog leeft en gezond is.'

'Inderdaad,' beaamde Peyton. 'Maar we zijn beschadigd.'

'O, kom nou toch. Het gaat prima.'

'Prima? We hebben allebei een mooie carrière opgebouwd, zijn getrouwd met aardige mannen en hebben een gezonde dochter. We hebben geen van allen – afkloppen – een gruwelijke ziekte, zitten goed in de slappe was en hebben over het algemeen een rustig, productief leven vol familie en vrienden. Ondanks het huidige juridische drama.'

'O-kééé...'

'En toch voelen we ons ellendig!' Peyton sloeg op de leuning van haar stoel. 'Volgens mij besef ik dat nu pas, omdat ik eindelijk twintig aaneengesloten tellen niets te doen heb, maar serieus: what the fuck is er mis met ons dat uitgerekend wij niet gelukkig kunnen zijn met die schat aan heerlijkheden die we hebben?'

'Ik weet niet waar je het over hebt. Ik doe elke dag dankbaarheidsoefeningen.'

Peyton schoot in de lach. 'Die amorfe onrust die wij allebei hebben is giftig.'

'Ik ben niet onrustig,' zei Skye, terwijl ze haar hand voor haar ogen sloeg.

'Oké, maar je verveelt je suf. Hoe bevalt dat thuismoederschap je? Mogen we hier niet erkennen dat een groot deel van die onvrede de drijvende kracht is achter jouw vastberadenheid met betrekking tot dat meidenhuis?'

Skye zuchtte. 'Had ik je al verteld over de moeder van Aurora's vriendinnetje? Zij vroeg me pas of Aurora bij de "privésquashgroep" wilde die ze aan het samenstellen was. Squash schijnt het nieuwe schermen te zijn en alle elite-universiteiten zijn erop uit.'

'Dat heb ik gehoord,' mompelde Peyton. 'Het lijkt me een goed idee.'

'Nee! Die kinderen zijn zes! Wij waren aan het vingerverven op die leeftijd! Letterlijk met viezigheid aan het spelen. En die van ons? Die zijn al bezig met de voorbereiding van hun studie.'

Peyton zweeg. Ze wist dat Skye dit verhaal expres vertelde, zodat ze moeiteloos over kon gaan op een gesprek over Max en Isaac. Ze wachtte af.

'Maarre…' Skye probeerde nonchalant van haar tequila te nippen. 'Nu we eindelijk even samen zijn…'

'Alsjeblieft niet. Niet nu.'

Skye schoof overeind. 'Kun je dan gewoon even uitleggen hoe Isaac dit in zijn hoofd heeft kunnen halen? Want daar kan ik dus echt niet bij. Dit hele gebeuren is zo níét des Isaacs. Ik zal nooit vergeten dat hij me aanraadde dat schoolhoofd aan te geven van wie ik vermoedde dat hij schoolspullen stal en verkocht. Dat weet je vast nog wel. Isaac bleef volhouden dat het mijn morele en ethische plicht was die man erbij te lappen, ook al ondervond niemand er rechtstreeks schade van en ook al zou ik mijn eigen baan in gevaar brengen. Dus dit klopt van geen kanten!'

'Zo simpel is het niet.'

'O nee? Leg het me dan uit.'

'Het is gewoon… het is allemaal gecompliceerd.' Peyton kneep haar ogen dicht, zodat ze Skyes uitdrukking niet hoefde te zien, maar ze voelde de woede van haar zus wel.

'Ja, daarom vraag ik het ook! Wát is er dan zo gecompliceerd? Voor het eerst sinds zolang ik me kan herinneren duw jij me weg. Wist je waar hij mee bezig was? Was jij erbij betrokken? En wat gaat Max in hemelsnaam doen nu Princeton haar toelating heeft herroepen?'

Peyton opende haar ogen.

'Ja, ze heeft het me verteld. Jezus christus, Peyton. Hoe kun jij, úítgerekend jij, hier zo abnormaal chill over zijn?'

'Ik ben verre van chill,' zei Peyton. 'Ik ga die beslissing met alle beschikbare middelen bestrijden. Ik heb al een brief geschreven aan de toelatingsdecaan, de voorzitter van de raad van bestuur en de gehele raad van toezicht. Ik heb tot vervelens toe uitgelegd dat Max hier niets mee te maken heeft, dat ze nergens van op de hoogte was. Dat al die vergissingen m... Isaac aan te rekenen zijn. Ik zal alles doen wat nodig is om ervoor te zorgen dat ze snappen dat Max precies zo is als ze zich voordoet!'

Ze wilde Skye zo graag alles vertellen. Maar iets had haar daarvan weerhouden de laatste paar keer dat ze er de gelegenheid voor had gehad, en dat gebeurde nu weer. Stel dat Skye het niet begreep? Stel dat ze het haar niet kon vergeven dat ze Max' leven had verpest? Dat het net zo ging als toen ze op haar vijftiende om één uur 's nachts huilend naar Skyes slaapkamer was gegaan, nadat ze haar maagdelijkheid was verloren aan een jongen die ze niet eens leuk vond? Ze had toen zo graag gewild dat haar grote zus haar vastpakte en zou zeggen dat het allemaal goed kwam, maar de zestienjarige Skye had niet eens geprobéérd haar afgrijzen te verbergen.

'Wát heb je gedaan?' had ze gevraagd terwijl ze het licht aandeed. 'Met hém?'

Peyton wist nog goed hoe koud ze het had gehad in haar korte jurkje, hoe ontzettend graag ze gewild had dat Skye haar beddengoed zou optillen en zou vragen of ze naast haar kwam liggen. Maar haar zus had haar alleen maar met een gefronst voorhoofd en open mond aangestaard.

Eigenlijk zoals ze haar nu ook aan zat te staren.

'Wat ben je van plan?' drong Skye aan. 'Ik ben mam niet, P. Dat verhaaltje dat jullie ophangen over dat hij alleen maar in de stad blijft om "dingen te regelen" terwijl jij de zomervakantie ergens anders doorbrengt, is belachelijk. Gaan jullie scheiden?'

'Nee, geen sprake van!'

'Want dat zou niet onterecht zijn. Er zijn meer dan genoeg vrouwen die niet hulpeloos toekijken als hun man de wet overtreedt en het leven van hun kind verwoest.'

Ik snap gewoon niet waarom je met hém het bed in gedoken bent. Je vindt hem niet eens leuk. Waarom denk je dat hij je niet naar huis wilde brengen?

'Kan het een tandje minder?' Peyton was gekwetst door de

openhartigheid. 'Of, nog beter, kun je me een beetje ruimte geven? Misschien gewoon dóén alsof je het begrijpt, ook al begrijp je het niet?'

'Sorry,' zei Skye. 'Maar ik vind het verschrikkelijk als je me buitensluit. En ik vind het nóg erger dat jij weigert te erkennen dat je niet gewoon met je toverstokje kunt zwaaien om dit op te lossen.'

Peyton dronk haar tequila op en merkte, voor het eerst sinds ze bij het zwembad zaten, dat ze behoorlijk dronken was. Ze voelde een hand op de hare en haar ogen schoten open.

'Zullen we hier nog even blijven zitten? Ik wil nog niet naar huis,' zei Skye.

Ondanks de vage misselijkheid die ze voelde opkomen en het feit dat ze nog steeds Isaac wilde bellen, knikte Peyton. De hand van haar zus voelde warm en veilig op de hare. Zolang ze daar zat, hoefde ze nergens anders aan te denken. 'Ja,' fluisterde ze. 'Fijn.'

14

Kinderhoorntje met één bolletje anorexia

Max klom via een trapje het ijskoude water uit. Ze was gek op het zwembad bij het huisje, ook al was dat onverwarmd. Zij was de enige die erin zwom. Ten minste één goed ding in dat kloteleven van haar. 'Ik ga me omkleden voor mijn werk,' zei ze, terwijl ze een handdoek om haar middel wikkelde.

Haar moeder en tante Skye keken op van hun koffie. Aurora zat naast hen aan de tafel op de veranda plastic edelstenen op neonkleurige ijslollystokjes te plakken.

'Begin je vandaag?' vroeg haar moeder zichtbaar verbaasd. 'Dat wist ik niet.'

'Het is een échte baan, moeder,' zei Max. 'Ik bepaal niet zelf wanneer ik werk. Mag ik de auto lenen? Of kan iemand me afzetten?'

Ze was trots op zichzelf dat ze naast het oppassen op Aurora nóg een baantje had gevonden, zeker nu haar hele toekomst ongewis was. Afgelopen maart was ze met de trein van de stad naar Paradise gereisd en had ze bij elke winkel en elk restaurant gevraagd of ze wellicht een vakantiebaantje voor haar hadden. Ze was overal afgewezen op grond van haar onervarenheid in de retail of de horeca, maar de allerlaatste zaak die ze bezocht, een ijssalon met de fantasieloze naam De IJssalon, had haar een baan aangeboden.

'Ik wil je wel brengen,' zei tante Skye. 'Ik ga met Aurora naar de speeltuin, dus ik moet toch die kant op.'

'Super, bedankt,' zei Max. Ze liep de trap op naar de kamer die ze had opgeëist – die aan het eind van de overloop met het erkerzitje – en trok haar badpak uit. Na een snelle douche legde ze haar uniform op bed: een lichtroze polo met DE IJSSALON geborduurd op de borst en zo'n kaki broek tot aan de knie die alleen vrouwelijke golfers in Boca Raton droegen. Max maakte zuchtend de geribbelde roze riem met donkerblauwe ijshoorntjes vast en trok haar witte sokjes en Keds aan. Keds! Het was heftig. Ze zag eruit als een kruising tussen een cheerleader uit *Friday Night Lights* en een WASP-chick die haar hele jeugd gezeild had op de familiecompound in Chappaquiddick.

Max stak haar heup uit, wees naar haar lachwekkende riem en maakte een selfie. Brynn zou niet meer bijkomen. Ze verstuurde de foto en voelde een steek van verlangen naar haar vriendin. De zomervakantie zou veel leuker zijn geweest als Brynn, zoals ze hadden afgesproken, elk weekend op bezoek was gekomen met de trein. Terwijl Max in haar afzichtelijke pakje de trap weer af liep, wedde ze in gedachten wie er harder zou lachen: haar moeder of tante Skye. Maar het was Aurora die haar als eerste te kijk zette.

'Moet je Max zien!' zei het meisje wijzend. 'Ze heeft feestkleren aan!'

'Oké, oké, gooi het er maar uit.' Max deed of ze ontdaan was.

'Agossie, wat lief,' zei haar moeder. 'Het doet me denken aan de kleren die ik je vroeger aantrok. Nu nog een paar staartjes erbij...?'

'Styling,' zei tante Skye met een knipoog.

'Ik ben blij dat jullie het allemaal mooi vinden, want nu Princeton van de baan is, schep ik misschien wel de rest van mijn leven ijsjes,' zei Max onaangedaan. Ze zag haar moeder en Skye naar elkaar kijken.

Aurora klapte in haar handen. 'Ik kom elke dag op bezoek. Krijg ik gratis ijsjes?'

'Reken maar. Maar nu moet ik weg.' Max zwaaide naar haar moeder en stapte in Skyes Subaru. Brynn stuurde een foto van zichzelf terug waarop ze hard lachte met als bijschrift: *Haaaahahahahahaha LOSER!!!!!!*

Toen ze vijf minuten later voor de ijssalon parkeerden, zei tante Skye: 'Succes, liefje. Zullen we straks een ijsje komen halen?'

'Misschien beter niet op mijn allereerste dag,' zei Max. 'Maar later absoluut.'

'Begrepen. Moet ik je weer ophalen?'

'Nee, ik ga wel lopen.' Max sloeg het portier achter zich dicht. 'Dag, Aurora. Veel plezier in de speeltuin!'

Ze keek de auto na en kreeg het opeens benauwd. Wat wist zij, een verwend privéschoolmeisje met nul komma nul wereldervaring, nou van werken? Er zouden ongetwijfeld een kassa en een softijsmachine zijn, en gezien de nabijheid van New York wellicht aardig wat veeleisende klanten. De vrouw die haar had aangenomen, Darlene, had haar niet veel verteld. Was zij de baas of de eigenaar? Max wist het niet.

Ze duwde de deur open, waardoor er een reeks belletjes begon te rinkelen. 'Hallo?' riep ze aarzelend.

Achterin ging een deur open en er verscheen een jongen. Hij had de lengte van een basketballer, was slungelig en zo mager dat hij meer op een giraf dan op een atleet leek. Hij liep met afgezakte schouders en zijn hoofd gebogen alsof hij zichzelf kleiner wilde maken. Zijn roze polo leek gekrompen op zijn onmogelijk lange bovenlijf en zijn broek was lachwekkend kort.

'Hé.' Hij hief zijn kin haar kant op.

'Hai. Ik ben Max Marcus?' Waarom klonk alles wat ze zei als een vraag zodra ze een mannelijk persoon zag? Ze moest proberen een beetje zelfvertrouwen uit te stralen. Ze kon toch verdomme haar eigen naam wel gewoon uitspreken!

Hij leek het echter niet te merken. 'Cool,' zei hij, terwijl hij de toonbank voor hem met een vochtig doekje afnam. 'Wat mag het zijn, Max Marcus?'

Eindelijk keek hij haar aan. Hij zag er niet uit – puistjes op zijn kin, slecht geknipt haar, mallotige bril met draadmontuur – maar toen hij naar haar lachte, lachte Max meteen terug. Niet op een flirterige manier, zeker niet. Maar toch. *Nice.*

'Ik kom geen ijsje kopen? Dit is mijn eerste dag? Werkdag?'

De jongen fronste en liep naar een kalender aan de muur. '"Mackenzie begint",' las hij. 'Ben jij Mackenzie?'

Max schoot in de lach. 'Ja, sorry. Iedereen noemt me Max. Maar mijn echte naam is Mackenzie. Helaas.'

'Waarom helaas?'

'Heb jij ooit een cool iemand ontmoet die Mackenzie heette?'

De jongen nam haar met opgetrokken wenkbrauwen uitgebreid op.

'Dit is niet vrijwillig!' zei Max. 'En je ziet er zelf nou ook niet bepaald te gek uit.'

Dit keer barstte hij in lachen uit. Max zag dat hij schitterende tanden had. 'Die zit,' zei hij, terwijl hij zijn hand uitstak. 'Ik ben Ogden.'

'Ógden?'

'Ogden Worthington de Derde. Tot uw dienst.'

'Wauw,' zei Max. Dat zou ze nooit gedacht hebben. Nóóit.

'Geintje.' Weer zag ze een flits van zijn mooie tanden. 'Mijn echte naam is Oliver. Oliver Cocks. Dus je kunt je voorstellen dat ik liever Worthington de Derde had geheten.'

‘Is je achternaam Cócks?’

Oliver knikte. ‘Zoiets verzin je toch niet?’

‘Wat ontzettend vervelend voor je,’ zei Max. ‘Ik beloof dat ik nooit meer zal klagen over Mackenzie.’

‘Geeft niets. Ik ben het gewend. Na jaren piemelgrappen kan ik zo’n beetje alles hebben.’

Max lachte.

‘Maar, kom even mee naar achteren,’ zei Oliver, terwijl hij een deel van de toonbank optilde om Max door te laten. ‘Darlene is met haar... ik denk haar derde training van de dag bezig, dus ik moet je wegwijs maken.’

Max volgde hem naar de ruimte achter. Oliver moest bukken om zijn hoofd niet te stoten.

‘Doe deze voor.’ Hij gaf haar een roze schort. ‘En was daar je handen.’

De belletjes in de winkel rinkelden en ze keken elkaar aan. ‘Je eerste klant,’ zei Oliver, terwijl hij het klapdeurtje openduwde. ‘Hallo, mevrouw,’ zei hij tegen de blonde vrouw in trainingskleren. ‘Welkom bij De IJssalon.’

De vrouw werd volkomen in beslag genomen door de literbekers ijs in de vriezer en keek niet op. ‘Ik wil graag een kinderijsje met mint-chocolate chip, alsjeblieft,’ zei ze zonder haar ogen van de bekers af te halen.

‘Jazeker, mevrouw,’ zei Oliver. Hij draaide zich naar Max en trok zijn wenkbrauwen op die – dat zag ze nu pas – bijna aan elkaar gegroeid waren. ‘Je mag.’

‘Wat moet ik doen?’ fluisterde ze met een verwilderde blik.

Oliver pakte een ijzeren ijsschep uit een pot met water en gaf hem aan haar. ‘De rest lukt je vast wel,’ zei hij.

Max pakte de schep aan en vroeg de vrouw wat voor hoorntje ze wilde.

‘Eh... waar zitten de minste calorieën in?’

Max keek naar Oliver, maar die haalde alleen zijn schouders op.

'Dat weet ik eigenlijk niet zeker. Het wafelhoorntje zeker niet. Maar of een suikerhoorntje er minder heeft, is denk ik om het even.'

De vrouw keek haar boos aan. 'Weet je dat echt niet? Jij wérkt hier.'

Max bloosde. 'Sorry, dit is mijn eerste dag.'

Diepe zucht. De vrouw capituleerde voor een wafelhoorntje, maar zodra Max erin slaagde een heel klein beetje ijs in haar schep te krijgen, schreeuwde ze: 'Dat is genoeg!'

'Het is niet eens één volle schep,' zei Max schappelijk.

'Dat is meer dan genoeg, dank je wel,' zei de vrouw. Ze trok een creditcard onder de tailleband van haar yogabroek uit en legde hem op de toonbank.

Oliver liet Max zien hoe ze de kaart door het apparaat moest halen, terwijl de vrouw ongeduldig met haar voet op de grond tikte. Dertig seconden later gaf Max de vrouw het ijsje en zag dat ze twee happen nam en de rest, met hoorntje en al, weggooide. Ze vertrok zonder een woord te zeggen.

'Is dat normaal?' vroeg Max.

'Volkomen,' zei Oliver knikkend.

'Wat voor wereld is dit?'

'Hoe bedoel je, de winkel of de stad? Of allebei? Welkom in Paradise! Iedere vrouw in een straal van vijftien kilometer heeft een pathologische angst voor suiker. Meer dan voor inbrekers. Of kanker. Daar zijn ze hier in de buurt echt het bangst voor.'

'Nou ja, zeg. Ik woon in New York City. Dus ik heb heus wel te maken gehad met eetstoornissen. Maar what the fuck was dit?'

'Ik heb afgelopen weekend gewerkt op een kinderpartijtje. In de piñata zaten potloden.'

Max barstte in lachen uit. 'Hou op.'

'Wacht maar tot na het avondeten. Alle kinderen en vaders bestellen hoorntjes en shakes en ijscoupes. Alle moeders bestellen kinderijsjes, zodat ze hun dochters niet per ongeluk opzadelen met eetstoornissen door zich onder hun ogen uit te hongeren. Maar vervolgens gooien ze die weg of kotsen ze uit. Het is echt het hoogtepunt van de dag.'

Max dacht daarover na. 'Ik heb er nooit bij stilgestaan, maar mijn moeder bestelt ook altijd een kinderijsje.'

'Nou, dan ben je hier dus helemaal op je plek.'

Max stompte tegen zijn bovenarm en Oliver deed of hij ineenkromp van de pijn. 'Kom, dan laat ik je zien hoe het frisdrankapparaat werkt. Als je geen *float* kunt maken met suikervrije cola en vetvrij yoghurtijs kom je nergens.'

Max probeerde een glimlach te onderdrukken toen ze Oliver weer naar achteren volgde.

'Dus, Princeton, hè? Best een goeie uni. Dan ben je vast slim. Of je hebt goede connecties.' Hij rukte een la vol metalen gereedschappen open.

Meteen kwam haar maag in opstand. Ze had met geen woord gerept over haar studie... Dan had hij daarnet vast geveinsd dat hij niet wist wie ze was. Blijkbaar was hij overal van op de hoogte. 'Hou je alsjeblieft niet in,' zei ze sarcastisch. 'Nu ga je me zeker vertellen dat mijn vader een klootzak is?'

Oliver staarde haar aan. 'Je váder?'

'Zo te horen heb je het nieuws gevolgd, dus ontken het maar niet. Zeker niet als je er vervelend over gaat doen.'

'Het níéuws? Ik heb geen idéé waar je het over hebt.'

'Hoe weet je het dan van Princeton?'

Hij wees naar haar rugzak, die ze op een kruk in de hoek had gegooid. Aan de rits aan de voorkant hing een sleutelhanger met een grote oranje P. 'Nou ja, tenzij die staat voor Pitt of iets dergelijks. Dat is ook cool. Ondanks de inspanningen van mijn ouders ben ik geen snob op het gebied van scholen.'

Haar opluchting was zo groot dat ze in de lach schoot. 'O mijn god, ik ben echt doorgedraaid.'

'Wil je erover praten?'

'Mijn pa is een van de mensen die betaald hebben om hun kinderen op een bepaalde universiteit te krijgen,' zei Max zakelijk. 'Er zijn er dit keer tweeëntwintig gearresteerd. Gaat er een belletje rinkelen?'

Oliver deed een heldhaftige poging niets te laten blijken. 'Ja, daar heb ik over gehoord. Ik had niet door dat jij die chick was.'

'Bof ik even! Maar Princeton heeft me afgewezen.' Max liep naar haar tas, maakte de sleutelhanger los en gooide hem in de afvalbak.

'Shit, wat rot voor je.'

Max zei niets. Ze was die platitudes van haar moeder en tante Skye over dat alles goed zou komen, dat dingen soms om een reden gebeurden, zo spuugzat. En haar vader! Hij had haar elke dag een mail gestuurd om te vertellen dat hij van haar hield, maar het leek haar niet helemaal mogelijk dat je van iemand kon houden en tegelijkertijd diens leven kon verpesten.

'Wat gaat er met je pa gebeuren?' vroeg Oliver.

Max haalde haar schouders op. 'Mijn ouders geven me nergens een eerlijk antwoord op, maar ik vermoed dat hij waarschijnlijk in ieder geval een tijdje de gevangenis in gaat. Omdat dat met Lori Loughlin ook is gebeurd. Mijn moeder is hier de zomervakantie met mij en mijn pa is in New York gebleven. Dus denk ervan wat je wilt.'

Oliver knikte.

'Maar eigenlijk weet ik het niet precies. Hij schijnt een cheque uitgeschreven te hebben op naam van een of andere studieadviseur en die zou hem doorgegeven hebben aan een lid van de raad van toezicht die een goed woordje voor me zou doen. Niet dat ze me met zwembril en badpak hebben laten poseren in zwembaden om te doen of ik waterpolo speelde of zo. Ja, ik weet het, bedriegen is bedriegen – maar om de een of andere manier maakt dat het iets minder erg.'

'Dat snap ik.' Oliver leek ergens over na te denken. 'Mijn ouders zouden zeker weten precies hetzelfde doen. Voor hetzelfde geld hebben ze het al gedaan. Ik doe komend jaar eindexamen en het is het enige waar ze over praten.'

'Het is om gek van te worden! Die van mij hebben me mijn hele leven op zo'n superelitaire privéschool gezet, ook al was dat echt totaal niets voor mij, en toen het tijd werd om me aan te melden voor uni's werden ze volslagen krankzinnig. Ik wilde naar de filmacademie. Én ik heb altijd gedacht dat mijn pa een goeie kerel was. Ik ben echt een muts.'

Oliver sloeg zijn armen over elkaar en leunde tegen het aanrecht. 'Hij is vast nog steeds een goeie kerel. Ze worden gewoon gek door dat studiegedoe. Ik kan niet wachten tot ik het huis uit ben. Mijn ouders waarschijnlijk ook niet. Dan kunnen ze eindelijk scheiden en hoeven ze niet bang meer te zijn dat ze me opzadelen met een trauma.'

'Denk je dat ze dat gaan doen?'

'Absoluut. Ze háten elkaar. Ik ben de jongste – mijn twee zussen zijn het huis al uit – en geloof me, ze staan te pópelen. Nee, mij houden ze niet voor de gek. Ze moeten er gewoon een eind aan maken, dat is voor iedereen beter.'

'Hebben ze de hele tijd ruzie?'

Oliver schudde zijn hoofd. 'Helemaal niet. Ze doen gewoon afgrijselijk wraakzuchtige dingen om elkaar dwars te zitten. Mijn pa is bijvoorbeeld dol op wijn. Zo'n echte connaisseureikel. Hij leest erover, verzamelt het en ga zo maar door. Hij heeft er een complete kelder voor laten bouwen. Afijn, je kent het type. Maar goed, een paar weken geleden is hij op reis voor zaken en wordt er een gigantische bestelling van een van zijn favoriete wijngaarden afgeleverd – een of ander wijnjaar of druif waar hij, zeg maar, al zijn hele leven op wacht – en mijn moeder laat het allemaal buiten op de veranda staan. Volkomen opzettelijk.'

'Waarom?'

'Waarom niet? Omdat ze wist dat hij er zo naar uitkeek? Omdat ze geïrriteerd was dat zij het moest afhandelen? Het is mij een raadsel. Het enige wat ik weet is dat het vier dagen in de zon heeft gestaan en totaal verpest was. Bijna tienduizend piek naar de gallemiezen, zodat mijn moeder mijn vader een hak kon zetten.'

'Voor tienduizend dollar *wijn*? Sorry dat ik het vraag, maar waarom werk jij hier voor een minimumloon?'

'Dat kan ik ook aan jou vragen, juffrouw Manhattan privéschool met de geldsmijtende ouders die de aandacht van de FBI trekken.' Hij grijnsde.

Ze rolde met haar ogen, maar was verrukt. 'Die zit.'

'Ik heb hier elke zomervakantie gewerkt. Mijn ouders wilden dat ik stage ging lopen bij een investeringsbank, maar de studieadviseur die ze in de arm hebben genomen toen ik dertien was – voor dertigduizend dollar per jaar, trouwens – heeft hen ervan overtuigd dat uni's meer belang hechten aan "karakter". En niets is beter voor het vormen van een karakter dan ouderwetse zware arbeid. Het schijnt dat toelatingsambtenaren er nostalgisch van worden of zoiets. Volgens mij is het allemaal onzin, maar ik klaag niet. Eigenlijk vind ik het wel leuk om hier te werken, met die gestoorde anorexiamoeders en zo.'

'Nu je het zegt, je zei dat je me zou leren hoe het frisdrankapparaat werkt. Dan kan ik dingen maken voor al die uitgehongerde moeders die het weggooien – of uitkotsen.'

Oliver boog en stak zijn arm uit naar het enorme apparaat. 'Uw wens is mijn bevel.'

15
Karteltequila

'Oké, meisjes, mag ik even jullie aandacht, alsjeblieft?' Denise sloeg de geïrriteerde toon aan die ze waarschijnlijk ook elke avond gebruikte voor haar flag-footballspelende echtgenoot. 'Denk aan onze manieren en vergeet niet mevrouw Teller te bedanken, die zo vriendelijk was zich deze week vrijwillig aan te melden als tussendoortjesmoeder!'

'Bedankt, mevrouw Teller,' dreunden tien meisjes gehoorzaam.

Een gekweld ogende Tracy Teller deelde verwoed vetvrije zakjes met appelschijfjes en pakjes sap uit. 'Ik hoop dat deze goed zijn?' vroeg ze aan Skye en Denise, wijzend op de pakjes. 'Ik weet dat we eigenlijk water mee moeten nemen, maar ik kon geen kleine flesjes meer krijgen. Deze zijn in ieder geval wel biologisch!'

'Ze zijn perfect,' zei Skye op hetzelfde moment dat Denise zei:

'We moeten het echt bij water houden.' Ze haalde de pakjes sap weer weg. 'Calorieën en allergieën!'

Skye had ooit tegen Denise gezegd dat ze eigenlijk geen tussendoortjesmoeder nodig hadden, aangezien zij tweeën al bij elke bijeenkomst aanwezig waren en de meiden zich over het algemeen netjes gedroegen. 'Waarom zouden we anderen daarmee belasten als wij hier toch al zijn?' had ze gezegd.

Denise had haar toen aangekeken alsof ze had voorgesteld alle school-wc's te gaan schrobben. 'We hebben een cursus van vijfentwintig uur gevolgd om leidster bij de meisjeswelpen te worden,' had ze gepikeerd geantwoord. 'We hebben een reanimatie- en EHBO-diploma gehaald. We hebben leren omgaan met een EpiPen! We hebben honderden formulieren ingevuld. We hebben seminars bijgewoond en onze doopcelen zijn gelicht. Allemaal voor hún dochters! Dan is het meenemen van wat gepelde mandarijntjes naar een bijeenkomst toch wel het minste wat zíj kunnen doen, vind je niet?'

Skye had zich ervan weerhouden te wijzen op het feit dat ze al die dingen alleen maar hadden gedaan om meer tijd door te kunnen brengen met hun eigen dochters, te zien hoe zij zich gedroegen in een groep en erachter te komen welke meisjes lief waren en welke zich nu al, als zesjarige, als een kreng gedroegen. En dus niet voor de kinderen van een ander.

Nu loodste Skye de groep door het pauzehapje, het trouw zweren aan de Amerikaanse vlag en het uitspreken van de belofte, wat elk meisje deed met de hand op haar hart: 'Op mijn woord van eer zal ik proberen: God en mijn land te dienen, te allen tijde mensen te helpen en me te houden aan de Scoutingwet.' Daarna was het eindelijk tijd om in een kring te gaan zitten en te bespreken wat ze met het geld zouden doen dat ze verdiend hadden met de verkoop van koekjes.

Skye wees naar Esme, een vriendelijke reus van een kind dat zowel pijnlijk verlegen als uitermate groot voor haar leeftijd was.

'Esme, liefje? Kun jij iets bedenken om te doen met het geld dat onze groep dit jaar verdiend heeft?' vroeg ze met een bemoedigende glimlach.

Esme fluisterde met neergeslagen ogen: 'Speelgoed kopen voor kinderen die dat niet hebben?'

'Dat is een geweldig idee, Esme,' zei Skye. Tracy Teller knikte enthousiast. Denise lachte als een boer met kiespijn.

'En jij, Bella? Wat vind jij dat we met ons koekjesgeld moeten doen?' vroeg Skye.

Bella drukte een met glitter gelakte wijsvingernagel tegen haar lippen en leek diep na te denken. 'O ja!' zei ze. 'Laten we het aan oude mensen geven! Zoals mijn opa, die in een groot huis met allemaal andere oude mensen woont. Om ze op te vrolijken!'

De volgende drie meisjes, onder wie Aurora, hadden vergelijkbare suggesties: het geld gebruiken om een speeltuin aan te leggen, clowns naar kinderen in het ziekenhuis te sturen of het te schenken aan de openbare bibliotheek. En toen was Denises dochter aan de beurt.

'Ik vind dat we in een limo naar Serendipity moeten!' zei Lia. 'Daar hebben ze echt de állerlekkerste chocolademilkshakes!'

'Jaaa!' schreeuwde de in Burberry gehulde McNally-tweeling. Chloe, die het hardst schreeuwde, zei: 'Limo's zijn super! Wij hebben er in een gezeten toen mijn oom trouwde en die had allemaal lichtjes en schalen met snoep en we mochten zoveel Pepsi drinken als we wilden.'

'En de grote mensen hadden wijn,' zei haar zus gezaghebbend.

Aurora boog zich naar Skye. 'Wat is een limo, mam?'

Skye zat na te denken hoe ze het beantwoorden van die vraag het best kon ontwijken toen Denise opstond.

'Nou, meiden.' Ze stak haar hand op om tot stilte te manen. 'Zo te horen hebben we heel veel goede ideeën. Zullen we erover stemmen?'

Skyes hoofd schoot omhoog. Ze probeerde Denises aandacht te

trekken om duidelijk te maken dat dat een heel slecht idee was, maar ze voelde dat de vrouw hardnekkig weigerde haar kant op te kijken.

'Wie is er voor het kopen van speelgoed voor arme kinderen?' vroeg Denise. Twee meisjes staken hun hand op.

'En de bibliotheek? Wie vindt het leuk als daar nog meer boeken komen?' Weer gingen er aarzelend twee handen omhoog.

'En wie wil er met ons zuurverdiende geld naar Serendipity in New York City?' vroeg ze met een iets luidere stem als gevolg van haar enthousiasme. Ze sloeg haar handen ineen en boog zich naar voren. 'Voor de állerlekkerste chocolademilkshake?'

Alle tien de meisjes staken onmiddellijk hun hand op. Toen ze zagen dat de uitkomst unaniem was, sprongen de meisjes overeind en dansten en huppelden juichend rond alsof ze de loterij hadden gewonnen. Zelfs Aurora, die vlak daarvoor nog zo gevoelvol had geopperd clowns naar zieke kinderen te sturen, stond te pompen met haar vuisten en schreeuwde: 'Limo!'

Het kostte bijna tien minuten om iedereen tot bedaren te brengen en met het handenarbeidproject te beginnen, en zodra ze daarmee klaar waren, verschenen de moeders om de meisjes op te halen. Tegen de tijd dat Skye en Denise van ieder kind gedetailleerd verslag hadden gedaan, was het al erg laat. Aurora en Lia stonden bij de uitgang van de kantine te wachten op hun moeders, maar het was duidelijk dat hun geduld bijna op was.

'Denise? Ik eh... wilde even met je praten over het besluit van vandaag. Over hoe we het geld het beste kunnen besteden?' Skye vond het verschrikkelijk dat ze zo timide klonk, maar de omgang met deze vrouw had iets verdomd intimiderends.

'O, je bedoelt Serendipity? Dat hebben de meiden zelf besloten.'

'Nou... nee, niet echt. Ik bedoel, als je zulke jonge kinderen over iets laat stemmen, is het nou niet bepaald –'

Denise haalde een spiegeltje uit een tas met een enorm groot Gucci-logo en werkte haar lippen bij. 'Ik bedoel dit niet oneerbiedig, Skye, echt niet, maar ik heb op Duke een bachelor gehaald in bestuurskunde en op Harvard een JD-MBA. Ik denk dat ik de besteding van zeventienhonderd dollar kóékjesgeld wel aankan.' Ze haalde haar telefoon uit een van de buitenvakken van de tas en stopte die tussen haar oor en haar schouder. 'Ik kom eraan, liefje.' Ze knikte ernstig. 'Ja, ja. Hou je taai. Ik ben er over tien minuten.'

'Alles in orde?' vroeg Skye.

'Ja, hoor.' Ze ritste haar lammy dicht. 'Die kan zich zo aanstellen dat je zou denken dat ze ergens in een verlaten liftschacht vastzat in plaats van bij haar beste vriendin thuis.' Denise liep naar de uitgang van de kantine, maar werd afgeleid door het rek met gevonden voorwerpen van de school. Ze wierp een blik op een paarse puffer van Moncler in een belachelijk aandoenlijk maatje en haalde die van de hanger. 'Het is toch niet te geloven hoe onverantwoordelijk die kinderen zijn, hè?' zei ze tegen Skye. En vervolgens: 'Lia! Je jas hangt hier! Wist je eigenlijk wel dat je hem kwijt was?'

Denise propte de kinderjas van zeshonderdvijftig dollar in haar tas toen haar telefoon ging. 'Verdomme, Beatrix, ik zei toch dat ik eraan kwam!' Net toen Skye dacht dat ze weg was, stak Denise haar hoofd weer naar binnen. 'Skye? Maak je geen zorgen, schat. Ik begrijp het best. En het is heel lief. Als er geld over is na ons uitje, beloof ik je dat we dat aan een goed doel schenken. Oké?'

Skye glimlachte in een reflex. 'Klinkt goed,' zei ze automatisch, ook al was er niets goeds aan.

Even later verscheen Aurora in de deuropening. Haar witte maillot was een beetje versleten en vies bij de knieën en haar bruine ogen waren groot – zo zag ze er altijd uit als ze erg haar best deed die open te houden. 'Mama?' vroeg ze. 'Gaan we nu naar huis?'

Hoewel haar dochter eigenlijk te groot en te zwaar was om te dragen, tilde Skye haar op en drukte haar tegen zich aan. Aurora sloeg haar benen om haar moeders middel en legde haar hoofd op Skyes schouder. 'Kom, lieverd,' mompelde Skye in haar dochters warme hals, die in de verte naar sinaasappel-vanilledoucheschuim rook. 'We gaan naar huis.'

'Ik kan nog steeds niet geloven dat wij op een plek wonen waar zulke huizen staan,' zei Skye toen Gabe hun Subaru de cirkelvormige inrit op reed.

'Ik ook niet,' zei Gabe. Hij overhandigde de autosleutel aan een parkeerbediende in uniform. 'Dit lijkt wel het huis uit *Wedding Crashers*.'

Ze stapten uit en liepen aarzelend naar het huis toe; ze waren er nog niet helemaal klaar voor om naar binnen te gaan. 'Ik moet steeds denken aan die scoutingbijeenkomst van vandaag,' zei Skye. 'Ik weet dat het belachelijk is – het zijn meisjeswelpen – maar hoe ben ik terechtgekomen bij een organisatie die tot doel heeft iets goed te doen voor de samenleving en het toch elke keer weer over limo's heeft?'

Gabe lachte en drukte op de deurbel. 'Geschifte mensen heb je overal en jouw collega behoort zo te horen tot de kampioenen.'

De voordeuren zwaaiden open en onthulden een imposante hal met zo'n opzichtige dubbele gebogen trap waar de rijken der aarde zo van hielden. Waarom zou je je beperken tot één trap als je er twee kon hebben? Skye zei dat bijna tegen Gabe – ze maakten altijd grapjes over dubbele trappen, iets waar hij, als architect, een gruwelijke hekel aan had – maar het uitzicht legde haar het zwijgen op.

'Wauw, moet je dat zien,' fluisterde Gabe. Skye volgde zijn blik door het huis naar de achtertuin, als je die zo mocht noemen, waar een uitgestrekt groen gazon het vrije uitzicht over het water accentueerde. Het was zo helder dat je helemaal over de Sound naar Long Island kon kijken, waar het water het laatste licht van de dag reflecteerde. In de verte dobberde een zeilboot met een wuivende mast en er spurtten een paar kleine speedboten langs.

'Niet normaal,' zei Skye. Er kwam een bediende op hen af met een dienblad vol bessenmojito's gemaakt van vers geplukte bosbessen, bramen en munt. Ze pakten allebei een glas en proostten.

'Hoe komen ze aan bedienden die allemaal blond zijn?' Gabe keek om zich heen. 'Daar kun je nou niet bepaald om vragen, toch?'

Skye schoot in de lach. 'Je moet niet alleen wít zijn, maar je mag óók geen bruin haar hebben.'

'O mijn god, ben jij dat, Skye?' kirde een vrouw achter haar. Skye zag Gabes wenkbrauwen omhooggaan terwijl ze zich langzaam en angstvallig omdraaide.

De vrouw, een moeder met een dochter in Aurora's klas, sloeg haar armen om Skyes nek en zoende haar op haar wang. Dat deed ze met zo veel kracht dat Skye de neiging om haar van zich af te duwen moest onderdrukken.

'Ohmygod, wat ben ik blij dat je er bent.' De vrouw klonk als een tiener. 'Wat zie je er geweldig uit. Heel casual.'

Was dat een belediging? Of een compliment? Skye keek omlaag naar haar jumpsuit van katoen en linnen met wijde pijpen. 'Hé, Patricia,' zei ze. Ze waren vorig jaar samen klassenmoeder geweest en Skye was daar nog steeds niet overheen. 'Heb je mijn man al eens ontmoet? Gabe, mag ik je voorstellen aan –'

'O mijn god, natuurlijk! Dát is de link! Jij bent een partner van Alan, toch?'

Gabe glimlachte beleefd en probeerde niet te laten blijken hoe verontrustend het was dat deze vreemde alles over hem wist.

Patricia trok hen allebei naar zich toe. Ze stonden zo dicht bij elkaar dat Skye de ultieme perfectie – nee, de artisticitéít – van haar facings kon bewonderen. 'Het geld komt allemaal van háár familie, toch?' fluisterde ze hard genoeg om verstaanbaar te zijn voor iedereen die binnen een straal van twee meter stond. 'Kijk, begrijp me niet verkeerd, ik weet dat architecten het érg goed doen' – ze wapperde met haar wimpers naar Gabe – 'maar niet "landhuis aan zee met bedienden"-goed.'

Skye klemde haar kaken op elkaar.

Patricia boog zich weer naar voren en fluisterde luidkeels: 'Ik heb ook gehoord dat ze een draagmoeder in de arm hebben genomen voor de tweeling, en niet om medische redenen. Weet je nog dat ze de oudere kinderen een paar jaar geleden mee hebben genomen naar Brazilië voor een "sabbatical"? Het schijnt dat ze toen ook de draagmoeder, een verloskundige en een kraamhulp hebben meegenomen en dat Kelly tijdens de geboorte van de tweeling een volledige *mommy make-over* heeft ondergaan in een super elitaire privékliniek in São Paulo, waar ze ook de borsten van Jennifer Aniston hebben gedaan. Zéér discreet dus.'

Skye zag Gabes wenkbrauwen bijna tot aan zijn haargrens omhoogschieten en moest zich tot het uiterste inspannen om niet in de lach te schieten. Het gebeurde niet zo vaak dat hij zo'n enorme dosis krankzinnige Paradise-dame te verduren kreeg.

'Hoe dan ook!' Patricia pakte haar niet-bestaande buik vast. 'Ik kan ook wel een snoepreisje naar Brazilië gebruiken. O! Daar heb je Richard. Liefje! Kom eens even dag zeggen!'

Richard leek er niet erg blij mee te zijn dat hij ontboden werd. Hij was klein en kaal, maar breedgebouwd: zijn dure overhemd kon zijn schouders en bovenarmen nauwelijks binnenhouden.

'Hé, man,' zei hij effen, terwijl hij zijn hand uitstak naar Gabe. 'Aangenaam kennis te maken.'

'Richard, wees eens lief en stel Gabe aan iedereen voor. Ze zitten buiten bij het vuur.' En voordat hij daar bezwaar tegen kon maken, klemde Patricia haar beide handen om Skyes bovenarm en sleurde haar mee naar het zwembad.

'Maak je niet druk over Gabe,' zei Patricia, die blijkbaar Skyes weifelende blik had gezien. 'Richard kent iedereen. We hebben zo'n vriendengroep waarmee we, zeg maar, alles doen – feestdagen, vakanties, alle kinderdingen – en zij zijn erg gezellig en dol op feestjes. Gabe is in goede handen, als je begrijpt wat ik bedoel...'

Skye bestudeerde Patricia's ongerimpelde, grotendeels verstijfde gezicht. Ze begreep niet wat ze bedoelde. Kreeg hij een cocktail aangeboden? Cocaïne? Een vriendelijk gesprek? Hoeren?

Ze werd ingesloten door een horde vrouwen.

'Ohmygod, wat een geweldig rieten tasje! Zo chic!'

'Jij hebt een dochter op Abington, toch? Hoe was het afgelopen jaar daar met mevrouw Kalman? Nogal een frik, vind je niet?'

'Ben jij de Skye die de zus is van Peyton Marcus? Ik moet er niet aan denken wat zij nu voor haar kiezen krijgt! Afschuwelijk.'

Een ander viel haar bij: 'O, alsjeblieft. Dat hele gebeuren is zó belachelijk! Ik kan zo vijf mensen opnoemen die flinke donaties hebben gedaan om hun kinderen op bepaalde universiteiten te krijgen. Ik begrijp gewoon niet waar iedereen zich zo over opwindt.'

Er viel een korte stilte, waarna iedereen begon te knikken. 'Het is gewoon pech dat de FBI erbij is gehaald,' zei een vrouw.

Skye deed haar best neutraal te blijven. Het was waar: deze vrouwen begrepen haar zus beter dan wie ook en konden met haar meeleven. De meesten van hen zouden waarschijnlijk al het denkbare doen wat binnen hun mogelijkheden lag – of hadden dat al gedaan – om hun kinderen op de allerbeste opleidingen te krijgen. Toch was ze opgelucht toen het gesprek op iemand anders kwam – of eigenlijk iets anders: of een blender van Williams-Sonoma beter was dan die van Vitamix. Pas toen realiseerde ze zich dat het zweet haar aan alle kanten was uitgebroken. Alle gasten waren naar de achtertuin gelopen, maar het was alsof een onzichtbare uitsmijter bij de dubbele deuren had gestaan en alle vrouwen naar het zwembad en alle mannen naar het vuur had gedirigeerd. Er was gek genoeg niet één uitzondering: het complete gezelschap, waarschijnlijk bijna zestig mensen, was verdeeld naar sekse.

Dezelfde knappe blonde bediende van daarnet, of misschien een andere, bood Skye nog een mojito aan. 'Waar is het toilet?' vroeg ze.

'Ik zou u aanraden de wc in de biljartkamer te gebruiken – daar is nu niemand. U loopt recht door de woonkamer en dan naar links.'

Ze bedankte hem en zette er flink de pas in, wat ze ook zou doen als ze alleen in een donkere straat liep en vertrouwen moest uitstralen, hopend dat haar lichaamstaal uitstraalde: praat niet met me. Met een zucht van opluchting deed ze de wc-deur achter zich dicht.

Ze pakte haar telefoon om Gabe te appen – ze wilde dat hij naar de verlaten biljartkamer kwam, zodat ze hun ontsnapping konden beramen – maar zag dat er een bericht van Esther was. *Wat doe je nu?*

Hoezo, heb je iets van Henry gehoord?

Esther had de dag ervoor een mail gekregen van Henry's compagnon. Die was vaag geweest, maar er werd in gezinspeeld op een soort uitstel van de financiering. Toen ze Skye had gebeld om erover te vertellen, had Esther onbezorgd geklonken, maar Skye was erdoor in paniek geraakt.

Niets. Hou op met piekeren! Het komt goed. Enige vertraging is geen enkele reden tot bezorgdheid.

Skye snoof. Esther had makkelijk praten: zij was niet degene die al begonnen was het geld uit te geven. Ze dacht na over haar antwoord, maar raakte gefrustreerd van het getik en belde haar vriendin gewoon op.

Esther nam meteen op. 'Zeg dat ik veel, véél te oud ben voor Tinder,' zei ze ter begroeting.

'Je bent vééééééél te oud.'

'Meen je dat nou? Ik heb de app gedownload en dat swipen is eigenlijk best leuk.'

'Zijn hier überhaupt nog vrijgezelle mannen?' Skye gluurde naar buiten, zag dat de kust veilig was en liep de wc uit. Vlak voor haar stond een enorme zwartleren bank, een dure en schitterend vervaardigde versie van iets wat je in een dispuutssouterrain zou kunnen aantreffen.

'Dat zou je verbazen. Ik snap niet waarom je hier zou wonen als je vrijgezel bent – zonder kinderen, bedoel ik – maar het schijnt wel zo te zijn.'

'Was er niet een versie van Tinder voor oude mensen? Hoe heet die ook alweer? Ik kan er niet op komen.'

'Ik ben beledigd.'

'Esther! Tinder is voor tweeëntwintigjarigen die snelle seks willen.'

'Ik mag dan geen tweeëntwintig zijn, maar waarom denk jij dat ik andere intenties heb? En die app die je bedoelt? Die heet My Time, of zoiets, en in de advertenties staan mensen van in de zeventig.'

Skye schoot in de lach. 'Daten wordt gruwelijk overschat. En dat geldt soms ook voor het huwelijk. Gabe had me vanavond een verrassing beloofd. Ik hoopte op pasta. Raad eens waar we zijn?'

'Niet in een Italiaans restaurant?'

'Bij Alan en Kelly thuis. Op een fééstje.'

'Jèk! Nou, jij liever dan ik. Maar misschien niet het goede moment om je te vertellen dat ik een joggingbroek aanheb en geen beha. Ik heb de kinderen vanavond melatonine gegeven en ga lekker *The Queen's Gambit* bingen.'

'Ik haat je.'

'Hoe erg is het?'

Skye wierp een blik op de deuropening van de biljartkamer om zich ervan te verzekeren dat er niemand in de buurt was en zei op gedempte toon: 'Erg. Zoals gebruikelijk de mannen aan de ene kant en vrouwen aan de andere. Het lijkt wel een orthodoxe bruiloft. Of de rookzaal op de Titanic!'

Esther lachte. 'Laat me raden. Ze serveren vers gemixte margarita's van biologische watermeloen met roze zout uit de Himalaya.'

'Bíjna. Vers gemixte mojito's van biologische bosbessen met lokale muntblaadjes.'

Skye draaide een pluk haar om haar vinger; ze was blij dat Esther niet alleen haar vriendin was, maar er ook mee had ingestemd haar financiële achtergrond te gebruiken om te helpen bij het werven van verschillende fondsen. 'Hij dacht dat dit me wel zou afleiden van dat hele gedoe met Henry, maar ik krijg het niet uit mijn hoofd. Wat zou er aan de hand zijn?'

Esther zuchtte. 'Ik weet het niet, lieverd. Het kan van alles zijn. Misschien is er iemand in de familie ziek geworden? Of moest hij opeens voor zaken het land uit en heeft er nu even geen tijd voor?'

'Of hij wil niet dat zijn naam in verband wordt gebracht met naaste familieleden van de vermeende crimineel Isaac Marcus?'

Het was heel even stil voordat Esther toegaf: 'Of dat.'

'Ik word al misselijk bij de gedachte.'

'Denk er dan niet aan! Probeer een beetje lol te maken. Kijk in ieder geval of je wat meer te weten kunt komen over dat stel dat van partner is geruild? Die waren toch al een jaar of tien dikke vrienden toen de ene vrouw met de man van de andere het bed in dook, en de andere twee vervolgens ook een verhouding begonnen, en dat ze toen gewoon besloten hebben te ruilen?'

Skye glimlachte. 'Iemand zei dat de kinderen het niet eens erg vinden omdat ze toch al hecht bevriend waren en er eigenlijk niet veel is veranderd.'

'Zie je nou! Er is daar waardevolle informatie te achterhalen. Ga erachteraan en bel me later.'

'Je neemt toch niet op,' zei Skye lachend.

'Echt niet. Ik ga van elke seconde van mijn slapende, gedrogeerde kinderen genieten. Maar ik bel je morgen. Khou van je!'

'Ik ook van jou.' Skye hing op. Ze moest zichzelf dwingen de kamer te verlaten en liep bijna meteen tegen Gabe aan. 'O, godzijdank ben jij het.' Ze kuste hem vluchtig op de lippen.

'Waar was je?' Hij legde zijn handen op haar schouders. 'Ik zat vast in een groepje kerels die het over tequila hadden. Een zeer serieus, diepgaand gesprek over hun favoriete privédistilleerders. Iets met kleine partijen? Het was... belachelijk.'

Skye voelde een golf van opluchting. Dit was nou haar man; hij vond het hier net zo afschuwelijk als zij, hoewel hij haar wel mee hiernaartoe had gesleurd. Gabe ging verder: 'Een van hen bleef maar opscheppen dat hij zijn tequila met een privévliegtuig uit een of ander Mexicaans stadje haalde. Die kon niet door de douane, omdat hij geteeld of gestookt of gebrouwen wordt door een berucht kartel? Nou, dán schijn je het als bankier in Paradise wel gemaakt te hebben.'

'Enorm,' beaamde Skye. 'Ik moet op een gegeven moment met zijn vrouw gesproken hebben, want zij was helemaal lyrisch over de verschillende modellen van Vitamix waarmee ze de margarita's mixt die ze maakt met de tequila die haar man importeert van drugsbazen.'

'Zullen we gaan?' Gabe stak zijn hand uit.

Ze pakte hem vast en kneep erin. 'Meteen.'

Ze reden naar hun favoriete vegan restaurant en bestelden als dessert een açaibowl met amandelboter en chocolate chips.

'Mmm.' Skye likte haar lepel af. 'Nog beter dan die ambachtelijke cocktails.'

'Die vrouw... Patricia? Allemachtig, schat. Ik hoor je regelmatig foeteren over die moeders hier, maar volgens mij heb ik nooit beseft...'

'Nou ja, zij is ook wel heel erg. Er zijn heus wel een paar aardige, normale mensen hier... alleen niet genoeg. Ik weet het niet, maar ik...'

Gabe keek haar met samengeknepen ogen aan. 'Wat?'

'Niets.' Ze nam nog een hap.

'Wat wilde je zeggen?'

'Soms mis ik Harlem. Ik weet dat de scholen hier geweldig zijn, maar toch heb ik het gevoel dat... Ik kan er niet precies mijn vinger op leggen. Dat dit bizar rijke stadje met al die hypergevoelige type A-persoonlijkheden niet echt iets voor ons is. En dan heb ik het nog niet eens over het gebrek aan diversiteit. Hoe zal dat er in Aurora's ogen uitzien als ze ouder wordt?'

'Daar hebben we het over gehad, schat,' zei Gabe schappelijk. 'We waren het erover eens dat het een goed compromis was: Aurora kan naar een openbare school in plaats van een of andere extravagante privéschool of school voor bijzonder onderwijs, het is dicht genoeg bij de stad om daar zo naartoe te kunnen en ik hoef niet elke dag urenlang in de file te staan.'

'Ik weet het, je hebt gelijk. Over al die dingen.' Ze hield haar hoofd scheef. 'Ik denk dat de stress over de financiering alle andere dingen beïnvloedt. Niet alleen de meiden en hun families zijn er voor komend schooljaar afhankelijk van, maar ik ook als ik niet gek wil worden hier. Is het erg dat ik dat zeg?'

'Helemaal niet. Het is eerlijk en ik snap het best.'

'Ik vraag me gewoon af hoe we hier terecht zijn gekomen.'

Gabe was even stil. 'Misschien moet je weer gaan lesgeven? Nu Aurora de hele dag op school zit en we uit de luiers zijn...'

Ze had het gevoel dat ze een stomp in haar maag kreeg. 'Dat is toch niet voor honderd procent zeker? Ik bedoel, het is niet volkomen onmogelijk dat we nog een kind krijgen.'

'O nee?' Gabe legde zijn lepel neer.

'Nou ja... Ik weet dat we geen tweede kind gepland hebben. Maar het is mógelijk.'

'Alles is mogelijk.' Gabes minzame lach was terug. 'Maar dat wil nog niet zeggen dat het waarschijnlijk is.'

'Wie weet? Misschien hoef ik alleen maar te stoppen met de pil. We hebben nooit daadwerkelijk geprobeerd zwanger te worden. Misschien is het geen enkel probleem.'

'Liefje.' Gabe sloeg een zachte, sussende toon aan. Alsof hij een opgefokte dreumes probeerde te kalmeren. 'We zijn het er altijd over eens geweest dat we geen behoefte hadden aan biologische kinderen, omdat er al zo veel kinderen zijn die een gezin nodig hebben. We hebben het nooit geprobeerd, omdat we er niet in geloven. Is er voor jou iets veranderd?'

Skye dacht daarover na. Ze was er nog steeds van overtuigd dat het beter was om een kind te adopteren dan er zelf een te krijgen – maar toch verlangde ze naar een kind; daar kon ze niets aan doen. Misschien lag het aan de hormonen? De afnemende vruchtbaarheid waarmee veertig worden gepaard ging? Of gewoon het treurige besef dat er nu een fase achter hen lag die nooit meer terug zou komen. Gabe was enig kind, dus voor hem was het altijd vanzelfsprekend geweest, maar zij vroeg zich vaak af of ze Aurora niet tekortdeden door haar geen broertje of zusje te geven. Telkens als ze erover begon, verzekerde Gabe haar ervan dat hun liefde en aandacht alles was wat Aurora nodig had, dat hun gezinnetje zo perfect was, en voor het grootste deel was Skye het daarmee eens.

'Nee, er is niets veranderd,' zei ze, alhoewel ze dat niet zeker wist. 'Ik... Ik kan gewoon niet geloven dat ons kind al bijna zeven is. Het voelt niet echt.'

Later die avond, nadat ze gevreeën hadden en Gabes ademhaling was gekalmeerd tot een gestaag gesnurk, dacht Skye terug aan de avond. Was haar recente broedsheid niets meer dan benauwdheid over het groter worden van Aurora? Of was het haar lichaam dat haar duidelijk maakte dat ze het inderdaad misschien moesten proberen, dat ze nog niet klaar waren, dat hun gezin nog niet compleet was? Om de leegte te vullen die ze met geen mogelijkheid gevuld kon krijgen met de oudercommissie en de meisjeswelpen? Ondanks haar principe om nooit midden in de nacht op het internet te gaan surfen, pakte ze haar telefoon. Ze zag een bericht van Esther: *Bah, las net de mail. Ik vind het echt heel erg. Treur vanavond, morgen weer aan het werk!*

Meteen begon haar hart te bonken. Rillend opende ze haar mail en klikte met ingehouden adem op de mail van Henry, haar investeerder. Haar ogen gingen zo snel over de tekst dat volledige zinnen haar ontgingen, maar de boodschap werd al snel duidelijk. *Vanwege het huidige juridische gedoe met haar familie... niet verder mee gaan... de schijn van ongepastheid... ongelukkige omstandigheden... momenteel te riskant.*

Haar handen trilden en warme tranen stroomden over haar wangen. Ze las en herlas de mail in de hoop dat ze de eerste keer iets over het hoofd had gezien, maar het stond er allemaal zwart-op-wit. Afgelopen. Al dat harde werk voor niets. En het ergste was nog dat ze de dromen van acht gezinnen aan diggelen moest slaan.

16
Reputatieclausule

De rij taxi's voor Hudson Yards, die allemaal stonden te wachten om hun goedgeklede stellen af te leveren op de rode loper, was langer dan een huizenblok. Peyton bekeek hen allemaal terwijl haar taxi vooruitkroop. Daar had je Mika en Joe, in bij elkaar passende zwarte pakken, Rachel Maddow in een parmantige smoking, die blaaskaak van Fox wiens naam ze nooit kon onthouden met zijn WASP-achtig ogende vrouw, en Anderson Cooper, die Andy Cohen als date had meegenomen. Er waren minstens tien andere presentatoren en Peyton moest zichzelf eraan herinneren dat Joseph, de baas van ANN, na veertig jaar in het vak iedereen kende. Ze was nog steeds ontzet over Skyes telefoontje die ochtend, waarin ze haar verteld had dat Henry zich had teruggetrokken. Haar zus was wanhopig en Peyton voelde zich belazerd. Ze móést iets verzinnen om haar te helpen – ze zou haar zus het geld meteen geven als ze het had – en voelde zich vreselijk verantwoordelijk voor dit onverwachte, rampzalige rimpeleffect.

Toen ze eindelijk aan de beurt was om uit te stappen, kreeg ze het Spaans benauwd. Was Isaac maar hier. Ze haalde echter diep adem en sprak zichzelf vermanend toe: ze ging zo vaak alleen naar werkgerelateerde evenementen. Ze kon een gesprek aanknopen met een meubelstuk. En bovendien zag ze er verbijsterend uit in haar geleende jurk van McQueen, die een zwart lijfje had dat bedekt was met honderd piepkleine rode rozetjes en een rok tot op de grond die was versierd met kleine zilveren... Tja, wat? Haakjes? Spijkertjes? Een of ander soort ijzerwaren dat afschuwelijk klonk als je het zo zei, maar waardoor de jurk er in feite uitzag als de perfecte mengeling van Europese prinses en Hollywoodglamour.

Drie jonge vrouwen die ze kende van ANN's pr-afdeling stonden voor de deur te wachten met klemborden en oortjes. Ze draaiden zich stuk voor stuk om, om Peyton over de loper te zien lopen. Er waren geen paparazzi – dit was tenslotte een mediafeestje – maar met die designerjurk, spectaculaire Louboutins en het feit dat de toevallige passanten zich allemaal omdraaiden om haar aan te staren, had Peyton het gevoel dat ze arriveerde op het Met Gala. Ze zou hen steil achterover laten slaan! Ze was één week uit de lucht geweest en dat was meer dan genoeg. Bij hun appartement in New York waren de paparazzi allang vertrokken, de nieuwscyclus was overgestapt op het recentste drama van het Hooggerechtshof en zelfs Kenneth had, op haar aandringen, toegegeven dat de kans bestond – hoe klein ook – dat Joseph die avond haar terugkomst bekend zou maken. Waarom zou haar invitatie anders nog geldig zijn? Ze maakte nog steeds deel uit van het team, een onontbeerlijk deel. Dat zou vanavond blijken, hoopte ze; haar uitputtende dagelijkse telefoontjes met Kenneth, Nisha en Isaacs advocaat zouden het allemaal waard blijken te zijn. Ze zou terugkeren op haar rechtmatige plek aan de presentatiedesk en dan kon ze zich voor honderd procent focussen op haar pogingen Princeton ervan te overtuigen van gedachten te veranderen. Ze rechtte haar schouders en hield zich voor te lachen en vertrouwen uit te stralen. Geen zwakte te tonen. Ze flaneerde over de loper alsof ze de baas van de omroep was en wuifde naar de pr-meisjes.

'Fijne avond, Peyton,' zei het meisje dat de deur van de lift openhield.

'Dank je,' zei ze glimlachend.

Het tijdelijke respijt van de stille lift werd verbroken zodra de deuren openschoven op de vierde verdieping.

'Kijk eens wie we daar hebben!' bulderde Jim. Hij nam een grote slok van zijn cranberrykleurige cocktail. 'Excuseer me even, heren.'

Maak je geen zorgen, ze zijn blij dat ze van je af zijn, dacht Peyton.

'Goh, wat zie jij er schitterend uit,' zei hij lijzig, terwijl hij met beide handen haar heupen vastpakte, iets wat Peyton – en alle vrouwen – haatten. 'Zeer modieus.'

'Dank je, Jim. Jij ziet er ook leuk uit.'

'Ik ben blij dat je toch gekomen bent, P. Echt een superieure zet, moet ik zeggen.'

'Tóch gekomen bent? Op de zestigste verjaardag van onze baas? Waar we al vijf maanden van op de hoogte zijn?'

'Nou ja, je weet wel, gewoon met alles wat er thuis gaande is...'

Ze keken elkaar zwijgend aan. Uiteindelijk boog Jim zich grijnzend naar haar toe – zo dicht dat ze de alcohol in zijn adem kon ruiken – en zei: 'Zeg maar tegen Isaac dat we allemaal achter hem staan. Kijk, dat kunnen we op tv natuurlijk nooit zeggen, maar ik daag je uit om hier ook maar één persoon te vinden die niet alles zou doen om zijn kind te helpen. Heb ik gelijk of niet?'

Peyton fronste. Steunde Jim haar nou? Of was hij gewoon een lul? Het was moeilijk te zeggen. 'Bedankt, Jim.'

'Maar goed, ik zou toch heel voorzichtig zijn. Niet iedereen hier is zo begripvol als ik met betrekking tot jouw... hachelijke situatie.'

Een lul. Ze had het kunnen weten.

'Tijd voor een cocktail, Jim. Ik zie je snel.' Ze ging ervandoor. Gelukkig stonden Sean en zijn man Booker te kletsen aan de bar. Sean floot toen hij haar zag. 'Beeldig. Echt serieus hoogstaand, van de bovenste plank, clichéwaardig opwindend,' stelde hij vast.

'Mee eens,' zei Booker. 'Die jurk! McQueen?'

Peyton kuste hen op de wangen. Er liep een ober langs met een dienblad vol champagneflûtes en ze pakte er een.

'Dank jullie wel. Jim uitte net een verhuld dreigement. Of misschien was het wel een waarschuwing... Maar ik denk dat kijkers wijs genoeg zijn om te begrijpen dat mijn man en ik twee aparte individuen zijn. Jim blijkbaar niet.' Ze leegde haar glas.

Sean wierp haar een vreemde blik toe.

'Wat? Waarom kijk je zo?'

Sean en Booker wisselden een blik van verstandhouding, waarop Booker zei: 'Ik zie jullie zo.' Hij ging er praktisch rénnend vandoor.

'Wat was dát nu weer?' vroeg Peyton.

Sean kuchte. Hij oogde niet op zijn gemak.

'Wat? Vertel!'

Hij zuchtte. 'Luister, P, je moet niet denken dat hier op de een of andere manier serieus over gesproken is op het werk of zoiets. Niets formeels. Ik vertel je dit gewoon als vriend die om je geeft.'

'O-kééé.' Peyton kreeg het een heel klein beetje benauwd: Sean was niet gewoon een vriend, op het werk was hij haar echtgenoot. Als er achter de schermen iets gaande was, moest hij haar daarvan tot in detail op de hoogte brengen.

'Luister, dit is volkomen vertrouwelijk, maar ik vind dat je moet weten dat er gepraat wordt...'

'Waarover?'

Sean keek om zich heen. 'Over dat de omroep wellicht minder snel door deze... omissie rolt dan we gehoopt hadden. En...'

'Ga verder.'

'En ze willen misschien dat jij even de tijd neemt.'

'Dat heb ik net gedaan.'

'Langer dan een week.'

'Dat kunnen ze niet doen. Ik heb een contract!'

Sean keek haar veelzeggend aan.

'Dat is toch zo? Mijn kijkcijfers van het afgelopen half jaar zijn hoger dan ooit, dus ze kunnen niet beweren dat het aan mijn prestaties ligt...'

Sean schraapte zijn keel. 'Luister, als uitvoerend producent ben ik absoluut niet op de hoogte van de gesprekken die op de eenentwintigste verdieping gevoerd worden. Voor zover ik weet is er nog niets besloten. Maar ik dacht dat je wel wilde weten wat ik gehoord heb.'

Peyton knikte. 'Dank je. Ik waardeer het zeer.'

Sean stak zijn hand uit. 'Kom, dan laten we even ons gezicht zien, zodat we hier zo snel mogelijk weer weg kunnen.'

Peyton pakte hem aan en kneep erin. 'Fijn dat je het me verteld hebt. Veel mensen zouden daar het lef niet voor hebben.'

Sean leidde haar regelrecht naar het tafeltje van de gastheer. Er hing een onbehoorlijk jong model aan Josephs arm.

'Daar is ze!' riep Joseph. Zijn smoking glom om de een of andere reden. Zijn glimlach was ergens tussen welwillend en verlekkerd, en zoals gebruikelijk wist Peyton niet of hij nou een briljante, hulpvaardige mentor was of een seksueel roofdier in de kast met een voorkeur voor te jonge meisjes. 'Mijn favoriete ochtendpersoon! Wil je nog wat drinken, schat?' Hij wendde zich tot een bestrikte ober en gebaarde met zijn hand.

'Van harte gefeliciteerd.' Peyton boog naar voren om Joseph op zijn kriebelige grijze baard te kussen. 'Wat een spectaculair feest! Ik ben dol op deze ruimte. Hudson Yards heeft in het begin heel veel kritiek gekregen, maar ik denk echt dat het complex nu tot volle wasdom is gekomen, vind je ook niet?' Peyton wist dat ze stond te bazelen, maar dat deed ze altijd in penibele sociale situaties. Meestal waren mensen begripvol.

Joseph schonk haar echter louter een grijns die 'wat lief dat je zo je best doet op mijn feest' of 'ik ben van nature een onverbeterlijke viezerik' zou kunnen betekenen. Hij schudde het beeldschone jonge ding dat zich als een zeepok aan zijn arm vastklemde van zich af. 'Kom, Peyton, we gaan een stukje lopen.' Hij negeerde Sean en liep rond de tafel zonder ook maar een druppel van zijn martini te morsen. Toen drong het tot Peyton door: hij was nuchter. Hij had alles onder controle en aan zijn volkomen ondoorgrondelijke uitdrukking te zien, ging hij haar ofwel ontslaan, ofwel promotie geven, ofwel lastigvallen.

'Alles in orde?' dwong Peyton zichzelf te vragen. Dit kon maar beter achter de rug zijn; die onzekerheid was een kwelling.

'Ja, hoor, schat. Het is gewoon... Hoe zeg ik dit?' Joseph bleef staan, maar leek niet te merken dat de menigte uiteen was geweken en collectief achteruitdeinsde, waardoor er een cirkel van ruimte om hen heen ontstond. Vanwege de muziek kon niemand horen wat hij zei en ze bad dat er ook niemand kon liplezen.

'Je maakt me bang,' zei Peyton lachend, hoewel het in haar eigen oren hol en angstig klonk.

'Ik zal er niet omheen draaien. Jouw echtgenoot heeft ons te kakken gezet.' Hij fronste zijn wenkbrauwen.

'Pardon, wát heeft mijn man?'

'Het is één grote puinhoop, Peyton. Kijk, iedereen die ook maar een beetje intelligent is, begrijpt dat dit soort dingen gebeuren. Hij heeft niemand vermoord, dat weet ik ook wel. Maar de rest van Amerika is ontzet dat hun zonnestraaltje getrouwd is met een crimineel.'

Peyton had het gevoel dat ze een stomp in haar maag had gekregen. Niemand had dat woord nog durven te gebruiken. Isaac was geen crimineel – hij was die kerel met een eindeloze hoeveelheid flauwe grappen. Die altijd vergat een riem uit te kiezen die paste bij zijn schoenen. Die haar van die suffe 'zingende' verjaardagskaarten gaf.

'Wat vervelend dat je er zo over denkt. Maar je weet vast wel dat ik nog precies dezelfde persoon ben, Joseph. En volgens mij begrijpen onze kijkers dat ook.'

'Kap met die onzin, Peyton. Die moeder in Kansas die elke ochtend de tv aanzet om de slimme, pittige Peyton Marcus te zien, ziet nu een vrouw die door een wand van plexiglas met een veroordeelde in een oranje overall praat.'

'Er zit niemand in de gevangenis, Joseph. Ik denk niet dat –'

Hij viel haar in de rede. 'Luister, je weet wat ik van je vind. Wat iederéén van je vindt. Je bent gemaakt voor primetime, schat. Je behoort tot de crème de la crème. Ik vertel je niets nieuws. Ik wil dat ons publiek het heeft over jouw voortreffelijke verslaggeving van het toelatingsschandaal, niet over dat manlief een plekje voor jullie kind op de universiteit gekocht heeft. Begrijp je?'

Peyton was met stomheid geslagen. Ze voelde de stijgende angst als een koude golf over zich heen spoelen.

'Neem de rest van de zomer vrij, ga naar de Hamptons, rust uit en ontspan. Dan kom je beter dan ooit terug in het najaar als dit allemaal is overgewaaid.'

'De héle zomer?' Peyton wist dat ze gereduceerd was tot een wauwelende idioot, maar zelfs na Seans waarschuwing had ze dit niet zien aankomen. Joseph had kunnen weten – of het zich aan kunnen trekken – dat ze helemaal uit Paradise hiernaartoe was gekomen, maar feitelijk ging het daar niet om: ze kon amper bevatten dat hij van plan was haar de komende zés weken niet te laten werken.

'Precies,' zei Joseph glimlachend. 'Een kleine pauze zal iedereen goeddoen.'

Opeens begon het verschuivende landschap te stollen. Een 'pauze' was de eerste stap naar iets permanenters. Ochtendpresentatoren met hoge kijkcijfers namen geen sabbatical. Sterker nog, ze meldden zich zelden ziek. En nu ze erbij stilstond: gelukkig getrouwde stellen namen ook geen 'pauze', hoe hun crisismanager

– of echtgenoot – hen ook wilde neerzetten. Het beklemmende gevoel in haar maag werd erger, alsof ze door een te steile bocht van een bobsleebaan reed. Dit was gruwelijk, allemaal. Ze dwong zichzelf diep in te ademen en ging dichter bij Joseph staan.

'Ik waardeer het dat je oog hebt voor mijn mentale gezondheid en welzijn, Joseph, echt. Maar laat mij de eerste zijn om je gerust te stellen: het gaat prima met me. Ik heb dit onder controle. Je kent me nu lang genoeg om te weten dat een zomervakantie het laatste is wat ik nodig heb. Ik heb een paar geweldige ideeën voor human-interestonderdelen waarover we het in onze laatste vergadering gehad hebben en ik ben bezig met het opstellen van een uitgebreide lijst van deskundigen op terreinen die het goed doen op tv.'

Hij streek dromerig door zijn baard en Peyton vroeg zich af of hij wel luisterde. Maar toen boog Joseph zich zo dicht naar haar toe dat ze zijn luchtje kon ruiken en zei: 'Peyton, lieverd. Ik zal een tikkeltje duidelijker zijn: jouw wensen en behoeften staan op dit moment niet bovenaan mijn lijstje. Dit verlof is niet optioneel. En ga nu alsjeblieft van het feest genieten. Heb je de minibroodjes met kreeft al geprobeerd? Vanmorgen vers ingevlogen uit Maine!' Hij maakte een soort wuivend gebaar en was weg. Peyton wist niet wat erger was: het koude angstzweet dat haar was uitgebroken of de ziedende haat die ze koesterde jegens de man die haar toekomst bepaalde.

'Terug naar Paradise, juffrouw Marcus?' vroeg haar chauffeur toen ze de rok met ijzerwaren achter zich aan op de achterbank trok.

'Ja, graag,' zei ze, en vervolgens in haar telefoon: 'Nisha? Met mij.'

'Peyton. Wacht heel even.' Op de achtergrond huilde een baby.

'Sorry. Zo te horen, stoor ik je. Ik kan je later –'

'Nee, joh, je stoort helemaal niet! Ik ben op kantoor. De nanny heeft de baby hiernaartoe gebracht om te voeden, omdat ik niet op tijd thuis kon zijn. Wat is er aan de hand?'

Peyton legde hijgend uit wat er gebeurd was op het feest. 'Dat mag toch helemaal niet?'

Nisha zuchtte. 'Ik heb jouw contract natuurlijk niet gelezen en ik ben geen media-advocaat, maar ik zou me kunnen voorstellen dat het volkomen legaal is wat hij doet. De omroep heeft vast een paar achterdeurtjes opengelaten voor onverwachte situaties. Ze kunnen zo'n beetje alles claimen – waarschijnlijk beroepen ze zich op de reputatieclausule als je zou proberen bezwaar te maken – maar als jij je baan wilt houden, ga je daar natuurlijk niet tegenin.'

'Reputátieclausule? Mogen ze dat wel? Zich daarop beroepen voor iets wat eh... Isaac gedaan heeft?'

'Ik begrijp dat dit verschrikkelijk is, P, echt.' Ze zweeg even. 'We kennen elkaar al heel lang en wat er ook gebeurd is – hoe dit ook zover heeft kunnen komen – ik weet zeker dat jij noch Isaac dit ooit verwacht had. Jullie zijn allebei goede mensen. Iedereen maakt fouten. Wat het wel heel wrang maakt is dat die van jullie voor het oordelend oog van het publiek uitgespeeld moeten worden.'

Het aanhoren van de zorgelijke toon die Nisha aansloeg, was zelfs nog moeilijker dan sterk blijven. Het was een vreemde, maar welkome opluchting. Nisha sprak haar niet vrij, helemaal niet, maar dit was de allereerste keer dat iemand uit haar nabije omgeving begrip toonde, al was het maar een heel klein beetje. Wat Peyton gedaan had, was in moreel en ethisch opzicht onvergeeflijk, en misschien ook wel door wat het deed met de mensen van wie ze het meeste hield. Als ze het over mocht doen, zou ze nevernooit-niet diezelfde stomme beslissing nemen. Maar ze kon niet terug, dus moest ze nu meer dan ooit iets gaan bedenken om het goed te maken.

De baby begon weer te krijsen. Peyton bedankte Nisha uitputtend en zei dat ze de volgende dag terug zou bellen. Meteen daarna belde ze Kenneth, maar ze werd meteen naar de voicemail doorgeschakeld. Ze probeerde Isaac, maar ook hij nam niet op.

De chauffeur wilde net afslaan naar de FDR zodat hij de Midtown Tunnel kon nemen, toen Peyton zei: 'Rij toch maar naar de hoek Seventy-sixth en Park.'

De auto stopte voor haar gebouw en Peter opende het portier. Zijn ogen werden groot van verbazing. 'Mevrouw Marcus,' zei hij.

'Dank je, Peter,' zei Peyton opgewekt, alsof ze niet stiekem haar eigen gebouw binnenging. Ze klom voorzichtig de auto uit om de jurk van Alexander McQueen niet te kreuken of scheuren en liep regelrecht naar de lift. Toen de deuren op haar verdieping openschoven, bleef ze even staan.

Waarom had Isaac niet opgenomen? Het was nog geen negen uur, dus hij lag vast nog niet op bed. Had hij vrienden op bezoek? Een vróúw? Peyton schudde die gedachte van zich af, omdat ze wist dat het niet waar was, maar ze kon zichzelf er niet toe brengen de code in te toetsen om naar binnen te gaan. Ze klopte aan.

De voetstappen waren van Isaac – aan de herrie op de hardhouten vloer hoorde ze dat hij zijn oude Adidas-slippers aanhad.

'Wie is daar?' De deur zwaaide open voordat ze kon antwoorden. 'Péyton?'

Ze stelde tot haar opluchting vast dat hij zijn gebruikelijke zomerpyjama droeg – een oranje sweatshort van Princeton en een gewoon wit hemd – en de afstandsbediening in zijn hand had. 'Hai. Mag ik eh... binnenkomen?'

Hij stapte meteen naar achteren en gebaarde dat ze door kon lopen, maar toch was Peyton ervan overtuigd dat ze iets anders in zijn uitdrukking zag.

'Waarom heb je niet gebeld?' Hij omhelsde haar kort en gaf een kus op haar wang, alsof ze de vrouw van een vriend was en niet de zijne.

'Dat heb ik gedaan.' Ze probeerde een luchtige toon aan te slaan. 'Je hebt me weggedrukt.'

Hij ontkende noch bevestigde dit. Peyton was zich plotseling bewust van haar vochtige oksels.

'Wat een jurk.' Hij klonk vrijblijvend, afstandelijk. Heel anders dan haar Isaac, de man die ze vaak zag als een golden retriever – bijvoorbeeld vanwege zijn algemene enthousiasme voor het leven.

'Joseph gaf vanavond een verjaardagsfeestje,' zei ze, alsof ze hem dat al niet een keer of vijf door de telefoon had verteld.

Ze liepen de keuken in. Ze hoorde John Olivers stem op de tv in de woonkamer en werd even overspoeld door opluchting dat dit, Isaacs favoriete programma, tenminste hetzelfde was gebleven.

Hij pakte een fles water uit de koelkast, maakte er bruiswater van in het apparaat en schonk het in een glas met ijsblokjes. 'Jij ook?' vroeg hij.

Peyton schudde haar hoofd. Hij wist dat ze mineraalwater verafschuwde. Was hij dat nu al vergeten? Hoewel ze op duizend verschillende manieren honderd keer gezworen zou hebben dat het op dit punt in hun relatie onmogelijk was dat er een ongemakkelijke stilte viel, gebeurde dat toch.

Ze staarde naar de keukenvloer.

Hij bestudeerde de muur.

'Sorry dat ik eh… zomaar binnen kom vallen, maar ik wilde je onder vier ogen vertellen dat ik de rest van de zomer met verlof ga.'

Zijn ogen schoten haar kant op. 'Waarom?' Hij klonk oprecht beduusd.

'Het was niet mijn beslissing.'

'Jezus.' Hij kamde met zijn vingers door zijn haar. 'Dus ik neem de schuld op me van een absoluut stompzinnige beslissing die jij tegen mijn advies in hebt genomen – en dat allemaal om jouw carrière te redden – en nu ga jij met verlóf?'

'Ik heb hier niet voor gekozen. Joseph heeft me in niet mis te verstane bewoordingen verteld dat alle media-aandacht rond jouw – onze – situatie niet goed is voor het programma. Hij heeft me opgedragen me de hele zomer gedeisd te houden en me ervan verzekerd dat ik terug kan komen zodra dit allemaal overgewaaid is.'

Eindelijk keek Isaac haar aan. Ze waren nog maar een week uit elkaar, maar hij zag er jaren ouder uit. Hij haalde diep adem.

'Ik weet niet zeker of jij in een ontkenningsfase zit of zo, maar we moeten over één ding wel duidelijk zijn: dit waait niet gewoon over. Ik krijg waarschijnlijk een gevangenisstraf. Onze dochter is van de universiteit getrapt voordat ze ook maar een toelatingsexamen heeft kunnen doen. En nu ziet het ernaar uit dat ondanks onze inspanningen jouw carrière ernstig gevaar loopt en daarmee onze financiële zekerheid.'

'We hebben genoeg gespaard om de zomer door te komen!' riep Peyton. Haar voornemen sterk te blijven glipte weg.

'Ja, dat is zo. Maar daarna? Wat als dit geen tijdelijk verlof is? Wat als je niet gewoon kunt overstappen naar een andere omroep? Je weet hoe hoog onze hypotheek is, hoe hoog onze kosten zijn! We zijn volledig afhankelijk van jouw salaris. Ik zeg dit niet om je te pesten, maar we moeten wel reëel blijven.'

De tranen verbaasden haar net zoals ze Isaac zichtbaar choqueerden. Peyton huilde bijna nooit. Maar die avond, staande in haar eigen keuken naast haar man, die opeens als een vreemde voelde, kon ze het schuldgevoel en het verdriet die waren samengebald tot een pijnlijke prop in haar keel niet meer tegenhouden. 'Het spijt me zo,' fluisterde. 'Het spijt me zo enorm.'

'Hoe heb je zo stom kunnen zijn? Ik snap het gewoon niet – daar ben jij toch veel te verstandig voor?'

Peyton schudde haar hoofd. 'Ik weet nu hoe verkeerd het was.'

'Ja, maar waarom wist je dat tóén niet? We hadden het erover gehad! Twee jaar geleden heb jij van zoiets verslag gedaan. Waarom zou je in hemelsnaam denken dat die regels – en consequenties – niet voor ons golden?'

'Ik dacht gewoon niet na! Of ik dacht verkeerd. De producenten hadden die man doorgelicht die in het programma kwam om zijn alom geprezen boek te bespreken, en hij bood ons een kans. Zó zag ik het – als een klein zetje. Mijn god, de ouders van een meisje uit Max' klas hadden een voormalige beroepswaterpoloër uit Rusland ingehuurd en een eigen studio in het complex waar zij ook woonden gegeven, zodat hij dag en nacht, zeven dagen per week oproepbaar was voor een training. Vier jaar lang! En het enige wat deze achtenswaardige studieadviseur wilde, was dat wij een cheque uitschreven voor een goed doel en dan zou hij een goed woordje doen bij zijn vriend, een lid van de raad van toezicht. Je maakt mij niet wijs dat niet alles via persoonlijke connecties verloopt: de toelating op privéscholen in de stad, stages, baantjes in de financiële sector. Ik heb mezelf voorgehouden dat dit precies hetzelfde was.'

'Nou, dat is het dus niet. Juridisch niet, ethisch niet of anderszins niet. Het is heel iets anders.'

'Dat weet ik,' fluisterde Peyton, en voor het eerst was dat ook zo. De tranen begonnen weer te stromen. 'Jij denkt vast dat dit allemaal te maken heeft met mijn obsessie voor elite-universiteiten, maar geloof me: ik was gewoon verblind doordat ik Max wilde helpen.'

'Maar Max hoefde niet –'

'Dat zie ik nu ook in. Maar toen kon ik dat niet. Ze had moeite op school. Niet met het leren, natuurlijk, maar met het vinden van een plekje, erbij te passen. Ik weet dat dat deels ook onze fout was, door haar te dwingen naar Milford te gaan, maar het is lastig om de beste privéschool in de stad af te wijzen als ze je kind graag willen hebben. En ik... moest steeds terugdenken aan hoe het voelde toen ik besefte dat al mijn vrienden vertrokken naar grote, prachtige campussen in het hele land om aan hun nieuwe leven te beginnen, terwijl ik in de stad achterbleef, omdat ik school niet serieus had genomen.'

Isaac opende zijn mond, maar Peyton stak haar hand op. 'Nu snap ik hoe oneerlijk het was om Max daarmee te belasten. Ze is een geweldige meid en ze had een stralende toekomst voor zich voordat ik me ermee bemoeide en het allemaal voor haar verpestte. En voor jou.'

'Ze heeft nog steeds een stralende toekomst voor zich. Niet op Princeton, maar dat had van haar sowieso niet gehoeven. Het enige wat Max van jou nodig heeft is onvoorwaardelijke liefde. Meer niet. Dat jij, haar moeder, de belangrijkste persoon in haar leven, ziet wie ze is en daarom van haar houdt. Waar ze afstudeert... doet er welbeschouwd eigenlijk niet toe. Dat weet jij net zo goed als ik. Het gaat om familie, om trouw blijven aan elkaar, om van elkaar houden.'

'Dat weet ik nu ook. Echt. Maar... het gaat niet alleen om Max. Ik weet dat ze het wel redt, ondanks alles wat ik heb gedaan om het voor haar te verpesten. Maar hoe zit het met jou? Ik weet dat we hebben afgesproken dat het, en ik citeer, een slimme zet was om jou hiervoor te laten opdraaien, maar ik trek het gewoon niet! En niet alleen door wat er in de media wordt gezegd, maar ook door onze vrienden, onze familie! Ik word er gewoon misselijk van dat zij denken dat jij tot zoiets in staat zou zijn. Je werk, ook. En waarvoor? Om mijn carrière te beschermen? Dat is toch niet eerlijk?'

'Nee, dat is het niet. Maar we hebben geen andere keus. Het is de juiste keus voor ons gezin. Over niet al te lange tijd zullen we Max, als we het eens zijn over de timing, vertellen wat er werkelijk gebeurd is. Het enige waar ik niet tegen kan, is het liegen tegen onze dochter.'

Peyton knikte. 'Daar ben ik het volkomen mee eens.' Ze was er doodsbang voor – haar relatie met Max was al moeizaam genoeg – maar het stond buiten kijf dat ze Isaac hier niet mee kon blijven opzadelen. Alleen al de gedachte aan Max' reactie bezorgde haar een gierende huilbui.

Isaac liep met uitgestrekte armen op haar af en ze wierp zich erin alsof het de laatste veilige plek op aarde was. Pas toen hij haar tegen zich aan drukte, besefte ze dat dit het eerste fysieke contact was dat ze sinds die helse dag van zijn arrestatie hadden gehad.

'Shh,' mompelde hij, net zoals hij vroeger altijd deed als Max een geschaafde knie had. 'We gaan een manier bedenken om hierdoorheen te komen.'

'Je bedoelt samen, toch? Zeg alsjeblieft dat we dit samen gaan doen. Ik weet dat deze scheiding alleen bedoeld is voor de buitenwereld, maar nu lijkt het gewoon echt en dat vind ik doodeng. Ik krijg er de zenuwen van. Ik wil –' Haar stem brak en ze meende dat ze haar zin niet kon afmaken, maar ze haalde diep adem en zei: Ik wil jou niet kwijtraken.'

Zijn zwijgen beangstigde haar, misschien wel meer dan ooit, maar ze ademde uit toen hij zei: 'We komen hier wel doorheen. Samen. We hebben geen keus.'

Zijn armen om haar heen voelden warm, sterk en veilig. Ze ging op haar tenen staan en drukte haar lippen op de zijne, voelde een duizelingwekkende vreugde toen zijn vertrouwde mond moeiteloos reageerde. Peyton huilde nog steeds toen het zoenen al snel heviger werd, maar opeens trok Isaac zich terug.

'Nee,' zei hij.

Peyton werd overspoeld door een golf van paniek. Hij had haar nog nooit afgewezen. Ze keek hem aan en probeerde haar verbazing te verbergen.

'Ik ben er nog niet klaar voor.'

'Oké, natuurlijk, ik begrijp het.' En dat was ook zo. Ze miste hem verschrikkelijk, wilde niets liever dan naast hem in hun bed liggen, naast hem in slaap vallen. Maar ze snapte het.

Weer ging ze op haar tenen staan en drukte zijn bovenlip liefdevol tussen de hare. 'Ik zal zo lang als dat nodig is op je wachten.

Dit keer was het Isaac die knikte; hij oogde te emotioneel om iets te zeggen.

'En dat niet alleen; ik ga dit ook oplossen. Ik weet nog niet hoe, maar ik ga ervoor zorgen dat het goed komt… voor ons allemaal.'

Isaac keek haar vragend aan, maar zei niets meer voor hij de keuken uit liep.

Peyton keek hem na en hoopte vurig dat ze het allerbeste in haar leven niet onherroepelijk had beschadigd.

17
Als een krankzinnige

Om kwart voor zeven schuifelde Max de keuken van het huisje in en trof haar moeder opgevouwen aan in een van de oude rieten stoelen. Ze dronk koffie in een zijden kamerjas en keek naar ANN op de televisie.

'Mogge,' mompelde ze en ze liep regelrecht naar het koffieapparaat.

'Hai, liefje,' zei haar moeder zonder haar ogen af te wenden van het scherm, waarop een of andere extreem aantrekkelijke vrouw op haar moeders stoel zat en die walgelijke copresentator van haar op een wel heel vunzige manier naar haar zat te loeren.

'Het is al meer dan een week geleden dat ze je met verlof hebben gestuurd, mam. Waarom kijk je daarnaar? Kwel jezelf niet zo.'

'Zeg dat wel,' mompelde haar moeder. Ze nam nog een slok

koffie en draaide zich naar Max toe. 'Wat zijn jouw plannen voor vandaag, lieverd?'

'Wil je me alsjeblieft geen vragen stellen voordat ik een kop koffie heb gedronken?'

Haar moeder stond op en leegde haar beker in de gootsteen. 'Ik heb een afspraak met een paar vrouwen uit de buurt die...' Ze stopte met praten toen de reclame was afgelopen en het leek of Jim een rechtstreekse verbinding met hun keuken had.

'Tot ons grote genoegen mogen wij straks een ongelooflijk deskundige en beeldschone... Mag ik dat zeggen? Nou, ik hoop van wel, want dat is ze zeker. Wij mogen straks een deskundige en beeldschone gast ontvangen die ons meer kan vertellen over de stress die veroorzaakt wordt door cyberpesten.'

Max vulde haar schaaltje met granola en ging met haar moeder op de bloemetjesbank zitten. 'Vind jij het erg dat hij vrouwen zo objectiveert?' vroeg ze kauwend.

'Absoluut. Hij is een seksistische zak, zo'n ouderwets mediatype van het allerergste soort voor wie MeToo gewoon niet bestaat. Hoewel ik hem in het gunstigste geval een onplezierige collega vind, heeft hij tenminste geen macht over mij. Ik ben nu zo ver in mijn carrière dat ik genoeg vertrouwen heb om hem af te poeieren. Maar ik denk vaak aan de jongere vrouwen die meewerken aan het programma – van wie een groot deel niet veel ouder is dan jij. Ik weet vast nog niet half hoe smerig en wellicht opdringerig hij zich jegens hen gedraagt, maar wat ik wel zie maakt me laaiend.'

Max dacht hierover na. Het was interessant om haar moeder zo te horen praten: die vrouw was altijd zo gefocust op stijl en fitness. 'En is er iets aan te doen? Moet jij geen stappen ondernemen?'

Peyton glimlachte naar haar dochter. 'Ja, natuurlijk, dat moeten we allemaal. Ik blijf alle voorvallen die ik zie melden bij de directie. Ik blijf de jonge vrouwen bij ons op kantoor van advies en steun dienen voor wat betreft de omgang met hoger geplaatste mannen als Jim. Maar een heel groot deel hiervan komt straks bij jou terecht – bij jouw generatie, die volwassen wordt in deze nieuwe, opwindende tijd waarin vrouwen eindelijk kunnen vragen wat ze verdienen. En daar kom jij om de hoek kijken.'

Max nam een slok koffie. 'Ik vermoed dat jij in jouw carrière met veel Jims te maken hebt gehad.'

Haar moeder leek hierover na te denken. 'Niet zo veel, gelukkig, maar genoeg. En dat geldt voor jou ook, wat je ook gaat doen. Maar hopelijk zijn het er minder en zit er meer tijd tussen, blijft de wereld de goede kant op schuiven.' Haar moeder zweeg even. 'Ik besef dat het niet zo voelt, vooral nu niet met wat er allemaal gaande is – maar ik verheug me zo op jouw toekomst. Welke richting je ook op wilt gaan, ik hoop dat ik naast je mag staan om je toe te juichen.'

'Tuurlijk, mam,' zei Max automatisch, waarna ze opstond om nieuwe koffie in te schenken. Maar toen ze bij het apparaat stond, galmden haar moeders woorden na in haar hoofd. Voor het eerst sinds Max zich kon herinneren, had haar moeder iets oprecht ondersteunends gezegd. Ze glimlachte.

'Ik spring even onder de douche,' zei haar moeder. Ze liep naar Max toe en gaf haar een zoen op de wang. 'Ik hou van je, lieverd.'

'Ik ook van jou.'

Het fijne gevoel bleef niet lang hangen. Max hoefde alleen maar weer aan tafel te gaan zitten en reflexmatig Instagram te openen om mismoedig te raken. De gebruikelijke foto's van haar klasgenoten waren verschoven naar de zomermodus: het was een en al Hamptons. Het binnenrijden over Route 27 langs de ouderwetse ijssalon Carvel. Even langs bij Drybar in Bridgehampton. SoulCycle in East. Intermix in South. De Hampton Coffee Company in Water Mill. Golfbanen, tennisbanen, maneges. Polo. Heel veel polo. Zwemclubs. Wijnproeverijen bij Wölffer, hoewel niemand nog 21 was. Op het strand in stringbikini's. Op het strand in tangabikini's. Op het strand in strandjurkjes van lemlem van 450 dollar. Op het strand bij een kampvuur. Max kende maar één iemand in haar hele klas, Brandon Simmons, die een vakantiebaantje had;

als je het geven van zeilles op de Southampton Yacht Club zo tenminste mocht noemen. En aan het eind van de vakantie zouden ze allemaal hun tassen pakken en op weg gaan naar campussen in het hele land – maar voornamelijk in het Noordoosten – om te beginnen aan het mooiste, vier jaar durende avontuur van hun leven. En dan zou zij nog steeds ijs scheppen.

Er werd op de voordeur geklopt. 'Is er iemand thuis?' hoorde ze Skye roepen.

Ze liet haar tante binnen. 'Wat zie je er mooi uit!' zei ze tegen haar. Skye droeg een wijde linnen broek die was ingesnoerd in de taille, een strakke witte tanktop, een wirwar van supercoole kralenkettingen en een paar versleten Birkenstocks. Haar bruine huid straalde en haar bruine haar viel in werkelijk schitterende golven over haar rug. Maar het allermooiste was dat ze geen make-up droeg. Het kwam erop neer dat ze haar heldin was.

'O, vind je?' Skye streek met een hand door haar golven terwijl ze Max naar de keuken volgde. 'Waar is je moeder?'

'Boven, zogenaamd om te douchen. Maar ik vermoed dat ze naar haar programma kijkt. Haar ex-programma. Volgens mij is het niet gezond.'

'O?'

'Ze is een wrak. Ze kleedt zich niet meer aan. Loopt zeg maar de hele dag in een legging. Ze eet ijs uit de verpakking. Föhnt haar haar niet. Kijkt elke ochtend naar dat verdomde programma. Het lijkt wel of ze in de rouw is. Ik heb medelijden met haar, maar ik weet niet wat ik moet doen.'

Skye fronste. 'Mokken is niets voor jouw moeder.'

'Sinds dat feestje waarop ze haar gedumpt hebben voor de zomer heeft ze amper het huis verlaten.' Max hield vragend een beker omhoog.

Skye knikte en ging aan de keukentafel zitten, een knoestig boerenexemplaar waar Max dol op was.

'En waarom ben jij zo vroeg op?' vroeg Max.

In eerste instantie zei haar tante niets en draaide alleen een plukje haar om haar wijsvinger. Max had geleerd – niet van haar moeder – dat het soms beter was om minder te praten en te wachten.

'Ik ben mijn belangrijkste investeerder kwijtgeraakt.' Skye staarde naar de tafel. 'Dus nu weet ik niet hoe we dat meidenhuis nog af kunnen krijgen. Of moeten betalen waar we al afspraken over hebben. Ik moest die gezinnen een mail sturen om ze op de hoogte te brengen. Het was een behoorlijk heftige avond.'

'Wat erg.'

'Een van hen, Emilio, is een alleenstaande vader. Een weduwnaar met drie dochters. Twee van hen zouden in september hier komen. Hij is er ondersteboven van. En de anderen ook.'

'Wat is er dan gebeurd met die investeerder?' Toen Skye niet antwoordde, zei Max: 'Het heeft te maken met mijn vader, hè?'

Skye sloeg haar ogen neer. 'Niet direct.'

'Hoe bedoel je?'

'Dat ik niet wil dat je je vader hier de schuld van geeft.'

'Ook al doe jij dat wel.'

'Het is ingewikkeld, liefje. Ik snap dat Henry, mijn investeerder, geen zin had om een enorm bedrag uit te geven aan een liefdadig doel om dat te laten... weet ik veel... bezoedelen door potentieel negatieve mediaberichten. In zo'n wereld leven we nu eenmaal. Ik heb gewoon het gevoel dat ik die gezinnen in de steek heb gelaten. Hun dromen aan diggelen heb geslagen nadat ik die heb opgebouwd... Het was een van de ergste dingen die ik ooit heb moeten doen.'

Max sloeg op tafel. 'Jij hebt niemand in de steek gelaten! Die investeerder heeft zich teruggetrokken vanwege mijn vader.'

Skye schudde haar hoofd. 'Ik begrijp er helemaal niets van. Jouw vader zou zoiets nooit doen.'

'Ja, behalve dan dat hij het wel heeft gedaan. Wat hebben zij toch met die Ivy League? Echt, hoor. Ik snap dat het, zeg maar, extreem prestigieus is. Dat de professoren en campussen tot de beste van de wereld behoren en dat het succes een soort van voor het grijpen ligt als je daar afgestudeerd bent. Maar dan nog! Dat verklaart toch allemaal met geen mogelijkheid waarom mensen hun verstand verliezen om op die uni's te komen...'

Skye nam een slok koffie en glimlachte naar Max. 'Je bent erg wijs voor je leeftijd. Had ik dat al eens tegen je gezegd?'

'Ach, alleen elke keer dat we elkaar zien.'

Skye wierp een blik op de deur. 'Weet je zeker dat je moeder boven is?'

Max boog zich naar haar toe. Dit klonk veelbelovend. 'Mam?' riep ze, iets harder dan normaal, maar niet hard genoeg om gehoord te worden als haar moeder zich inderdaad op haar kamer had verschanst en naar haar vervangster op ANN zat te kijken.

Geen antwoord.

'Een deel van de reden dat jouw moeder zo geobsedeerd is door prestigieuze opleidingen ken je, toch? Dat dat te maken heeft met haar eigen achtergrond?'

'Ze heeft op een staatsschool gezeten,' zei Max honend. 'Bespottelijk!'

'Nou, het is –'

'Ach, kom nou toch! Penn State is een geweldige opleiding! Je gaat me toch niet vertellen dat ze –'

'Ze is niet begonnen op Penn State,' zei Skye zacht.

Max zette haar beker neer. 'O nee?'

'Nee. Ze zat haar eerste jaar op een community college in de buurt van Lancaster. Ze werd niet toegelaten op Penn State of waar dan ook. Haar cijfers waren verschrikkelijk.'

'Echt?' Max kon het niet geloven – haar moeder had nooit iets gezegd over slechte cijfers of community college. 'Maar ze is superslim! Het hele land hangt aan haar lippen.'

'Ze is ook slim! Dat is niet veranderd. En ik weet zeker dat ze me vermoordt als ze hoort dat ik je dit heb verteld, maar ja, daar zijn tantes voor, denk ik dan maar... Hoe dan ook, de waarheid is dat ze er een potje van heeft gemaakt op haar highschool. Ze feestte te veel, spijbelde, van die dingen. Overal waar ze zich inschreef werd ze geweigerd.'

Max floot. 'Dat wist ik niet.'

'Toen het tot haar doordrong wat dat betekende, toen al haar vrienden vertrokken om te gaan studeren en zij thuis achterbleef bij oma... Tja, dat moet echt een rottijd voor haar geweest zijn. Heel veel andere mensen zouden daar niet overheen zijn gekomen; die zouden gewoon gedacht hebben dat de universiteit niet voor hen was weggelegd. Maar zo was jouw moeder niet. Ze heeft zich meteen ingeschreven bij een community college en zich een jaar lang uit de naad gewerkt – ze had twee banen en ging fulltime naar school. En toen ze in het tweede jaar kon overstappen naar Penn State bleef ze gewoon werken. Ze heeft er een jaar langer over gedaan om af te studeren, maar alleen omdat mijn moeder weigerde haar collegegeld te betalen vanwege haar feestgedrag en ze erbij moest blijven werken.'

'Waarom heeft ze mij dit allemaal nooit verteld?'

'Ik vermoed dat ze zich ervoor schaamt, ook al zou ze verdomd trots op zichzelf moeten zijn dat ze het om heeft weten te draaien. Maar ik ben ervan overtuigd dat ze vindt dat ze die fout heeft goedgemaakt en zich sindsdien continu wil bewijzen. Ze is een vechter, jouw moeder.'

Max dacht daarover na. Ze wist dat haar moeder keihard werkte, bizar veel uren maakte en zich van alles op de hals haalde. Maar dat had ze altijd toegeschreven aan haar blinde ambitie. Een 'koste wat kost willen winnen'-houding die, nu opeens, niet meer zo weerzinwekkend leek als eerst. 'Maar als ik iets niet ben, is het wel een feestbeest,' zei ze. 'Ik bedoel, ik heb amper vrienden. Dus ze kan niet bang zijn geweest dat ik mijn schooldiploma niet zou halen.'

'Dat was ze ook vast niet, liefje. Maar ik kan me voorstellen dat ze ergens al die kansen voor jou in het verschiet ziet liggen – dat je bedje gespreid is, precies zoals het hoort – en ze dan in paniek raakt als ze bedenkt dat het op de een of andere manier niet perfect is. En natuurlijk is het niet perfect – dat is niemands leven! Maar – en ik spreek hier uit ervaring – moeders zijn irrationeel als het aankomt op hun dochters, van wie ze meer houden dan van wat of wie dan ook.' Skye stak haar arm over de tafel en klopte op Max' hand.

'Het verklaart wel waarom ze helemaal door het lint gaat als ik ook maar overweeg om niet naar de uni te gaan. Of op zijn minst een tussenjaar te nemen.'

'Ja. En vergeet niet dat ik in die tijd een volledige beurs had voor Amherst. Iets waar oma – maar dat hoef ik jou niet te vertellen – het nu nog steeds over heeft. Hoewel ik dat toen ook al wist, begrijp ik nu nog beter dat dat het allemaal nog veel moeilijker maakte voor je moeder.'

'Ja, dat was vast klote. Gelukkig heb ik geen überslimme oudere broer of zus die me overschaduwt.'

Skye sloeg haar armen om zich heen. 'Het was niet gemakkelijk. Voor ons allebei niet. Ik moet nog steeds denken aan die keer dat jouw moeder tot Homecoming Queen verkozen werd – als eerste junior in de geschiedenis van de school – en wij daar niets van mee hebben gekregen, omdat oma en zelfs opa in plaats daarvan naar mijn orkestrepetitie kwamen kijken. Niets bijzonders, gewoon een repetitie. Maar zij maakten het alle betrokkenen behoorlijk duidelijk waar die avond hun prioriteit lag.'

'Heftig, zeg,' zei Max. 'Dat wist ik ook niet.'

'Ik vertel je dit allemaal alleen maar om te zorgen dat je het gedrag van je ouders misschien een beetje beter kunt begrijpen, snap je?'

'Ja, dat snap ik. Maar dat lost jouw probleem nog niet op. Wat ga je doen? Het kan toch niet gewoon zomaar voorbij zijn.'

Skye leek daarover na te denken. 'Er is elk jaar een conferentie in DC. Ik ben er al in eeuwen niet meer geweest – daar had ik geen tijd voor toen we Aurora geadopteerd hadden – maar het is een geweldige kans om te netwerken, vooral op het gebied van subsidies. Er lopen daar heel veel mensen uit de non-profitwereld. Ik heb altijd op de connecties van jouw ouders kunnen leunen, maar nu moet ik ook maar eens een keertje zelf wat verantwoordelijkheid nemen en nieuwe mensen zoeken. Dus ik denk dat ik dit jaar maar naar die conferentie ga.'

Ze hoorden voetstappen op de trap en vervolgens verscheen Peyton in de keuken. Ze had een joggingbroek aan en haar natte haar was half opgestoken. Ze bleef staan en keek naar Skye. 'Hai! Ik had geen idee dat je er was.'

'Ik zit gewoon een beetje te kletsen met jouw geweldige dochter,' zei Skye met een glimlach naar Max.

'Max, lieverd,' zei haar moeder, 'Skye en ik gaan even bijpraten op de kleine veranda. Heb jij iets te doen?'

Max wierp haar moeder een ongelovige blik toe. 'Moeder. Ik ben zeventien jaar oud. Ik ben uitermate goed in staat mezelf te amuseren.'

Ze zag dat haar moeder Skye met opgetrokken wenkbrauwen aankeek. 'Zie je nou wat ik te verduren heb?' zei ze.

'Ik moet eerlijk zeggen dat jij ook wel een beetje verstikkend bent, P.'

Max gaf haar tante een high five. 'Dank je. Fijn dat iemand het begrijpt.'

'En jij,' zei Skye, wijzend naar Max, 'moet niet zo hatelijk doen tegen degene die jou op de wereld heeft gezet en daarbij haar vagina geruïneerd schijnt te hebben, zoals ze me te pas en te onpas vertelt.'

'O-kééé.' Max stak haar hand op. 'Klets ze.' Ze scrolde door haar e-mails terwijl tante Skye en haar moeder naar de veranda liepen, telde tot twintig en sloop toen naar de deur, waar ze duidelijk kon verstaan wat ze zeiden.

'Heeft ze al met Isaac gepraat?' vroeg haar tante.

'Dat ligt eraan wat je onder "praten" verstaat.'

'Peyton. Hij is haar vader. Ze hebben zo'n hechte band.'

'Ik weet niet of het jou is opgevallen, maar Max doet wat ze wil, wanneer ze dat wil. Ik heb daar tegenwoordig weinig over te zeggen. Maar, ja, we hebben erover gepraat. En volgens mij hebben ze inderdaad contact gehad, hoewel dat nogal geforceerd verloopt.

Max' telefoon trilde. Ze legde het toestel meteen het zwijgen op, opgelucht dat Skye noch haar moeder iets gehoord had.

Haar moeder ging verder: 'Had ik je al verteld dat ze, nadat ze die brief van Princeton had gekregen, zei dat ze helemaal niet meer ging studeren? Ik denk niet dat ze het meende, maar mijn god. Wat moeten we doen als dat wel zo is?'

Het is wel zo, dacht Max. En jij hoeft helemaal niets te doen.

'Max is een slimme meid met een uitermate gezond verstand. Even de tijd nemen om uit te vogelen wat ze precies wil, is misschien niet het eind van de wereld,' zei Skye.

'Zodat ze een beetje kan rondlummelen en aan haar blog kan werken? Nee, bedankt,' zei Peyton.

Max werd woedend. Al haar moeders zogenaamde onvoorwaardelijke liefde en steun van die ochtend hadden geen reet voorgesteld.

'Met dat, mijn "verlengde verlof" en het recente telefoontje met de advocaat was het echt een prima weekje.'

'Wat zei de advocaat?'

'Er is nog niets officieel, maar volgens haar zou de rechter Isaac waarschijnlijk twee tot zes weken gevangenisstraf geven, een taakstraf en een flinke geldboete.'

Skye floot. 'Twee weken voor de poging het systeem voor de gek te houden en en passant jouw dochters leven te verpesten?'

Op dat moment begreep Max pas wat mensen bedoelden als ze een stilte 'oorverdovend' noemden. Ze durfde zich niet te verroeren, te ademen en zelfs niet met haar ogen te knipperen. Hoewel ze haar moeder noch haar tante kon zien, vóélde ze de spanning tussen die twee.

Na wat voelde als uren zei Skye heel timide: 'Sorry.'

Weer viel er een stilte. Max had de vreemde gewaarwording dat haar moeder iets wilde zeggen – en misschien zelfs op het punt stond dat te doen – toen Skyes telefoon ging.

'Het is Gabe.' En vervolgens in de telefoon: 'Hé. Ik dacht dat die vergadering pas om negen uur was.' Weer een stilte. 'Oké, ik ga nu weg.' Ze hing op. 'Gabes vergadering is naar voren geschoven, dus ik moet naar huis voor Aurora. Zullen we hier later verder over praten? Ik vind het afschuwelijk om zo weg te gaan.'

Max stevende meteen naar haar slaapkamer en vlak daarna hoorde ze de voordeur open- en vervolgens dichtgaan. Even later werd er op de deur geklopt.

'Max? Liefje? Ik ga boodschappen doen. Moet ik nog iets voor je meenemen?'

'Nee, hoor!'

'Oké. Laat je het me weten als je ergens naartoe gaat?'

'Yep.' Ze wachtte tot de voetstappen verdwenen waren en liep terug naar de keuken. Haar duim bleef hangen boven haar telefoon en kwam heel dicht bij het indrukken van PAP in haar favorietenlijst, maar toch deed ze het niet. Wat moest ze zeggen als hij opnam? Ik mis je verschrikkelijk, maar ik heb ook een intense hekel aan je? Niet voor altijd, maar alleen op dit moment. En ook: kunnen we binnenkort gaan vissen, want dat is zo'n beetje wat ik het liefste doe op de hele wereld? Of: ik ben bang dat jij naar de gevangenis gaat en mam gek wordt? Ze zou klinken als een krankzinnige. In plaats daarvan schonk ze nog een beker koffie in en besloot te gaan hardlopen om haar gedachten te verzetten.

Wat een bizarre ochtend, dacht Max terwijl ze een sportbeha, een tanktop en een sweatshort aantrok. Pas toen ze ruim een kilometer van huis was en een goed ritme te pakken had, voelde ze een vreemde steek van eenzaamheid. Ze had haar moeder moeten vragen mee te gaan, besefte ze.

18
Hij was getrouwd

'Doorlopen,' drong Gabe aan.

Skye en Aurora deden braaf wat hun gezegd was. De grond knerpte onder hun wandelschoenen. Hoewel de frisse avondlucht heerlijk was, had Skye nog steeds het gevoel dat ze haar longen niet volledig kon vullen. Haar gedachten draaiden in een kringetje rond: meidenhuis, schulden, onzekere toekomst.

'Zijn we er al bijna, papa?' vroeg Aurora. Ze sjokten nog een stukje verder en kwamen het bos uit. Voor hen strekte zich onder het licht van honderden sterren een soort open plek uit die aan alle kanten werd omringd door bomen.

'We zijn er,' zei Gabe. 'Dit gedeelte van het park wordt het Reservaat genoemd, omdat het alleen voor dieren is gereserveerd. Wat zouden we hier vanavond kunnen zien, denken jullie?'

Ze kropen tegen elkaar aan en staarden omhoog naar de spectaculaire sterrenhemel.

'Vleermuizen?' opperde Aurora met haar schattige zesjarige piepstem.

'Ja, absoluut. Hoewel het daar misschien nog een beetje te vroeg voor is. Wat nog meer?'

'Slangen?' Skye zag dat haar dochter haar ogen opensperde.

'Nee, waarschijnlijk geen slangen. Maar wacht even.' Gabe rommelde in zijn rugzak en haalde zijn telefoon eruit. 'Doe even je ogen dicht.'

Aurora deed dat meteen. Een zwaar, bassend *hoé-oe* galmde door de lucht.

'Dat was mijn telefoon,' fluisterde Gabe. 'Stil.'

Ze hielden hun adem in; het enige wat je hoorde was het geritsel van hun regenjacks. Even later klonk er ergens in de mysterieuze duisternis links van hen een heel vaag *hoé-oe*.

'Een uil, papa!' gilde Aurora opgewonden.

'Dat was een oehoe. Die komen hier veel voor, maar ze zijn heel moeilijk te zien. Ze houden zich liever schuil. Maar als we ze roepen, roepen ze terug,' legde Gabe uit.

Aurora fluisterde hard: 'Nog een keer, papa.'

De digitale uil uit de bluetoothspeaker die Gabe aan zijn rugzak had bevestigd liet zich weer horen. En opnieuw riep de echte uil op een zachtere, iets gereserveerde toon terug.

Skye ademde de knisperige nachtlucht in en glimlachte toen ze Aurora opgewonden en lachend rondjes zag rennen op de open plek.

'En?' Gabe sloeg zijn armen om Skye heen en begroef zijn gezicht in haar nek. 'Ben je gelukkig?'

Skye knikte. Een weekendje kamperen in juli was traditie geworden. Na het nieuws over de investeerder had ze niet willen gaan, maar nu was ze blij dat Gabe zijn poot stijf had gehouden. 'Het is perfect.' Ze kuste zijn wang. 'Dit had ik nodig. Het doet me denken aan onze eerste avond, weet je nog? Er stonden zo veel sterren aan de hemel toen we naar jouw huis liepen. Mijn god, dat lijkt wel honderd jaar geleden.'

'De eerste keer? Of de tweede?'

Skye gaf hem een mep.

Aurora had een grote plas gevonden en boog zich eroverheen.

'Wat? Dat mag ik toch vragen!' zei Gabe verontwaardigd.

Skye forceerde een lach. Het was gek dat het haar na al die jaren nog steeds dwarszat, zoiets onbelangrijks als hoe ze elkaar hadden leren kennen. Wat maakte dat nou uit? Mensen ontmoetten elkaar voortdurend online, of dronken in een kroeg, of terwijl ze nog een relatie met een ander hadden. Het ging er alleen om wat je daarna deed, wat voor soort relatie en leven je samen opbouwde, toch? Maar soms kon Skye het gevoel niet van zich afschudden dat hun huwelijk op de een of andere manier een akelig begin had gehad, hoewel het een van de mooiste dingen in haar leven was.

Ze had hem voor het eerst gezien bij het college Wereldgodsdienst. Hij droeg een flanellen overhemd over een T-shirt van de band Phish. Rossig blond haar in een staartje. Sneakers die aan elkaar hingen van ellende. Niet dat Skye op ballen viel – totaal niet, dat was Peytons domein – maar normaal gesproken ging ze ook niet voor blowers die van patchoeli hielden. Toch leek Gabe vanaf het moment dat ze hem zag anders. Hij had een enorme, aanstekelijk lach waar hij erg kwistig mee was en zijn vanzelfsprekende, voortdurende fysieke aanhankelijkheid zorgde ervoor dat iedereen, mannen en vrouwen, dicht bij hem wilde blijven – een typisch Australische eigenschap, ontdekte ze al snel. Een klap op de rug hier, een omhelzing daar, een stevige handdruk of een kneepje in een schouder: lichamelijk contact was voor Gabe net zo normaal als het voor de meeste Amerikaanse mannen niet normaal was.

Ze waren beland in Gabes studentenhuis buiten de campus, zo'n abominabel hok dat precies aan de verwachtingen voldeed: enorme wandtapijten, lavalampen en een waterpijp die qua formaat concurreerde met Larry, de Berner sennenhond van het huis. Overal stonden boeken en ingelijste kleurenfoto's van verschillende vogels, bergen en zeegezichten die wedijverden om aandacht met dramatische zwart-witfoto's van stoepa's, gebedsvlaggen en monniken. Gabe gaf Skye en hun twee andere studiegenoten een korte rondleiding langs zijn foto's en vervolgens gingen ze allemaal zitten voor het echte werk: stoned worden en discussiëren over hoe ze de levenseindetradities van het boeddhisme het beste in hun groepspresentatie konden verwerken.

Ze was stoned, jazeker, maar wat er die avond gebeurde weet ze niet aan de wiet. Op een gegeven moment gingen de anderen weg en bleven zij alleen achter. Toen ze zich naar hem toe boog en hem zoende, leek hij even uit het veld geslagen. Maar toen hij haar terugzoende en hun tongen elkaar voor het eerst raakten, voelde het onvermijdelijk. Of ze nu drie minuten of drie uur hadden liggen vrijen in de woonkamer wist ze echt niet meer, maar ze herinnerde zich nog wel dat ze dankbaar was toen hij haar hand pakte en haar naar zijn slaapkamer loodste. Het was 2002 en in die tijd had niemand het over toestemming, en wat er vervolgens gebeurde zou absoluut niet voldaan hebben aan de hedendaagse criteria voor een luid en volmondig 'ja'. Maar de tweeëntwintigjarige Skye wist heel goed wat er gebeurde. Dat wisten ze allebei. Ze kon zich niet veel details meer herinneren van die nacht, maar wist wel dat het een van de beste van haar leven was.

Alleen belde hij daarna niet meer. Skye raakte er geobsedeerd door. Hoe had ze het in haar hoofd kunnen halen om naar bed te gaan met een gast die ze nog maar net kende? Verrassing! Zo'n onenightstand voelde eigenlijk behoorlijk waardeloos, ondanks het feit dat iedere zogenaamd mondige vriendin en elk beduimeld wachtkamerexemplaar van *Cosmo* zwoer dat seks zonder verplichtingen alleen maar jofel was. Een paar weken later studeerden ze af en met uitzondering van een paar onbeholpen knikjes tijdens de laatste colleges die ze samen hadden – en een groepspresentatie die voor alle betrokkenen alleen maar beschreven kon worden als pijnlijk – gingen ze ieder huns weegs: zij terug naar Pennsylvania, waar ze bij Marcia introk tot ze genoeg gespaard had om op zichzelf te gaan wonen, en Gabe terug naar Melbourne, waar hij de zomervakantie doorbracht voordat hij zich inschreef voor een mastersopleiding.

'Mama! Papa! Help!' Skyes gemijmer werd ruw onderbroken door Aurora's jammerkreet. Gabe maakte zich van haar los en sprintte naar hun dochter toe. Bloed stroomde uit haar neus.

'O mijn god, liefje, gaat het?' Skye viel op haar knieën naast haar dochter.

'Mijn laars schopte tegen mijn neus!' snikte Aurora.

'Rustig maar, schat.' Gabe hield zijn sjaal tegen haar neus. 'Het bloedt al minder erg. Het komt helemaal goed.' Hij pakte haar bij de hand en liep weg, probeerde haar af te leiden met een griezelverhaal.

Skye keek hen na. In hun beider verleden had echt níéts erop gewezen dat ze hier, zo samen zouden eindigen. Ze was niet eens van plan geweest om tien jaar later naar die reünie te gaan, maar uiteraard was hij de eerste die ze had gezien toen ze de tent op de campus in was gelopen. Zonder dat ze het wilde was er een vreemd gevoel van haar buik naar haar keel geschoten. Gabe zag er op zijn tweeëndertigste zelfs nog beter uit dan op zijn tweeëntwintigste. Zijn rossige haar was nog steeds lang, maar het staartje was vervangen door een *man bun*. En zo waarlijk helpe haar God, ondanks alle kritiek die ze had geuit op het gebied van die mannenknotjes en het soort man dat daarmee rondliep, zag het er bij Gabe op de een of andere manier séxy uit. Hij droeg een strakke grijze spijkerbroek en een wit T-shirt, en zijn gekreukte blazer met opgerolde mouwen gaf hem die intellectuele hipsterlook die Skye onweerstaanbaar vond.

Ook hij had haar meteen gezien en hij was met een brede grijns op zijn gezicht met snelle, zelfverzekerde stappen naar haar toe gelopen. 'Skye.' Zijn kus op de wang kwam gevaarlijk dicht bij haar mondhoek en zijn accent was wat zwaarder geworden. 'Wat heerlijk om je te zien.'

Ze had meteen geweten dat ze die avond met hem naar bed zou gaan. Waarom niet? Ze was vrijgezel en hij was superknap en, echt hoor, wat was er nou beter dan een onenightstand die niet als zodanig telde? Een gratis wip! Ze hoefde hem niet op te tellen bij haar aantal bedpartners, een statistiek waarvan ze wist dat die volkomen betekenisloos was in dit tijdperk van vrijgevochten vrouwen, maar die ze niettemin zorgvuldig bijhield.

Ze dronken. Ze dansten op hits uit de jaren negentig. Ze vertelde hem dat ze voor haar masters naar de lerarenopleiding van de universiteit van Columbia was gegaan en vervolgens drie jaar voor een educatieve non-profitorganisatie in Oeganda had gewerkt. Nu gaf ze les aan tienjarigen op een school in Harlem, waar ze in een klein, maar charmant appartement met tuin woonde en probeerde terug te gaan naar Afrika. Hij vertelde haar dat hij een paar jaar thuis, in Australië, had gesurft en als ober had gewerkt, waarna hij in New York zijn masters had gedaan. Hij woonde ook in de stad, in Brooklyn, hoewel zijn appartement zowel charme als een tuin ontbeerde; hij had jarenlang als freelance architect moeten buffelen, maar gezien zijn studieschuld en stille armoede overwoog hij nu een vaste baan te nemen.

Hij vertelde haar dat hij getrouwd was.

Ongelukkig, uiteraard. Uit elkaar gegroeid, zeg maar. Alle kenmerken die je kon verwachten van een schijnbaar fatsoenlijke kerel die op het punt stond vreemd te gaan: zijn vrouw was tobberig, ongelukkig, ontevreden. Ze waren te jong getrouwd, te snel nadat ze elkaar hadden leren kennen en ze waren allebei erg veranderd. Ze gingen niet meer met elkaar naar bed. Ze hadden een verstandshuwelijk. Hij vermoedde dat zij ook een eind aan het huwelijk wilde maken.

En Skye geloofde hem.

Toen ze ernaar vroeg – ze kon het niet helpen – vertelde Gabe dat het eerste jaar van zijn huwelijk het moeilijkste van zijn leven was geweest. Maar vervolgens waren er andere dingen boven komen drijven, kleine terzijdes die nog veelzeggender waren. Ze hadden samen een beagle die Walter heette. Ze waren in Brooklyn beland omdat zíj daar een baan had gekregen. Hij noemde haar Nicki, ook al noemde iedereen haar Nicole. Ze was afgestudeerd aan het MIT en dat zei hij vol trots. Later, toen ze weer thuis was in Harlem, vond Skye online een foto van zijn vrouw. Nicole leunde tegen een reling voor een begraafplaats of een of andere ruïne en keek recht in de camera. Haar uitdrukking was ondoorgrondelijk. De op haar hoofd geschoven zonnebril glinsterde in het licht. Skye besefte dat Gabe deze foto waarschijnlijk genomen had, dat hij en Nicole een toeristisch uitstapje hadden gemaakt, waarna ze terug waren gegaan naar hun hotel en waarschijnlijk de liefde hadden bedreven, net als zij en Gabe hadden gedaan.

Een intense, onvrijwillige rilling bij de gedachte aan die tijd maakte haar plotseling kwaad dat ze hier alleen stond in het donkere park. 'Aurora! Gabe! Laten we gaan!' schreeuwde ze zo hard als ze kon.

Geen antwoord. Ze belde Gabe. 'Komen jullie terug? Het is hier echt heel donker.'

'Sorry, liefje. Aurora heeft een regenworm gevonden en daardoor waren we afgeleid. We komen eraan.'

Na de reünie waren ze gaan mailen, wat was uitgelopen op lange, meanderende telefoongesprekken tot diep in de avond. Skye vroeg zich af waar Nicole was als zij twee, drie, soms wel vier uur met elkaar aan de telefoon zaten, maar vroeg het nooit. Toen Gabe een half jaar later onaangekondigd voor haar deur in Harlem stond, dacht ze dat haar hart zou ontploffen van opwinding. Hij had haar gevonden! Hij wilde haar! Hij voelde het ook! Ze zweefde, was euforisch, was nog nooit zo verliefd geweest op iemand. Maar zodra hij vertelde dat zijn echtscheiding er net door was, had Skye ergens diep in haar hoofd een donderend geraas gevoeld. *Wacht even .. Je bent weggegaan bij je vrouw? Voor mij? Maar we kennen elkaar amper!* Naarmate de dagen veranderden in weken werden deze zorgen gevolgd door andere. Had Skye het leven van een andere vrouw kapotgemaakt? Maakte het feit dat Gabe zijn vrouw bedrogen had het waarschijnlijker dat hij haar ook zou bedriegen? Zou een relatie die op zo'n oneerlijke manier was begonnen ooit kans van slagen hebben? Was zij gedoemd de relatie van haar ouders te herhalen, waarbij haar vader haar moeder zomaar opeens in de steek had gelaten?

Gabe stelde haar echter steeds weer gerust. Hij was opgetogen, zat vol plannen. Hij hamerde erop dat ze op hun instinct moesten vertrouwen, dat ze nu ouder waren en zichzelf veel beter kenden, dat ze het wisten als het goed zat. Ze zouden zich ergens op een leuke plek vestigen en dan kon zij les gaan geven en hij een vaste baan aannemen bij een geweldig bedrijf. Ze zouden een gezin stichten. Zijn enthousiasme werkte stimulerend en het ging allemaal heel snel. Binnen een paar maanden woonden ze samen en al snel vroeg hij haar ten overstaan van haar familie ten huwelijk. Alle zorgen over hoe ze elkaar ontmoet hadden werden weggeblazen in een wervelwind van plannen.

Acht jaar geleden. Hoe was het mogelijk? Het ging er nu rustig aan toe, vertrouwd. Solide. Toch? Skye hoefde alleen maar te kijken naar het meisje dat zijn hand vasthield om al die oude gevoelens weer op te roepen – anticipatie, opwinding en liefde, allemaal gebundeld in één iemand. Haar dochter. Vanaf het moment dat de telefoon was gegaan en het adoptiebureau had verteld dat ze een meisje voor hen gevonden hadden, waren al Skyes twijfels verdwenen. Aurora was volmaakter dan ze zich ooit had kunnen voorstellen en het ouderschap bleek de grootste verrassing van haar leven te zijn, met zijn rijkdom en complexiteit en, jazeker, ook zijn angst en uitputting. Ze zou het voor niets willen ruilen, hoewel ze zich – met de plannen voor het meidenhuis – een tijdje had afgevraagd of ze ook in beroepsmatig opzicht voldoening zou kunnen vinden. Die gedachte bezorgde haar een steek van intense angst.

Gabe bespeurde iets. Hij pakte Skye bij haar rechterhand en Aurora bij haar linker. Samen liepen ze terug naar de tent. Ze maakten een vuurtje en dronken warme chocolademelk met marshmallows voor Aurora en Baileys – die ze in een roestvrijstalen thermosfles hadden meegenomen – voor hen.

'Weet je dat het deze week zoveel jaar geleden is dat we dat telefoontje van het bureau kregen?' zei Skye toen Aurora tussen hen in slaap was gevallen.

'Echt?'

'Mijn god, dat was het beste telefoontje dat we ooit gehad hebben.'

'Absoluut,' beaamde Gabe, terwijl hij Aurora's wang aaide.

Skye opende haar mond om te vragen of hij écht niet af en toe aan een ander kind dacht, maar bedacht zich toen. Ze hadden een volmaakte avond gehad. Ze vond het geweldig dat Gabe, ondanks het feit dat ze beiden echte volwassenen met echte volwassen verantwoordelijkheden waren geworden, ervoor zorgde dat ze tijd maakten voor wat soms als hun vorige leven voelde. Toen ze allebei nog zeeën van tijd hadden en dol waren op het buitenleven. Toen alles eenvoudiger was. In plaats van iets aan te kaarten wat de stemming kon bederven, kroop ze naast haar dochter en pakte Gabes hand. 'Ik hou van je,' zei ze.

Gabe schonk haar die scheve grijns waar ze zo dol op was en drukte zijn hoofd tegen Aurora's schouder. 'Ik ook van jou.'

19
Hou gewoon je mond dicht

'Waar ben je?' vroeg Nisha. 'Wat is dat voor herrie?'

Peyton wierp een blik naar rechts, naar een man met overgewicht die zich op de plaats naast haar had gewurmd en uit wiens koptelefoon harde muziek kwam. 'Ik zit in de trein naar de stad,' fluisterde ze. 'Ik moet nog een paar dingen regelen.'

'Nou, ik heb dus het een en ander bekeken,' ging Nisha verder alsof Peyton niets gezegd had. 'Een collega van me had het over een veiling voor het goede doel in Paradise volgende week. Ik heb een paar telefoontjes gepleegd en jij bent daar de eregast. Hoe staat het met jouw tennis?'

'Mijn tennis?'

'Het is een lokale countryclub. Heel chic; je moet in het wit. Ik zal je alle gegevens mailen. Maar er zijn belangrijke mensen, er is lokale pers en – het allerbeste – het geld dat wordt ingezameld gaat naar kansarme kinderen die als eerste in de familie gaan studeren. Het is precies het juiste doel met de juiste boodschap. Ben je er nog, Peyton?'

'Ja, ja,' fluisterde ze met haar hand voor haar mond. 'Toen we afspraken mijn reputatie te herstellen dacht ik dat je... weet ik veel... een interview of zoiets zou voorstellen. Ik zou een rondleiding geven in ons huis in New York, een echt thuis-bij-Peyton-Marcus-achtig –'

'Het is komende vrijdag. Je moet kalme zelfverzekerdheid en authenticiteit uitstralen. En herinner me eraan dat ik nog met je moet praten over je sociale media.'

'Wat is daarmee?'

'Ik wil dat je je Instagram en Facebook wat menselijker maakt. Blijf je op Twitter beperken tot nieuwsachtige verhalen, maar toon een zachtere kant op je andere accounts.'

'Zachtere kant?'

'Op dit moment is het allemaal beroepsmatig: jij achter de presentatiedesk, aan het werk op je kantoor, mensen interviewen op locatie of op reis om verslag te doen. Normaal gesproken is dat precies wat we willen. Maar nu wil ik dat je het iets persoonlijker maakt – foto's met Max, met familie en vrienden, vakanties, dat soort dingen. Zelfs met Isaac. Focus je niet op hem, maar mijd hem ook niet.'

'Meen je dat?'

'Luister, ik moet rennen, maar hou dit in je achterhoofd. We hebben het er binnenkort nog over.'

Voordat Peyton nog iets kon zeggen, hoorde ze een klik. Ze staarde uit het raampje naar de voorbijrazende buitenwijken. Een knipbeurt of een beetje Botox zou haar problemen natuurlijk niet oplossen, maar ze moest íéts. Ze was van plan Sean te bellen om te vragen of hij zin had om ergens koffie te drinken en daarna hoopte ze langs te gaan op het kantoor van Kenneth om even onder vier ogen met hem te praten. De afspraken voor de ochtend waren gemaakt. Allemaal. Het ging een fortuin kosten, iets wat een extra rimpel op haar voorhoofd veroorzaakte en waar ze zelden bij stilgestaan had toen ze nog gewoon werkte, maar het was belangrijk. Eerst haar gezicht repareren en dan haar leven, en dat viel niet in geld uit te drukken.

Van Grand Central liep ze naar de salon van Oscar Blandi, waar Marco, haar kleurspecialist, geen moeite deed zijn afgrijzen te verbergen. 'Het lijkt wel afwaswater.' Hij hield een pluk van Peytons haar omhoog en trok een vies gezicht.

'Dat weet ik, het is al –'

'Nee, dat neem ik terug. Het lijkt meer op rioolwater.' Zijn twee assistenten knikten. 'Heb je... gezwommen?'

Peyton keek hem aan via de spiegel waar ze voor zat. 'Ja, een paar keer. Ik weet dat het een beetje droog is en het grijs moet echt –'

'Grijze wortels kan ik wegwerken. Dit heeft de kleur van algen.'

Peyton legde haar rechterhand op haar hart. 'Ik beloof dat ik niet meer ga zwemmen,' zei ze. Beseften deze mensen niet dat haar hele leven in puin lag? Dat haar problemen veel verder gingen dan haar kapsel?

Drie uur later kocht een geheel nieuwe Peyton een salade en nam die mee naar het kantoor van haar voedingsdeskundige. Ze nestelde zich op de lichtroze bank in de wachtkamer, opende de plastic bak, druppelde behoedzaam een heel klein beetje balsamico op haar salade, deed het deksel er weer op en schudde verwoed. Toen Neve verscheen, was het eerste wat Peyton opviel dat de sleutelbeenderen van de vijfentwintigjarige vrouw als mini-eenhoorns door haar zijden topje staken.

'Peyton,' mompelde ze, ofwel te cool, ofwel te hongerig om te glimlachen.

'Neve! Het is eeuwen geleden. Fijn dat je vandaag een gaatje had. Ik heb de boel echt laten versloffen en ik hoop dat ik binnenkort weer op tv kom, dus...' Peyton volgde Neve naar de spreekkamer en wachtte tot ze op haar yogabal was gaan zitten voordat ze een piepklein hapje nam van haar salade. Een flintertje, feitelijk. Misschien zelfs niet meer dan één blaadje.

Neve haalde haar neus op en keek Peyton aan alsof ze een enorm stuk bananenroomtaart naar binnen had geschoven. 'Wat is dat?'

Peyton slikte en depte haar lippen met een papieren servetje. 'Sorry, ik dacht dat jij zei dat dit een werklunch was?'

Neve schudde haar hoofd. 'Nee. Ik bedoelde dat de afspraak tijdens mijn lunchpauze zou zijn. Eten is waarschijnlijk niet de efficiëntste manier om die tijd te besteden, aangezien we hier zijn om over je dieet te praten.'

'Oké. Natuurlijk.' Peyton voelde dat ze kleurde, terwijl ze het deksel weer op de bak probeerde te drukken. Een paar blaadjes geoliede sla belandden op haar linnen jurk.

'Ach jee,' mompelde Neve weer. Ze maakte geen enkele aanstalten om de helpende hand te bieden.

'Sorry, hoor! Ik stop dit even terug in mijn tas en... Zo. Waar waren we?' Peyton sloeg haar handen ineen en probeerde berouwvol te kijken, hoewel de omtrek van Neves bovenarmen haar enorm afleidde.

'Heb je bijgehouden wat je gegeten hebt?' Neve legde een vingertop op haar ingevallen wang. 'Laten we even doornemen welke voedingsmiddelen je moet mijden.'

Peyton haakte meteen af. Wat kon Neve haar in hemelsnaam vertellen wat ze al niet wist? Minder koolhydraten. Meer groenten. Proteïne bij elke maaltijd. Spaarzaam met fruit. Niets zoets. Het was belachelijk. Iedereen wist hóé het moest – het probleem was dat ook te dóén. Of eigenlijk, dat niét te doen. Neve had in feite maar één advies voor haar cliënten en dat kwam neer op 'hou gewoon je mond dicht', maar aangezien ze dat niet kon zeggen, waren ze gedwongen eindeloos te onderhandelen over de vraag of mais en bonen nu als eiwitten of als koolhydraten beschouwd moesten worden.

Terug in de taxi en inmiddels volledig bezweet stuurde Peyton een app naar Sean om te vragen of ze elkaar even konden zien bij de Starbucks in de lobby van ANN. Hij reageerde meteen: *Zou het heerlijk vinden je te zien, maar het is hier een complete chaos. Volgende week?* Ze kon zich niet herinneren wanneer haar werkechtgenoot voor het laatst een koffieafspraak had geweigerd, maar goed, ze kon zich ook niet herinneren wanneer zij voor het laatst niet op haar werk was geweest.

Terwijl ze op de achterbank haar salade opat, probeerde Peyton zich mentaal voor te bereiden op haar volgende afspraak. Hoewel dokter Lydia Bittman een erkend arts was – geschoold op Yale – wekte haar praktijk meer de indruk van een Aman Spa. Aan de receptie, waar Peyton werd begroet door een Aziatische vrouw in een elegante blouse met bijpassende rok, was niet te zien welke bedrijfstak hier gevestigd was: geen zichtbare computers, geen telefoons, geen papierwerk. En ook de wachtkamer hulde zich wat dat betreft in stilzwijgen; uit niets bleek dat dit het voorportaal was van een medische behandeling. Mooi beklede en gecapitonneerde ligbanken, zes in totaal, namen de plaats in van gewone stoelen. Ze werden van elkaar gescheiden door een gaasachtig linnen gordijn en warm verlicht door een zacht gloeiende Himalaya-zoutlamp – de échte, niet de goedkope Chinese versie van Amazon. Gebonden boeken over kunst en fotografie, overwegend van Rizzoli, vervingen de meestal beduimelde tijdschriften. Er was nergens een koffieautomaat te bekennen, alleen een handgeblazen theeservies en een assortiment blaadjes met exotische namen in zachte zakjes. Uit onzichtbare speakers kwam rustgevende muziek. Schitterende, uniforme vlammen gloeiden in een aan de muur bevestigde gashaard, hoewel het buiten dertig graden was. De enige andere patiënt, een zwangere vrouw van in de dertig, lag met gesloten ogen op een stoel terwijl een medewerkster in een witgesteven uniform haar voeten masseerde.

Peyton kon de kneedkracht van de sterke handen van de vrouw

al voelen op haar eigen pijnlijke benen. En een glas ijsthee klonk ook hemels. Ze was bijna vergeten hoe meedogenloos de stad eind juli kon zijn als de temperatuur de dertig graden bereikte en het cement hitte uitstraalde. Ze zou zo Kenneth bellen en vervolgens haar assistente om te informeren wat er bij ANN gebeurde.

'Ik ben een beetje te vroeg,' zei ze tegen de beeldschone receptioniste. 'Maar ik wil met alle liefde even wachten.'

'Nou, u hebt geluk. Er heeft iemand afgezegd; iets wat zelden gebeurt.' De vrouw schonk haar een bruusk knikje dat leek te zeggen: en waag het niet me een verzekeringsbewijs te geven, want dat is hier ongeveer even nuttig als een voedselbon. 'Ze kan u meteen ontvangen.'

Peyton werd weggejaagd naar een spreekkamer die eruitzag als een luxe hotelsuite, en binnen een paar tellen zwierde dokter Bittman naar binnen. Ze droeg een op maat gemaakt broekpak met een leren riem waarvan de knaloranje 'H'-gesp al van kilometers ver te zien was. De schoenen waren van Louboutin; de bekende rode zolen en op sm geïnspireerde spijkertjes lieten daar geen twijfel over bestaan. Een wel heel groot Rolex-horloge en een brede gouden armband van Cartier completeerden haar look. Peyton was gek genoeg gewend aan het feit dat haar dokter een opvallende gelijkenis vertoonde met Michael Jackson. Vroeger had ze zich zorgen gemaakt over het feit dat de neus van Bittman weg leek te smelten in haar gezicht en dat haar lippen aan kleine worstjes deden denken, maar net als iedere andere patiënt in de praktijk was ze al snel gaan beseffen dat dit er allemaal niet toe deed. Al leek Bittman op een personage uit *Game of Thrones*, zolang ze jóú er maar goed uit liet zien.

'Peyton,' zei ze. 'Wat heerlijk om je te zien. Slaat Isaac zich er een beetje doorheen?'

Peyton waardeerde de directheid. De meeste mensen hadden geen idee wat ze moesten zeggen. 'Hij leeft bij de dag,' zei ze, alsof ze het over kanker hadden.

Dokter Bittman knikte. 'En jij? Ik heb je nu al een tijdje niet op tv gezien. Alles oké daar?'

Peyton klemde haar kaken op elkaar; de koetjes en kalfjes konden de pot op. 'Goed, hoor! Ik heb gewoon een kleine adempauze genomen. Het was mijn eigen keuze. Ik heb eigenlijk nooit vrij genomen, dus...' Hou je mond! Peyton legde zichzelf het zwijgen op. Doe niet zo defensief!

De boodschap kwam over. 'Geweldig,' zei dokter Bittman. 'Wat brengt je vandaag hier?'

'O, gewoon wat bijwerken met Botox, alsjeblieft. Ik ben bang dat ik er dit keer te lang mee heb gewacht.'

Dokter Bittman schoof naast haar en haalde een enorm fel lampje uit de zak van haar broekpak. Daarmee scheen ze recht in Peytons gezicht. 'Mmm,' zei ze zacht. 'Ja.'

'Misschien hetzelfde als de vorige keer? Het voorhoofd, de fronslijnen en de kraaienpootjes? Daar was ik erg blij mee.'

Dokter Bittman zei niets en keek nog even. 'De Botox sowieso. Maar ik denk dat jij klaar bent voor iets... krachtigers.'

'Wat is er krachtiger dan botulinetoxine?'

Er kon geen lachje af bij Bittman. In plaats daarvan streek ze met haar vingertoppen over Peytons kaken. 'Bij mijn patiënten van veertig jaar en ouder is een verslapping van de kaaklijn en de ontwikkeling van een crêpepapierachtige huid niet ongebruikelijk. Jij hebt een iets donkerder verkleuring onder je ogen dan normaal en wat haarlijntjes en vlekjes.'

'Wat raad je aan?' Peyton wilde het wanhopig graag zowel wel als niet weten.

'Een PRP-behandeling.'

'Een wat?'

'Injecties met bloedplaatjesrijk plasma; de gouden standaard als het gaat om het verhogen van de collageenproductie en huidelasticiteit. Het vermindert tevens je haarlijntjes en rimpels, brengt volume aan waar het nodig is. Het wordt ook wel de vampierfacial genoemd. Ik raad het al mijn patiënten van boven de veertig aan.'

Peyton inhaleerde. 'Ik ben nog geen veertig.'

'Het is een simpele ingreep. We hebben fantastische resultaten geboekt.'

'Wat voor plasma is dat?'

Dokter Bittman fronste. 'Van jezelf. We halen bloed uit je arm en centrifugeren dat om het bloedplaatjesrijke plasma eruit te halen. Dat brengen we aan op je gezicht en het verricht wonderen. Het is vloeibaar goud.'

'Ik eh... kan niet zo goed tegen bloed, vooral niet dat van mezelf. Ik weet niet of ik ertegen kan als dat over mijn gezicht wordt gesmeerd.'

'We smeren helemaal niets. We injecteren het met micronaalden onder de huid, zodat het goed kan intrekken.'

'Naalden in mijn hele gezicht?'

'Als je tegen Botox kunt, kun je dit ook aan. We verdoven je en Monique zal je voeten masseren tijdens de behandeling. Voor je het weet is het voorbij.'

Het klonk zo langzamerhand even erg als de vorige behandeling waar dokter Bittman op had gestaan, een of andere laserbehandeling. Daarbij had ze ook een verdoving en een massage beloofd – en was die belofte nagekomen –, maar Peyton wist nog heel goed dat het gevoeld had alsof haar gezicht gezandstraald was met een heet lijmpistool. De zogenaamde verdovende crème had haar pijn net zo effectief verdoofd als een aangebrachte laag pindakaas.

'En de nadelen? Hoe ziet het eruit?'

'Een lichte roodheid en zwelling tijdens de injecties. Wellicht een beetje droog en schilferig na een week. Meer niet. Het stelt niets voor.'

Peyton snoof. 'Dat zei je ook bij die IPL-behandeling.'

'En?'

'Ik heb er drie weken uitgezien alsof ik zware syfilis had.'

Dokter Bittman ontkende dat niet. 'En was het dat waard?'

'Ja,' zei Peyton zonder aarzelen. Elke sproet, rode vlek, bruine vlek – elke piepkleine huidafwijking of verkleuring – was langzaam steeds donkerder geworden. In die periode hadden de visagisten van ANN alleen wegwerpborsteltjes willen gebruiken. Isaac had op het punt gestaan een afspraak te maken bij een infectioloog. Maar toen waren de donkere plekken gaan verschilferen en binnen een week verdwenen. Weg! Alsof een cosmetische toverfee uit de hemel was neergedaald en een magische wisser over Peytons gezicht had gehaald. Ze had er smetteloos uitgezien. Uiteindelijk was het allemaal teruggekomen – sneller dan ze gehoopt had –, maar die glorieuze paar maanden had Peyton geweten hoe het voelde om het onbereikbare te bereiken. Ze voelde een golf van iets wat op nostalgie leek: hoelang was het geleden dat ze haar zogenaamde problemen op tv aanpakte door er beter, strakker en jonger uit te zien? Nu voelde het allemaal zo hol. En dat niet alleen; het voelde ook hopeloos en belachelijk. De wanhoop overdonderde haar als een bulldozer: snel, verrassend en bijna fysiek. Ze was zich maar al te bewust van haar nieuwe realiteit en absurde gedrag.

'Nou?' vroeg dokter Bittman.

'Doe maar.' Peyton stak haar rechterarm uit. Ze ademde in en probeerde niet in huilen uit te barsten. 'Neem wat je nodig hebt.'

Hai. Kom zo langs om te douchen voor eetafspraak met tv-moeders. Is dat goed? Tijd om na afloop een borrel te drinken?

Het voelde vreemd om Isaac te appen alsof hij een nieuw vriendje was in plaats van de man met wie ze al jaren getrouwd was, maar het voelde nog vreemder om onaangekondigd en onverwacht voor de deur van haar eigen huis te staan.

Hij reageerde niet en dus zat Peyton zich in haar eigen lobby af te vragen wat ze moest doen. Ze zou nog vijf minuten wachten, besloot ze, en dan naar boven gaan. Toen ze na een kwartier nog niets van hem gehoord had en de nieuwe nachtportier haar argwanende blikken toewierp, stapte ze in de lift. In de spiegel zag ze dat haar geverfde en geföhnde haar er nog steeds geweldig uitzag, maar dat haar gezicht inderdaad begon op te zwellen.

Er werd niet gereageerd toen ze voor de eerste, en ook niet toen ze voor de tweede keer aanbelde, en toen ze uiteindelijk zelf de deur van het slot haalde, bekroop het zonderlinge gevoel haar dat ze zowel in paniek als opgelucht was het appartement donker en verlaten aan te treffen. Ze had gehoopt dat er na die nacht van het feest van Joseph iets veranderd zou zijn tussen Isaac en haar. Dat het in ieder geval wat minder stroef zou gaan. Maar zodra ze de volgende ochtend wakker was geworden, had hij haar aangemoedigd om voor Max terug te gaan naar Paradise en was de vreemde, emotionele afstand tussen hen teruggekeerd. Hoe bizar was het om in je eigen huis te staan en geen idee te hebben waar je man was? Ze huiverde en sloeg haar armen stevig om zich heen.

Ze verheugde zich erop die avond haar tv-vriendinnen te zien. De afgelopen weken was het zo stil geworden op de groepsapp dat Peyton zich afvroeg of ze een aparte groep zonder haar waren begonnen. Uiteindelijk hadden ze allemaal iets opbeurends gestuurd, maar die berichtjes hadden stuk voor stuk ietwat geforceerd aangedaan, op zijn zachtst gezegd halfslachtig. Een etentje met de meiden was precies wat ze nodig had: ze zouden klagen, lachen en roddelen, opbiechten en janken, en weer helemaal opnieuw beginnen. Hoelang had ze hen niet meer gezien? Langer dan een maand, rekende ze uit. Zeker vóór dit hele gebeuren, zoals ze het voor zichzelf was gaan noemen. Ze had flink moeten aandringen op deze eetafspraak, zeker als je bedacht dat deze vrouwen normaal gesproken zo'n beetje alles zouden aanpakken om aan hun echtgenoot en kinderen te ontsnappen.

Toen ze naar de keuken liep, kwam er een bericht binnen op haar telefoon.

Sorry dat ik dit nu pas meld maar Roger moet vanavond overwerken. Veel plezier zonder mij!

Peyton voelde een vlaag van irritatie. Renee had niet alleen een fulltime nanny in dienst wier enige verantwoordelijkheid het zorgen voor een vierjarige was, maar ook een kraamverzorgster voor dag en nacht voor hun drie maanden oude baby. Wat maakte het in godsnaam uit of haar man op zijn werk bleef of naar Bangladesh vloog?

Ach, nou ja. Renees dwangmatige verslaving aan kinderpersoneel zou haar avond niet verpesten; met zijn vieren zouden ze ook lol hebben.

Ze antwoordde met *We zullen je missen!* en haalde een calorievrije cola uit de koelkast. Moest ze Max niet even bellen? Vragen of alles in orde was? Was dat zorgzaam of verstikkend? Helikopteren of terecht? Terwijl ze daarover piekerde, verscheen de volgende afzegging op haar scherm.

Arg, het spijt me. Crisis op het werk. Kanniet weg. Kom later als er nog iemand is. xx

Peyton staarde naar haar telefoon op de wastafel. Kate ontwierp sieraden en had haar eigen boetiek op Madison Avenue. Wat voor soort crisis was dat precies? Een kapotte gesp? Ach, nou ja, drinken met zijn drieën was veel intiemer en de twee vrouwen die ze het leukst vond kwamen nog. Peyton liep naar de badkamer en draaide de kraan boven de badkuip open.

Weer een bericht op haar mobiel.

Niet boos worden maar ik pas ook. Vier meisjes in Harpers kampgroep hebben LUIZEN*! Opeens overal jeuk. De luizenmevrouw komt ons zo snel mogelijk controleren. Hou van jullie, sorry dat ik er niet bij kan zijn.*

Marianne en Peyton kenden elkaar uit de tijd dat ze als tijdelijke kracht bij NBC werkten en hadden al die jaren contact gehouden. Toen ze uit de kleine kinderen was, had Marianne het presenteren op een gegeven moment opgegeven en was deelproducent bij *The View* geworden. Niet eens echte luizen, maar alleen de káns daarop? Dit moest een of andere grap zijn.

Dina, de enige die nog stand had gehouden, appte bijna meteen daarna, dit keer alleen naar Peyton: *Hai! Zo te zien zijn wij de enige overblijvers. Ander keertje?#doodmoe#gestrest#netflixnodig*

Peyton staarde naar haar mobiel. Doodmoe? Was Dina niet net terug van dat snoepreisje *sans* kids naar dat nieuwe luxe meditatiekuuroord in Noord-Californië? Waar was ze precies zo gestrest over?

Natuurlijk! Een avondje thuis lijkt mij ook heerlijk. xx

Zuchtend slofte ze naar de wijnkoelkast, vulde een groot waterglas met rosé en wat ijsklontjes, en liep terug naar de badkamer. Langzaam liet ze zich in het hete water zakken; er mocht geen water op haar gezicht komen. Ze slaakte een diepe zucht, droogde haar handen aan een washandje en appte Max naar ze hoopte een terloops *Hallo, hoe is het, heb je de zalm gevonden die ik voor je in de koelkast heb gezet?*

Peyton nam een enorme slok wijn. Dat afzeggen was geen toeval, maar afgesproken werk. Ze appte Skye: *Tv-vriendinnen uit de stad hebben net allemaal op het allerlaatste moment afgezegd. Het komt door mij, hè? Ze willen nu niet met mij gezien worden, toch?*

Ze wachtte op een reactie, maar die kwam niet. Ze appte Isaac weer – alleen twee vraagtekens – maar er gebeurde niets. Ze dronk haar rosé op en dacht na over wat ze moest doen.

Ze zette de warmwaterkraan nog een keer open en kreunde. Niets, echt niets voelde zo lekker als de enorme badkuip in haar huis in de stad. Ze droeg een met badstof gevoerde douchemuts om haar nieuwe kapsel te beschermen en had minder water in het bad gedaan dan normaal om de kans te verkleinen dat haar nieuwe bloedplaatjesgezicht aangetast zou worden.

Wat had ze gedaan? Het appartement was leeg, haar telefoon zweeg en alle anderen gingen door met hun leven. Zelfs Max, het meest onschuldige slachtoffer in dit hele gebeuren, deed haar best om onder onmogelijke omstandigheden vooruit te komen. Hoe had ze de plank zo mis kunnen slaan? Zo roekeloos kunnen handelen?

Ze kon zich die avond nog helder voor de geest halen, de avond na het gesprek over de studieadviseur, nadat Isaac haar – ondubbelzinnig – duidelijk had gemaakt dat het een slecht idee was. Ze waren vanuit het restaurant naar huis gereden, hadden gevreeën en waren het gesprek bijna vergeten. Dat bleef weken zo – misschien zelfs wel maanden? – totdat Peyton een mail kreeg van Max' mentor over rondleidingen op universiteiten, waardoor ze volkomen in paniek was geraakt. Zelfs toen had Max al af en toe mompelend gevraagd waarom de universiteit absoluut noodzakelijk was. Ze wilde naar de filmacademie. Reizen. Een tussenjaar nemen, terwijl elke persoon met een beetje verstand snapte dat dat de kans dat haar dochter ooit nog op een campus terecht zou komen significant verkleinde. Door die ene e-mail werd Peyton opeens weer teruggeslingerd naar Max' jeugd en die van haarzelf. De hordes die ze hadden moeten nemen om Max op de 'juiste' peuterschool te krijgen. De vakken, cursussen, bijlessen, begeleiding, buitenschoolse activiteiten, kampen, schoolreisjes, lessen en het vrijwilligerswerk; alles hadden ze eindeloos onderzocht en besproken in een poging precies de 'juiste' dingen voor hun dochter te kiezen. De herinneringen aan die noodlottige dag, tweeëntwintig jaar geleden, toen de zeventienjarige Peyton haar zevende – en laatste – afwijzingsbrief had geopend en voor het eerst inzag dat ze dit helemaal aan zichzelf te wijten had. Het was allemaal in een stroom van wroeging, spijt en angst op haar afgekomen. Heel veel angst. Ze was niet van plan geweest die kerel te bellen, echt niet, ze wilde zich aan haar belofte aan Isaac houden, maar toen hij haar belde om te vragen hoe het ermee stond, klonk het niet als iets bijzonders. Het gesprek had hooguit drie minuten geduurd. *Schrijf een cheque uit voor zus en zo, stuur die hiernaartoe, dan steun je een geweldig goed doel en zal ik, op mijn beurt, jouw kind helpen.* Wist ze toen ze het bedrag invulde, eerst in cijfers en vervolgens in letters, dat er iets niet in de haak was? Natuurlijk. Maar zodra ze ondertekend had, was de steeds strakker zittende knoop in haar maag zich gaan ontwarren.

En die verdween zelfs bijna helemaal toen ze de envelop dichtplakte en adresseerde. De avond waarop hij het geld had geïnd en haar een opgestoken duimpje had geappt, sliep Peyton voor het eerst sinds drie weken zeven uur achter elkaar.

Terwijl ze in de stilte van het lege appartement naar haar volmaakt gepedicuurde tenen staarde, kon Peyton zich niet langer verbergen voor de waarheid. In de overtuiging dat zij het het beste wist had ze op een moment dat ze zich geen seconde zorgen meer wilde maken al hun levens verwoest. Er ontsnapte haar een enorme snik en tranen stroomden over haar wangen. Pas toen ze haar ogen afveegde met haar natte handen dacht ze aan de geïnjecteerde bloedplaatjes. Ze lachte als een blaffende zeehond. Langzaam liet ze zich dieper in het water zakken tot ze kopje-onder ging en krabde toen in het volle besef wat ze deed met haar nagels over haar gezicht tot elke millimeter huid schoon was.

20

Regenboogpijpen

Max rolde de gigantische gele mopwagen naar de ruimte achter en schoof hem tegen de muur. 'Klaar.' Ze veegde haar voorhoofd af. 'De zaak is brandschoon.'

Oliver zat achter het bureau van de eigenaar met een stapel contant geld en creditcardbonnen naast zich om de kas van die avond op te maken. 'Ik ben bijna...' Hij boog zijn bizar lange bovenlijf over zijn kasboek, kneep zijn ogen tot spleetjes en streepte wat door met zijn potlood. '... klaar. Wegwezen.'

Hij legde de gesorteerde enveloppen in de kluis en deed de deur achter hen op slot. Het beste van De IJssalon was dat ze op maandagavond vroeg dichtgingen, om negen uur.

'Wat ga jij doen?' vroeg Oliver, toen ze naar de vier parkeerplaatsen naast de zaak liepen.

Max haalde haar schouders op. Ze wist dat het een onschuldige vraag was, dat er niets achter zat. In de weken dat ze nu samenwerkten, was voor hen allebei onomstotelijk vast komen te staan dat ze gewoon vrienden waren. Van romantische of seksuele spanning ontbrak elk spoor. En Oliver was precies de vriend die ze nu nodig had: slim, sarcastisch, oneerbiedig en vol zelfkritiek. Hij las elke dag de krant. Had een mening over politiek, actualiteiten en de popcultuur. Maar hij was niet alleen interessánt, maar ook geïnteresséérd. In andere dingen en mensen dan zichzelf en zijn uiterlijk. Brynn was ook zo. Maar zij was vertrokken.

'Ik heb afgesproken met een paar vrienden. Ga anders mee?' Oliver trok het portier aan de bestuurderskant van zijn aftandse Toyota Camry open.

'Mijn moeder zit te wachten. Ze wil samen met mij naar *Below Deck* kijken.'

'Nou en? Dan doe je dat morgen toch. We hebben afgesproken in de *diner*. Het wordt vast lachen.'

Max dacht daarover na. Ze zou zich schuldig voelen als ze haar moeder liet zitten. Haar vermoeden dat zij zich hier eenzaam voelde, zonder echtgenoot en vrienden, was groter geworden, maar Oliver had wel een punt. Ze konden elke avond tv-kijken. Ze hadden allebei nou niet bepaald iets wat op een leven leek. 'Ik app haar wel even,' zei ze. *Collega vraagt of ik zin heb om met hem en zijn vrienden uit te gaan. Vind je dat vervelend? Ik wil ook best naar huis komen.*

Haar moeder reageerde meteen. *Doe maar, liefje! Veel plezier!!!*

Max zuchtte. Het was duidelijk dat zelfs haar moeder haar een loser vond. *Oké. Thx.*

Weer appte ze meteen terug. *Geen avondklok, geniet er gewoon van en hou me op de hoogte, oké???* Er stonden drie rode hartjes en twee kussende smileys achter.

Haar telefoon ging. Haar vader. Weer. Aan de ene kant vond ze het heerlijk dat hij elke dag belde, maar aan de andere kant was het ook pijnlijk. Haar beslissing om op te nemen of hem weg te drukken was nergens op gebaseerd – hing volledig af van haar stemming op dat moment – en tot dusver waren hun gesprekken nou niet bepaald productief geweest.

Oliver keek over haar schouder. 'Neem op!'

'Het komt me nu niet zo goed uit.'

'Het is je vader! Neem gewoon op.'

Max nam op. 'Hé pap,' zei ze timide.

'Max! O mijn god, hoe ís het met je?' Zijn blijdschap was zo tastbaar dat ze zich meteen schuldig voelde.

'Goed, hoor. Ik ben net klaar met werken en heb afgesproken met een paar vrienden.'

'Wauw, dat klinkt geweldig. Ik eh... Ik wilde alleen even gedag zeggen. Je stem horen.'

Oliver gaf haar een por. 'Praat even met hem. Ik ben toch iets vergeten binnen.'

'Vast,' mompelde Max.

'Wat zei je, schat?' vroeg haar vader.

'O, niets. Sorry. Eh... hoe is het met jou?'

'Prima, prima. Maar ik ben veel meer geïnteresseerd in jou. Hoe gaat het met je werk? Pas je nog steeds op Aurora? Waar ken je die vrienden van?'

Toen Max niet reageerde, verontschuldigde hij zich. 'Sorry, ik wil je niet overladen met vragen. Ik ben gewoon... verrast dat je op hebt genomen. Blij verrast.'

'We kunnen niet doen of alles normaal is, pap. Dat ik je ga vertellen over ijs scheppen en dat Aurora de rugslag heeft geleerd. Zo werkt het niet.'

'Nee, natuurlijk niet. Ik eh... Ik mis je gewoon.'

Waarom was het zo moeilijk om dat ook te zeggen als ze dat in elke vezel van haar lichaam voelde? Ze kon wel door de telefoon schreeuwen! Zeggen dat ze hem haatte, maar ook van hem hield, en trouwens, wat dacht hij wel niet? Maar toen ze haar mond opendeed, kreeg ze het niet over haar lippen.

'Wat zou je ervan denken als ik daarnaartoe kwam?' vroeg hij. 'Zodat we kunnen praten?'

'Mag ik erover nadenken?' Haar stem trilde een beetje.

'Ja, absoluut. Ik bel je morgen en misschien kunnen we dan iets afspreken?'

Oliver kwam weer naar buiten; hij glimlachte om iets op zijn mobiel.

'Ja, hoor, pap. Luister, ik moet hangen.'

'Oké, liefje. Ik hou heel veel van je. Vergeet alsjeblieft nooit dat ik –'

'Ik ook van jou,' zei ze kribbig, voordat de tranen echt door konden breken. Ze hing snel op.

'Gaat het?' Oliver liep als een echte heer naar de passagierskant van de auto om het portier voor haar te openen.

Max bekeek zichzelf. Ze had een enorme karamelvlek bij haar rechterborst. 'Ik heb mijn werkkleding nog aan.'

'Nou en? Ik ook.'

Max stapte in de auto. Oliver sloeg haar portier dicht en stapte aan de andere kant in. Zodra hij de auto startte, galmde Eric Clapton uit de luidsprekers.

'Hou jij van Eric Clapton?' zei Max. 'Ik dacht dat alleen mijn ouders daarvan hielden.'

'Ik hou van al die oude muziek. Mijn pa draaide die altijd toen we klein waren en daarna ben ik het echt mooi gaan vinden.'

Ze kletsten wat tijdens het vijf minuten durende ritje naar de Trivet en Oliver vond een parkeerplek vlak voor de grote ruiten. Toen ze naar de ingang liepen, stak een langharige jongen binnen zijn middelvinger naar hen op.

'Dat is Aiden. Hij is cool, maar kan een rotzak zijn.'

Max liep langs de deur die hij openhield. 'Ik ken dat type.'

Ze liepen naar de tafel. Afgezien van Aiden zaten er twee meiden en een andere jongen, en hoewel haar moeder altijd zei dat het onthouden van namen je heel veel opleverde, vergat Max ze meteen weer. Leni. Een van de meiden heette Leni. Die met het lange blonde haar dat blauwe uiteinden van bijna acht centimeter had.

De jongen die zijn middelvinger had opgestoken, schoof opzij en gebaarde dat Max kon gaan zitten. Oliver nam plaats op de bank tegenover hen en er viel even een ongemakkelijke stilte.

'Ik wilde eigenlijk vragen hoe jullie elkaar kennen, maar dat lijkt me wel duidelijk,' zei Leni lachend. Ze schudde met haar blauw-blonde haar.

'We hebben niets met elkaar,' zei Oliver iets te snel. Max wist dat hij daar niets mee bedoelde en probeerde zich er niets van aan te trekken.

'Ik breng de zomervakantie hier door.' Ze moest iets zeggen. 'Eigenlijk woon ik in de stad.'

'Wauwwww, de stád!' zuchtte het andere meisje. Ze had een neusring en een rafelig bobkapsel, bijna alsof ze het zelf had geknipt. 'Ik ben er nooit geweest, maar ik heb er geweldige dingen over gehoord!'

'Echt?' Terwijl ze het zei, wist Max dat ze voor de gek was gehouden.

'Nee, niet echt.' Het meisje lachte. 'Het is een half uur met de trein. We gaan er zo'n beetje elk weekend naartoe.'

'Sorry.' Max voelde dat ze een kleur kreeg.

'Geeft niks, joh!' zei het meisje met een brede lach. Tot haar opluchting zag Max dat die vriendelijk en niet spottend was. 'Ik neem je gewoon in de zeik. Een gevolg van enorme onzekerheid, meer niet. Ik woon al mijn hele leven in dit verstikkende gat en eerlijk gezegd ben ik stinkend jaloers op iedereen die dat niet doet.'

Een van de andere jongens – niet Aiden of Oliver – vroeg Max waar ze op school had gezeten.

'Milford,' zei ze timide, hopend dat ze haar dat niet kwalijk zouden nemen. 'Ik heb dit jaar eindexamen gedaan.'

'Heftig,' zei de jongen meelevend.

'Wreed,' zei Max, waarop iedereen in de lach schoot.

De jongen zei: 'Wij zijn net uit de stad hiernaartoe verhuisd. Mijn broer is van Dwight getrapt en ze wilden hem nergens anders hebben, dus... Paradise.'

'Ach, Dwight,' zei Max.

'De enige echte,' zei de jongen, waarop hij en Max in koor zeiden: '*Dumb White Idiots Getting High Together.*'

Weer lachten ze allemaal. Max kreeg een warm gevoel vanbinnen.

De serveerster kwam en ze bestelden elk dikmakend gerecht op de kaart. Max vroeg zich af of de Milford-meiden überhaupt zouden overwegen iets te eten van de bomvolle borden met mozzarellasticks, *cheese fries* en aardappelkroketjes die al snel verschenen.

Leni knabbelde aan een *chicken finger* en keek Max aan. 'Waarom ben je híér in de zomervakantie? Ik bedoel, waarom hier en niet in de Hamptons of een andere coole plek?'

'O, nou ja, mijn tante woont hier, dus we hebben een huis vlak bij haar gehuurd.' Max veegde zorgvuldig haar mond af nadat ze drie frietjes in de ketchup had gedoopt.

'Rot voor je,' zei het andere meisje. 'Het is hier doodsaai.'

Max glimlachte. 'Geloof me, daar is het ook niet zo geweldig.'

'Ja, precies!' zei de jongen die net naar Paradise was verhuisd. 'Je weet pas wat de hel is als je in een gat hebt gewoond.'

Max schoot in de lach. 'Ik dacht dat jullie de hele tijd feesten gaven. Dat zeg maar elke keer als iemands ouders weggaan de biervaten naar binnen worden gerold en er tweehonderd mensen worden uitgenodigd!'

'Niet vaak genoeg,' zei Aiden. 'Bijna iedereen heeft nu een camera. Meestal doen we dit.' Hij gebaarde naar de tafel.

'Daar zal mijn vader blij mee zijn,' zei Max. 'Die gaat altijd zo tekeer over drank en autorijden. Hij is ervan overtuigd dat jongeren buiten de stad alleen maar ladderzat achter het stuur zitten. En aan onschuldige meisjes zoals ik een lift aanbieden.'

Het meisje dat geen Leni heette, knikte. 'Dat is niet helemaal onwaar. We zouden onze ouders aan elkaar moeten voorstellen. Een paar weken geleden ging ik naar een verjaardagsfeest van een vriendin in de stad. Ik moest toen op het matje komen bij mijn ouders. Ze vroegen me of ik ooit naar een "lollyfeest" was geweest, want daar hadden ze over gelezen op Facebook. O. Mijn. God.'

'Wat is een lollyfeest?' vroeg Leni tot Max' opluchting, want zij had ook geen idee.

'Nou, volgens mijn moeder – die trouwens nog maagd was toen ze op haar zesentwintigste trouwde – is het een doodnormaal feest dat zo'n beetje elk weekend in de stad wordt gehouden en waar alle meiden een andere kleur lippenstift opdoen en dan alle jongens die er zijn pijpen. En dan krijg je een regenboog!'

'Nice!' zei Oliver.

Het meisje sloeg haar ogen ten hemel. 'Yep. Eigenlijk noemde mijn moeder het "orale seks hebben". Mijn ouders waren heel erg bezorgd over die cultuur van voortdurend pijpen in de stad.'

Binnen een paar tellen kregen ze allemaal de slappe lach. Max hád het niet meer; er liep zelfs een straaltje cola over haar kin.

'Lippenstiftregenbogen!' joelde Aiden.

'Hoe moet ik in hemelsnaam tijd vrijmaken voor mijn studie met al dat pijpen?' zei het meisje, waarop ze het opnieuw uitgierden en de tranen over hun wangen liepen.

'Mijn moeders zijn ervan overtuigd dat ik aangerand word zodra ik het huis verlaat,' zei Leni. Ze wendde zich tot Max. 'Ze zijn lesbisch.' Max knikte en Leni ging verder: 'Ze hebben spijt als haren op hun hoofd dat ze me niet naar een meisjesschool hebben gestuurd. Maar ze waren toen bang dat iedereen ze zou beschuldigen van mannenhaat. Terwijl ze mannen gewoon haten. Of in ieder geval schoolgaande jongens.'

'Ergens kan ik wel begrijpen dat jouw moeders denken dat elke jongen een verkrachter is,' zei Oliver. 'Ze hebben, zeg maar, in geen eeuwen contact gehad met mannen. Wat mij dwarszit is dat mijn pa ervan overtuigd is dat ik één stap verwijderd ben van een heroineverslaving.'

Aiden knikte gretig. 'De mijne ook. Dan hebben ze iets gelezen over dat jongeren tegenwoordig de codeïne en oxycodon van hun ouders stelen en meteen beginnen te spuiten als ze die niet meer kunnen vinden. Hoe relaxed wil je worden? Dat doet toch niemand.'

'Mijn ouders zijn net zo,' zeiden Max en Leni in koor, waardoor ze allemaal weer in de lach schoten.

Het meisje van wie Max nog steeds niet wist hoe ze heette, zei: 'Als ik mijn ouders nog één keer "gatewaydrugs" hoor zeggen, maak ik er een eind aan.'

'Ik zou bijna gaan wensen dat mijn leven zo opwindend was als zij denken!' zei Max. 'Ik heb... wat zal het zijn? Tien keer in mijn leven wiet gerookt? En de eerste drie keer heb ik er niet eens wat van gemerkt. Waarom denken ze allemaal dat we junkieslettten zijn?'

'Door Facebook, ik zweer het je.' Leni streek een blond-blauwe streng van haar schouder. 'Mijn moeder kijkt er zo'n beetje elke seconde van de dag op. Ze zit in al die moedergroepen en het enige wat ze doen is praten over alle gestoorde dingen die hun kinderen in gevaar zouden kunnen brengen. Het is krankzinnig.'

'Yep, mijn moeder ook,' zei Max. 'De ene helft van de tijd vertellen ze elkaar waar ze Botox kunnen krijgen en de andere praten ze over ons. Ik vind het sneu.'

Iedereen knikte.

Max had geen idee waarom – ze had helemaal niet overwogen die informatie te delen – maar voordat ze in de gaten had wat ze deed, flapte ze eruit: 'De echte reden dat we hier zijn, is dat mijn vader gearresteerd is voor eh... een poging een plek voor mij op de uni te kopen en mijn moeder het liefst wegrent voor problemen. Maar nu is het mijn probleem ook, want Princeton heeft mijn toelating herroepen.'

Er viel een korte stilte en toen zei het meisje met de neusring: 'Ouders zijn echt waardeloos.'

Max voelde een golf van iets – opluchting, dankbaarheid, het uiterst zeldzame gevoel begrepen te worden – en haalde haar schouders op. 'Als je mijn pa kende, zou je denken dat hij dat onmogelijk gedaan kon hebben. Maar de FBI liegt niet...'

'Heb je hem opgezocht in de gevangenis?' De enige jongen wiens naam ze niet kende – niet Aiden of Oliver – keek haar nieuwsgierig aan.

'Lucas!' zeiden Leni en het meisje met de neusring in koor.

Maar Max mocht die directheid wel. Niet een van haar zogenaamde vriendinnen of klasgenoten of wat ze dan ook waren in New York had het lef gehad haar er rechtstreeks naar te vragen. Maar ze zaten elkaar ongetwijfeld wél achter haar rug om als gekken te appen, volkomen verontwaardigd en verrukt door het smeuïge schandaal. 'Geeft niets,' zei ze. 'Hij zit niet in de gevangenis, maar binnenkort misschien wel. Hij is in de stad gebleven. Het is behoorlijk klote.'

De serveerster kwam terug om hun glazen bij te vullen.

Aiden hield het zijne omhoog en keek naar Max. 'Op Max. Fijn dat je er bent, ook al is het voor jou klote.'

Max glimlachte naar hem.

'En ook op pijpen en heroïne, natuurlijk!' Leni stak ook haar glas omhoog. 'Dat we allemaal maar een fractie van de lol mogen hebben die onze ouders denken dat we hebben!'

Max schoot in de lach. Iedereen joelde en Oliver floot tussen zijn vingers. Max keek om zich heen. Dit waren zeker weten níét de populaire leerlingen op de plaatselijke school hier. Eigenlijk waren ze niet in een hokje te plaatsen. Ze waren een mengelmoes, een wonderlijke, bizarre mix, dacht ze. Feitelijk leken ze heel erg op haar.

21
Groepsleidster

'Wil je de *saag* alsjeblieft even doorgeven?' vroeg Isadora, de vrouw die links van Skye zat.

Skye tilde de schaal met kip saag op en gaf hem aan Isadora. 'Het eten hier is verrukkelijk,' mompelde ze.

'Ja, hè? Het is echt heel lang geleden dat ik voor het laatst zo goed Indiaas heb gegeten. Ik had nooit gedacht dat het uitgerekend in DC zo lekker zou zijn.' Het bekakte Engelse accent en de minutieuze tafelmanieren van Isadora stonden in schril contrast met haar verschijning, waartoe een platinablonde bob en een verfijnd zilveren neusringetje behoorden.

'Je was aan het vertellen wat je sinds Oeganda hebt gedaan,' drong Skye vriendelijk aan, zowel uit oprechte belangstelling als om de stilte te doorbreken.

Isadora streek een paar verdwaalde haren van haar wang en

schepte wat kip op haar bord. 'O ja. Na mijn vertrek uit Oeganda kreeg ik dus een mail van Massimo, die me schreef dat ze een team aan het samenstellen waren voor de hulp op Haïti na de orkaan en daar heb ik me voor aangemeld. Ik weet nog steeds niet precies waarom. Makkelijk was het in ieder geval niet. Maar in de twee jaar dat ik daar was, heeft ons team zesentwintig scholen herbouwd, van personeel voorzien en heropend.'

'Ongelooflijk.' Skye nam een slok bier uit haar flesje en probeerde niet jaloers te zijn.

'Het was een zeer lonende ervaring.'

Skye wist dat ze op de conferentie veel van dit soort verhalen zou horen. Ze durfde het bijna niet te vragen, maar deed het toch. 'En nu?'

Isadora legde haar vork neer. 'Nu? Ik ben de afgelopen dertien maanden in Somaliland geweest om ze te helpen bij het schrijven van een nieuw onderwijsstatuut.'

'Somaliland?'

Isadora keek haar met samengeknepen ogen aan.

Skye zou het liefst opgaan in de schrootjesmuur van het restaurant. Nog niet zo lang geleden kende ze elk land, territorium en elke hoofdstad en streek van het gehele Afrikaanse continent uit haar hoofd. Ze kon helder onder woorden brengen met welke uitdagingen elk land te maken had en had verstandige, ter zake kundige ideeën over de beste manieren om te helpen. Maar nu? Het enige onderwerp waar ze gezaghebbend over kon praten was welke online verkopers gratis verzending en retournering boden.

Het ging het hele weekend al zo. Niemand was openlijk onbeleefd, maar het werd al snel duidelijk dat Skyes levensloop erg verschilde van die van haar voormalige collega's. Tijdens een werkgroeplunch eerder die dag had Skye een oude vriend horen vertellen over zijn werk in Laos bij Smile Train: hij was het hele langgerekte platteland over gereisd op zoek naar kinderen met een hazenlip en had vervolgens geregeld dat ze daar gratis aan geopereerd konden worden. Een andere oud-collega van Skye – met wie ze ooit een huis had gedeeld in Kampala – woonde nu in de bergen van Bhutan, waar ze hielp een revolutionair programma voor gezinsplanning en geboorteregeling te implementeren. Een derde was terug in de VS en had de supervisie over het gehele Teach for America-programma. Het was ongelooflijk! In die paar jaar hadden deze mensen – haar vrienden, haar collega's, haar gelíjken – verbijsterende dingen voor elkaar gebokst. Het was inspirerend, demoraliserend en deprimerend tegelijk. Ze kon zich haar eigen tijd in Oeganda nog zo goed herinneren; ze had daar gewerkt bij een plaatselijke organisatie die kinderen uit afgelegen dorpen meer onderwijs wilde bieden. Aan het eind van haar driejarige verblijf hadden ze twaalfhonderd extra leerlingen toegang geboden tot scholen. Dat was het meest bevredigende werk van haar leven geweest.

Skye mengde zich in het gesprek van de vrouw aan haar andere kant. Ze heette Amelie en was opgegroeid in Keulen, maar had sinds haar jeugd in twaalf landen gewoond.

'En jij?' vroeg Amelie. 'Ik herinner me dat je tijdens het voorstelrondje met cocktails vertelde dat je in Oeganda hebt gewerkt? Waar zit je nu?'

'Paradise,' antwoordde Skye effen. Toen lachte ze luidkeels, als een idioot.

Amelie keek haar zichtbaar verbaasd aan. 'Sorry, maar dat zegt me geloof ik niets.'

Skye boog zich naar Amelie toe alsof ze haar iets zeer belangrijks wilde toevertrouwen. 'Ik ben groepsleidster bij de meisjeswelpen. O nee, medeleidster! Dat "mede" mag ik natuurlijk niet vergeten!' Ze kreeg een giechelbui.

Amelie keek Skye aan alsof ze uiterst labiel was. 'Wat enig,' mompelde ze.

Skye wist niet of het huilen haar nu nader stond dan het lachen. 'Excuseer me,' wist ze eruit te krijgen, waarna ze langs de damestoiletten naar buiten liep. Het was warm en benauwd in DC en haar simpele wikkeljurk plakte aan haar vochtige huid. Hoe heb ik zo stom kunnen zijn? vroeg ze zich af terwijl ze om zich heen keek op zoek naar een taxi. Bestonden die eigenlijk nog wel? Of gebruikte iedereen een Uber? Dat soort dingen wist je niet als je in Paradise woonde, net als het verschil tussen Somalië en Somaliland.

Nadat ze tevergeefs had geprobeerd om zowel haar wachtwoord als haar creditcardinformatie te wijzigen op haar Uber-app, besloot Skye het hele eind terug te lopen naar haar hotel. Waarom niet? Ze droeg platte sandalen, het regende niet en ze had de hele dag gezeten bij lezingen en gegeten tijdens werkgroepen. Trouwens, dit zou wel eens de allerlaatste keer in haar leven kunnen zijn dat ze na een conferentie terugkeerde naar een hotelkamer. De volgende ochtend zou ze zichzelf en haar ideeën voor het meidenhuis overleveren aan de genade van toekomstige weldoeners en daarbij alles doen wat in haar macht lag om de fondsen te werven die de meiden verdienden. Hopelijk zou ze iemand vinden die haar visie deelde, die het net zo zag als zij: als een kleinschalige gelijkmaker te midden van de massaongelijkheid in het onderwijs. Ze had te maken met steeds hoger wordende schulden, waarvan ze in paniek begon te raken, en gezinnen die haar elke dag mailden met de zorgen over de beloofde school van hun dochter. Maar na dat ontbijt zou ze – ongeacht de uitkomst ervan – terugkeren naar Paradise en haar liefhebbende gezinnetje om weer voor Aurora's school te gaan carpoolen, geld in te zamelen en vrijwillig klassenmoeder te worden. Zo verschrikkelijk was dat nou ook weer niet, sprak ze zichzelf vermanend toe tijdens het lopen. Het was een voorrecht zo'n leven te leiden zonder ziekte, discriminatie of financiële ellende.

Toch was geen enkele hoeveelheid liefde voor haar dochter, haar man of hun gezamenlijke bestaan groot genoeg om de klap te verzachten van het besef – dat vanavond, tijdens dat helse diner, tot haar was doorgedrongen – dat ze zichzelf en haar dromen had opgeofferd. Skye pakte haar telefoon om Gabe te bellen en zag dat ze al gebeld werd door een onbekend nummer. Zonder na te denken nam ze op.

'Hallo?' zei een bekende vrouwenstem die Skye toch niet helemaal kon plaatsen. 'Spreek ik met Skye Alter?'

Opeens wist ze het weer: dit was de stem van haar adoptieambtenaar Susan, die werkte bij een bureau in Texas dat vrouwen tijdens hun zwangerschap medische zorg en huisvesting bood. Gabe en zij hadden haar maar één keer ontmoet, maar Skye beschouwde haar nog steeds als een van de dierbaarste mensen in haar leven. Ze stuurde haar nog regelmatig brieven en foto's van Aurora en kleine attenties met de feestdagen.

'Susan? Ben jij dat? Mijn god, wat fijn om je stem te horen. Is alles in orde?'

'Ja hoor, prima,' zei Susan op die geruststellende manier van haar die zelfs nu, al die jaren later, al haar zorgen kon wegnemen. 'Sorry dat ik zo laat bel. Eerlijk gezegd ging ik ervan uit dat ik een voicemail moest achterlaten. Niemand neemt tegenwoordig de telefoon nog op!'

'Ik ben in DC voor mijn werk, dus het komt eigenlijk best goed uit.'

'Ben je weer aan het werk? Wat fijn voor je! Je was er altijd zo gepassioneerd over.'

'O, nee, niet officieel. Ik bedoel… ach, laat maar. Hoe is het met je?'

Er viel een korte stilte voordat Susan zei: 'Hoe is het met Aurora?'

Skye fronste, maar bleef lopen. 'Aurora? Goed, hoor. Heel goed, zelfs. Ze geniet heel erg van de zomervakantie.'

'Ik wilde alleen even iets met je doornemen. Ik ben onze database van adoptiefouders aan het bijwerken en vroeg me af of Gabe en jij wellicht van gedachten veranderd zijn?'

'Van gedachten veranderd?' Nu bleef ze wel staan.

'Sorry, ik zal het even uitleggen. Toen jullie Aurora adopteerden hebben jullie gezegd dat je maar één kind wilde. We lopen nu alle gezinnen na die een succesvolle adoptie achter de rug hebben om te zien of ze wellicht overwegen nog een keer te adopteren. Niets specifieks, maar gewoon voor als de behoefte zou ontstaan, zoiets.'

'O ja, absoluut,' zei Skye zonder aarzelen.

'Wat zei je?' vroeg Susan. 'De verbinding was even slecht.'

'Ja, natuurlijk zijn we geïnteresseerd.' Skye had het gevoel dat ze met een raceauto over een circuit reed. 'Ik bedoel, de omstandigheden zouden wel moeten kloppen, en de timing ook, maar ja, ik denk dat het iets is wat we zouden overwegen.'

'Nou, dat is geweldig om te horen. Dank je. Ik zal jullie profiel bijwerken; dat is feitelijk slechts een formaliteit. Misschien willen jullie het zelf ook updaten, qua verhuizingen en dat soort dingen.'

'Ja, prima,' zei Skye, omdat ze niet goed wist wat ze anders moest zeggen. Ze kon zo snel niet bedenken of ze nu iets geweldigs, of iets onherstelbaars had gedaan. Ze had net een diner achter de rug waarbij ze gedwongen was geweest de harde werkelijkheid onder ogen te zien: dat haar carrière, althans in vergelijking met die van haar ex-collega's, volledig ontspoord was. Een ander kind leek nou niet bepaald het juiste antwoord; sterker nog, dat was eerder de slechtst denkbare zet als ze haar professionele leven weer op de rit wilde krijgen. Maar 'nee' zeggen tegen Susan – die mogelijkheid voorgoed uitsluiten – was onmogelijk.

Zelfs nadat ze de deur achter zich had dichtgetrokken, haar telefoon had gelokaliseerd en op de lachende foto van Gabe had gedrukt, schrok ze van zijn stem. 'Gabe?'

'Ha, liefje. Lekker gegeten?'

'Ben jij dat?' Ze sprong overeind en ijsbeerde door de saaie grauwe kamer. Waarom was die afschuwelijke sprei haar niet eerder opgevallen?

'Jij belde míj, schat. Is alles in orde?'

Opeens had Skye spijt; ze had hem nog niet moeten bellen. Wat moest ze zeggen? Ik kreeg een telefoontje van het adoptiebureau met de vraag of we overwogen nog een kind te adopteren en omdat ik de laatste tijd gestoord ben, heb ik ja gezegd? Zonder te vragen hoe jij erover dacht. Of het überhaupt met je te bespreken. En dan heb ik het nog niet eens over mijn oplopende schulden, ook zoiets belangrijks waar je niets van afweet.

'Wat? Nee, nee, alles is goed. Sorry, ik was gewoon... afgeleid. Uiteindelijk werd het een erg leuke avond.'

'Echt?' Gabes blijdschap en opluchting waren hoorbaar. 'Wat fijn om te horen. Je maakte je er erg druk over.'

'Ja.' Ze deed haar best normaal te klinken. 'Het was wel gênant, hoor, begrijp me niet verkeerd – ik zei tegen een gepromoveerde econome die genoeg talen spreekt om beschouwd te worden als polyglot dat ik groepsleider van de meisjeswelpen in Paradise ben. Maar afgezien daarvan was het fijn om mensen te ontmoeten. Om een volwassen gesprek te voeren dat niet draaide om kinderen en lichaamsbeweging.'

'Geweldig, schat. Dat had je nodig. Nog geluk met het werven van fondsen?'

'Nog niet. Maar morgen is er een weldoenersontbijt. Daar maak ik de meeste kans. En bovendien was het goed om weer contact te leggen met een paar mensen – dan is het niet zo vreemd als ik die later weer bel of mail.'

'Heel goed. En je hebt ook een goede avond uitgekozen om weg te gaan. Ik zit hier met een kotsend kind.'

'Nee! Is het erg? Denk je dat het buikgriep is, of heeft ze iets verkeerds gegeten?'

'Vast en zeker een griepje. Esther appte me dat haar kinderen er ook last van hebben. Ze ligt nu eindelijk te slapen, maar ik heb alvast handdoeken klaargelegd.'

'Wat vervelend dat ik er niet ben. En wat heerlijk dat ik er niet ben. Volgens mij hebben we vorig jaar alle handdoeken die we in huis hadden gebruikt.'

‘Kijk eens aan.’

Eindelijk lachte Skye. ‘Ik neem morgen wel een trein eerder naar huis om je af te lossen. Hou vol. Zeg tegen Aurora dat ik van haar hou, oké?’

‘Dat roep ik wel door een luidspreker vanuit een andere kamer.’

‘Gabe? Ik hou ook van jou.’

‘En ik van jou, schat. Geniet van je eenpersoonshotelkamer en probeer je niet te schuldig te voelen over het feit dat ik bij onze dochter op de grond slaap met het geluid van spetterende kots als enige gezelschap.’

Skye plofte op het bed, maar sprong meteen weer overeind; ze kon geen rust vinden. ‘Welterusten,’ zei ze, hopend dat het niet klonk alsof ze iets potentieel levensveranderend verborg. ‘Bel me als je me nodig hebt.’

Hij maakte een kusgeluid door de telefoon en hing op.

Ohmygod, ohmygod. Dat galmde door Skyes hoofd terwijl ze naar de badkamer liep om de douchekraan open te draaien en vervolgens meteen weer dicht. Waarom heb ik het hem niet verteld? Stel dat hij nee zegt? Ze belde Peyton. De telefoon ging twee keer over en toen hoorde ze een stem zeggen dat haar zus niet op kon nemen.

Verdomme. Ze stootte haar teen tegen het opvouwbare bagagerek, draaide zich met een ruk om en gaf dat een schop. Het knalde tegen de muur en haar roltas verspreidde de inhoud over de vloer. In de badkamer ging haar telefoon. Ze popelde om Peyton alles te vertellen, maar toen ze de telefoon van de wastafel griste, zorgde iets ervoor dat ze op WEIGEREN drukte.

22
Ingeporscht

'Dit meen je toch niet, hè?' zei Peyton toen ze voor het huis van Skye parkeerde. Haar zus zat op een rieten stoel op de veranda met een tennisracket tegen haar benen geleund.

'Wat?' Skye speelde de vermoorde onschuld.

'Ik zei toch dat je witte kleren aan moest trekken? Elena was daar heel duidelijk over.'

'Ik heb het niet zo op dat helemaal-in-het-wit,' zei haar zus terwijl ze het racket oppakte en naar de auto liep.

'Het is niet racistisch, of zo! Meer een countryclubdingetje.'

'Wat maakt het uit.'

Peyton onderdrukte een glimlach. Skye droeg een knalroze short en een zwarte tanktop met in regenboogkleuren op de voorkant: THE FUTURE IS FEMALE / SCIENCE IS REAL / BLACK LIVES MATTER / NO HUMAN IS ILLEGAL / LOVE IS LOVE. Ze had haar haar in een rommelig knotje gewrongen, droeg geen schilfertje make-up, maar zag er uiteraard schitterend uit. Peyton was bijna twee uur bezig geweest met de voorbereidingen, waar onder andere het maken van een professionele paardenstaart bij een naburige salon, een wenkbrauwwax en een spraytan toe behoorden. In het blote witte tennisjurkje dat ze droeg, was zo veel huid te zien dat ze zich over elke centimeter druk had gemaakt. Verder had ze ervoor gezorgd dat haar benen haarloos, haar decolleté bedauwd, haar wangen rozig en haar wallen verborgen waren. Skye was hun plannen voor die avond volkomen vergeten tot Peyton tien minuten voor tijd had gebeld om te zeggen dat ze onderweg was, en toch zag ze er minstens duizend keer beter uit.

'Is dat shirt niet een beetje te agressief?' vroeg Peyton toen ze achteruit de straat op reed.

Skye trok het aan het boord omlaag, waardoor het zich spande over haar perfecte borsten, en bekeek het. Ze haalde haar schouders op. 'Ik moest íéts doen als tegenwicht tegen het conservatisme vanavond. Ze zullen hun MAKE AMERICA GREAT AGAIN-petjes vanavond dan misschien niet dragen, maar dat hadden ze vast wel wíllen doen.'

'Wie zijn "ze" precies?'

'Mensen die lid zijn van superchique countryclubs waar je alleen witte kleding mag dragen!'

Peyton schoot in de lach. 'Kun je je, afgezien van dat shirt, vanavond politiek gezien tot een minimum beperken? Ik ken die mensen helemaal niet en het is erg aardig van Nisha dat ze dit geregeld heeft.'

'Aardig? Ik weet niet of ik het zo zou noemen.'

Peyton gaf Skye een por in haar bovenbeen. 'Wacht maar af, het wordt een leuke avond. En vergeet niet dat het voor een goed doel is.'

'Ja, jouw carrière,' zei Skye.

'Ja, dat. Dank je. Maar ook voor kansarme kinderen. Jouw specialiteit.'

Skye wierp Peyton een veelbetekenende blik toe.

'Wat? Ik ben een keer naar een geldinzamelingsactie van City Harvest geweest. Het was bij Cipriani en het wemelde er van de beroemdheden. Het belangrijkste waar op geboden mocht worden – een privé-etentje verzorgd door Éric Ripert in je eigen keuken, waarbij John Legend ging zingen en Chrissy Teigen serveerde – was zo populair dat het twee keer geveild is. Beide keren voor meer dan een miljoen dollar.'

'Ja, en?'

'Dat je het niet altijd eens hoeft te zijn met de middelen. Dat hele bizarre spektakel heeft een nuttige organisatie wel meer dan vier miljoen dollar opgeleverd om hongerige New Yorkers te eten te geven. Dan is het dat wel waard, toch?'

Skye trok haar wenkbrauwen op.

'Dit is belangrijk voor mij. Ik moet terug op tv – niet alleen voor mezelf, maar ook voor mijn gezin – en de snelste manier om dat te bereiken is Nisha's expliciete instructies opvolgen. Als zij zegt dat ik naar een countryclub moet, tja... Ik ben allang blij dat ik niet naar equitherapie hoef. Of gedragstherapie. Of een ontwenningskliniek.'

'Een ontwenningskliniek? Is er iets wat ik niet weet?'

'Iedereen die iets doet wat volgens de publieke opinie niet door de beugel kan, gaat naar een ontwenningskliniek. Het maakt niet uit waarvoor – rijden onder invloed, seksuele intimidatie, raciale ongevoeligheid – een ontwenningskliniek is de oplossing.'

'Je klinkt nu echt heel geloofwaardig. Wat heerlijk,' zei Skye. 'Maar in alle eerlijkheid: zou Isaac niet degene moeten zijn die een ontwenningskliniek overweegt. En niet jij?'

Peyton wierp een blik op haar zus. Ze kon zich niet herinneren dat ze de afgelopen veertig jaar zo lang iets verborgen had gehouden voor Skye. Het was meer dan ongemakkelijk – het was onnatuurlijk.

Haar telefoon, die voor het ventilatierooster in een magnetische houder zat, ging over. 'Is dat Kenneth? Ik heb al drie keer bij hem ingesproken, maar hij heeft nog steeds niet teruggebeld.'

'Het is mam,' zei Skye. 'Was zij niet in IJsland?'

'Ergens waar het koud is. Sint-Petersburg?' Peyton drukte op de opneemknop terwijl ze een bocht naar links nam. 'Ha, mam!'

'Hallo, schat. Waarom is die verbinding zo slecht? Versta je me?'

'Luid en duidelijk, mam.'

'Oké, ik heb maar heel even, maar ik sprak Nancy Blumenstein en zij zei dat haar dochter – die trouwens getrouwd is met een eerstehulparts die op Yale heeft gezeten – haar vertelde dat ze een foto van Skye had gezien op Facebook. Helemaal opgedoft op een of ander superchic feest!'

'Wie? De dochter? Of de eerstehulparts? Of Nancy Blumenstein?' Peyton grijnsde naar Skye, die haar hand voor haar mond had geslagen om niet te lachen.

'Jouw zus! Weet jij welk feest dat was? Want ik weet dat absoluut niet. Jullie vertellen me nooit iets, maar ik zou toch graag enig idee hebben van wat er gaande is in jullie leven. Je had moeten horen hoe Nancy zei: "O, wist je dat niet?"'

Skye snoof.

'Waarom vraag je het haar zelf niet?' zei Peyton. 'Ze zit vlak –'

Skye gaf een harde stomp tegen haar arm.

'Ze zit nu vast in haar eigen woonkamer te hopen dat jij haar belt.'

'Dat zal ik doen, schat. En... is er al iets bekend?'

'Bekend?' herhaalde Peyton, hoewel ze precies wist waar haar moeder op doelde.

'Over wat er met Isaac gaat gebeuren! Linda Shapiro uit mijn leesclub zei dat rechters niet erg schappelijk zijn op dat gebied. Ze willen schijnbaar een voorbeeld stellen.'

'Nou, die Linda Shapiro is zo te horen niet van gisteren.'

'Zij kan het weten – haar zoon is partner bij een gerenommeerd advocatenkantoor en hij vertelt Linda alles. En bovendien brengen hij en zijn vrouw hun kinderen om de drie weken naar haar toe als zij 's winters in Boca is – hoe leuk is dat?'

'Mag ik je morgen terugbellen, mam? Een vriendin heeft me uitgenodigd op een tennistoernooitje en ik rijd net de parkeerplaats op,' zei Peyton.

'Natuurlijk, schat. Veel plezier. Doe Max en Isaac de groeten, als je tenminste mag bellen bij huisarrest.'

'Hij staat niet onder –' Maar haar moeder had al opgehangen. Ze maakte een driepuntsbocht om de auto achteruit een krappe parkeerplek in te rijden.

'We zijn ingeporscht!' zei Skye met een blik op de auto's naast en tegenover hen. 'Waarom waren we hier ook alweer?'

'Shh! Gedraag je gewoon een beetje fatsoenlijk, oké? En zo min mogelijk gezemel, ja?'

'"Gezemel"?'

'Je weet wel, de preken over plastic rietjes, je eigen amandelmelk maken en koraalvriendelijke zonnebrandcrème?'

'Begrepen. Geen politiek, geen opwarming van de aarde, geen verantwoordelijkheid voor het milieu. Nog iets anders wat ik moet mijden, Ivanka?'

Peyton keek Skye boos aan en deed haar best om niet te lachen toen er een man in een poloshirt met monogram en een riem waarop miniatuurgolfballen waren geborduurd vroeg: 'Kan ik u helpen?'

Peyton schonk hem een enorme glimlach. 'Ja, dank u, we zijn uitgenodigd door mevrouw Elena Popov.' Ze zei het alsof ze te gast waren bij de koningin van Engeland en niet de vrouw van een beruchte oplichter van het niveau Madoff.

'Natuurlijk, deze kant op.' Hij loodste hen via de chique lobby met een hoog plafond weer door een achterdeur naar buiten. 'De banen zijn rechtdoor die kant op, volg gewoon het pad.'

'Is het toeval dat de gastvrouw van vanavond de publiciteitsgeile echtgenote van een witteboordencrimineel is?' fluisterde Skye. 'Weet je zeker dat dit verstandig is?'

'Elena doet veel goede dingen voor de gemeenschap,' zei Peyton. 'In 2016 heeft ze een organisatie opgericht die in het weekend honderd procent van de benodigde voedingssupplementen levert voor schoolkinderen die niet genoeg te eten krijgen. Inmiddels heeft die vestigingen in zestig landen. Ze heeft persoonlijk beurzen geregeld voor eerstegeneratiemigrantenkinderen, voor het Huis van Afgevaardigden gepleit voor autistische kinderen en een programma opgezet voor het koppelen van bedrijven aan allerlei goede doelen. Haar man mag dan een klojo zijn, ik verzeker je dat zij dat niet is.'

'Nou, dan neem ik mijn woorden terug,' zei Skye. 'Dat wist ik allemaal niet. Ter ere van Elena's liefdadigheidswerk zal ik proberen me vanavond te gedragen.'

'Je bent een schat.'

De zussen hadden nog geen tien stappen gelopen toen een schallende vrouwenstem riep. 'O, kijk, mensen, Peyton Marcus is er!'

'Arg, ik zie minstens drie ouderstellen van Aurora's school,' zei Skye tussen haar knarsende tanden en nepglimlach door.

Peyton haakte haar arm door die van Skye, zodat ze haar vriendelijk kon meesleuren naar de eerste baan, waar zich een groepje had verzameld. Ze merkte dat mensen haar herkenden en ze schonk eenieder haar doorwrochte publieke knipoog die zei: ja, ik ben het, de beroemdheid die je van tv kent, maar vanavond ben ik gewoon een doorsneeburger, dus breng jezelf alsjeblieft niet in verlegenheid.

Het twintigtal mannen en vrouwen week uiteen en Elena dook als een gracieuze gazelle op tussen een kudde miereneters. Uiterst goed verzorgde en chirurgisch verbeterde miereneters, maar toch: geen enkele met slakken verrijkte gezichtscrème van duizend dollar per gram of glinsterend paar Gucci-tennisschoenen kon deze vrouwen ook maar een greintje van Elena's houding of verschijning geven. En geen enkele prijswinnende plastisch chirurg, ongeacht diens talenten met scalpel of siliconen, kon hun haar lichaam geven. Met haar ruim één meter tachtig en nog geen vijftig kilo zag

Elena er verbijsterend uit in het exquise tennisjurkje met spaghettibandjes dat rakelings langs haar niet-bestaande heupen streek. Platinablond haar vloeide langs haar rug en haar huid glinsterde door een designer-jukbeenhighlighter dan wel energieke seks met haar tennisleraar. Of beide. Zelfs in die zee van wit – witte huid, witte kleding, witte snaren – straalde Elena helderheid uit.

'Wat ontzettend fijn dat je kon komen.' Elena pakte Peytons handen en kuste haar op beide wangen. Alsof deze avond niet geregeld was door een crisismanager, zodat beide dames ervan konden profiteren.

'Heel erg bedankt voor de uitnodiging!' Peyton voelde Skyes ogen branden in haar rug. 'Ik hoop dat je het niet erg vindt dat ik mijn zus heb meegebracht? Elena Popov, dit is Skye Alter.'

'Skye, aangenaam kennis te maken.' Elena stak een hand met volmaakte, witgelakte nagels uit. Ze boog zich naar Skye toe en dempte haar stem. 'En wat een geweldig shirt heb je aan.'

Skye keek vergenoegd. 'Fijn dat ik mee mocht komen. Wat een prachtige –'

Ze werden onderbroken door een van de vier tennisprofessionals die stuk voor stuk van het mannelijk geslacht en verontrustend knap waren. 'Welkom, dames en heren, bij het liefdadigheidstoernooi van de Paradise Racquet Club,' zei degene die blijkbaar de leiding had. Hij was één drieën- of vijfennegentig en had het pezige, krachtige uiterlijk van een volbloed windhond. 'Mijn naam is Alfonso. Bij mij zijn Guillermo, Luca en Christophe. Wij verdelen jullie in groepjes die steeds van baan wisselen. Maar eerst! Hartversterkertjes!' Alfonso gebaarde naar het pad, waar een rij goed gesoigneerde en in polo's gehulde bedienden met dienbladen vol drankjes naar de banen marcheerde.

Iedereen juichte. Er waren gin-tonics, wodka-soda's, frosé's en de specialiteit van de club, een zeer goede tequila on the rocks gemixt met agave- en limoensap. Uiteraard mixten ze met alle liefde iets anders voor je als dit je allemaal niet aanstond.

Peyton pakte een frosé van een blad en gaf er ook een aan Skye. Ze tikten hun van een monogram voorzien glazen van Corkcicle tegen elkaar en Peyton zei: 'Er zijn ergere manieren om een avond door te brengen.' Ze wist niet of het nou aan de alcohol lag, aan de voorgeprogrammeerde muziek uit de jaren tachtig, of aan de vier wel heel knappe tennisleraren die zonder aanzien des persoons flirtten met elke aanwezige man en vrouw, maar in de loop van de volgende anderhalf uur slaagde ze er voor het eerst in weken in het gevoel te verdringen dat haar leven uit elkaar viel. Ze speelden een paar games en wisselden dan van partner en van baan. Het voelde lekker om te bewegen, een paar ballen te slaan, en tegen de tijd dat de groep langzaam het terras van het restaurant – dat uitkeek over de uitgestrekte 18 holesbaan – op druppelde, was Peyton bijna ontspannen. Dat veranderde echter toen ze een tafel kletsende tennissers passeerde.

'Denk je dat ze gaan scheiden?' vroeg een knappe brunette in een tanktop en rok aan een knappe blondine in bijna dezelfde outfit. 'Waarom zou ze hier anders alleen zijn?'

'Weet ik veel, misschien heeft hij huisarrest? Met zo'n enkelband, of zo?'

'Ik vind het gewoon gek dat ze hier gewoon loopt te... feesten – gezien... de situatie.'

Iemand moest hun allebei een schop onder de tafel hebben gegeven, want beide vrouwen draaiden zich tegelijkertijd met een ruk om. Op het gezicht van de brunette was ontzetting zichtbaar, maar de blondine glimlachte naar Peyton en zei zoetsappig: 'Ik hoop dat u het niet vervelend vindt dat we dit zeggen, maar we zijn allemaal grote fans van u.'

Peyton keek haar recht aan. 'Ach, dat zal wel meevallen.'

De gehele tafel bespeurde blijkbaar het gênante van de situatie, want iedereen begon enthousiast te knikken. 'Echt hoor, we vinden het gewoon heerlijk om 's morgens naar u te kijken,' riep een andere vrouw.

Peyton voelde dat er iemand in haar schouder kneep en wist zonder te kijken dat het Skye was. Een waarschuwing. 'Wat fijn om te horen,' zei ze met een glimlach die niemand voor oprecht kon houden. 'En ik waardeer jullie bezorgdheid met betrekking tot mijn... situatie. Het is gewoon erg geruststellend om in het gezelschap van mensen te zijn die het begrijpen.' Ze zweeg even om dit te laten bezinken en zwaaide de groep toen vrolijk gedag.

'En jij maar bang zijn dat ik over amandelmelk zou beginnen,' mompelde Skye.

'Elena!' Peyton liep stralend en zwaaiend naar de tafel van de gastvrouw.

Hoewel iedereen in zijn tenniskleding aan tafel zat voor het diner, had Elena gedoucht en een bloemetjesjurk aangetrokken met amper aanwezige bandjes en geen beha. Op haar plateau-espadrilles oversteeg ze moeiteloos de één meter vierentachtig, maar toch zwierde ze rond de tafel om Peyton met de gratie van een kunstschaatser op beide wangen te kussen. 'Ik vind het echt heel fijn dat jullie konden komen. Kom, ik zal je aan iedereen voorstellen.'

Elena gebaarde dat Peyton rechts van haar moest gaan zitten en Skye rechts van haar zus. Zodra ze plaatsnamen, vulde een studentikoze ober met springerig blond haar hun glazen met prosecco

'Peyton, Skye, dit is Eric, mijn advocaat.' Elena sloeg haar armen om de hals van de man die links van haar zat. Hij veinsde verontwaardiging en ze kuste hem zo lang op de lippen dat Peyton zijn stoppels bijna op haar eigen gezicht kon voelen. 'Oké, oké, we zijn dus ook goede vrienden!'

Peyton zag dat Skye haar vanuit haar ooghoeken een blik toewierp, maar die negeerde ze.

'Naast Eric zit Mathilde' – Mathilde, die zo te zien nét eenentwintig was, glimlachte flets – 'en dat zijn Paulina en haar man Barry. Zij zijn net getrouwd!'

'Ach, gefeliciteerd,' zeiden Peyton en Skye in koor en op precies dezelfde manier, waardoor iedereen in de lach schoot.

Er viel een korte stilte, maar Peyton verbrak die meteen. Ze wist dat ze vaardig genoeg was om een gesprek met een kamerplant te voeren mocht die situatie zich voordoen en daar deinsde ze nooit voor terug. 'Vertel, waar kennen jullie elkaar allemaal van? We willen álles horen. De ongekuiste versie. Waar komen jullie vandaan, hoe heb je elkaar ontmoet, aan wie heb je een hekel?'

Elena glimlachte. 'Nou, van mij weten jullie het natuurlijk al. Daar heeft de pers wel voor gezorgd!'

De hele tafel schoot in de lach.

'Maar vanavond draait het om jou!' Elena wikkelde haar beide handen om Peytons linkerbovenarm. 'Je donatie is verbluffend.'

'Echt heel graag gedaan,' zei Peyton, hoewel ze niet helemaal op de hoogte was van de details, aangezien Nisha alles had geregeld.

Ze werd onderbroken door de veilingmeester, een vrouw in een broekpak met een strenge knot en een leesbril, die op een podium stapte en in de microfoon zei: 'Neem me niet kwalijk dat ik uw diner onderbreek.' Ze had een verrassend zware, galmende stem. 'Maar we popelen gewoon om te beginnen.'

Een groep bedienden waaierde uit over het terras en gaf iedereen een veilingbordje, terwijl de veilingmeester de regels uitlegde en een paar beschikbare prijzen beschreef. En toen was de veiling, al voor ze ook maar een aperitiefje hadden gekregen, begonnen. Overal om Peyton heen boden mensen fanatiek op kleding uit plaatselijke boetieks, massages en gezichtsbehandelingen van plaatselijke salons, sportschoollidmaatschappen en manden met geschenken. Alleen al aan haar tafel sleepten gasten 'gratis' lessen gewichtstraining, interieurdecoratie, acupunctuur en voedingsadviezen binnen. De tafel rechts van hen scoorde een hondentraining, een lifecoach en een kastenopruiming, en de tafel aan haar linkerkant legde beslag op relatietherapie, zelfverdediging, een huismake-over en door een chef-kok afgeleverde maaltijden. Overal om haar heen wedijverden in het wit gehulde tennissers als bezetenen om zitplaatsen voor de Giants, de US Open en de Yankees.

De ballerige ober toverde een dienblad met minibordjes tevoorschijn. Hij zette geblakerde *shishito*-pepers, een assortiment mediterrane dips en pitavierkantjes, en een platbrood met paddenstoelen op tafel. 'Onze voorgerechten van vanavond,' zei hij.

Elena pakte een peper en beet er voorzichtig in. 'Verrukkelijk,' meldde ze, terwijl de mannen haar aanstaarden. Maar er was geen tijd om te kletsen, want nu de voorraad kleinere prijzen op was werden er vakanties geveild. In nog geen tien minuten hamerde de veilingmeester tegen topbedragen drie weken in een huis op Mount Snow af, een appartement in Deer Valley, een voormalige pastorie aan zee in Hilton Head en vier nachten op een jacht dat momenteel in de Britse Maagdeneilanden lag. Peyton bood bijna op een visreisje in de Florida Keys voor Isaac, maar hield zich op het laatste moment in: ze kon het zich niet veroorloven met geld te smijten nu haar baan zo onzeker was.

De veilingmeester kondigde een korte pauze aan voor het hoofdgerecht, waarna ze zouden gaan bieden op de hoofdprijs, iets wat zij de 'News Junkie Experience' noemde. Elena knipoogde naar Peyton.

De alcohol deed zijn werk, het gesprek kabbelde comfortabel door niet-controversiële onderwerpen en al snel verschenen er kleine kristallen coupes met wittechocolademousse. De ober nam de bestellingen voor koffie en thee op, maar voordat haar muntthee geserveerd werd, stond Skye opeens op en zei: 'Neem me niet kwalijk, maar ik moet nu weg. Het spijt me.'

Peyton sprong ook op. 'Gaat het? Ik kan nog niet weg; ze hebben mijn donatie nog niet geveild.'

'Ja, hoor,' zei Skye op een toon waardoor Peyton wist dat ze precies het tegenovergestelde bedoelde. 'Blijf maar. Ik neem wel een Uber en spreek je later.'

Peyton zag Skye over het terras en de trap af lopen. Ze draaide zich terug naar de gasten rond de tafel en schonk hun haar toegankelijkste glimlach. 'Ik ben zo weer terug. Neem me niet kwalijk.' Ze rende achter haar zus aan, die ze rillend aantrof op het grind van de parkeerplaats.

'Wat heb jij nou?'

Skye keek haar aan. 'Ik trok het niet meer. Dat hele gebeuren is gewoon zo... verachtelijk.'

'O mijn god, jij doet altijd zo dramátisch!'

'Ik ga ervan over mijn nek.'

'Het is een veiling voor het goede doel, Skye. Overdrijf je niet een beetje?'

'Er is hier vanavond niet één persoon die ook maar een béétje om kansarme kinderen geeft. Of liefdadigheid. Of doen wat goed is. Deze hele avond is een walgelijke schijnvertoning.'

Peyton wilde daar reflexmatig tegenin gaan, maar deed het niet. 'Het is een piepklein beetje banaal.'

Skye keek op. 'Een piepklein beetje?'

'Oké, het is ronduit abominabel. Zo, ik heb het gezegd. Toch is het me niet helemaal duidelijk waarin dit verschilt van wat jij gedaan hebt, dat inzamelen van geld voor jouw meidenhuis. Kijk, ik zeg het maar gewoon, maar toen Henry ermee instemde dit project te financieren, gaf hij geen ene moer om kansarme meisjes uit de binnenstad. Hij gaf dat geld alleen omdat een of andere consultant hem verteld had dat bedrijven dat anno 2021 behoorden te doen. Ik zeg niet dat dat goed is, of bewonderenswaardig, maar heiligt het doel de middelen? In beide gevallen is het antwoord daarop volgens mij positief.'

Skye zuchtte. 'Soms haat ik je.'

'Je haat me het meest als ik gelijk heb.'

'Kunnen we hier nu alsjeblieft weggaan?'

'Ik moet mijn hoogste bieder nog feliciteren. Een datum prikken voor de rondleiding door de studio en een afsluitende lunch. Ze verwachten een erg hoog bod!'

'Ik hoop dat de hoogste bieder tijd beschikbaar heeft in het najaar, want het ziet er niet naar uit dat jij deze zomer veel studiorondleidingen zult geven. Ik zeg het maar.' Skye glimlachte plagerig.

Peyton knipperde met haar ogen. Wie anders dan Skye zou dit soort dingen tegen haar zeggen? Dezelfde die niet zou aarzelen tegen haar te zeggen dat ze er dik uitzag, of oud, of vermoeid, of opgeblazen. Die haar met regelmaat vertelde dat een idee, outfit of plan voor duizend procent, onmiskenbaar, volkomen gestoord was. Alleen een zus kon grondig niet onder de indruk zijn van je publieke prestaties en loftuigingen, maar zou juichen van vreugde als je eindelijk leerde inparkeren of zonder flauw te vallen een kies liet vullen. Ze lachte. 'Misschien moeten we een verlofkorting aanbieden.'

'En die combineren met een binnenkort-werkloos-verzekeringsbewijs?' Skye keek Peyton aan. 'Of gaat dat te ver?'

'Ja.'

'Sorry.'

'Mijn tennistas staat nog binnen,' zei Peyton smekend, terwijl ze wees naar het clubhuis.

'Stap in de fucking auto.' Skye pakte Peytons YSL-miniatuurhandtas, viste er de sleutels uit en overhandigde die. 'We gaan.'

Peyton ging achter het stuur zitten. Ze tikte snel een appje naar Elena: *Sorry! Mijn zus voelde zich niet goed. Stuur me de gegevens van de hoogste bieder, dan neem ik morgen contact op.* Ze verstuurde de app en zei toen: 'Nisha vermoordt me als ze hoort dat we eerder vertrokken zijn.' Ze reed heel voorzichtig de parkeerplaats af om alle Porsches te mijden en zette koers naar Skyes huis.

Skye keek Peyton scherp aan. 'Je hebt nu een vriendin nodig, geen crisismanager.'

'Zij is het allebei.'

Skye sloeg haar ogen ten hemel. 'Nou, dat lijkt me niet. Jou die slangenkuil in sturen... Wat heeft dat precies bijgedragen aan het herstellen van jouw reputatie? Het spijt me, P. Jouw reputatie is niet het grootste probleem. Dat is jouw dochter. Je huwelijk. En ik.'

Peyton parkeerde voor Skyes huis. 'Wat moet ik anders? Vertel het me maar, dan doe ik het meteen! Ik heb er een potje van gemaakt en nu moet ik alles doen wat binnen mijn macht ligt om het weer goed te maken.'

'Je bedoelt dat Isaac er een potje van heeft gemaakt.'

Peyton was ervan overtuigd dat haar zus haar hart hoorde bonken. Het zou nooit het juiste moment zijn om Skye te vertellen dat haar boosheid op Isaac misplaatst was, maar als ze dat niet deed, zou haar zus haar man misschien wel altijd blijven verfoeien. Toch kreeg ze het niet over haar lippen. 'We kunnen toch niet toestaan dat dit onze levens verpest!' zei ze. 'Er zijn fouten gemaakt. Dat zal ik niet ontkennen. Maar nu moeten we alles op alles zetten om verder te gaan.'

'Verder te gaan?' Skyes ogen schoten vuur. 'Acht meiden die hoopten op een kans, een jaar op een van onze scholen – dat was de droom waar ik twee jaar aan heb gewerkt, Peyton. En dan heb ik het nog niet eens over het feit dat ik voor tienduizenden dollars aan schulden heb, terwijl Gabe van niets weet!'

Peyton draaide zich naar Skye, die een haarlok rond haar wijsvinger zat te draaien. 'Dat wist ik niet.'

'Dan weet je het nu. Toen Henry akkoord was gegaan met de financiering ben ik spullen gaan kopen. Van alles. Mengkommen, kussentjes, handdoeken, schoolspullen – noem maar op. Is het allemaal noodzakelijk? Ja. Maar doet dat ertoe nu er geen huis meer komt? Nee. Ik heb gewoon een kelder met genoeg voorraad om een volledig huis te meubileren, een gigantische onbetaalde creditcardrekening en acht gezinnen die volkomen van slag zijn, allemaal dankzij mij.'

'Als ik een cheque voor je uit kon schrijven, zou ik het doen. Echt, hoor, meteen. Dat weet je wel, toch?'

'Ik wil geen aalmoes van jou.'

'Dat zou het niet zijn! Maar dat maakt niet uit, want ik heb het niet. Het is krankzinnig om te bedenken dat we met al dat geld dat ik verdien bijna niets hebben gespaard. Met het huis, Max' school, extravagante vakanties en gewoon algeheel geldsmijtend wangedrag... is er praktisch niets over.'

'Nu is het mijn beurt om te zeggen dat ik dat niet wist.'

'Hoe ironisch is het dat het enige echte spaarpotje dat we hebben Max' studiegeld is. We zijn ermee begonnen op de dag dat ze geboren is, hebben er keurig geld op gestort en zijn er nooit aan gekomen. En nu gaat ze misschien niet eens studeren!'

Skye slaakte een zucht. 'Natuurlijk wel, P. Het wordt geen Princeton, of misschien wel niets wat daarop lijkt, maar ze gaat naar een plek die perfect voor haar is.'

De bijkeukendeur van Skyes huis ging open en Gabe stapte naar buiten. 'Komen jullie nog binnen? Of blijven jullie daar gewoon staan?' riep hij.

'Ik kom zo,' riep Skye met een glimlach terug. Ze wendde zich weer tot Peyton. 'Heb jij ooit bedacht wat wel het meest lachwekkende is in dit hele gebeuren?'

Peytons hoofd begon te bonken. 'Wat, dat mam de gelukkigste is van ons drieën?'

'Nee. Hoe anders onze levens gelopen zijn dan de voorspelling was in onze highschooltijd. Ik was de studiebol die naar een geweldige uni ging en ben een veredelde huisvrouw geworden. Jij was de dramapuber die belandde op een regionale campus en bent een van de beroemdste en meest gerespecteerde nieuwspresentatrices in het land geworden.'

'O-kééé...'

'Maar we zijn geen van beiden waar we willen zijn! Ik bedoel, niemand heeft een grotere hekel aan het woord "balans" dan ik, maar die hebben we zeker weten niet gevonden, toch? Ik heb een ongelooflijke opleiding gecombineerd met een oprechte passie, maar denk toch dat ik – en vergeef me dat ik het zeg – talent verspild heb aan het helikopterouderen over mijn zesjarige. Jij kreeg de droombaan, maar hebt onderweg onnoemlijk veel gezinstijd opgeofferd en grote brokken van je dochters jeugd gemist.'

Peyton draaide zich naar haar zus toe. 'Nou, bedankt. Ik ga zo maar een hele hoge brug zoeken.'

'Ja, nou ja, trek maar een nummertje. Wat ik wil zeggen is dat we allebei op een kruispunt in ons leven lijken te staan. Ongetwijfeld om belachelijke redenen. Maar misschien wordt het tijd dat we de inventaris opmaken en proberen wat positieve veranderingen door te voeren?'

'Waarom heb ik het gevoel dat ik zit te luisteren naar een TED-talk van Brené Brown?'

Skye schoot in de lach. 'Ik vind haar de laatste tijd best goed. Afijn, ik moet ervandoor. Maar denk erover na.'

'Over dat ik egoïstisch voor mijn eigen carrière heb gekozen in plaats van een betere moeder voor mijn dochter te zijn en, zoals jij het zo mooi verwoordde, "grote brokken" van haar jeugd heb gemist? Ik zal het toevoegen aan de lijst van dingen waarvoor ik mezelf elke avond uitfoeter.'

Skye stapte de auto uit. 'Je bent een geweldige moeder, dat weten we allebei. Trouwens, ik ben zelf geen haar beter: denk je dat ik niet besef dat ik mijn hart, ziel en schandalige geldbedragen heb gestopt in een goed doel waarin ik weliswaar geloof en waarvan ik weet dat het anderen helpt, maar dat ook mijn tot dusver kloterige carrièrekeuzes een beetje goedmaakt en ervoor moet zorgen dat ik niet afglijd? Want dat is zo.'

'Nou, wat dat betreft: ik ga thuis een fles wodka drinken en luisteren naar Leonard Cohen voordat ik online wapens bestel. Bedankt voor de opkikker.'

'Graag gedaan!' zei Skye opgewekt, waarna ze het portier dichtsloeg. 'Als je er daadwerkelijk een einde aan maakt, vergeet dan niet dat ik al heel lang dat witleren jasje van je wil hebben...'

Peyton stak haar middelvinger op, maar keerde grinnikend de auto.

23
Flinke scheut

'Mmm,' zei Max, terwijl ze aan de passagierskant uit haar moeders auto stapte. Ze ademde diep in en concludeerde dat de lucht inderdaad schoner en frisser was in Vermont.

'Dat is 'm.' Peyton wees naar beneden. Ze sleepten hun plunjezakken de steile trap af die de parkeerplaats verbond met een rij herenhuizen. 'Stel je voor dat je dit zou moeten doen in een halve meter sneeuw.'

'Stel je voor dat je wat dan ook zou moeten doen in een halve meter sneeuw.'

Haar moeder schoot in de lach. 'Heb ik jou dan zo in een stadskind veranderd? Ik heb je toch wel verteld over de winters die we in Pennsylvania hadden? Dat we ruim een kilometer moesten lopen naar de bushalte en dat het altijd –'

'Yep, dat heb je zeker.'

'Daar gaan we.' Haar moeder haalde de deur van het slot en zwaaide die met een zwierig gebaar open. 'Het plattelandsleven!'

Max was gek genoeg opgelucht om te zien dat haar moeder in ieder geval deels haar oude enthousiasme weer terug had. Het kniezen en obsessieve kijken naar ANN was zorgwekkend geworden.

Ze liepen het wintersportappartement in, dat er aan de buitenkant net zo uitzag als alle andere – lelijke aluminium gevelbeplating, aangebouwde houten skikasten, uitklapramen uit de jaren tachtig – maar vanbinnen een moderne, minimalistische droom van glas en staal was.

'Heel anders dan ik verwacht had,' zei Max, terwijl ze de zwevende trap en de bijna twee verdiepingen hoge roestvrijstalen open haard bekeek. 'Maar ik vind het prachtig!'

'Ik ook,' zei haar moeder geïmponeerd. 'Toen Sean zei dat we hier mochten logeren, zag ik doorgezakte banken en römertopfen voor me. Ik had beter moeten weten.'

Eigenlijk hadden ze in Canyon Ranch moeten zijn voor hun jaarlijkse moeder-dochterweekend, iets wat ze – met wisselend succes – sinds haar elfde hadden gedaan. Maar dat was te duur. Althans, dat had Max gelezen op de iPad die haar moeder open had laten staan op haar mailprogramma. Haar vader had daar begripvol op gereageerd, maar haar aangemoedigd een goedkopere optie te vinden om de traditie in ere te houden, zeker nu. Vervolgens had haar moeder Sean gemaild met de vraag of zijn aanbod voor een weekend in zijn huis in Vermont nog geldig was. Dus zaten ze nu hier. Max had toen trouwens ook haar moeders mail aan Nisha gezien, waarin ze haar vroeg wat ze vond van de brief die ze aan de bestuursvoorzitter van Princeton had geschreven. Daarin bepleitte ze Max' zaak en verzekerde ze hem ervan dat Max op geen enkele manier betrokken was bij, of op de hoogte was van, het schandaal.

'Het was echt heel aardig van Sean ons zijn appartement uit te lenen,' zei Max. Ze hoopte dat haar moeder niet dacht dat ze Canyon Ranch miste, want dat was niet zo. Al die rijke dames die daar ronddwaalden in hun sportkleding, kletsten over hoe goed matchathee voor de gezondheid was, zich volpropten met 'puur' eten en heel veel uren en nog meer dollars besteedden in de boetiek om yogamatjes, pluizige sokken, kamerjassen van kasjmier en andere dingen te kopen die ze niet nodig hadden, maar om iets te doen te hebben... Nee, bedankt.

Ze pakten de boodschappen uit die ze onderweg gekocht hadden en kozen naast elkaar liggende slaapkamers. 'Wat gaan we eerst doen?' vroeg haar moeder gretig. 'Wandelen? Fietsen? Bladgluren? Bosbaden? Zeg het maar.'

Max lachte. 'Zullen we gewoon gaan lunchen bij die tent waar we net voorbijgereden zijn? Ik heb schreeuwende honger.'

'Afgesproken! Lunch. Helemaal goed.'

Max wierp een onderzoekende blik op haar moeder, maar ze was niet sarcastisch of spottend. Ze was gewoon oprecht opgetogen en deed zichtbaar haar best.

Ze reden de berg weer af naar de stad en vonden de tent die Sean had aangeraden. De gastvrouw van een jaar of twintig zag eruit alsof ze elk moment flauw kon vallen toen ze naar binnen liepen. 'O mijn god, u bent Peyton Marcus,' zwijmelde het meisje ietwat gegeneerd.

Max voelde dat ze een kleur kreeg van plaatsvervangende schaamte, maar haar moeder wist wel hoe ze dit moest aanpakken.

'Wat leuk om u te ontmoeten.' Ze stak haar hand uit naar het meisje. 'Mijn dochter en ik zouden hier graag lunchen. Hebt u een tafeltje voor ons? Misschien met een mooi uitzicht?'

De huid van het meisje was nu vlekkerig rood. Ze knikte. 'Natuurlijk, wat leuk, ja, deze kant op. Loop maar achter me aan.' Ze loodste hen door een saaie eetzaal naar buiten, waar een bijna verlaten overdekt terras uitzicht bood op een uitgestrekt bergmeer. 'Dit deel is nu eigenlijk niet open, maar als u...'

'Wat aardig van u.' Peyton schonk het meisje haar betoverendste lach. 'Heel graag.'

'Hé, mam, je kunt het nog steeds,' fluisterde Max toen ze gingen zitten. Tot haar vreugde gaf haar moeder haar een knipoog. Depressieve Peyton was veel erger dan publieke Peyton.

Zodra ze de menukaart opensloegen, werden ze begroet door een al net zo enthousiaste ober, een man van in de zestig met grijs haar in een staartje. 'Dames! Wat kan ik voor jullie te drinken inschenken?' Hij zong het bijna.

Toen hij weer vertrokken was, slaakte Max een zucht. 'Waarom is iedereen hier zo blij?'

Peyton haalde haar schouders op. 'Door de frisse plattelandslucht misschien? Ik heb gehoord dat er mensen bestaan die met alle liefde leven in het moment, zich concentreren op positieve dingen, echt van die "het glas is halfvol"-types. Ik ken ze alleen niet.'

Max schoot in de lach. 'Brynn is ook zo. Echt irritant. Een van de leraressen op school noemde haar altijd Blije Brynn.'

'Je mist haar, hè?'

Normaal gesproken zou Max zich ergeren aan zo'n vraag, maar of het nou aan de opluchting lag dat haar moeder niet langer suïcidaal leek, of aan het feit dat ze gewoon zin had in dit weekendje, maar de gebruikelijke opwellende woede bleef weg. 'Heel erg. Ik denk dat ik me nooit gerealiseerd heb... We hadden eigenlijk geen andere vrienden nodig omdat we elkaar hadden.' Max zweeg even. 'Hádden.'

Een andere, minder uitgelaten ober kwam de drankjes brengen en hun bestelling opnemen. Toen hij weer weg was, keek Peyton Max met samengeknepen ogen aan. 'Zou je het leuk vinden om naar Brynn in Hongkong te gaan?'

Max' ogen werden groot. 'Ja! Zeker.'

'Nou... Je vader en ik hebben je nog steeds geen eindexamencadeau gegeven. In alle... Met alles wat er gebeurd is, is dat er even tussendoor geglipt.'

‘Meen je dat?’ Max vroeg zich af wat er aan de hand was met haar moeder. Wilde ze iets van haar? Had ze een verborgen agenda?

‘Natuurlijk.’ Peyton nam een slokje ijsthee. ‘Waarom zou je je beste vriendin niet opzoeken?’

Max slaakte een zucht. ‘Dat zou ik geweldig vinden. En zij ook. We waren al aan het kijken of ze hiernaartoe kon komen omdat ze een tussenjaar neemt, maar ik zou dan al weg zijn naar de uni…’

Haar moeder opende haar mond, maar deed hem weer snel dicht.

Max wachtte af.

Weer weken haar moeders lippen uiteen om iets te zeggen. Maar ze drukte die hoofdschuddend weer op elkaar.

‘Heb je een beroerte?’ vroeg Max voor de grap.

Haar moeder kon er niet om lachen. ‘Wat betreft Princeton…’

‘Zullen we het daar niet over hebben, mam? Alleen voor, zeg maar, dit weekend? Het is echt fijn om even weg te zijn en ik waardeer het enorm dat je dit’ – ze wapperde met haar handen naar de glooiende heuvels – ‘hebt geregeld. Heel erg. Maar ik wil gewoon even niet meer aan dat gedoe denken.’

‘Oké, oké. Ik hou erover op.’ Haar moeder schraapte haar keel. ‘Mag ik wel zeggen hoe leuk ik het vind dat we dit doen? En hoe fijn het is dat we een dag langer kunnen blijven, omdat ik niet hoef te werken?’

Max keek haar onderzoekend aan. ‘Hoe voel je je wat betreft je werk? Je had natuurlijk niet verwacht dat je eh… de hele zomervakantie vrij zou hebben.’

De ogen van haar moeder werden groot. ‘Nee, zeker niet. Ik denk dat ik nog steeds in shock ben dat ze die reputatieclausule erbij hebben gehaald. Ik vind het verschrikkelijk om aan de zijlijn te staan, maar ik begrijp wel dat ze doen wat ze denken dat nodig is.’ Ze boog zich naar voren en dempte haar stem. ‘Maar het komt goed. Dat moet gewoon.’

Schoot haar moeder vol? Max voelde een steek van paniek. Ze deed haar best belangstelling te tonen voor haar moeders leven – iets wat ze absoluut niet genoeg deed – maar nu had ze haar aan het huilen gemaakt. 'Ik wilde je niet...' zei ze. 'Sorry.'

'Nee, nee, het komt niet door jou. Het is gewoon... alles. En dan doe jij heel begripvol, terwijl ik degene ben die jouw leven verpest heeft.'

'Dat heeft pap gedaan. Jij bent alleen maar met hem getrouwd.' En vervolgens, omdat haar moeder nog steeds niet lachte: 'Grapje! Mijn leven is niet verpest. Ik heb toch een toekomst?'

'Natuurlijk, liefje. Een hele stralende. Ik... Gewoon...' Ze drukte haar servet tegen haar ogen.

'Ik verheugde me er echt op om weg te gaan,' zei Max bijna fluisterend.

Haar moeder knikte.

'Gewoon omdat... highschool klote was. In alle opzichten. En ik weet dat ik heel erg vervelend heb gedaan over Princeton, terwijl pap en jij er zo enthousiast over waren... Dat spijt me. Ik denk dat ik niet besefte hoe bijzonder het daar was. Is. Had kunnen zijn. Maar, nou ja... vanaf het moment dat ik was toegelaten heb ik van alles bekeken en was er dus eigenlijk heel enthousiast over geworden. Wist je dat ze een compleet buitenschools opleidingsprogramma hebben met de meest geweldige reizen?'

Peyton schudde haar hoofd. 'Dat wist ik niet.'

'En hun programma beeldende kunst ziet er schitterend uit. De geweldigste filmmakers en kunstenaars geven gastcolleges...' Ze sloeg haar ogen neer. 'Het is wel heel erg ironisch dat toen ik een plek aangeboden kreeg, ik dacht dat ik ergens anders beter zou passen en dat ik, nu die kans verkeken is, me geen perfectere opleiding kan voorstellen.'

'Ach, schat. Ik vind het zo...' Haar moeders ogen werden groot van ontzetting.

'Nee, nee, zo bedoelde ik het niet,' haastte Max zich te zeggen.

'Het geeft niet. Het komt wel goed. Alleen... weet ik niet zo goed hoe het verder moet en daar was ik niet op voorbereid.'

'Max...'

Max stak haar hand op. Waarom deed ze dat nou? Haar moeder was al genoeg van streek en nu deed zij daar nog een schepje bovenop. 'Laten we het ergens anders over hebben,' zei ze. 'Skye zei dat je tot Homecoming Queen verkozen bent! Waarom heb je me dat nooit verteld?'

'Wát heeft ze tegen je gezegd?' Haar moeder keek haar verbaasd aan.

'Dat je als eerste junior in de geschiedenis van jouw school Homecoming Queen geworden bent. Ik wist nergens van.'

Een holle lach. 'Had ik dat moeten vertellen? Dat ik een prijs heb gewonnen omdat ik populair was? Veel heb ik er niet aan gehad. Ik ben elke dag dankbaar dat jij zo veel slimmer bent dan ik was. Maar mijn werk? Dat is een ander verhaal. Ik ga weer achter die presentatiedesk zitten, al wordt het mijn dood. Mijn god, ik heb me uit de naad gewerkt voor die baan. Nachtdiensten, weekenddiensten, reizen naar plekken die niet eens op een kaart te vinden zijn. Ik ben in die jaren heel eenzaam geweest, woonde op de vreemdste plekken, werkte op de raarste uren, reisde van hot naar her... Mijn vrienden waren in New York of L.A. aan het daten, feesten of reizen. Het leek wel of ik vastzat in een hopeloze sleur van lokaal politienieuws. Ik vroeg mezelf voortdurend af of het dat wel waard was...'

'En?'

'En wat?'

'Was het dat waard? Je hebt het gemaakt – keer duizend. Dat kan niemand betwisten. Was het het waard?'

'Natuurlijk!' Ze zei het als in een reflex, maar iets aan haar uitdrukking deed afbreuk aan die uitspraak. Ze beet op haar onderlip – wat ze soms deed als ze zich concentreerde – en fronste. Hoewel ik achteraf gezien bang ben dat ik te veel tijd met jou gemist heb.'

'Nee, hoor. Je was er altijd als ik je nodig had. Of pap. En jullie tweeën zijn zo'n beetje dezelfde persoon.' Max meende het – als ze terugkeek, was er altijd minstens één ouder in haar buurt geweest, misschien zelfs wel vaker dan ze gewild had.

'Meen je dat?'

'Ik zal nooit die keer vergeten dat je in mijn klas kwam vertellen over je werk toen ik twaalf was. Je was ongelooflijk! Ze hebben het er nog steeds over.'

Haar moeder glimlachte, maar oogde triest. 'Ik hoop het. Lief dat je dat zegt. Ik weet niet wat het is – de arrestatie van je vader, natuurlijk, maar misschien ook wel mijn naderende veertigste – maar ik vraag me de hele tijd af wat er gaat gebeuren. En of ik het allemaal wel goed doe...'

'Nou niet weer gaan sippen, hè!' Max probeerde er een grapje van te maken. 'Ik bedoel, we hebben je net die joggingbroek uit!'

'Sorry, sorry,' Peyton wapperde met haar hand. 'Ik had beloofd dat we er niet meer over zouden praten en dan doe ik het toch weer.'

'Ik vroeg het zelf, mam. Het is niet erg.'

'Wat dacht je ervan die chakra-les uit te proberen waar Sean over vertelde, die in zijn yogastudio?' vroeg haar moeder, terwijl ze voorzichtig haar quinoa opschepte.

'Waar iedereen op van die yogablokken zit en de leraar op gongs slaat?'

'Ja!' Peyton lachte. 'Het schijnt erg deblokkerend te zijn.'

'Wat betekent dat nou weer?'

'Ik heb geen flauw idee.'

'Dan worden het chakra's en gongs.'

Je raadt het nooit!!! Krijg tickets voor... tromgeroffel... HK! Terwijl Max de app op haar telefoon tikte, vroeg ze zich zoals altijd af hoe laat het was in Hongkong. Al haar elektronische apparaten begonnen meteen te rinkelen. Ze drukte haar laptop tegen haar borstkas en klikte de oproep van FaceTime open. Brynn, die zo te zien net wakker was, verscheen op haar scherm.

'Hoe laat is het bij jou?' Max kneep haar ogen tot spleetjes om beter te kunnen zien. Brynns korte haar was een grote warboel en het shirt dat ze droeg was bij de hals zo uitgerekt dat het van een schouder gleed.

Brynn wreef in haar ogen. 'Is het waar? Kom je hierheen?'

'Ja!'

'Mijn fucking god, dat is het beste nieuws dat ik in zeer lange tijd gehoord heb.'

Max grinnikte. Gek dat ze zo ontzettend dol was op Brynn. Hoe erg ze het miste zo'n vriendin te hebben. Brynn duwde zichzelf omhoog en haar laptop bewoog toen ze haar bed uit stapte. 'Ik ga alleen even water pakken – blijf praten, ik ben zo terug.'

'Heb je al besloten of het Australië of Zuidoost-Azië wordt?' gilde Max naar het scherm. 'Ik ben zo schijtjaloers op je.'

'Kom dan gewoon!' Brynn kwam weer in beeld en dook onder de dekens. 'Je zei zelf dat je toch niets beters te doen had.'

'Nou ja, ik ben naar een paar dingen aan het kijken.'

'Zoals?'

'Zoals me nu inschrijven om in januari te beginnen. Er zijn dus best een paar opleidingen waar dat kan. Ach, weet ik veel. Ik moet zo snel mogelijk een baan vinden, iets substantiëlers doen dan ijs scheppen. Meer sparen. Een plan bedenken.'

De deur naar de aangrenzende badkamer ging open en haar moeder verscheen in een badjas en op rubberen slippers. 'Ik ben zo ontspannen dat ik het wel uit kan schreeuwen.' Ze schuifelde Max' kamer in.

'Hai, mevrouw Marcus!' riep Brynn vanaf Max' scherm.

'Is dat Brynn?' Peyton ging naast Max zitten en boog zich naar voren. 'Hoi, lieverd! En hou nou eens op me "mevrouw Marcus" te noemen, dan voel ik me oud.'

Brynn lachte. 'U bent de coolste oude persoon die ik ken. Kunt u mij ook meenemen als u de volgende keer een weekendje weggaat met Max?'

'Natuurlijk. Ik ga onder de douche, dan kunnen jullie verder praten. Doe je ouders de groeten van me, oké?'

Haar moeder trok de ceintuur strakker om haar middel, liep naar de badkamer en deed de deur achter zich dicht.

'Ik moet eigenlijk weg.' Brynn sloeg haar ogen ten hemel. 'Ik heb mijn vader beloofd mee te gaan naar de supermarkt.'

'Veel plezier daarmee,' zei Max. 'Later terugbellen?'

Toen Brynns gezicht verdwenen was, begon Max de videofilmpjes die ze overdag gemaakt had over te zetten. Vanuit de auto had ze een bord met WELKOM IN VERMONT meegepikt, een paar tellen van het manisch vrolijke restaurantpersoneel dat in herhaling hysterisch zou zijn, een volkomen willekeurig stukje toen ze de lege yogastudio was binnengeglipt en op een gigantische gong had geslagen en een paar selfies – met statief – uitgestrekt op een van de banken in het appartement met een kop thee en een paperback. Even kreeg ze het benauwd. Was het te veel? Haar vingers vlogen over het toetsenbord om te knippen, plakken en lichter te maken.

Haar moeder kwam de badkamer weer uit. 'Hoe laat wil je gaan eten?' vroeg ze, terwijl ze haar haar afdroogde.

Max staarde naar haar scherm. 'Over een half uurtje? Ik ben hier bijna klaar mee.'

'Wat ben je aan het doen?'

Normaal gesproken zou Max op een toon die haar moeder duidelijk zou maken dat ze moest ophouden met vragen iets gemompeld hebben als *mijn kanaal* of *de vlog van vandaag*, maar na haar FaceTime met Brynn en een algeheel gevoel van welbevinden dat ze al in geen eeuwen meer gehad had, keek ze op en zei: 'Hier, kijk zelf maar.'

Ze verwachtte half dat haar moeder een excuus zou verzinnen, maar tot haar verbazing kwam ze meteen naast haar op het bed zitten. 'O, wat geweldig!' Peyton wees naar een filmpje van de autorit. De snelweg strekte zich voor hen uit, maar op een open plek aan de zijkant had Max een enorme groep nieuwsgierige herten vastgelegd. Het waren er een stuk of vijfentwintig; de moeders aten en de kleintjes huppelden rond.

'Schattig, hè?'

Max scrolde door het andere materiaal van die dag. Tot haar verbijstering stelde haar moeder niet alleen vijfentachtigduizend vragen – wat zowel als moeder als als journalist haar taak was – maar ze leek ook daadwerkelijk geïnteresseerd in de antwoorden. Hoe vaak had ze haar niet geprobeerd uit te leggen waar een vlog voor diende? Of waarom vreemden ernaar keken? Of wat het ene filmpje in artistiek opzicht fascinerender maakte dan het andere? Nu liet ze haar moeder de lijst met achtduizend volgers zien – die commentaar leverden, haar dm'den, haar vragen stelden en zich inschreven voor berichten – en leek dat haar aandacht te trekken.

'En hoeveel van die mensen ken je?'

'Kennen als in het echte leven?' Max haalde haar schouders op. 'Dat weet ik niet precies, een stuk of dertig misschien? Een paar meiden van Milford, en nu wat mensen uit Paradise, Brynn en een paar vrienden van haar. Maar de meesten zijn vreemden.'

'Ongelooflijk,' zei haar moeder. 'Ik vind het echt knap hoe je het aan elkaar monteert. Elke dag is anders, maar of je nu dingen in de natuur observeert, een vlieg op de muur bent bij een heftige sociale interactie, of een ode brengt aan de stad waar je duidelijk zo gek op bent, je geeft het allemaal zo'n uniek perspectief. Er zijn niet veel mensen die dat kunnen, hoor.'

Er verspreidde zich een warm gevoel in Max' borstkas. Haar vader zei dit soort dingen voortdurend, maar ze kon zich niet herinneren wanneer haar moeder haar voor het laatst had gecomplimenteerd met andere dingen dan lichaamsbeweging of eetkeuzes. 'Dank je.'

'Maarre… ik heb je vader vandaag gesproken. Je krijgt de groeten van hem.'

Max voelde dat haar moeder naar haar keek. 'O, ja?'

'De rechter heeft hem veroordeeld tot drie weken celstraf.'

'In de gevángenis?'

'In een minimaal beveiligde federale penitentiaire inrichting, ja.'

'Gaat pap naar de gevángenis? Ik bedoel, we wisten allemaal dat dit waarschijnlijk ging gebeuren, maar mijn god, nu is het wel heel echt. Wat is dit allemaal toch klote.'

'Hij mist jou echt heel erg, lieverd. Hij vraagt elke dag naar je. Ik weet dat het moeilijk te begrijpen is op jouw leeftijd, maar je kunt van het opvoeden soms je verstand verliezen – zelfs slimme, evenwichtige ouders weten het soms even niet meer. Maar diep vanbinnen weet je wie jouw vader echt is. Voor hem draait het eigenlijk allemaal alleen maar om jou. En als ik onderweg één ding geleerd heb – en ik leer nu nog steeds – is het wel dat je er moet zijn voor degenen die je liefhebt, zelfs als die er een potje van maken. Voorál als die er een potje van maken. Je kunt hem niet altijd zo buiten blijven sluiten.'

'Dat ben ik ook niet van plan. Maar ik ben er ook nog niet klaar voor om hem te vergeven.'

'Ik begrijp dat dat nu lastig is om te zien, maar alles ligt nog voor je – álles. Ooit is deze hele rotsituatie een piepklein smetje in je achteruitkijkspiegel en dan ben jij een wereldberoemde camera-vrouw – of een tevreden huismoeder, of een slimme zakenvrouw, of een chirurg – wie zal het zeggen? Het enige wat ik wil zeggen is dat je vader en ik heel erg veel van je houden en dat ook dit zal overgaan.'

Max keek op. 'Zei je dat nou echt?'

Er verscheen een glimlach op haar moeders gezicht. 'Sorry. Nisha zegt dat de laatste tijd steeds tegen me en dan kan ik haar wel vermoorden.'

'Ja, dat snap ik.' Max klapte haar laptop dicht en draaide zich naar haar moeder. 'Maar ik ben niet de enige die zich genaaid voelt. Kunnen we tante Skye niet op de een of andere manier helpen? Met haar goede doel? Het is zo oneerlijk dat dat meidenhuis waaraan ze al twee jaar van haar leven heeft gewijd nu misschien vanwege ons niet doorgaat.'

'Lieverd –' haar moeders stem stokte. 'Het is… het is niet… Het is allemaal ingewikkelder dan het lijkt.'

'Ingewikkeld? Het lijkt mij vrij simpel.'

Peyton stond op en liep naar de kast, waar ze een kleine boodschappentas uit haalde.

'Ga je wég?' vroeg Max.

'Nee! Kijk wat ik heb meegebracht!' Haar moeder kwam met de tas terug naar Max' bed en haalde daar een voor een de spullen uit.

'O mijn god – is dat wat ik denk dat het is?' Max raapte een pak met vier cupcakes met chocoladeglazuur op.

'Nou en of. En deze heb ik ook meegenomen.' Zakken in bioscoopformaat met zure matten, chocoladerozijnen en winegums vielen op het bed.

'Ben je nuchter?' Max kon haar ogen niet geloven.

'Niet lang meer, hoop ik.' Haar moeder toverde een fles Veuve Clicquot tevoorschijn en hield die omhoog alsof het een trofee was.

'Maar ik ben pas zeventien!'

Haar moeder slaakte een zucht. 'De meeste moeders zouden vast blij zijn dat hun tienerdochter zich aan de alcoholwet houdt.' Ze sprong weer van het bed en haalde twee glazen en een washandje uit de badkamer. De kurk schoot al na één keer draaien in het washandje en ze juichten.

Max nam een glas aan en bestudeerde de bruisende inhoud. 'Das een flinke scheut,' zei ze. 'Dit heb je eerder gedaan.'

'Ha! Er is geen enkele reden waarom ik niet kan genieten van een beetje champagne met mijn prachtige dochter.'

'Behalve dan: minderjarig,' zei Max grinnikend.

'Nou en?' Peyton tikte haar glas tegen dat van Max. 'Denk je dat ze ons arresteren?'

24
Gelukkige gezinsmomenten

Peyton schonk nog een kop koffie voor zichzelf in en belde Kenneth.

'Met het kantoor van de heer Grinfeld,' zei zijn assistente opgewekt, ook al wist ze hoogstwaarschijnlijk al dat ze Peyton aan de lijn had.

'Hai, Liz. Goedemorgen! Kan ik hem even spreken?'

'Wie kan ik zeggen dat er is?'

Peyton ademde diep in. 'Ik ben het maar. Peyton. Zoals elke maandagochtend de afgelopen negen jaar!' Ze probeerde een luchtige toon aan te slaan.

'Natuurlijk, Peyton. Ik verbind je door.'

Ze wachtte minstens twee minuten, wat een minuut en vijfenvijftig seconden langer was dan normaal.

'Peyton?' bulderde Kenneth. 'Wat kan ik voor je doen?'

'Ik wil graag weten hoe het ervoor staat. Je zei dat je vrijdag aan het eind van de middag zou bellen, maar ik heb niets van je gehoord. Is er al nieuws van ANN?'

'Nog niets. Ik heb vanmiddag een telefonische afspraak met Joseph, maar daar zou ik maar niet al te veel van verwachten.'

Peyton besefte dat ze haar vingernagels in haar handpalmen drukte. 'O? En waarom niet?'

'Niets definitiefs. Alleen een voorgevoel. Ik bel je later vandaag als ik meer weet. O, Peyton? Ik doe het liever niet, maar ik moet dit telefoontje opnemen.' Hij hing op zonder gedag te zeggen.

Ze wierp een blik op het klokje van de magnetron. 9.33 uur. Sean zou nu klaar zijn met de nabespreking van het programma, maar toen ze belde, werd ze meteen naar de voicemail doorgeschakeld.

'Hai, met mij. Wilde gewoon even weten hoe het met je gaat. Bel je me terug als je een gaatje hebt? Oké, dag!'

Het was de tweede keer dat ze een bericht achterliet. Na het eerste had hij haar een verontschuldigende app gestuurd, gezegd dat het 'een gekkenhuis' was en dat hij haar zo snel mogelijk zou bellen.

Peyton wilde net Nisha bellen toen Max in een joggingbroek, een gerafelde tanktop en hoge sneakers in de keuken opdook. Zoals gebruikelijk had ze al haar haren opgestapeld op haar hoofd.

'Ha, liefje,' zei ze, terwijl ze zich schrap zette voor een chagrijnige tienerreactie zo vroeg op de ochtend. Het weekendje weg met Max was heerlijk geweest – zelfs nog beter dan ze van zichzelf had mogen hopen – maar ze had het grootste deel van de nacht liggen piekeren over Max' bekentenis dat ze niet wist hoe ze verder moest. Dat was zo'n zeldzame uitlating geweest van de normaal altijd zo stoere Max dat die maar door Peytons hoofd was blijven malen.

Ze stond op en sloeg haar armen om haar dochter. 'Zal ik een ontbijtje voor je maken?'

'Nee, bedankt,' zei Max, opgewekter dan ze sinds eeuwen was geweest. 'Ik heb met een paar vrienden afgesproken in de diner.

'Een paar vrienden?'

'Mam.'

'Wat? Nieuwsgierig aagje wil weten of Oliver daar toevallig ook bij hoort.'

Max deed of ze druk bezig was met het vullen van haar roestvrijstalen koffiemok, maar Peyton zag de rode vlek in haar nek omhoogkruipen.

'Ik vind het geweldig dat jullie... vrienden zijn. Die ene keer dat ik langskwam op je werk was hij echt superaardig.'

'Mmm. Dus je vindt het niet erg als ik de auto neem?'

'Geen punt, liefje. Hou me gewoon op de hoogte, oké?'

'Yep.' Max ging ervandoor. Even later hoorde Peyton de deur dichtslaan. Ze vond het geweldig dat Max nu een vriendengroep had en misschien zelfs wel een vriendje. Ze wist niet zeker of ze wel beseft had hoe eenzaam haar dochter de afgelopen weken was geweest – of eigenlijk sinds het vertrek van Brynn. En nu haar toekomst zo onzeker was... Peyton moest er niet aan denken.

Haar telefoon ging.

'Hi,' zei ze tegen Nisha. 'Ik wilde jou net bellen!'

'Luister, ik heb niet veel tijd. Ik wilde alleen even weten hoe het gaat met het updaten van je sociale media. Ik vind dat je je rechtstreeks tot het publiek moet richten nadat je eerder weg bent gegaan op die veiling.'

'Eh... ja, absoluut. Ik heb mijn socialemediamanager gesproken en zij zei dat ik het beste een tiental foto's kan uitzoeken, daar tekstjes bij moet schrijven en die dan naar haar moet sturen. Dan post zij er elke week een paar.'

'Prima,' zei Nisha. 'Onthoud dat het echt persoonlijk moet zijn. Menselijk. Gelukkige gezinsmomenten, oké? En wees niet bang Isaac er ook bij te betrekken – je hebt niets te verbergen.'

'Begrepen,' zei Peyton, die nog steeds een beetje overdonderd was door Nisha's manier van doen. 'Hé, ik weet dat het heel kort dag is, maar heb je zin om vanavond een borrel te drinken, of misschien zelfs een hapje te eten? Ik wil met alle liefde naar jou toe komen.'

'Lijkt me geweldig, maar ik kan vanavond niet.'

Peyton wachtte tot ze hierover uitweidde, maar dat deed Nisha niet. 'Oké. Een andere keer dan?'

'Mmm. Wil je de e-mail die je haar stuurt aan mij cc'en? Zodat ik de foto's kan zien?'

'Ja, natuurlijk. Doe Ajit de groeten van me. En de jongens. We missen jullie!' Het was niet haar bedoeling dat het er zo pathetisch, beschuldigend of bedroefd uit kwam, maar toch slaagde ze erin alle drie de tonen aan te slaan.

'Zal ik doen. Tot gauw.' Nisha hing op.

Niemand zou Nisha er ooit van beschuldigen liefdevol en knuffelig te zijn, maar sinds wanneer was ze zo kil? Zo afstandelijk? Ze hadden elkaar niet meer gezien sinds de brunch bij haar thuis de ochtend na Isaacs arrestatie, en die bijeenkomst was feitelijk gewoon zakelijk geweest. Ze hadden altijd tijd vrijgemaakt voor een snelle kop koffie of een cocktail, ook als ze allebei ómkwamen in het werk en duizenden bordjes in de lucht moesten houden. Peyton nam zich voor Nisha snel weer te bellen en stuurde toen een bericht naar haar tv-moedersappgroep.

Hai! Kort dag maar iemand zin in een borrel vanavond?

Ze wachtte vijf minuten en toen er niemand reageerde, voegde ze eraan toe: *En ook:* mi casa es su casa*! Kom met je gezin hiernaartoe dit weekend. Zwembad, veranda, kippen, cocktails… Paradise wacht op je.*

Weer verstreken er vijf minuten, en vervolgens tien, en er kwam geen enkele reactie.

Peyton probeerde zich niets aan te trekken van de radiostilte van haar vriendinnen, klapte haar laptop open en begon door haar bijna achtduizend foto's te scrollen op zoek naar de menselijke beelden waar Nisha om had verzocht. De eerste foto die ze koos was van de eenjarige Max in een tutu op een pompoenveld.

Kauwend op een appel was ze met haar staartjes en bolle wangen om op te vreten. Peyton glimlachte bij de herinnering aan die middag waarop ze naar de boerderij op Long Island waren gereden. Ze schreef: *De eerste Halloween van mijn kleine meid!* Als tegenhanger scrolde ze zestien jaar verder – gezichten en plekken schoten vlekkerig voorbij – tot ze de foto vond die ze zocht: Max tijdens de diploma-uitreiking met een vredesteken op haar baret en een brede glimlach op haar gezicht, klaar voor de toekomst. Peyton kreeg een brok in haar keel toen ze de foto toevoegde aan het album en erbij schreef: *Zo trots op de vrouw die ze is geworden!*

Ze scrolde verder en koos een foto van Isaac en haar in het weekend dat ze hem ten huwelijk had gevraagd. Bleek van zeeziekte en met woeste haren van de zoute lucht, hielp ze hem een reusachtige gestreepte zeebaars omhoog te houden. Ze grijnsden allebei. Ze herinnerde zich dat ze daarna terug waren gegaan naar hun kleine kamer in de Montauk Inn, gevreeën hadden en gepraat over hun toekomstplannen. Ze tikte: *Mijn man, de liefde van mijn leven.* Zonder na te denken voegde ze nog een paar foto's toe die haar tot aan de dag van vandaag levendig voor de geest stonden: Isaac die de pasgeboren Max in de palmen van zijn handen hield, Isaac die dreumes Max op miniskietjes vasthield in Vermont, een kerstfeest van ANN waarop Isaac, die er beeldschoon uitzag in zijn smoking, te midden van haar collega's stond en hen allemaal aan het lachen maakte. Ze glimlachte toen ze zich herinnerde hoe trots ze op hem was geweest die avond, hoe blij ze was geweest dat hij bij haar hoorde.

Een paar maanden geleden had Skye Peyton een zipdrive gestuurd met oude familiefoto's die ze had gescand uit de albums bij Marcia thuis. Het duurde een paar minuten voordat Peyton ze gevonden had en de leukste kon uitkiezen: Skye en zij met een slecht geknipte pony en een beugel op een familiebarmitswa. Ze schreef erbij: *Mijn wederhelft.* Omdat ze zich niet in kon houden, voegde ze er nog een andere aan toe, waarop ze met zijn drieën voor hun huis in Pennsylvania stonden. Skye zat op de grond een Beverly Cleary-boek te lezen, terwijl Marcia Peyton leerde fietsen op twee wielen. Hun vader was er net vandoor met zijn mondhygiëniste, en hoewel Peyton vergeten was wie de foto had gemaakt, kon ze dat gevoel dat haar leven onherroepelijk veranderd was zo oproepen.

Ze schonk nog een kop koffie in en kwam een foto tegen die haar aan het lachen maakte: al haar tv-moeders voordat ze moeder waren op de openingsavond van het restaurant Buddakan. De tafel voor hen stond vol cocktails, ze droegen strakke jurkjes, lachten hun witte tanden bloot en hadden hun armen over elkaars schouders geslagen. *Mijn geweldige vriendinnen aan het begin van onze tv-tijd* schreef ze erbij. Lieve hemel, wat leek dat lang geleden. Waren ze echt zo gelukkig en vrij geweest? Zo jong? Opeens schoot haar een andere foto te binnen, die nog maar een half jaar geleden gemaakt was. Het kostte wat zoekwerk, maar al snel had Peyton ook die gevonden. Ze waren er allemaal op de een of andere manier in geslaagd aan hun werk, echtgenoot, kinderen en verantwoordelijkheden te ontsnappen om drie dagen naar een resort in Mexico te gaan. Op de foto dreven ze lachend in een zwembad met grote strooien hoeden en kleurrijke margarita's. *Mijn meiden* schreef ze erbij.

Door de foto bedacht ze dat ze haar app moest checken, maar geen van haar vriendinnen had gereageerd op haar oproep te gaan borrelen of op bezoek te komen in Paradise. Ze plofte op de oncomfortabele rieten eetstoel en staarde naar haar scherm. Daar stond de foto die haar socialemediaverzameling zou completeren. Hij was van Thanksgiving vorig jaar bij hen thuis. Ze zaten met zijn allen – Skyes gezin, Gabes moeder, Marcia, Max en zelfs Brynn, die even gedag was komen zeggen – onderuitgezakt in de woonkamer na een gigantische maaltijd te kijken naar Aurora, die een dansje deed op een nummer van Justin Bieber. Peyton had de foto staand op de bank gemaakt om alles erop te krijgen en iedereen zat te lachen en te klappen.

De tranen kwamen zo snel en hevig dat Peyton amper op kon staan. Ze moest weg bij de computer, haar telefoon, al die duizenden foto's die in levendige kleuren lieten zien wat ze op het spel had gezet. Ze strompelde haar slaapkamer in en wierp zich op Isaacs kant van het bed, wat belachelijk was, want hij had nog nooit in het huisje in Paradise geslapen. Hoe had ze zo stom kunnen zijn? Waarom had ze het gedaan? Ze had zichzelf dit de afgelopen weken en maanden heel erg vaak afgevraagd, en hoewel ze zich iets beter ging voelen door te zeggen dat ze het voor Max had gedaan, kon Peyton zichzelf niet langer voor de gek houden. Ze had alles op het spel gezet – haar huwelijk, haar relatie met Skye, met haar vriendinnen, haar carrière en, het allerergst, haar dochters toekomst – in een of andere domme poging perfect te zijn. De schone schijn op te houden. Ervoor te zorgen dat niemand ooit de echte Peyton zag, degene die zich voortdurend een bedrieger voelde en die er, ondanks al haar prestaties, van overtuigd was dat ze die allemaal niet verdiende.

25

Naar taart geurende helse mallemolen

Skye beende over alle drie de verdiepingen van de net gerenoveerde bibliotheek en zocht met bonkend hart het stilste hokje. Een bibliotheek was ook zo'n plek waar ze zich oud ging voelen. Als kind in Pennsylvania had haar lokale bibliotheek op drie regels gehamerd: niet eten, niet praten en je boeken op tijd terugbrengen. Maar hier, in de openbare bibliotheek van Paradise die er meer uitzag als het MoMA, waren die regels niet van toepassing. Met uitzondering van één stille leeskamer praatte iedereen op normaal volume. Mobieltjes rinkelden. Laptops pingelden. Mensen ramden erop los op toetsenborden, kauwden op boerenkoolchips en slurpten liter na liter smartwater, vitaminewater en Hint-water. Dreumesen renden langs de boekenrekken, baby's jengelden en moeders dreigden. Jongeren die tegen hun ouders hadden gezegd dat ze huiswerk gingen maken, hoopten samen in hoekjes om te tiktokken. En de boeken! Als je er tien meenam en er daar in drie weken uitleentijd niet één van las? Geen probleem! Gewoon inloggen en verlengen. Het was een totaal andere plek geworden, een virtueel centrum om samen te komen, te kletsen, te eten, te drinken, niet te lezen, amper te schrijven en nul te studeren. Toch was het nog steeds stukken beter dan proberen te werken in een Starbucks of – o huiver – haar eigen huis, dus Skye kwam er steeds terug.

Haar telefoon ging. Een onbekend nummer. In een reflex stuurde ze de beller naar haar voicemail, wachtte dertig tellen en luisterde hem toen af. Het was de zoveelste schuldeiser die wilde weten wanneer ze haar volgende termijn zou aflossen. Ze wiste het bericht en haalde een paar keer diep adem. Gisteren nog had ze, meteen nadat Gabe naar zijn werk was vertrokken, Aurora en voor ongeveer zeshonderd dollar aan handdoeken en beddengoed in de auto geladen en was naar Bed Bath & Beyond gereden. De verkoper wilde de spullen zo lang na de inruiltermijn eigenlijk niet meer terugnemen, maar de chef had een uitzondering gemaakt toen Skye in tranen was uitgebarsten. Vervolgens had ze hetzelfde gedaan bij Target, West Elm en Walmart, maar zowel haar souterrain als haar schuld was daar amper iets mee opgeschoten.

Nadat ze eindelijk achter een tafel was gaan zitten, hoewel die naar haar smaak een tikkeltje te dicht bij de stripafdeling was (die kinderen waren meestal het luidruchtigst), logde ze in op de wifi en verstuurde, zoals ze zichzelf beloofd had, een paar mails waarmee ze al een tijdje in haar maag zat. Ze kreeg de smaak te pakken en las en herlas het concept van de mail die ze de week ervoor had geschreven, maar nog steeds niet had durven versturen. Daarin had ze haar plannen voor het huis en iets over de opleiding van de meiden uiteengezet op een naar ze hoopte interessante en indringende manier. Pas helemaal aan het eind vroeg ze naar suggesties voor mensen die – op persoonlijke titel dan wel professioneel – geïnteresseerd zouden zijn dit project te ondersteunen. Moest ze directer zijn? Of juist minder? Het eerder vragen? Meer informatie delen? Skye brak zich daar het hoofd over en klapte toen gefrustreerd haar laptop dicht. Hoe was het mogelijk dat ze dit nu weer zat te doen: om geld bedelen en mensen smeken te doneren? Haar woede jegens Isaac was ongezond, dat wist ze, maar ze kon er niets aan doen. Ervoor kiezen je eigen leven te ruïneren was één ding, maar daarmee ook Max en acht kinderen die veel beter verdienden meenemen in je val maakte het een stuk moeilijker te slikken.

Een misnoegd ogende jongere drentelde dichterbij en doorzocht de strips. Hij maakte vreemde smakkende geluiden en keek Skye boos aan toen hij merkte dat ze naar hem staarde. Ze pakte haar laptop en liep naar de cafetaria om koffie te drinken. Was ze emotioneel beschadigd omdat ze aannam dat hij een pistool ging trekken om iedereen neer te schieten?

Vanuit de cafetaria appte ze Gabe: *Is het gestoord om te denken dat een of ander in het zwart gekleed joch dat woeste geluiden maakt in de bibliotheek een schutter is?*

Ja.

Waarom? Komt dat nooit bij jou op? Ze wist dat dat het geval was.

Natuurlijk. Te vaak. Ons land is verrot.

Waarom denk je dan dat mijn bibliotheekjoch geen killer is?

Omdat hij in de bibliotheek is!

Skye dacht daarover na. Er zat iets in. Ze nam een slokje koffie en keek hoe laat het was: over een kwartier had ze de vergaderkamer voor zichzelf. Ja, ze had kostbare minuten verspeeld met het zoeken naar een rustig plekje om te werken, maar straks kon ze anderhalf uur naar een afgeschermde ruimte verhuizen – meer dan genoeg tijd om de mail af te maken en te versturen naar iedereen die ze kende, zolang ze maar geconcentreerd bleef – en dan was ze nog steeds op tijd voor haar afspraak met Max en Aurora in het winkelcentrum.

Ze kopieerde en plakte haar tekst naar Peyton. *Is het gestoord om te denken dat een of ander in het zwart gekleed joch dat woeste geluiden maakt in de bibliotheek een schutter is?*

Je zou gestoord zijn als je dat niet deed, schreef Peyton meteen terug. *Niet nadenken, gewoon weggaan! Vertrouw op je instincten!*

Skye glimlachte. Ze pakte haar koffie en tas, liep naar vergaderzaal 2, stelde de temperatuur en de verlichting in en ging zitten. Ze haalde diep adem. Nu had ze anderhalf uur om zich te concentreren. Negentig minuten waarop ze de hele dag gewacht had. Ze was er klaar voor. Ze zou iedereen versteld doen staan. Het was koel en stil in de ruimte, Skye had gegeten en gedronken, en haar dochter was veilig en gelukkig. Ze had geluk gehad dat Isaac iemand kende die bereid was geweest dit te financieren, maar dat was dus in rook opgegaan. Nu was het tijd dat ze iets anders voor elkaar kreeg. Ze was niet iemand die opgaf, althans, nog niet. Ze haalde nog een paar keer diep adem, sprak zichzelf bemoedigend toe en opende haar laptop.

Er verscheen een mail van J.Crew over de jaarlijkse uitverkoop en instinctief klikte Skye erop. Een knalroze nieuw-voor-dit-najaar kinderjas leidde haar naar een paar andere sites om er zeker van te zijn dat die geen schattiger versie voor een betere prijs hadden, wat leidde naar een lijst van nieuwe najaarstrends op BuzzFeed en vervolgens regelrecht naar een diavertoning van vijfsterrenbestsellers van de afgelopen zomer op Amazon. Voordat ze besefte wat er gebeurde, had Skye een vochtinbrengend mondspoelmiddel besteld hoewel ze nou niet bepaald een droge mond had, een setje magnetische maatschepjes voor al het bakken dat ze nooit deed en een wel heel erg schattige opbergdoos voor zonnebrillen, ook al had ze er maar twee. Er werd op de deur geklopt.

'Hai! Sorry! Maar ik dacht dat mijn tijd nu inging?' zei een sprankelend tienermeisje in een voetbalshirt van Paradise met scheenbeschermers om haar benen. Haar blonde vlecht kwam tot aan haar onderrug en haar parmantige neus zat onder de sproetjes. Zelfs haar tanden waren stralend wit.

'Natuurlijk,' zei Skye ondanks haar paniek met een warme glimlach. Waarom had ze haar kostbare negentig minuten nou verspild aan het surfen naar kledingsites en het kopen van stomme spullen die ze niet nodig had? Waarom was het de laatste tijd zo verdomd moeilijk om je te concentreren?

Ze pakte haar spullen bij elkaar en ging op weg naar de parkeerplaats. Haar telefoon ging toen ze achteruit wegreed: weer een onbekend nummer. Hij ging weer. En nog een keer. Was dat de zoveelste schuldeiser? Ze voelde haar oksels klam worden. Ze waren haar de laatste tijd aan het stalken. Daardoor voelde ze zich opeens een crimineel in plaats van iemand die de volmaakt legitieme kosten gewoon kon betalen voor dit uit de hand gelopen misverstand. Waarom waren ze zo meedogenloos, zo vastberaden? Toen de telefoon weer begon te rinkelen, drukte Skye op de opneemknop en schreeuwde: 'Stop met bellen! Ik heb alles wat u moet weten al verteld. Aan dit stalkbellen heeft niemand iets. Ik ga een klacht ind–'

'Skye? Ben jij dat?' galmde een vrouwenstem door de autospeaker.

Skyes ogen werden groot. 'Hallo? Met wie spreek ik?'

'Skye? Met Susan, van Forever Families?'

'O mijn god, Susan! Natuurlijk, hoe ís het met je?'

'Komt het wel gelegen? Zo te horen zit je ergens middenin.'

Skye forceerde een lach. 'Sorry. Ik dacht dat je iemand anders was. Het komt juist heel goed uit, nu,' loog ze, terwijl ze bijna tegen de auto voor haar aan reed. 'Ik ga alleen even… Zo!' Ze parkeerde aan de kant van de weg en zette haar knipperlichten aan. 'Ik ben een en al oor.'

'Dit soort gesprekken voer ik eigenlijk liever niet over de telefoon…'

'Bel je om te zeggen dat ons dossier weer geactiveerd is?' vroeg Skye met het hoge stemmetje dat ze altijd kreeg als ze loog. Waarom had ze Gabe nog steeds niet verteld dat ze besloten had – zonder er ook maar met hem over te praten – hen weer op te geven als adoptieouders? Het was krankzinnig.

'Nou, ja, tot op bepaalde hoogte. Ik moet wel zeggen dat het wat mij betreft een beetje een verkennend telefoontje was om jullie huidige situatie te peilen, jullie standpunt, bereidheid… dat soort dingen.'

Skye fronste. 'Ons standpunt?'

'Ik ben niet erg duidelijk, hè? Ik moet zeggen dat dit ook een beetje een bijzondere situatie is die ik nog nooit eerder heb meegemaakt.' Susan schraapte haar keel.

'Is er iets mis?' Skyes gedachten schoten meteen naar Aurora, ook al wist ze dat ze veilig bij Max was en dat de meisjes onderweg waren naar het winkelcentrum voor hun afspraak met haar.

'Nee, helemaal niet. Ik besef dat dit nogal uit de lucht komt vallen, maar Aurora's biologische moeder is weer in verwachting… en ze wil dat Gabe en jij het kindje adopteren.'

Ergens achter haar werd getoeterd. Op de radio zong John Mayer zijn banale tekst over dochters die geliefden en moeders werden. Auto's schoten voorbij, chauffeurs wierpen woeste blikken naar de idioot die dubbel geparkeerd stond en achteloos een deel van de weg blokkeerde. In de auto was het opeens bijna verstikkend benauwd.

'Skye?'

Ze voelde haar hart tekeergaan. Kreeg ze een infarct? Een angstaanval? Ze ademde oppervlakkig en het leek wel of er geen zuurstof in de lucht zat. Snel draaide ze haar raampje naar beneden.

'Je wilt natuurlijk nog niets zeggen! Je moet het met Gabe bespreken en jullie hebben tijd nodig om erover na te denken. Ik heb echter nog een detail dat… van invloed kan zijn op jullie beslissing.'

'Niet het geslacht vertellen! Ik wil niet weten wat het wordt!' schreeuwde Skye, waarna ze haar hand tegen haar voorhoofd sloeg. Waarom was dit het eerste wat ze eruit kon krijgen?

'Het gaat niet om het geslacht, hoewel we dat wel weten en met alle liefde zullen vertellen als de tijd daar is. Ik wilde zeggen dat de biologische moeder – Shayna – al bijna zeven maanden in verwachting is.'

'Dus ze is in oktober uitgerekend!'

Susan mompelde: 'Ja, best snel. Ik weet dat ze hoopte het kind te houden, maar recente ontwikkelingen hebben dat onmogelijk gemaakt.'

Een groep lachende jongeren stak voor de auto over.

'Skye? Heb je nog andere vragen?'

'Wat? O, eh... ik denk het niet. Ik zal Gabe bellen, uiteraard, om erover te praten en dan laat ik het je weten. Is er een deadline? Sorry, ik weet dat dat niet het juiste woord is, maar wanneer wil je het uiterlijk weten? Ik bedoel, Shayna wil het vast zo snel mogelijk weten, maar ik ben nu niet eens thuis...'

Susans stem was geruststellend. 'Ik begrijp dat dit nogal schrikken is, zo'n telefoontje dat uit de lucht komt vallen. Jullie moeten er de tijd voor nemen die jullie nodig hebben en pas weer contact met mij opnemen als jullie daar klaar voor zijn, oké? En aarzel niet me te bellen als je nog dingen wilt weten of ik ergens mee kan helpen.'

'Oké. Begrepen. Ik bedoel, dank je wel.'

De verbinding werd verbroken, maar Skyes hartslag nam niet af. Ze zette de auto in zijn één en kwam op de een of andere manier aan bij het winkelcentrum, ook al kon ze zich niet meer herinneren dat ze erheen was gereden, had geparkeerd en naar binnen was gelopen. Alleen de stem van haar dochter haalde Skye uit haar schemertoestand.

'Mama!' Skye voelde dat er twee armen strak om haar middel werden geslagen.

'Liefje!' Ze bukte om Aurora op te tillen en rond te draaien. Haar beentjes zwaaiden door de lucht en ze gilde van de pret. 'Heb je het leuk gehad met Max?' Ze bukte om haar nichtje een zoen op haar wang te geven en was onthutst dat haar stem zo normaal klonk.

Alsof ze net geen levensveranderend telefoontje had gekregen.

'Heel erg,' zei Max. Aurora knikte beamend.

'Er is hier iemand die heel dringend passende kleren voor school nodig heeft, maar winkelen is, laten we maar zeggen, niet haar favoriete bezigheid.' Skye tikte op Aurora's hoofd.

'Nou, de mijne ook niet,' zei Max. 'Dat is het domein van tante Peyton, toch?'

Aurora knikte. 'Tante Peyton vindt het heel leuk om nieuwe kleren te kopen.'

'Zeg dat,' zei Max. Skye schoot in de lach.

'Kijk daar, mama! Zie je dat! Dat wil ik! Mag ik dat hebben?' Skye had Aurora nog nooit zo wanhopig gehoord. Voordat zij of Max ook maar iets kon zeggen, schoot Aurora Justice binnen en staarde gefascineerd naar een wandhoge display van make-uptasjes bezaaid met lovertjes.

'Wat een amateuristische fout,' mompelde Skye, terwijl ze haar dochter de winkel in volgde.

Max schoot in de lach. 'Geen zorgen, deze fase duurt niet lang. Weet je niet meer hoe gek ik was op deze winkel? En moet je me nu zien.' Max wees naar haar wijde spijkerbroek met riem, geribde tanktop en Doc Martens, allemaal in het zwart.

'Ja, maar ze is pas zes!' Skye zag dat Aurora elk artikel aaide dat binnen haar bereik was. 'Dus dit kan nog jaren doorgaan.' Ze haalde diep adem en stikte bijna van de kunstmatige geur van verjaardagstaart. Of waren het jellybeans? Glazuur? Wat het ook was, het kleefde aan haar gehemelte en de achterkant van haar tong. Aurora had haar nog nooit gesmeekt iets voor haar te kopen. Maar nu ze voor het eerst een voet over de drempel zette van deze fonkelende, glinsterende, helse mallemolen, had de winkel blijkbaar een of andere primaire, onbewuste knop in het brein van haar kleine meid geactiveerd. Aurora was door het dolle, rende van display naar display, bestudeerde, streelde en besnuffelde elk artikel dat in haar handjes paste.

'We gaan hier nu niets kopen, lieverd,' zei Skye zo rustig mogelijk, terwijl ze haar zesjarige met open mond zag kijken naar een jegging met lovertjes en gescheurde knieën.

'Maar, mama! Ik vind ze zo mooi!' Aurora was verder gerend en stond nu als aan de grond genageld voor een rek 'cadeausuggesties'. Regenboogkussens en bruisballen in elke denkbare geur. Alles was lichtblauw, roze of pimpelpaars. Op negentig procent van de artikelen prijkte een eenhoorn, en als een eenhoorn ontbrak dan was het een lama. Er waren pluizige dekens en bff-kettingen en hartvormige zonnebrillen. Rugzakken met giraffen die een koptelefoon ophadden. Pyjama's met GIRLZ RULE! in glitterletters. Nachtkastjes en dagboeken met sloten, dagboeken met fotolijstjes, dagboeken met eenhoorns – heel veel dagboeken. Eén wand werd volledig in beslag genomen door pluizige pantoffels en – moge God hen bijstaan – een make-updisplay gericht op zes-tot-tienjarigen, waarvan elke lipgloss een smaakje en elke oogschaduw een glittertje had. Gigantische haarstrikken. Plaktattoos. Talloze spullen die geen enkel kind nodig had: oorhangers, sportbeha's, onderbroeken met pijpjes.

'Alsjeblieft, mama?' Aurora wees naar een rek pyjama's. 'Mag ik heel erg alsjeblieft iets? Ik vind heel veel mooi. Heel erg erg alsjeblieft?' Ze vroeg het schattig en beleefd, maar ook bijna hysterisch. Skye had haar dochter nog nooit zo gezien – niet in een speelgoedwinkel, nergens.

Ze wilde 'nee' zeggen en de heroïneachtige verslaafdheid van deze winkel ontvluchten, maar Max legde zachtjes een hand op haar schouder. 'Ik zou maar "ja" zeggen,' zei ze zacht.

Skye keek in de prachtige bruine ogen van haar nichtje, dat zo wijs was voor haar leeftijd. 'Dus jij vindt dat ik die voor haar moet kopen?'

Max knikte. 'Het zijn fleece pyjama's. Wat maakt het uit? Wees een held en zeg "ja". Beschouw het als een investering in de toekomst: zwichten voor kleine dingen maakt het minder waarschijnlijk dat ze je over tien jaar haar nieuwe tepelpiercing laat zien. En daar zal ze geen toestemming voor vragen.'

Skye huiverde bij de gedachte aan wat er dan ook door iemands tepels gepiercet was. 'Dat heb je niet gedaan!'

'Nee, dat heb ik niet gedaan. Ik heb het overwogen. Maar deze?' Ze wees naar haar neusring. 'Die was alleen om mam op stang te jagen.'

Skye keek weer naar Aurora. 'Welke vind je het mooist?'

'Deze. Met de eenhoorns. Die vind ik zó mooi.'

Skye bekeek de zachte slaappakken: ze waren pimpelpaars, hadden roze klauwen voor de voeten en handen en een capuchon met een fonkelende zilveren eenhoorn. Er stond geen tekst op de kont en er waren geen onthullende delen. Had erger gekund, dacht ze, terwijl ze instemmend knikte.

Aurora juichte. 'Dank je wel, mama, heel erg bedankt! Ik ga die altijd elke nacht aandoen.'

Skye en Max lachten, terwijl Aurora weer naar een andere display rende.

'Zie je nou wel?' zei Max.

'Hoe kom jij zo slim?' Skye gaf Max een por.

'Vind je mij slim?' vroeg Max met grote ogen. 'Want mijn eigen vader denkt schijnbaar dat ik volslagen idioot ben.'

Skye sloot haar ogen. 'Natuurlijk denkt hij dat niet, lieverd. Hij was gewoon... Het was een slechte... Je weet dat jouw vader jou heel hoog heeft zitten.'

Max schudde haar hoofd. 'Heeft mam je verteld dat de rechter uitspraak heeft gedaan?'

Skye knikte. 'Drie weken?'

'Yep. Drie weken de bak in. Plus een boete en een taakstraf. Dan komt hij er nog gemakkelijk van af, hè?'

Skye streek over haar schouder. 'Ik denk niet dat hij het daarmee eens is. De gevangenis blijft de gevangenis.'

Max keek Skye nieuwsgierig aan. 'Waarom verdedig je hem? Ik heb je met mam horen praten en toen klonk je alsof je een verschrikkelijke hekel aan hem had.'

Toen ze Max' mondhoeken naar beneden zag gaan en alle pijn en verwarring zichtbaar werden op haar gezicht, kneep Skyes keel samen. Haar handen vlogen naar haar ogen, maar ze had geen enkele controle over de tranen. 'Sorry,' zei ze snel, toen Max' uitdrukking omsloeg in bezorgdheid. 'Ik ben gewoon erg... emotioneel.

'Nee, het spijt mij! Mijn moeder heeft het allemaal uitgelegd en ik weet dat je echt in een klotesituatie zit... Ik maak de laatste tijd iedereen aan het huilen.'

'Nee, liefje, echt niet. Jij bent hier het lijdend voorwerp.' Skye veegde de tranen weg, die niet van ophouden leken te weten. Daar was dat gevoel dat ze geen adem kreeg weer. Hoe ging ze het aan Gabe vertellen? Stel dat hij het kind niet wilde? Wat betekende het voor het meidenhuis? Hoe ging ze haar schulden aflossen?

Max aaide over haar rug en wist duidelijk niet wat ze moest zeggen.

'Ik weet niet wat ik heb... Het zal de perimenopauze wel zijn. Als een vrouw van boven de veertig huilt, is het de perimenopauze.'

'Waarom huil je, mama?' Aurora doemde op uit het niets. Ze hield een enorm kussen in de vorm van een drol-emoji vast.

'Wat zeg je, liefje? Ik huil niet, hoor. Ik was gewoon... aan het praten met Max.'

Aurora stak het drolkussen omhoog. 'Mogen we deze, mama? Alsjeblieft?'

Skye probeerde tevergeefs te antwoorden.

'Aurora, lieve schat, echt niemand wil een enorme drol op zijn bed,' zei Max verstandig. 'Maar weet je? Ik ben al een hele tijd op zoek naar paarse lipgloss. Paars, niet roze. En er moet glitter in zitten. Denk je dat jij die voor me kunt vinden?'

Het meisje liet het kussen vallen en ging er, verrukt door de opdracht, vandoor naar de make-upafdeling.

'Dank je,' fluisterde Skye.

'Je mag best huilen, hoor,' zei Max.

'Ach, zo'n ramp is dit nu ook weer niet.' Skye zag Aurora voorzichtig elke lipgloss pakken en van dichtbij bestuderen. 'Maar ergens lijkt het wel of het meidenhuis gedoemd is, dat het nooit van de grond zal komen. Dat ik nooit een andere investeerder zal vinden en de komende acht jaar precies hetzelfde doe als de afgelopen acht jaar: niet werken en het leven van mijn kind micromanagen, omringd door übervermogende mensen met de verkeerde prioriteiten. En dan heb ik het nog niet eens over de torenhoge schulden.' Het kwam er gemakkelijk uit, maar in gedachten hoorde ze alleen maar: *baby, baby, baby.*

Opeens sloeg Max haar armen stevig om haar heen. 'Sorry, tante Skye. Ik weet dat het niet zo is – echt – maar het voelt alsof het ergens allemaal mijn schuld is. Dat mijn pa dit niet gedaan zou hebben als ik er niet geweest was.'

Skye wapperde met haar hand. 'Kijk mij nou. Ik loop hier met jou te praten alsof jij dertig bent in plaats van zeventien. Dat komt omdat je je gedraagt als een dertigjarige! Maar serieus, lieverd, met mij is niets aan de hand. Dat lijkt nu misschien niet zo, maar het komt goed met me. Met óns.'

'Max! Ik heb hem gevonden! Paarse lipgloss met roze glitter!' Aurora zwaaide de lipgloss voor het gezicht van haar nichtje. 'Ik heb de mooiste gekozen.'

Max pakte de lipgloss aan alsof het een broos, zeldzaam vogeltje was. 'Wauw, precies wat ik zocht. Dank je wel!'

'Maak je hem open? Alsjeblieft? Ik wil hem proeven!'

Max en Skye schoten in de lach.

'Kom maar hier.' Skye pakte de lipgloss en legde die bij de eenhoornpyjama. 'Ik trakteer.'

26

Kwelling op een tatami

Het was koel en genoeglijk in de auto, de airco stond op haar hoogst, maar Peytons handen plakten aan het stuur. Terwijl ze naar het verlaten treinspoor voor zich staarde, vroeg ze zich af of het fysiologisch mogelijk was zenuwachtig te zijn over de ontmoeting met je eigen echtgenoot. Kriebels van een eerste date voor iemand met wie je al bijna twee decennia het bed deelde? Haar voet beukte op de grond.

Tegen de tijd dat de trein het station in kachelde en de eerste golf passagiers uitspuwde op het perron, hield Peyton haar adem in. Ze zag forenzen in allerlei soorten en maten die alleen hun vermoeidheid en misère gemeen hadden. Ze stapten in Ubers, taxi's, shuttlebusjes, SUV's met schoolstickers op de bumper en elk denkbaar merk luxewagen. Binnen zestig seconden was het perron weer bijna leeg; iedereen was verdwenen om van een korte avond thuis te genieten. Drie uur, wellicht, waarin ze zouden helpen met huiswerk, met het afruimen van de tafel en tot in detail het meest recente drama met het schoolbestuur aan moesten horen. Ze zouden een verhaaltje voor het slapengaan voorlezen, dreigen met consequenties als de kinderen nog één keer hun bed uit kwamen en wensen dat ze zin hadden om met hun partner te vrijen, terwijl ze eigenlijk alleen maar met een beker ijs of een biertje onderuitgezakt voor de tv naar de volgende smakeloze aflevering wilden kijken van de serie die ze volgden op Netflix, voordat het tijd was om naar bed te gaan, zodat ze het de volgende dag allemaal weer opnieuw konden doen. En de dag daarna. Ze deed even haar ogen dicht. Werd zij een van hen?

Eindelijk zag Peyton Isaac helemaal aan het eind van het perron. Hij droeg een spijkerbroek en haar favoriete lichtblauwe polo, die zijn ogen zo mooi accentueerde, en had een bos zonnebloemen bij zich. Ze toeterde vriendelijk en zwaaide tot hij haar zag. Een snelle blik in de spiegel bevestigde dat haar net geföhnde haar er nog steeds goed uitzag en haar oogmake-up niet was uitgelopen. Dat was belangrijk. Ze wilde dat hij haar weer wilde.

'Hé,' zei Isaac, toen hij het portier opende en instapte.

'Ha, liefje!' Peytons stem was hoger dan ze wilde. Ze boog zich opzij om hem te zoenen, maar hij draaide zich ietwat om, zodat ze zijn wang raakte. Onverschrokken zei ze: 'Je ziet er geweldig uit. Uitgerust. En die bloemen zijn schitterend.'

Hij wierp een blik op het boeket op zijn schoot, maar maakte geen aanstalten dat aan haar te geven. 'Denk je dat Aurora ze mooi vindt? Ik had geen tijd om naar een speelgoedwinkel te gaan.'

'Aurora?' Haar stem bleef steken in haar keel. 'Ze vindt ze vast prachtig! Maar ik heb jouw naam ook op het kaartje bij het robotje geschreven dat ik voor haar gekocht heb.'

Het sushirestaurant dat Aurora had uitgekozen om haar zevende verjaardag te vieren (omdat ze binnen een vijver met koikarpers en een hele wand met kwetterende parkieten hadden), was slechts anderhalve kilometer rijden, dus er was weinig tijd om te praten voordat Peyton de parkeerplaats op reed.

'Deze kant op,' zei de gastheer met grootse gebaren. 'De anderen zijn er al.'

Ze volgden hem langs de vijver en de vogels naar het eind van het restaurant, waar hij een gordijn openschoof waarachter een kleine privéruimte was. Daar, zittend op de grond en met hun benen bungelend in de uitgespaarde ruimte rond de lage tafel, was hun hele familie.

'Wilt u alstublieft uw schoenen uittrekken?' vroeg de gastheer met opnieuw een zwierig gebaar, waarna hij abrupt verdween.

Er viel een ongemakkelijke stilte. Toen zei Marcia: 'Welkom op de enige plek in Amerika waar je moet betalen om op de grond te zitten en met koude voeten moet eten. Kom binnen, niet zo verlegen!'

'Oma!' zei Aurora. 'Dat is hun cultuur!'

'Zegt de zevenjarige,' zei Gabe, waarop iedereen in de lach schoot en het ijs niet zozeer gebroken was, maar wel begon te smelten. Hij kwam overeind en omhelsde Isaac half met een schouderduw. 'Goed je te zien, man. Dat is lang geleden.'

'Insgelijks, Gabe.' Isaac gaf de zonnebloemen aan Aurora. 'Van harte gefeliciteerd, jarige jet! Niet te geloven dat je alweer tien jaar bent.'

'Ik ben geen tien, ik ben zeven!' riep Aurora verontwaardigd.

'Zeven? Daar geloof ik niets van. Je bent op zijn minst negen.' Isaac lachte opgeruimd en Peyton voelde dat ze zich ontspande. Ze zag hem naar iedereen rond de tafel kijken en glimlachen tot hij bij Max kwam. 'Ha, lieverd,' zei hij zacht.

'Hoi, pap,' zei Max. Het klonk net zo nietszeggend als haar blik.

Max werd geflankeerd door Skye en Aurora, dus Isaac liet zich naast Aurora zakken en schonk haar wat aandacht, stelde serieuze vragen over haar dag. Toen boog hij zich opzij naar Max en fluisterde: 'Echt heel fijn om je te zien.'

Peyton zag – en volgens haar was zij de enige – dat Max' onderlip een heel klein beetje trilde. Het deed haar fysiek pijn; dit was voor het eerst sinds weken dat Isaac en Max elkaar zagen. Ze liet zich naast Isaac op de grond zakken en drukte haar bovenbeen expres tegen het zijne. Hij leek het echter niet te merken.

De serveerster verscheen. Ze bestelden cocktails en een paar voorgerechten om te delen – edamame, groenteloempia's – en Aurora vroeg heel lief om een Shirley Temple. Toen werd het stil.

'Hoe was het in Tahiti, mam?' vroeg Peyton snel aan Marcia, die met een geamuseerde blik om zich heen zat te kijken. Ze droeg een vormeloze rok met een mouwloze blouse en een sjaal, een combinatie waar Peyton zich zonder goede reden aan ergerde.

'Mensen verwarren Tahiti altijd met heel Frans-Polynesië,' begon Marcia.

'Heb je een cadeautje voor me meegenomen?' onderbrak Aurora haar, waarop iedereen in lachen uitbarstte.

Marcia glimlachte. 'Natuurlijk.' Ze tilde haar gigantische tas van de vloer op haar schoot. Plastic kraakte terwijl ze verschillende tasjes en zakjes uit de grote tas haalde en die stuk voor stuk op de tafel voor zich legde, samen met een banaan, een blikje pepermuntjes, een plastic boterhamzakje vol vrij verkrijgbare medicijnen voor elke denkbare ziekte, een borstel vol haar, een handjevol bonnetjes en een leeg M&M's-zakje.

'Hier!' Marcia pakte een knalroze tasje van organza uit de stapel. 'Dit is voor jou, lieverd.'

'Dank je wel!' Aurora haalde er een neonkleurig geweven armbandje uit met een piepkleine zwarte kraal in het midden.

'Zie je die?' Marcia wees naar de kraal. 'Dat is een Tahitiaanse parel! Een echte. Ze staan bekend om hun zwarte parels.'

'Cooooool,' zei het meisje.

Marcia toverde nog meer kleinoden tevoorschijn. Tahitiaanse theezakjes, zakjes met Tahitiaanse vanille en geweven sieraden met twijfelachtige 'parels', die ze ronddeelde dan wel, in het geval van Peyton, die het verst bij haar vandaan zat, gooide.

'Bedankt, mam,' zeiden Skye en Peyton in koor, terwijl ze allebei een halsketting en wat theezakjes in ontvangst namen.

'Ik heb van alles wat extra,' zei Marcia. 'Voor mijn dates.'

'Je dates? Wat voor dates?' Isaac zei het niet vals, maar Marcia keek hem boos aan.

'Mijn minnaars. Of eigenlijk, minnaars in spe,' zei ze, alsof dat voor opheldering zorgde.

'Wat is een minnaar?' vroeg Aurora, die de armband zat te bewonderen die Max om haar arm had geknoopt.

'Mannen met wie oma kan reizen en zoenen en vrijen,' zei Marcia zakelijk.

'Wil je een wens doen bij de koivijver, lieverd?' vroeg Gabe aan zijn dochter. Hij haalde een dollar uit zijn portefeuille en gaf die aan haar. 'Vraag maar of iemand die hier werkt dit even voor je wisselt, oké? Dan kun je de muntjes in het water gooien en komen je wensen uit!'

Aurora griste het biljet uit zijn handen en rende regelrecht naar het gordijn.

Skye wendde zich tot Marcia. 'Ben je gek geworden?'

Marcia haalde haar schouders op. 'Doe niet zo preuts, schat. Het is de natuur. En heerlijk.'

Peyton schoot in de lach. 'Zo keek je er niet tegen aan toen je ontdekte dat ik op mijn zestiende met Brian naar bed ging.'

'Ja, maar dat kwam omdat Brian eruitzag als een dakloze drugsverslaafde. Ik kom de meest fantastische mannen tegen. Héren, stuk voor stuk.'

'Hoe komt het dat je zo veel mannen ontmoet?' vroeg Isaac.

Marcia keek hem met opgetrokken wenkbrauwen aan. 'Ik heb een app! En die is echt heel gemakkelijk te gebruiken. En de mensen die je erop vindt… Ik ben erg onder de indruk.' Ze hield haar telefoon omhoog, zodat iedereen het kon zien.

Max griste hem uit haar hand. 'O mijn god, oma, dit is Tinder voor bejaarden! Wat cool!'

Marcia wierp Peyton een 'dat zei ik je toch'-blik toe.

De serveerster verscheen met hun hapjes. 'Wilt u nu de rest bestellen?' vroeg het meisje timide.

'Zullen we het gemakkelijk houden en gewoon verschillende sushi bestellen?' Peyton keek om zich heen. 'Met veel tonijn, zalm en *hamachi*, en wat minder exotische dingen?'

Iedereen knikte, behalve Marcia. 'Ik eet geen rauwe vis!' zei ze luidkeels tegen de serveerster, voor het geval het meisje gehoorproblemen had. 'Ik wil graag kip teriyaki bestellen, alstublieft, met de saus apart, en een portie gestoomde broccoli zonder boter.'

De serveerster schreef als een bezetene op haar blocnote.

'En ook een suikervrije cola zonder ijs – die drink ik nu meteen op – en daarna cafeïnevrije thee, alstublieft – als het maar geen kamille is, dat vind ik smerig – bij mijn voorgerecht. De kip is alleen wit vlees, toch?'

Peyton keek naar Skye, die haar hoofd schudde en probeerde een lach te onderdrukken.

'Weet u of de teriyakisaus uit een fles komt of zelfgemaakt is?' vroeg Marcia.

De serveerster staarde haar aan.

Marcia legde uit: 'Ik vind gewoon dat er zo veel suiker is toegevoegd aan saus uit een fles. Ik ben geen diabeet in de strikte zin van het woord, maar je kunt niet voorzichtig genoeg zijn.'

'Bent u allergisch?' vroeg de serveerster. 'Voor teriyaki?'

'Nee, liefje, dat bedoelde ik –'

Peyton draaide zich om naar de serveerster, die achter haar stond, en legde een hand op haar onderarm. 'Ze is niet allergisch. Geen zorgen. Volgens mij was dat het, heel erg bedankt.'

Het meisje schonk Peyton een dankbare blik en maakte zich uit de voeten.

'Ze is getraumatiseerd,' zei Max. 'Oma heeft haar geknakt.'

'Lulkoek!' zei Marcia.

'Skye?' Isaacs stem klonk aarzelend, gespannen.

Skye oogde verbaasd dat hij haar rechtstreeks aansprak, keek hem aan en bewoog een heel klein beetje haar hoofd, alsof ze wilde zeggen: ja?

Isaac kuchte. 'Heb je een andere investeerder kunnen vinden nadat... Henry zich teruggetrokken had?'

Meteen voelde het alsof er iemand was binnengekomen die op de ruggespraaktoets voor het hele restaurant had gedrukt: de muziek, de lachende mensen in de aangrenzende bar, álles hield op. Peyton werd zich opeens weer erg bewust van haar vochtige oksels.

'Een andere investeerder?' Skyes lach was hol. 'Nou, nee, die heb ik niet gevonden. En niet omdat ik het niet geprobeerd heb. Ik vermoed dat er gewoon niet veel mensen rondlopen die meer dan een miljoen dollar willen investeren in een huis voor kansarme meisjes uit Harlem.'

Wát Skye zei, klonk niet eens zo onaardig, maar de toon die ze aansloeg droop van het sarcasme. En dat was niets voor haar. Zelfs Max' ogen werden groot.

'Wat vervelend,' zei Isaac.

'Zeg dat wel, ja.' Skye sloeg haar ogen neer.

Peyton ademde diep in in een poging een opkomende golf misselijkheid te onderdrukken. Ze werd fysiek onwel van de verwijten die Skye Isaac maakte. De maat was vol – ze had die leugen al veel te lang in leven gehouden. Ze sprong overeind.

Maar Isaac stond in een flits naast haar. Hij pakte haar pols. 'Kan ik jou even spreken?' siste hij in haar oor, terwijl hij haar naar de uitgang trok. 'Excuseer ons even, alsjeblieft.'

'Ik kan er niet meer tegen dat ze zo tegen je doen,' fluisterde Peyton zodra het zware gordijn achter hen dichtviel. 'Dit duurt al veel te lang.'

Isaac had nog steeds haar pols vast. 'Dat waardeer ik. Maar wij hebben een afspraak en ik ben niet van gedachten veranderd.'

'Maar het is onze familie. Het gaat om jouw relatie met Max! Stel nou dat Skye het je nooit vergeeft?'

Isaac knikte en liet zijn schouders hangen. 'Op een dag leggen we het allemaal uit. We zorgen dat Max het begrijpt – ook al begrijp ik het zelf niet helemaal. Maar niet nu. Ik kan er nu... beter tegen. We hebben het hierover gehad.'

'Maar het is toch weerzinwekkend hoe –'

Hij keek haar onbewogen aan. 'Ik meen het.'

Het viel Peyton op dat zijn ogen de laatste tijd wat milder waren gaan staan. Ze legde haar hand plat op zijn borstkas. 'Oké.'

Aurora dook op met een opgewonden relaas over haar honderd penny's. Ze ratelde honderduit, terwijl Isaac en Peyton haar mee terug namen naar de privéruimte. Daar werd een gesprek over politiek gevoerd en Peyton was blij om te zien dat Max in een verhit debat verwikkeld was. Even later arriveerden de overvolle dienbladen met sushi. Tijdens de maaltijd droegen Max, Gabe en Marcia grotendeels het gesprek met enkele komische bijdragen van Aurora, maar het viel Peyton op dat Isaac, Skye en zij nauwelijks iets zeiden.

'Nu je het zegt,' zei Marcia opeens, hoewel niemand het ergens over had, 'ik vind dat we even stil moeten staan bij het feit dat dit iemands "laatste avondmaal" is' – ze maakte aanhalingstekens in de lucht – 'en hem het beste moeten wensen bij zijn volgende onderneming. Isaac, moge jouw verblijf –'

'Moeder!' onderbrak Peyton haar op het moment dat Max zei: 'Oma!'

Marcia trok haar wenkbrauwen op. 'Wat? Zijn wij niet in staat de realiteit onder ogen te zien? Het voelt erg raar om om de hete brij –'

'Zo kan-ie wel weer!' Peyton keek haar moeder boos aan.

'Ach, laat haar met rust, Peyton,' zei Skye bits.

Peyton schrok van Skyes toon en draaide zich met een ruk naar haar toe. Ze kon zich niet herinneren dat Skye sinds hun kindertijd partij had gekozen voor haar moeder.

Gabe hief een arm. 'Laten we gewoon allemaal even diep ademhalen en –'

Peyton viel hem in de rede. 'En wat?'

Isaacs stem naast haar klonk waarschuwend. 'Peyton.'

Een fractie van een seconde legde de dreigende blik op Isaacs gezicht Peyton het zwijgen op: zelden had hij haar zo intens aangekeken. Maar bijna meteen schoten in gedachten alle mogelijkheden voorbij. Stel dat Skye en ik voorgoed vervreemd raken als ze beseft dat ik het was en niet Isaac? Kan mijn relatie met Max deze onthulling aan? Hoelang kan ik mijn man hier nog de schuld van op zich laten nemen? Ons huwelijk verkeert al in zwaar weer, hoeveel kan het nog hebben?

Marcia en Max volgden de gebeurtenissen alsof het een tenniswedstrijd was. Gabe staarde naar zijn bord.

'Hij heeft het niet gedaan!' Zodra ze het gezegd had, voelde Peyton zowel opluchting als afgrijzen.

'Hoe bedoel je, "hij heeft het niet gedaan"?' vroeg Skye.

'Hij heeft het niet gedaan.' Peytons stem was nu een stuk zachter. Ze klonk beheerst, maar had het gevoel dat ze doordraaide.

Max schudde haar hoofd. 'Mam, ik hou van je, maar je klinkt –'

'Hij heeft het niet gedaan.'

'Peyton,' zei Isaac, meer gelaten dan kwaad.

Peyton voelde de knoop in haar maag strakker trekken toen ze naar Max keek. 'Jouw vader heeft niemand omgekocht. Hij heeft de wet niet overtreden. Hij was er niet eens van op de hoogte. Ik heb het gedaan.'

'Kom nog even mee naar binnen,' drong Marcia aan. 'Dan maak ik warme chocomel met Baileys.'

'Dat kan niet, mam. Ik moet naar huis om met Max te praten.'

Marcia snoof. 'Er is geen enkele kans dat jouw dochter vanavond met je wil praten. Laat haar met rust. Morgen is de kans groter, of overmorgen.' Toen Peyton niet reageerde, stak Marcia haar arm opzij en tilde liefdevol haar kin op. 'Kom.'

Peyton knikte en zette de motor uit. Zwijgend liepen ze naar

Marcia's voordeur. Ze maakte hem open en deed het licht aan. 'Ga zitten. Ik maak de drankjes.'

Het was een opluchting dat iemand zei wat ze moest doen en Peyton gehoorzaamde. Ze plofte op de bank, dezelfde als vroeger, want waarom zou je in hemelsnaam een nieuwe kopen als die niet stuk was? Het was onberispelijk in huis, bijna onpersoonlijk als je de enkele ingelijste gezinsfoto op de boekenplank en het stapeltje albums op de koffietafel niet meetelde. Peyton pakte het bovenste album en begon erin te bladeren. Het waren foto's van een reisje naar de Bahama's toen Max vijf was.

'Mijn god, hoe kan dat alweer bijna twaalf jaar geleden zijn?' vroeg ze, terwijl ze een dampende beker in ontvangst nam van haar moeder.

'Dat was een heel leuk reisje. Was dat niet voordat je zus en Gabe getrouwd waren? Of eigenlijk moet ik zeggen, voordat ze met elkáár getrouwd waren.'

Peyton verruilde het album voor een ander. Dat was van het jaar dat ze was afgestudeerd op Penn State en aan de slag was gegaan bij een kleine nieuwszender in Tennessee. 'Weet je nog dat je me geholpen hebt met de verhuizing? Mijn god, wat was dat een akelig appartement.' Peyton wees naar een bladzijde met korrelige foto's.

'Afschuwelijk,' beaamde haar moeder. 'Maar toch was je opgetogen. Je eerste baan. Je eerste echte huis.'

Peyton bladerde verder. Ze zag foto's van haar eerste dag, waarop ze een mantelpakje van Ann Taylor droeg, van haar team tijdens een etentje in een Mexicaans restaurant, van het diner met Thanksgiving in White Plains, de eerste keer dat ze dat zonder Skye hadden gevierd omdat zij in Oeganda zat. 'Wat was ik jong. En zo optimistisch,' zei ze.

'Dat ben je nog steeds,' zei haar moeder automatisch, hoewel het strikt genomen allebei niet waar was.

'Toen kon ik me een leven zoals ik nu heb niet eens voorstellen. Hoe is dat mogelijk? Wanneer is het allemaal veranderd?' Ze nam een slokje en de Baileys voelde als vloeibare warmte in haar mond.

'Je bent opgegroeid,' zei Marcia nuchter. 'Dat gebeurt gewoon.'

'Ja, maar wanneer ben ík zo veranderd? Toen ik nog studeerde en in de beginjaren van mijn werk draaide alles om het verhaal. Ik was een verslaggever. Een journalist. De verhalen mochten dan geen nationaal bereik hebben, maar waren wel belangrijk voor de mensen die daar woonden. En wat doe ik nu? Ik ben een pratend hoofd.' Peyton zwaaide met haar hand door de lucht. 'Nee, zelfs dat ben ik niet. Pratende hoofden hebben hun eigen mening! Ik lees de autocue! Ik kan lezen, dát is wat ik kan. In feite ben ik een zesjarige.'

'Een zeer goed betaalde zesjarige.'

'Een zeer goed betaalde zesjarige die er nog steeds niet in geslaagd is veel te sparen en misschien nooit meer aan het werk komt.'

'Ik ga hier geen medelijden met je zitten hebben, Peyton, je weet dat dat niets voor mij is. *Shit happens.* Mannen laten je in de steek. Banen verdwijnen. Mensen maken er een potje van. In jouw geval lijk je dat allemaal voor elkaar gekregen te hebben. Nou en? Godzijdank is er niemand gestorven, drie keer spugen.' Haar moeder spuugde drie keer. 'En je bent een vechter, net als ik. Het kan even duren, maar het komt allemaal weer goed.'

'Isaac heeft me niet in de steek gelaten.'

Marcia sloeg haar ogen ten hemel.

'We hebben afgesproken om voor de vorm even uit elkaar te gaan! Trouwens, Max is degene over wie ik me de meeste zorgen maak. Je hebt gezien hoe ze tegen Isaac deed toen ze dacht dat het zijn schuld was en ze is dus hartstikke gek op hem. Maak ik eigenlijk wel een kans?'

'Lieverd, ik weet dat je het gemakkelijk over het hoofd ziet als het om je eigen kind gaat – volgens mij is me dat bij jou gebeurd – maar uiteindelijk moet je een stapje terug doen en de persoon bewonderen die ze geworden zijn. Dat is bijna nooit de persoon die je wilde of verwachtte dat ze zouden worden, maar als je ze eenmaal los van jezelf kunt zien, is het best bizar hoezeer je ze kunt respecteren voor de weg die ze gekozen hebben.'

Peyton keek haar moeder met samengeknepen ogen aan. 'Daar valt van alles uit op te maken, maar het enige wat ik echt hoor is dat ik niet ben geworden zoals jij wilde, maar Skye wel?'

'Ja,' zei haar moeder ernstig knikkend. 'Dat klopt.'

Ze barstten allebei in lachen uit.

'Ze voldeed aan alle eisen, jouw zus. Uitmuntende cijfers, concertmeester, goedgemanierde vriendjes, studiebeurzen. Een makkelijker opvoedbaar kind was er niet. Jij was precies het tegenovergestelde: feestjes, het huis uit glippen, drinken. Van die loservriendjes. Weigeren om te leren. Elk woord dat over je lippen kwam was vijandig. Althans, zo voelde het toen voor mij. Maar nu? Ik zie hier een ongelooflijk deskundige vrouw die keihard gevochten heeft voor alles wat ze wilde. Die een geweldige partner heeft gevonden en een carrière heeft opgebouwd waar de meeste mensen alleen maar van kunnen dromen. En die zelf natuurlijk ook een superslimme dochter heeft gekregen die het, om aan te tonen dat alles klopt op de wereld, haar moeder flink lastig maakt.'

'Zeg dat wel.'

'Maar dat is het nou juist! Max doet precies wat ze hoort te doen – voor zichzelf. Net zoals jij dat deed. Ze is een miniversie van jou, Peyton, in de goede zin van het woord. En wat Skye betreft –'

'Jouw lieveling.'

'Ja, mijn lieveling. Al die uitmuntende cijfers en vioolconcerten betekenen helemaal niets als je niet luistert naar je eigen hart. Ik hou zielsveel van Skye, maar zolang ze niet beseft dat ze op de verkeerde plek woont en de verkeerde dingen doet – voor zichzelf – zal ze altijd gekweld worden.'

Peyton sloeg het album dicht. Ze zaten even stilletjes te drinken. 'Hoe heb ik het allemaal zo kunnen verkloten?' fluisterde ze.

'Je was egoïstisch. Je dacht aan jezelf en niet aan Max.'

Ze knikte, omdat ze wist dat het waar was. 'Ik denk echt dat ik ergens probeerde haar te besparen wat ik heb doorgemaakt. Haar ervan wilde weerhouden op haar zeventiende een stomme beslissing te nemen waar ze de rest van haar leven spijt van zou hebben.'

'O, ongetwijfeld. Maar je zou liegen als je zei dat dat de enige reden was.'

'Sinds wanneer ben jij op dit gebied zo verstandig geworden?'

Marcia glimlachte en stond op om de fles Baileys te pakken. 'Peyton Marcus, als jij en die zus van je nou eens ophielden mij te bespotten om voor één keer echt naar me te luisteren, zou een van jullie daar misschien iets van op kunnen steken.' Ze kwam terug en schonk hun mok weer vol.

De tranen die dit keer vloeiden, waren zowel zwaar als licht, een vreemde mengeling van verdriet en opluchting.

'En nu wegwezen,' zei haar moeder vriendelijk. 'Neem dat gejank mee naar huis en maak het goed met Max. En met je zus. En met je man. En met je kijkers. Mijn god, vrouw, je hebt een hoop boete te doen.'

Peyton lachte door haar tranen heen. Ze stak haar middelvinger op naar haar moeder en pakte haar toen vast. 'Je bent een gestoord oud wijf, maar ik hou van je.'

'Jij bent een crimineel, maar ik hou ook van jou.'

Peyton hield haar moeder stevig vast, kon zich niet herinneren wanneer dit voor het laatst gebeurd was, maar wilde haar nooit meer loslaten.

27
Ivy League-verstotene

'Adem ontspannen. Probeer er geen controle over uit te oefenen; laat de lucht gewoon je lichaam in en uit vloeien. Probeer niet te oordelen over je ademhaling. Misschien vallen je andere dingen op dan je ademhaling. Geluiden in je omgeving, of gevoelens in je lichaam. Kijk of je kunt terugkeren naar –'

'Max, liefje?'

'... je ademhaling. Zodra je beseft dat je nadenkt, breng je jezelf weer terug naar je volgende inademing en –'

'Mackenzie? Hoor je me, schat?' Haar moeders stem galmde onderaan de trap en zelfs met de nieuwste AirPods op de hoogste stand kon Max die niet buitensluiten.

Geïrriteerd rukte ze de pods uit haar oren; ze moest zich tot het uiterste inspannen om die niet door de kamer te slingeren. Acht minuten. Acht fucking minuten rust en stilte, meer had ze niet nodig om de eerste les van haar nieuwe meditatieapp te voltooien, maar was dat mogelijk? Natuurlijk niet.

Net toen ze haar benen op de grond gezwaaid had, verscheen haar moeder in de deuropening.

'Ik deed een meditatieles. Nog twee minuten en ik was klaar geweest.'

'Sorry, schat, dat wist ik niet. Ik wilde zeggen dat ik even naar cvs ren, voor het geval je nog iets nodig hebt.'

'cvs?'

'De drogist.'

Max wilde een pod terug in haar oor stoppen, maar haar moeder ging op de rand van haar bed zitten. Ze moest zich inhouden om haar voeten niet op Peytons heup te zetten en haar ervanaf te duwen. Ga weg, ga weg, ga weg, zei ze in gedachten.

'Max. Liefje, wil je me even aankijken?'

Max tilde haar hoofd op en keek haar moeder kort aan.

'Ik besef dat dit zwaar is. Ik weet dat alles, vooral tussen ons, nu hopeloos voelt. Maar... probeer het alsjeblieft te begrijpen. Ik heb een fout gemaakt. Een enorme, afschuwelijke, onvergeeflijke fout. En ik heb er heel veel spijt van.'

Max hoorde haar moeders stem breken, maar bleef staren naar het donkere schermpje van haar telefoon.

'Ik zal de rest van mijn leven elke dag spijt hebben van wat ik jou heb aangedaan. Misschien dat je op een dag, als je zelf moeder bent, een beetje beter zult begrijpen waarom ik zoiets stoms heb kunnen doen. Maar het was wel iets wat voortkwam uit... intense liefde voor mijn kind. Voor jou.'

Bijna meteen voelde Max de druk in haar keel toenemen. Maar ze ging hier dus écht niet zitten janken. 'Ik snap het, mam, echt. Zó stom ben ik nou ook weer niet. En ik denk niet dat je een kind moet hebben om te kunnen begrijpen dat je het, inderdaad op een of andere supergestoorde manier, gedaan hebt omdat je voor mij het beste wilde. Zelfs als dat betekent dat je mij niet genoeg vertrouwde om te doen wat het beste was voor mezelf.'

'Max, dat is niet –'

'Maar het gaat niet alleen om mij!' De tranen begonnen over haar wangen te stromen, maar haar stem was krachtig en zelfverzekerd. 'Ik heb pap bijna de hele zomervakantie niet gesproken! Hoe heb je mij in de waan kunnen laten dat hij het had gedaan?'

'Max –'

'En dan heb ik het nog niet eens over al die meisjes die de kans van hun leven ontnomen is. Als ik daaraan denk...' Haar stem stierf weg.

'Ik weet het,' zei Peyton zacht. 'Ik ga een manier bedenken om te helpen. Ik weet nog niet hoe, maar ik zal niet rusten tot ik andere investeerders voor haar vind.'

Max wreef onder haar ogen. 'Echt, hoor, ik zweer het je, ik doe nu echt heel erg mijn best geen kreng te zijn, maar kun je me alsjeblieft met rust laten?'

Haar moeder opende haar mond om iets te zeggen, maar veranderde van gedachten. Ze knikte, liep de kamer uit en deed de deur achter zich dicht.

Max haalde diep adem en wilde haar meditatieapp weer aanzetten, maar zag toen dat ze een mail had gekregen. Ze opende hem en begon te lezen.

Beste Max,

Graag maak ik van de gelegenheid gebruik om mezelf voor te stellen. Als decaan van de eerstejaars verheug ik me erop jou te verwelkomen op onze prachtige Princeton-campus voor de oriëntatieweek. Met bijgaande link open je het rooster van de hele week; ik raad je aan de vele opties grondig door te nemen en een tijdschema te maken.

Max' ogen werden groot. Hoe kwam die vrouw aan haar naam? Dit was de eerste mail van Princeton sinds ze haar hadden afgewezen. Het was duidelijk een vergissing en ze wist dat ze hem moest wissen, maar ze kon niet stoppen met lezen.

Je gaat tijdens onze kleinschalige groepsreisjes een band smeden met je medebewoners van de woongemeenschappen voordat je je aansluit bij de grote gemeenschap op de campus. Onze wereldvermaarde professoren organiseren werkgroepen op hun vakgebied en onze eetzalen zullen hun gevarieerde menu's laten zien. Al onze sportfaciliteiten staan tot je beschikking, evenals een groot deel van onze laboratoria, ateliers en bibliotheken. Studieadviseurs zijn aanwezig om je te helpen bij je keuzes en elke avond zijn er dispuutsfeesten met muziek en versnaperingen op het gazon van Nassau Hall. Natuurliefhebbers kunnen meegaan met onze Frosh Trip en een wandeltocht naar de Delaware Water Gap maken of klimmen in The Gunks.

Aarzel niet contact op te nemen als er iets is wat ik of mijn team kan doen om jouw overstap naar Princeton zo soepel mogelijk te laten verlopen. Mijn kantoor staat altijd voor je open en ik hoop je tijdens deze eerste week te ontmoeten.

Vriendelijke groet,
Deanna Cook

Haar gedachten schoten terug naar het afgelopen voorjaar, toen ze met haar ouders een rondleiding had gehad. De toekomstige studenten en hun ouders waren overal vandaan gekomen: Montreal, Tampa, Dubai, Santa Fe, Asheville en Hawaï. Hun gids, een ouderejaars Engels die gespecialiseerd was in negentiende-eeuwse literatuur en achteruitlopen, vond het zichtbaar heerlijk op Princeton. Toen haar ouders 's avonds vertrokken waren naar hun hotel was ze nogal nerveus gaan stappen met haar mentor, een meisje met de naam Molly, voor wier nukkige gedrag en sarcasme Max meteen was gevallen. De twee feestjes die ze bezochten, waren niet echt haar ding, maar ook weer niet zo afgrijselijk als ze zich had voorgesteld – en iedereen leek erg aardig. Maar toen ze uiteindelijk midden in een verhit potje Cards Against Humanity beland waren op een etage van een of andere student, was er iets in Max verschoven: ze zag het hier wel zitten. Misschien was het niet haar eerste keus qua beeldende kunst en het feit dat het maar een uurtje reizen van de stad was, maar de mensen waren cool en slim. Divers. Interessant en geïnteresseerd.

Zittend op haar bed in een slaapkamer die niet van haar was in een stad waar ze niet echt woonde, had Max een voor de hand liggende doch niettemin verpletterende openbaring: sommige mensen die ze daar had gezien, en al degenen die ze had ontmoet tijdens de lunch in New York City voor toegelaten studenten, zouden over twee weken aan hun eerste jaar beginnen. Zich inschrijven voor uitdagende vakken en nieuwe mensen ontmoeten, feesten bezoeken en wandeltochten maken. Ze híéld niet eens van wandelen, maar opeens wilde ze dat toch een keer proberen.

Zij zou in plaats daarvan echter teruggaan naar de stad, terug naar het appartement van haar ouders, om te wachten. Te wachten tot haar vader de gevangenis in ging voor een misdaad die hij niet gepleegd had. Te wachten om te kijken of haar moeder ooit nog aan de slag zou gaan. Te wachten om te zien wat ze in hemelsnaam met haar eigen leven kon doen nu ze, dankzij internet, voorgoed gebrandmerkt was als leugenaar en bedrieger.

Fuck! Max klapte haar laptop dicht, pakte haar telefoon en trok een paar Converse-sneakers aan, die nog nat waren van de excursie gisteravond naar de Henniesennies. Pas in de keuken besefte ze dat haar moeder de auto had meegenomen.

Oliver nam meteen op. 'Bél je mij nou?' zei hij.

'Het is een noodgeval. Kun je me op komen halen? Ik moet weg uit dit huis.'

Hij schoot in de lach en dat ontlokte Max een glimlach. 'Dus met "noodgeval" bedoel je "ik moet even weg bij mijn moeder"?'

'Zoiets, ja. Maar goed, ik zie op het rooster dat je vandaag pas om twee uur hoeft te werken. Wat denk je?'

'Wat zit er voor mij in?'

'Heb je echt een stimulans nodig om je eigen huis uit te komen? Kom op, Cocks. Wieberen.'

Ze kon hem zijn hoofd bijna hóren schudden. 'Tot over tien minuten.'

In de voorraadkast helemaal achter in het huis vond ze een gezinsverpakking Lucky Charms, waarmee ze een enorme kom vulde. Waarom had haar moeder die nog niet ontdekt? Max had de Charms samen met belachelijk grote dozen Cinnamon Toast Crunch en Cocoa Krispies gekocht en die het huis in gesmokkeld alsof het cocaïne was. Tijdens het eten pakte ze haar rugzak in: een videocamera, laptop, externe harde schijf en een extra microfoon aangezien die op haar computer bagger was. Ze deed er twee flesjes water en een stel van die gore dieetrepen van haar moeder bij en stond op de oprit toen Oliver aan kwam rijden.

'Hier,' zei ze, terwijl ze instapte en hem de reep met cranberry's gaf. 'Ik heb ook citroen als je dat lekkerder vindt.'

'Wauw, dat had je niet moeten doen.' Oliver wachtte met keren tot Max haar riem had vastgemaakt.

'Bedank mijn moeder maar. Er schijnen, zeg maar, negatieve calorieën in te zitten. Je verbrandt meer met het kauwen. Of zoiets.'

'Mmmm. Je weet het goed te verkopen.' Hij gooide de onuitgepakte reep over zijn schouder, waar die met een plof op de achterbank landde en op de grond gleed. 'Maarre… ga je me nog vertellen waar we naartoe gaan?'

'Gewoon een beetje rondrijden. Ik wil graag een beetje filmen in de stad voor de vlog van vanavond.'

Hij draaide zich naar haar toe; Max merkte dat hij opeens veel minder puistjes had. 'Ik heb ernaar gekeken, weet je. Ik bedoel, niet elke avond. Maar ik heb er wel een paar gezien.'

Max' ogen werden groot. 'Echt? Heb je je dan onder een pseudoniem ingeschreven of zo? Ik heb je mailadres niet gezien.'

'Zoiets, ja.' Oliver streek het haar uit zijn ogen en sloeg opeens rechts af. 'Ben je hier wel eens geweest? Bizarste huizen ooit.' Hij reed langzaam over een boomrijke laan die aan weerszijden geflankeerd werd door statige herenhuizen. Zonder precies te weten waarom, begon Max ze te filmen: een imposant stenen kasteel met torentjes, een chic modern boerenhuis met raamkozijnen van zwart staal, een spectaculair glazen huis dat ver van de weg af lag, een koloniaal huis achter een hek met een cirkelvormige oprit en ten slotte, aan het eind van de doodlopende straat, een groot landgoed met een hoofdgebouw, een gastenverblijf, een garage voor zes auto's en een stal, waar Max nog net een stalknecht naar buiten zag lopen met een schitterend paard.

'Dit is bizar,' mompelde ze tijdens het filmen. Ze wist nog steeds niet wat ze met die beelden zou gaan doen. 'Nou ja, niet dat mensen in de stad geen geld hebben. Maar je ziet het nooit zo, verspreid over al die hectaren.'

Oliver maakte een driepuntsbocht. 'Ik vermoed dat mensen die in dit soort huizen wonen, gekweld worden door tegenstrijdige behoeftes: ze willen volledige privacy, maar ook dat iedereen kan zien hoeveel geld ze hebben.'

'Hier draait het allemaal om,' mompelde Max, die bijna vergat dat ze aan het filmen was. 'Daarom doen ze het allemaal.'

'Wat?' vroeg Oliver, maar Max gaf geen antwoord.

Ze reden door een andere straat langs nog meer schitterende huizen en gingen toen naar The Village met al zijn designerwinkels en eersteklasrestaurants. Jongeren stapten uit auto's van honderdduizend dollar, hun moeders verschoven hun Hermès-handtas over hun aan de barre gevormde schouder en zwaaiden naar elkaar met handen vol diamanten. Kinderen hobbelden achter hen aan met de nieuwste iPad tegen zich aan gedrukt, hun kleine oortjes bedekt met enorme draadloze koptelefoons van Beats, smekend om meer tijd op Roblox. En de weinige vaders gaven mompelend toestemming voor dingen die ze zich na vijf minuten al niet meer zouden herinneren, omdat ze de laatste beurskoersen checkten op hun telefoon.

Max hing uit het raampje aan de passagierskant en legde het allemaal vast alsof ze het voor het eerst zag. 'Dit is waarom ouders de toelating van hun kinderen op Ivy League-universiteiten kópen. Zodat ze dit allemaal kunnen hebben. Wat een droom, hè?'

Oliver reed een piepkleine parkeerplaats op achter een lokale ijzerhandel waar alles van het merk Yeti exclusief werd verkocht en zette de motor uit. Zonder nadenken – en voor de allereerste keer – gaf Max hem haar camera en gebaarde dat hij haar moest filmen.

'Ik ben Mackenzie Marcus en voor iedereen die dat nog niet weet, ik ben degene wier vader veroordeeld is vanwege een poging mij met smeergeld een plek op Princeton te verschaffen.' Ze zag Olivers ogen groot worden. Hij bleef de camera echter onbeweeglijk vasthouden, dus ze ging verder. 'Ik heb niemand gevraagd om namens mij in te grijpen. Het was mijn droom om naar het American Film Institute te gaan vanwege hun opleiding videomontage. En het is mijn fout dat ik daar niet op heb aangedrongen, hoe belangrijk mijn ouders het ook vonden dat ik naar een Ivy League-opleiding ging.'

Max haalde diep adem. Ze had een droge keel en haar handen waren klam, maar ze voelde een rust over zich neerdalen. Dit was goed. Dit was juist. Dit waren dingen waar ze nu al maanden – jaren, eigenlijk – over nadacht en die ze nu eindelijk duidelijk genoeg voor zich zag om ze hardop uit te spreken.

Oliver knikte haar bemoedigend toe en ze bleef rechtstreeks in de camera praten. 'Dus ik ben hier om jullie te vertellen dat ik me het komende jaar als een gek ga inschrijven op kunstacademies met geweldige videocursussen, ook als mijn ouders denken dat dergelijke opleidingen mij niet voorbereiden op de "echte wereld". Maar wat dus echt oneerlijk is, is dat het hoe dan ook goed met me zal gaan. Omdat ik het geluk heb gehad in een vermogend gezin geboren te zijn. Dat voorrecht kan ik niet ontkennen; ik kan alleen proberen daar gebruik van te maken om andere mensen te helpen. Dus ik ga er het komende jaar tevens alles aan doen om mijn tante Skye te helpen haar liefdadigheidsprogramma weer op de rails te krijgen. Alle kinderen die ze zou gaan helpen verdienen dat. Kan het iemand wat schelen? Nou, ik ben hier vandaag om te zeggen: "Ja. Het kan mij wat schelen." En ik wil helpen. Het mag dan niet veel zijn, maar al het geld dat ik verdien met oppassen en het scheppen van ijs moet ervoor zorgen dat het meidenhuis echt van de grond komt.'

Max maakte een snijdend gebaar langs haar keel. Oliver schoot in de lach en zette de camera uit. 'Dat was geweldig,' zei hij. 'Beetje een abrupt einde, maar geweldig.'

'Ik maak het wel wat vloeiender.' Max nam een slokje water uit het flesje dat ze had meegenomen. 'Bedankt voor het opnemen.'

Oliver draaide zich naar voren en keek door de voorruit. Hij had een vreemde uitdrukking op zijn gezicht.

'Wat? Heb ik iets verkeerds gezegd?'

Hij schudde zijn hoofd.

'Waarom doe je zo raar?'

Hij draaide zich weer naar Max en schonk haar een gek lachje. 'Lunchen bij de Trivet voordat ik moet werken?'

Max haalde haar schouders op en hoopte dat ze nonchalanter overkwam dan ze zich voelde. 'Tuurlijk, waarom niet?'

Hij zette de auto in zijn één en Max probeerde het gênant aandoende gekke lachje van zichzelf te onderdrukken. 'Een hamburger met patat en E. coli gaat er altijd wel in,' zei ze. Ze kreeg een warm gevoel toen hij daarom moest lachen.

Later die avond was Max, na haar eigen shift van zes uur bij De

IJssalon, te moe om de opgenomen beelden te monteren. Ze surfte en klikte door YouTube en TikTok, niet gemotiveerd om veel meer te doen dan passief op haar scherm staren, tot er een app van Skye verscheen.

Ben je wakker? vroeg haar tante.

Tis 11. Das zeg maar 7 voor een jongere.

Hahaha klopt. Wil alleen even weten hoe het met je is?

Max dacht daarover na. Hoe ging het met haar? Dat hele gebeuren in het sushirestaurant en het daaruit voortvloeiende geruzie waren surrealistisch geweest. Het was geruststellend om te weten dat haar vader deze afschuwelijke daad niet op zijn geweten had – en heel fijn dat hij in het huis in Westchester was, ook al sliep hij in een logeerkamer – maar nu was er haar moeder om strijd mee te leveren.

Oké. Uitermate klaar voor wat afstand van je zus.

Snap ik. Maar pak haar niet te hard aan, oké?

Nou nee. Doe ik dus WEL.

Ze heeft het verkloot, zeker weten, maar ze is geen slecht mens

Vind jij

Max! Kom op.

Iets anders: hoest met Aurora?

Skye antwoordde met een smiley, gevolgd door een emoji met een uitgestoken tong.

Max schoot in de lach. Met hernieuwde energie begon ze haar opnames te uploaden. Terwijl ze door de beelden van Paradise scrolde, had ze haar bedenkingen over het laten zien van haar gezicht en het voor het eerst noemen van haar eigen naam, maar die aarzeling verdween toen ze aan Skyes meidenhuis dacht. Met vingers die over het toetsenbord vlógen voegde Max snel de naam van het goede doel en een link aan de video toe, plus een grote gelikte uitvoering van de bouwtekening die Gabe maanden geleden naar de familie had gemaild. In een tekstvak onderaan schreef ze een gloedvol betoog over hoe fijn het huis voor de stadsmeiden zou zijn en dat ze zo toegang zouden krijgen tot het allerbeste openbare onderwijs dat de Verenigde Staten te bieden hadden. Het was niet moeilijk – Max geloofde met hart en ziel in Skyes missie. Ze schreef, knipte, plakte en perfectioneerde, en tegen de tijd dat ze eindelijk op PUBLICEREN drukte, voelde ze zich uitgeput maar voldaan, en viel bijna meteen als een blok in slaap.

28
Mama heeft een ritalinnetje nodig

Het boekenlampje flakkerde even en ging toen uit. Zuchtend haalde Skye het van bladzijde 326 van haar roman en legde het op haar nachtkastje. Ze propte haar telefoon tussen haar borstkas en kin en positioneerde het boek zo dat het licht van haar mobiel op de bladzijde scheen en niet in de richting van Gabe. Kon ze zich maar concentreren. Haar gedachten schoten heen en weer tussen de baby (de baby!) en het tafereel in het sushirestaurant drie dagen geleden, toen Peyton voor iedereen was opgestaan alsof ze een Oscar voor beste actrice in ontvangst nam en had bekend dat ze hun levens had verpest. De digitale klok op Skyes nachtkastje gaf 2.27 uur aan. Normaal gesproken zou ze haar zus bellen. Peyton was ongetwijfeld haar ondergoedla aan het opruimen, online koffers aan het kopen of de voorraad Thin Mints aan het plunderen die ze verstopt had in haar voorraadkast. Maar vanavond deed ze dat niet. Het was gestoord dat haar eigen zus niet wist dat Aurora's biologische moeder zwanger was, maar toch was het zo.

Zonder veel hoop op een reactie appte Skye naar Esther. *Ben je nog wakker?*

Ze hoefde maar heel even te wachten tot ze zag dat Esther aan het typen was. Dat werd gevolgd door *Nu wel, ja.*

Sorry, heb ik je wakker gemaakt?

Ja, maar ik moet toch zo voor de tweede keer naar de wc. Tisser? Alles oké?

Skye glimlachte en verschoof de schouder van haar nachtpon die steeds om haar nek kroop. Gabe vond het kledingstuk buitengewoon sexy, wat, gezien het feit dat het van dik katoen gemaakt was en elk stukje huid tussen haar sleutelbeenderen en haar enkels bedekte, waarschijnlijk niet veel zei over zijn slaapkamerwensen en -dromen.

Sorry. Maar nu je toch wakker bent...

????

Skye staarde naar die vraagtekens. Waarom voelde het als verraad haar te vertellen over Peyton? Hoe gestoord was het dat ze een morele loyaliteit voelde ten opzichte van Peyton, een of andere bizarre behoefte haar te beschermen? Toch was dat al zo sinds het etentje: hoe graag ze het ook aan Esther wilde vertellen, of aan de jongen achter de kassa bij Stop & Shop, of de dame die verstelwerk deed bij haar stomerij, ze had er met geen woord over gerept. En aangezien ze zich niet kon voorstellen dat ze een ander mens vóór haar man of haar eigen zus over de baby zou vertellen, had ze ook daar niets tegen Esther over gezegd.

Sorry, er is niks. Kan gewoon niet slapen.

Kom hiernaartoe! Eén kind kwam om 11 uur binnen, het andere komt meestal rond een uur of 3.

Skye dacht aan Aurora, die tevreden lag te slapen in haar eigen kamer ernaast. Al vanaf de dag dat ze haar mee naar huis hadden genomen, sliep ze als een blok. Ze stapte het bed uit, terwijl ze tikte: *Ik kom morgenochtend met koffie. Ga slapen!*

Ze trok haar Amherst-trui aan en trippelde over de gang naar Aurora's kamer, waar een lampje op het nachtkastje miljoenen sterretjes op het plafond projecteerde. Aurora zag eruit als een engeltje, vredig slapend op haar rug met haar handen gevouwen over haar borst. Ze verroerde zich nauwelijks toen Skye naast haar kroop.

'Mama?' fluisterde ze met haar ogen dicht.

Skye drukte haar warme lichaam tegen dat van haar dochter. Hoe zou het voelen om een baby te knuffelen? Herinneringen aan Aurora als ingebakerde pasgeborene met kleine wantjes en onmogelijk zachte katoenen mutsjes overspoelden haar met emotie. Ze kon die babygeur nog steeds oproepen, die was met niets op de wereld te vergelijken. Dat gold ook voor het gevoel van ongebreidelde vreugde bij het eerste lachje. De eerste keer omdraaien. Rechtop zitten. Achteruit tijgeren. Het gewicht van een baby in haar armen en tegen haar borst, een gevoel dat zo intens was dat het bijna pijn deed.

'Ik ben het, liefje.'

Bijna een half uur bleven ze zo zwijgend liggen. Aurora's ademhaling was allang weer regelmatig toen Skye voorzichtig uit bed stapte.

'Schat?'

'O mijn god!' Skye voelde haar hart op hol slaan.

'Ik ben het maar.' Gabe doemde op; de contouren van zijn lichaam waren zichtbaar in het kleine beetje ganglicht dat door Aurora's halfopen deur naar binnen viel. 'Kom, ik wilde je niet aan het schrikken maken.'

Dankbaar liep Skye in zijn open armen. Overdag, als ze allebei schoenen droegen, waren ze bijna even groot. Maar de pluizigheid van het tapijt, of misschien haar eigen bereidheid zich te laten wegzinken in haar man, gaf haar nu het gevoel dat Gabe boven haar uittorende. Het was het warmste, beschermendste gevoel ter wereld. Ze ademde hem in.

'Alles in orde met Aurora?' vroeg Gabe, terwijl hij haar tegen zich aan drukte.

'Ja, hoor. Ik móést gewoon even tegen haar aan kruipen.'

Skye kon zijn gezicht niet zien, maar voelde dat hij glimlachte. 'Laat dat kind toch met rust! We hebben het er steeds over dat ze zo'n goede slaper is. Wil je daar vanaf?'

'Ik mis... Ik mis de tijd dat ze klein was.'

Hij tilde haar kin heel liefdevol naar zijn gezicht en ze zag dat hij glimlachte. 'Ik soms ook.'

Skyes hart ging wat sneller slaan. 'Misschien moeten we toch nadenken over een tweede?'

Gabe pakte haar hand. 'Kom, schat. Het is midden in de nacht.'

'Nee, ik meen het. Ik ben nieuwsgierig. Wat zou je zeggen?'

'Ik zou beginnen met: "Kom terug naar bed."'

Dit was niet het juiste moment, dat wist ze. Ze volgde hem terug naar hun slaapkamer, de plek in huis die, volgens alle deskundigen, hun privéheiligom behoorde te zijn. Maar was dat eigenlijk wel mogelijk? Bestonden zulke mensen wel? Ouders die hun eigen bed keurig opmaakten en geen kartonboekjes en spenen op hun nachtkastjes duldden, geen flessenwarmers, kindertekeningen of stapels Pokémonkaarten in hun ladekasten? Momenteel lagen er in het bed van Skye en Gabe twee knuffels van Aurora die Skye over het hoofd moest hebben gezien voordat ze naar bed was gegaan. Er stond een knalroze minipiano met bijbehorend krukje onder de aan de muur bevestigde tv en op de kleine zijtafel naast Skyes leesstoel stond een roestvrijstalen lunchtrommel met de restanten van Aurora's cracker met kaas, appel en pindakaas.

Niemand zou dit een heiligdom noemen, maar ondanks de rommelige oppervlakken en een klein hoopje vuile was dat nooit leek te verdwijnen, was Skye dol op hun privéterrein. Hoeveel avonden hadden Gabe en zij niet naast elkaar gegorgeld, hun tanden geflost en gepoetst? Hoeveel ochtenden was zij niet bij hem onder de douchte geglipt en had ze hem onder het warme water weggeduwd, terwijl hij deed of hij woedend was? Hoeveel nachten hadden ze niet samen in bed gelegen na het vrijen, of op het punt gestaan te gaan vrijen, of erover gepraat of ze te moe waren om te gaan vrijen, en erom gelachen?

Terug onder de dekens legde Skye haar hoofd op Gabes blote borstkas. Hij streelde haar haren. 'Moet je aan Peyton denken?'

'Ja.' Skye voelde haar lichaam verstrakken.

'Ze heeft een fout gemaakt. Een grote. Maar ze blijft je zus.'

'Natuurlijk blijft ze mijn zus!' Skye had meteen spijt van de toon die ze had aangeslagen en haalde diep adem. 'Maar dat is het probleem juist. Dit is de pure, onvervalste, klassieke Peyton. Waarom heb ik dit niet eerder in de gaten gehad? Waarom ben ik eigenlijk nog verbaasd dat iemand die al haar hele leven geobsedeerd is door de buitenkant zou betalen om haar dochter op een prestigieuze universiteit te krijgen? Ik bedoel, Max wílde niet eens naar Princeton! En de grootste ironie van dit alles is dat ze er waarschijnlijk zelf wel op gekomen was.'

Gabe was even stil. 'Ik ga Peyton niet verdedigen. Maar ik denk niet dat ze volledig begreep dat een zogenaamde donatie aan een goed doel in ruil voor extra consideratie illegaal was. Immoreel? Vanzelfsprekend. Maar ze heeft echt niet willens en wetens de wet overtreden.'

'Maar –'

'Laat me even uitpraten. Daarnaast denk ik ook dat ze niet strikt uit egoïstische motieven heeft gehandeld. Ik vind dat we haar allemaal het voordeel van de twijfel moeten geven en ervan uit moeten gaan dat ze Max wilde helpen. Op een misplaatste en ethisch aanvechtbare manier, jazeker. Maar ik geloof dat ze dacht dat Princeton een ongelooflijke studie-ervaring zou zijn voor iedereen – dat het in Max' belang was. Door alles wat jij me verteld hebt, denk ik dat Peyton een moord zou doen om naar een opleiding als Amherst te gaan, iets wat wij vanzelfsprekend vonden. Ja, haar morele kompas was ontregeld wat haar aanpak betreft, maar ze probeerde dat gewoon te bewerkstelligen voor Max.'

Skye drukte zich omhoog op haar ellebogen. 'Ik snap niet hoe ze zo egoïstisch heeft kunnen zijn. En kortzichtig. Was dit nou zó moeilijk te voorspellen? Echt, hoor, dit gaat veel verder dan slechte inschatting; het hoort gewoon thuis in de categorie allerstomste fucking beslissing ooit.'

'Maar we maken allemaal fouten en we hebben allemaal behoefte aan vergiffenis.'

'Niet op dit niveau.'

'Misschien niet. Maar als ik het me goed herinner, was jouw zus zo'n beetje de enige die vanaf het begin achter onze relatie heeft gestaan. Alle anderen stonden meteen met hun oordeel klaar. Ik was overspelig. Jij een echtbreekster. Onze relatie zou nooit standhouden omdat ik met een ander getrouwd was. Toen jouw moeder en mijn ouders en zo'n beetje al onze vrienden zeiden dat we overhaast, dom en egoïstisch te werk gingen, was Peyton de enige die begrip probeerde te tonen. Die begreep dat mijn huwelijk een vergissing was. Die zag dat wat wij hadden echt was. Die erop vertrouwde dat wij fatsoenlijke, eerlijke mensen waren met de beste bedoelingen, ondanks de rottige manier waarop het allemaal is gelopen. En weet je? Ik heb nooit beweerd een superhechte band met jouw zus te hebben of alle keuzes te begrijpen die ze in haar leven heeft gemaakt, maar dát zal ik nooit vergeten. Ze was er toen voor ons. En ook al is het moeilijk, ook al is iedereen gekwetst, nu moeten wij – jij – wij allebei – er voor haar zijn.'

'Jij hebt makkelijk praten,' mompelde Skye. Ze voelde zich een verschrikkelijk mens.

'Niet waar. Jij bent van streek om wat ze Max heeft aangedaan en ik kan haar wel vermoorden voor wat het uiteindelijk voor jou heeft betekend. Ik heb gezien hoe jij je nu al twee jaar kapotwerkt om dat meidenhuis vanuit het niets van de grond te krijgen. Alles leert wat er te leren valt over de onroerendgoedmarkt. Vergunningen. Bestemmingsplannen. Een rechtvaardige manier probeert te bedenken om potentiële leerlingen te selecteren. Dingen coördineren met het onderwijsdistrict. Sollicitatiegesprekken voeren met potentiële huismoeders. Geld inzamelen, de bouw plannen en tussendoor verschillende brandjes blussen. Ik ben mijn hele leven nog nooit zo trots op iemand geweest en dan neemt die zus van jou één heel erg slechte beslissing en implodeert jouw hele project. Denk je dat ik niet kwaad ben? Maar los van de emotie weten jij en ik allebei dat ze never nooit had kunnen voorspellen dat de gevolgen daarvan zo desastreus voor jou zouden uitpakken.'

'En dat is dus een groot deel van het probleem, toch? Ze dacht alleen maar aan zichzelf. En misschien, heel misschien, op een heel kromme manier aan Max – als ik echt diep graaf en haar het voordeel van de twijfel geef, kan ik dat ergens wel een beetje zien. Maar aan de anderen? Mijn goede doel? De reputatie van haar man? Dat is allemaal gewoon nevenschade van Peytons masterplan.'

'Zo klinkt het net of ze een psychopaat is.'

'Hé, wie de schoen past.'

'Ze is je zus, Skye. De enige die je ooit zult hebben. Wees kwaad op haar. Heb even een grondige hekel aan haar. Maar vergeet alsjeblieft niet dat zij hier ook onder lijdt.'

Skye legde haar hoofd weer op Gabes borst en streek met haar vingers over zijn haar. Ze slaakte een theatrale zucht. 'Waarom ben ik met zo'n fatsoenlijk mens getrouwd?'

Hij kuste haar zachtjes op haar kruin en trok zich toen behoedzaam onder haar uit. 'Nou, zeg maar gewoon een vermoeid mens,' zei hij slaperig. 'En nu moeten we gaan slapen.' Bijna meteen begon hij te snurken.

Er liep een rilling over Skyes rug. Ze trok haar Amherst-trui strakker om zich heen en glimlachte toen ze terugdacht aan de dag waarop Peyton haar op de campus had bezocht en erop had gestaan dezelfde sweatshirts te kopen. Ja, het was waar dat Peyton, net als ieder ander, soms gemeen, onbezonnen en egocentrisch kon zijn. Maar veel vaker deed ze er alles aan om de mensen van wie ze hield te helpen. Net zoals toen tijdens dat weekend op Amherst en alle andere keren dat Skye haar snikkend gebeld had over een jongen of een baan of, één keer, omdat ze bang was zwanger te zijn. Peyton wist altijd wat ze moest doen. Ze was niet perfect – god mocht weten dat Skye zo een lijstje van honderd momenten kon opsommen waarop ze haar zus wel had kunnen vermoorden. Maar als het er echt op aankwam, was Peyton er altijd. Elke keer weer.

Skye pakte haar mobiel en staarde er even naar voordat ze typte: *Ik haat je nu, maar ik zal altijd van je houden*

En ook al was het 4.02 uur, Peyton was online. Skye glimlachte al voor ze het antwoord kreeg.

Vergeet niet dat mijn tieten mooier zijn dan die van jou

Skye lachte en legde haar telefoon ondersteboven op haar nachtkastje. Ze kroop tegen Gabe aan en viel in een diepe, bevredigende slaap.

'Ja! Daar istie!' Esther griste haar telefoon van de buitentafel alsof die een geheime code voor geluk bevatte. 'Wie heb jij?'

Ook Skye pakte haar telefoon. 'Dolin. En jij?'

'Ook Dolin! O mijn god, wat heerlijk!'

Skye riep naar Aurora, die gillend onder een tuinsproeier door rende: 'Zal ik je eens wat leuks vertellen? Vaughn komt dit jaar bij jou in de klas!'

'Echt?' vroeg Vaughn. Hij droeg een zwembroek met lange pijpen en zijn teennagels waren blauw gelakt. De glazen van zijn bril met schildpadmontuur waren drijfnat van het water uit de sproeier, maar dat leek hij niet te merken.

'Ja! En jullie krijgen mevrouw Dolin, en dat is de beste juf die er is.'

De twee kinderen keken elkaar aan, haalden hun schouders op en renden weer onder de sproeier door.

Esther streek haar haar achter een oor en onthulde zo een smaakvol, schitterend oorknopje met een diamant. 'Ik ken de meeste kinderen uit hun klas helemaal niet.'

Skye scrolde ook door de bijlage. 'Nou, Ezra is van Ronnie. Zij heeft mij ooit uitgenodigd voor een cursus die zij om negen uur 's morgens had – op dinsdag – een cursus bloemschikken. Nee, nee, ik vergis me. Geen bloemen. Vetplanten.'

Esther staarde haar aan; haar cocktail bleef hangen in de lucht. 'Vetplanten?'

'Mmm. Yep. Eens even kijken. Arlo staat er ook op. Hij schijnt een genie te zijn. Echt. Niet alleen volgens zijn moeder.'

'Wat maakt een zesjarige een genie?' Esther nam een slokje.

'Geen idee. Genen, waarschijnlijk. Zijn moeder is kinderneuroloog. Ze heeft vier kinderen onder de negen en speelt wedstrijdtennis. Haat echtgenoot is ook geweldig. Bovendien hebben ze de meest fantastische gezinsvakanties, posten ladingen foto's en zien er allemaal heel gelukkig en voldaan uit. Het is echt... een dingetje.'

Esther schoot in de lach. 'Moet ik erom smeken? Want dat doe ik gewoon, hoor.'

Skye lachte ook. 'Ik weet het écht niet! Een tijdje dacht ik dat het misschien een medicijnverslaving was – ik bedoel, hoe krijg je dat anders allemaal voor elkaar zonder copieuze hoeveelheden dextroamfetamine – maar nu weet ik dat niet zo zeker meer. Misschien is ze gewoon echt heel competent.'

'Ik heb nu al een hekel aan haar.'

'Dat zie ik.' Skye keek door de omheinde achtertuin naar de barbecue, waar Gabe zich plichtsgetrouw over de hamburgers en hotdogs boog. 'Lieverd? Hoever ben je? Moeten we de kinderen al afdrogen?'

Gabe stak een spatel omhoog en zwaaide ermee.

'Is dat een "ja"?' vroeg Esther. 'Bedankt voor de uitnodiging. Feestdagen zijn altijd superbizar voor een alleenstaande moeder.'

'Labor Day is geen feestdag. Aurora vroeg ons vanmorgen wat

we vierden en Gabe noch ik kon haar dat vertellen.' Ze liep naar de kraan en draaide hem dicht. 'We gaan zo eten, jongens!'

Aurora en de kinderen van Esther protesteerden luidkeels. 'Kom op nou,' zei Skye, hoewel ze het verschrikkelijk vond dat ze nu net als haar moeder klonk. 'Als jullie straks een ijsje willen, moet je wel je gewone kleren aanhebben.'

Esther zat nog steeds op haar telefoon te kijken. 'Wie is Magnolia? Mijn god, wat een naam!'

'Ha! Haar moeder heet Donatella. Ik ken haar niet goed, maar Aurora zou een paar maanden geleden bij Magnolia gaan spelen en toen belde Donatella me de avond ervoor op om "het schema door te nemen". Hapjes, buitenactiviteiten, van die dingen.'

'Ik geloof je niet.' Esther legde papieren placemats met de Amerikaanse vlag op de picknicktafel van de kinderen.

'Dat niet alleen, want ongeveer dertig seconden nadat we hadden opgehangen, stuurde ze me een e-mail met een samenvatting van wat we hadden besproken.'

Esther hield haar hand boven haar ogen en keek Skye aan. 'Waar wonen wij?'

'Dit zal wel niet het juiste moment zijn om je over Charlies moeder te vertellen. Zij is verliefd op haar au pair.'

'Nou en? Ik hou ook van de mijne.' Esther kneep haar ogen tot spleetjes.

'Ja, maar jij wilt niet met haar naar bed.'

Esther schonk water uit een kan in papieren bekertjes. 'Wat heb ik toch een saai leven! Ik sta op, geef mijn kinderen te eten, ga naar mijn werk, kom thuis, geef mijn kinderen te eten en ga weer naar bed. Elke dag weer. Waar halen die mensen de tijd vandaan? Al dat shoppen en trainen en vrijen met de nanny's – Ik begrijp het gewoon niet. Maar...' Ze keek Skye aan.

'Wat?'

'Ik kan waarschijnlijk beter niets zeggen. Dat brengt vast ongeluk.'

'Je hebt iemand leren kennen! Wie?'

'Niet mijn au pair!'

Skye schoot in de lach. Ze schudde een zakje babyworteltjes op een papieren bordje. 'Wie dan?'

'Een collega. Maar een nieuwe! Hij is net over van het kantoor in L.A. Hij is zijn ex-vrouw gevolgd naar New York, omdat zij in de buurt van haar familie wilde zijn en hij in de buurt van hun kinderen, dus… Dat bevalt me al.'

'Mij ook. Hoe heet hij?'

'Gavin.'

'Dat is het? Geen achternaam?'

Esther schudde haar hoofd. 'Nog niet. Ik wacht nog even af waar dit heen gaat voordat ik je vrijuit laat googelen. Maar… ik vind hem leuk.'

'Ach, schat, je moest eens weten hoe fijn ik dat vind.'

'Het is echt heel raar om op je veertigste te daten, als je de kinderen en het salaris al hebt en niet echt zit te springen om de man. Het werkt erg bevrijdend om je erop te concentreren of je elkaar echt leuk vindt. Maar goed. Het is nog vroeg dag.'

Skye zag heel kleine rode vlekjes verschijnen op de wangen van haar vriendin en voelde een vlaag van blijdschap. Esther klaagde nooit – niet over het werk en niet over het opvoeden van twee kinderen in haar eentje – en zei altijd dat ze de tijd noch de neiging had om te daten.

'En, wanneer kan ik hem zien? Kom anders een keer bij ons eten met hem. Maar we kunnen ook uit eten gaan als je dat liever wilt. Ik beloof dat ik niet –' Skye hield op met praten, omdat ze zag dat Esther naar Gabe keek, die op hen af kwam benen.

'Liefje?' Ze probeerde niet geïrriteerd te klinken over het feit dat hij niets te eten bij zich had. 'Alles oké?'

Hij had een vreemde blik op zijn gezicht. 'Kan ik jou even spreken?'

'O-oo,' hoorde ze Esther mompelen.

Gabe wendde zich tot Esther. 'Mogen we Aurora even bij jou laten? Voor hooguit een uurtje?'

'Gabe, lieverd, waar heb je het over? We hebben Esther en de kinderen hier uitgenodigd –'

'Ga maar.' Esther wapperde met haar hand, alsof dit niet het bizarste verzoek ooit was.

'Nee, natuurlijk gaan we niet weg! Wat het ook is, het kan best wachten tot we allemaal gegeten hebben en –' Skye keek Gabe zo vastberaden mogelijk aan, maar werd uit het veld geslagen door zijn blik.

'Een uur. Skye? Stap in de auto, alsjeblieft.'

Skye keek naar Esther, die er ondanks de gênante vertoning in geslaagd was onbewogen voor zich uit te kijken. 'Ga maar! Wij redden het wel. We hebben hotdogs en burgers en televisie mocht dat nodig zijn. Echt, hoor, ga maar.'

'Oké, ik eh... ga me alleen nog even omkleden,' zei Skye met een blik op haar badpak.

Gabe wees naar haar pareo. 'We gaan alleen een eindje rijden.'

'Een eindje rijden?'

Hij gaf geen antwoord. Ze wierp Esther een dankbare blik toe, zei tegen Aurora dat ze zo weer thuis waren en volgde Gabe naar de auto. 'Ben je gek geworden?'

Hij ging achter het stuur zitten en startte de motor.

'Ik heb niet eens schoenen aan!' Skye stapte in en bleef hem onderzoekend aankijken. 'Ga je dood?'

Gabe zette de auto in de eerste versnelling. 'Nee.'

'Is er iets met je ouders? Mijn moeder? Kanker?' Dat laatste fluisterde ze.

'Nee.'

Zijn weigering uit te weiden was verontrustend. Toen drong het met zo'n schok tot haar door dat ze bijna geen lucht meer kreeg.

'Je hebt een verhouding. Je gaat bij me weg.' Zodra ze het gezegd had, wist ze dat het waar was. Niet dat het de laatste tijd slecht was gegaan, maar er was wel meer spanning sinds de arrestatie van Isaac. Ze vreeën minder vaak. Bekvechtten vaker. Spontaan lachen en lol maken waren minder geworden.

'Skye?' Hij wierp haar een zijdelingse blik toe en even stopte ze met ademhalen. 'Ik bedoel dit heel vriendelijk, maar hou verdomme je bek.'

'Dus je hebt geen verhouding? Ik wil het je horen zeggen.'

'Ik heb geen verhouding.'

'Maar ik heb zo'n raar gevoel in mijn onderbuik,' mompelde ze. Hij had de onbetaalde rekeningen van de creditcard gezien. Dat moest het zijn.

'Die onderbuik van jou lult maar wat.' Hij reed de parkeerplaats van een klein Frans café op.

'Ze zijn dicht vanwege Labor Day. Alles is gesloten.'

'We zijn hier niet voor de koffie.'

'Gabe, lieverd, wat is er?' Ze boog zich naar hem toe en vroeg zich af of haar leven op het punt stond voor altijd te veranderen.

Hij pakte haar handen vast. 'Waarom heb je het me niet verteld?' Zijn stem brak.

'Wat?' Skye had het niet meer. 'Jij wilde míj toch iets vertellen?'

'Ik ben zo…' Hij schraapte zijn keel. En zei toen niets.

'Wat? Gabe, ik ga dood als je het me niet vertelt.'

'Ik wil het kind.'

Hij zei het zo zacht dat Skye niet zeker wist of ze het goed verstaan had. 'Je wilt het kind?' Blijkbaar moest ze het zelf eerst hardop zeggen, want toen drong het eindelijk tot haar door. 'O mijn god, echt? Wil je het kind? Weet je het zeker?' Ze wist niet wanneer ze was gaan huilen, maar de tranen stroomden over haar wangen.

'Ja. Natuurlijk wil ik het! Het is Aurora's biologische broertje of zusje! Hoe kan ik dat in hemelsnaam niet voor haar willen? Maar… maar…' Zijn gezicht vertrok even van de pijn, alsof hij opeens maagkramp had.

'Maar wat?' Ze had het gevoel dat ze in een emotionele achtbaan zat. Doodsbang, vervolgens extatisch en dan weer doodsbang.

'Ik begrijp niet waarom je het me niet verteld hebt. Waarom ik het van Susan moest horen en niet van jou.'

Skyes hand vloog naar haar mond. 'Heeft Susan het je verteld?'

'Ze heeft ons een paar minuten geleden een mail gestuurd.'

Skye veegde haar neus af met een verfrommelde tissue uit de bekerhouder. 'Ik heb een fout gemaakt.'

'Absoluut,' zei Gabe niet onvriendelijk. 'Maar waarom?'

'Ik dacht dat jij niet nog een kind wilde adopteren – je hebt altijd gezegd dat één het perfecte aantal was en elke keer dat we het erover hadden nog een kind te adopteren, of het zelf te proberen, of wat dan ook, haakte je altijd af. Heel definitief. Altijd "Aurora is perfect en laten we ons geluk niet op de proef stellen. Ons gezin is compleet." En toen gebeurde dit... en ik wilde het zo graag, en ik wist dat jij dat niet deed – of ik dacht dat jij het niet deed.'

'Maar ik wil het wel,' zei hij zacht.

Dit veroorzaakte een nieuwe golf tranen. 'Wat is er dan veranderd?'

Gabe dacht daarover na. 'Ik heb nooit hevig verlangd naar twee kinderen en ik denk echt dat Aurora alles is wat we nodig hebben. Maar dit is niet zomaar een kindje – hij of zij is Aurora's broertje of zusje! Volgens mij heeft niemand dit voorzien – zeker haar biologische moeder niet – maar ik kan me niet voorstellen dat we het broertje of zusje van onze Aurora geen thuis bieden... bij haar.'

'Mee eens.' Skyes stem brak.

Gabe kneep in haar handen en keek haar recht in de ogen. 'We krijgen een kindje.'

Skye had het gevoel dat ze amper lucht kreeg. 'We krijgen een kindje.'

'Hier, bel Susan meteen op.' Hij gaf Skye zijn telefoon. 'De mail met haar telefoonnummer staat al op het scherm.'

'O mijn god. Nu? Het lijkt wel of ik droom.' Skye klikte op het nummer en zag dat er gebeld werd. De telefoon ging vier keer over voordat hij overschakelde naar de voicemail. Skye zette de telefoon op de speaker.

'Hallo, met Susan van Forever Families. Helaas ben ik nu niet bereikbaar. Hang op als dit een noodgeval is en bel 911. Laat in een ander geval een boodschap achter met uw telefoonnummer, dan bel ik u zo snel mogelijk terug. Bedankt en een fijne dag!'

Het apparaat piepte. Skye opende haar mond, maar kreeg er geen woord uit. Gabe keek haar bemoedigend aan en ze probeerde het nog een keer, maar het lukte gewoon niet.

Hij pakte de telefoon uit haar handen en hield de microfoon bij zijn mond. 'Susan? Met Gabe Alter. Ik weet dat het nogal vreemd is om dit in te spreken op de voicemail en natuurlijk is er nog heel veel te bespreken, maar Skye en ik gaan er voor duizend procent voor. Wil je me terugbellen zodra je dit hoort? Bedankt.' Hij verbrak de verbinding en grijnsde naar Skye. 'Gefeliciteerd, mama.'

Ze lachte terug. De tranen stroomden nog, maar haar stem was er weer. 'Ik hou van je.'

29

De Hennies zijn tenminste loyaal

'Goedemorgen, meisjes,' zei Peyton. De kippen deden tenminste alsof ze blij waren haar te zien. 'Iemand zin in een ontbijtje?'

De luidruchtigste van het stel, een rode kip met een flinke omvang, kakelde terug. Toen Peyton haar kant op keek, flapperde ze met haar vleugels en kakelde weer.

'Ja, ik heb je wel gehoord, Rooie Sien. Ik ben zo snel mogelijk terug.' Rooie Sien was de enige die Peyton een naam had gegeven, aangezien alleen zij genoeg persoonlijkheid bezat om er een te verdienen.

Peyton liep langzaam terug naar het huis; haar benen voelde zwaar en vermoeid en haar laarzen waren nat van de ochtenddauw. In de week na hét etentje had ze niet één keer langer dan een paar uur achtereen geslapen. En het hielp ook niet dat ze weigerde ook maar een paracetamolletje te nemen, omdat ze helder van geest en beschikbaar wilde blijven voor als Max of Isaac – die in de logeerkamer sliep – midden in de nacht opeens de behoefte kreeg om te praten. Tot dusver hadden ze dat alleen met elkaar gedaan en niet met haar, maar ze was vastbesloten alert te blijven.

De laden van de koelkast in de bijkeuken zaten vol met keurig gelabelde hersluitbare dozen. Van glas, natuurlijk, om te voorkomen dat het pluimvee ook maar een vleugje kunststof binnenkreeg. Gisteren, toen de kippenchef-kok een weekvoorraad zelfbereid voer kwam brengen, had Max opgemerkt dat de vrouw abnormaal veel leek op Carole Baskin uit *Tiger King*. Peyton had daar hardop om moeten lachen, niet alleen omdat Max dat heel goed gezien had, maar ook omdat ze wanhopig graag wilde dat het grapje een olijftakje was van haar dochter. Niet dus. Toen ze Max had gevraagd of ze dacht dat Carole haar man had vermoord en gevoerd aan de tijgers, had Max haar wenkbrauwen opgetrokken en was de kamer uit gelopen.

Peyton haalde de twee bovenste dozen uit de koelkast – en stelde tot haar verbazing vast dat ze liep te neuriën –, pakte een pollepel en liep terug naar de ren. Het kakelen zwol aan, zoals gebruikelijk onder leiding van Rooie Sien, en Peyton ging zo snel mogelijk te werk.

'Alsjeblieft, schatjes,' zei ze, terwijl ze de vegetarische risotto in de voederbakjes schepte. Het oogde en rook zalig genoeg om haar eigen gezin voor te zetten, ware het niet dat het zes uur 's ochtends was. De kippen gingen uit hun dak. 'Wacht nou even! Dit komt er ook nog bij.' Peyton stak haar hand in de tweede doos en strooide een mengeling van zonnebloempitten, pompoenpitten en hennepzaden over de risotto. 'Het meest verwende fucking pluimvee op Gods groene aarde,' mompelde ze. Vervolgens stelde ze de airco bij en nam de openslaande deuren af. Het kostte zes literflessen water om alle bakjes te vullen, maar de kakelende waardering maakte dat meer dan de moeite waard.

Ze zou de Hennies missen als de boer ze volgende week kwam ophalen. Niet te geloven dat de zomervakantie alweer voorbij was, dat ze over een paar dagen terug zouden gaan naar de stad en Isaac aan zijn celstraf van tweeëntwintig dagen zou beginnen. Dat vooruitzicht hing als een donkere wolk boven hun hoofd. Telkens als ze in gedachten Isaac in de cel zag zitten, kreeg ze het gevoel dat haar ribbenkast haar longen samenkneep. Hoe moest ze straks in hemelsnaam met de werkelijkheid omgaan als ze de gedachte eraan al niet kon verdragen?

De hordeur viel met een knal dicht. Peyton draaide zich om en zag tot haar schrik Max in een nachthemd op haar aflopen. Ze had een ondoorgrondelijke uitdrukking op haar gezicht.

'Gaat het wel, schat?' Peyton keek haar dochter onderzoekend aan.

Max stak slechts haar hand op.

Peyton verstijfde.

Max sloeg haar armen over elkaar; ze had het duidelijk koud en Peyton moest zich inhouden om haar niet haar eigen sweatshirt te geven. Maar iets zei haar dat ze niet mocht praten, bewegen of ademen.

'Luister alsjeblieft even. Zonder me in de rede te vallen,' zei Max.

Peyton knikte als een bezetene. Het voelde bijna onwerkelijk dat Max naar haar keek, erkende dat ze er was, haar iets wilde vertellen, en Peyton was niet van plan dat te verpesten.

'Ik ben kwaad,' zei Max zacht. En vervolgens wat harder: 'Niet gewoon kwaad. Woedend.'

Peyton knikte weer, maar Max trok waarschuwend een wenkbrauw op en ze hield er meteen mee op. Ze zou daar voor eeuwig onbeweeglijk en zwijgend blijven staan als het moest, als Max daar behoefte aan had.

'Ik kan je nu echt wel vermoorden. Voor wat je gedaan hebt – voor wat je me hebt afgenomen. En ik ben ook gekwetst.'

Instinctief opende Peyton haar mond om zich te verontschuldigen, maar ze bedacht zich en deed hem snel weer dicht.

'Gekwetst omdat je blijkbaar zo weinig vertrouwen in me had. Als ik bedenk hoe stom of onbekwaam jij me moet vinden...' Max' stem stokte in haar keel en, alsof ze verbonden waren door een fysieke band, kneep ook Peytons keel zich samen. 'En dan heb ik het niet eens over hoe stom of onbekwaam jij was! Een journaliste! Je had toch beter moeten weten?'

Peyton opende haar mond, maar Max stak haar hand op.

'Maar.' Ze liet het woord in de lucht hangen, een reddingsboei in een zee van ellende. Max haalde diep adem. 'Maar ik heb er lang over nagedacht, er met papa over gepraat, er in mijn dagboek over geschreven en het er met Brynn over gehad. En hoewel ik je nu nog niet kan vergeven – en ik zal het zeker nooit meer vergeten – begrijp ik wel dat jij het op de een of andere manier, om de een of andere volkomen krankzinnige reden, uit liefde hebt gedaan. En ik ben het trouwens zo verdomd zat om boos te zijn. Ik ben al weken kwaad en het voelt als jaren. Ik wil dat er een eind aan komt.'

Peyton ademde zo krachtig uit dat ze licht in haar hoofd werd. Sinds wanneer was de persoon die hier voor haar stond – waarschijnlijk degene die ze het beste kende op de hele wereld – zo wijs geworden? Zo volwassen? Wanneer had ze de rol van meisje van zich afgeschud en die van een volwassen denkende en voelende vrouw aangenomen? Ze zette een stap in Max' richting en kon haar dochters warmte en de zachtheid van haar hemd bijna voelen, die aparte geur bijna ruiken die geen enkele shampoo of crème kon verdoezelen.

Max stapte achteruit. 'Ik ben nog niet klaar. Ik sta open voor het idee aan onze relatie te werken, zolang jij bereid bent daar in alle opzichten aan mee te doen.'

'Natuurlijk,' zei Peyton knikkend.

'Begrijp je eigenlijk wel wat ik bedoel?'

Peyton sloeg haar ogen neer. 'Niet echt.'

'Zie je nou?' Max sloeg haar armen nog steviger om zich heen. 'Dat is een deel van het probleem.'

'Leg het dan uit!' drong Peyton aan. Vervolgens zei ze met gedempte stem: 'Ik wil niets liever dan dicht bij jou zijn. Vertel me alsjeblieft hoe. Heb geduld met me. Ik zal mijn uiterste best doen om alles te doen wat jij vraagt.'

Max leek daarover na te denken. 'Je moet je de komende tijd niet meer met mijn leven bemoeien.'

Het voelde als een stomp in haar maag, maar Peyton deed er alles aan om onbewogen voor zich uit te kijken.

'Ik bedoel dat je er, zeg maar, wel bent als een moeder die mij steunt, maar niet als een die alles in de hand wil houden en overbezorgd is,' zei Max. 'Probeer te begrijpen dat ik anders ben dan jij. Ik geef niets om kleren en make-up. Ik wil studeren om meer te weten te komen over de dingen die ik interessant vind, niet omdat een stelletje andere mensen heel erg onder de indruk is van de reputatie van de opleiding of wat het dan ook is met Ivy League-uni's waardoor jullie allemaal zo krankzinnig worden.'

'Begrepen,' zei Peyton. 'Ik denk dat ik het eindelijk luid en duidelijk verstaan heb.'

'Ik wil naar de filmacademie,' zei Max. 'En ik wil dat jij er voor mij bent, dat je me aanmoedigt, zegt dat ik het kan. Ik wil niet dat je zo'n moeder bent die bij alles wat ze zegt en doet duidelijk maakt dat ze kunstacademies iets voor losers of aso's vindt of voor andere kinderen of gekkies die niet terechtkunnen op een "echte" opleiding.'

'Dat denk ik helemaal niet!'

'Dit heb je dus allemaal letterlijk gezegd toen ik me vorig jaar inschreef bij verschillende opleidingen!'

'Ja, maar...' Peyton dacht terug aan de vorige zomer, toen Max, Isaac en zij rond de keukentafel hadden gepraat over de verdiensten en valkuilen van minstens een tiental onderwijsinstellingen. Ze was er niet trots op – en ze kon zich niet echt herinneren dat ze het gezegd had – maar ze moest toegeven dat Max waarschijnlijk gelijk had. 'Sorry,' fluisterde ze.

Voor het eerst sinds ze naar buiten gekomen was, ontspande Max' gezicht.

Peyton voelde dat haar keel zich nog verder samenkneep. 'Sorry,' zei ze nogmaals. 'Voor alles. Ik heb gefaald in de enige taak die ik als moeder heb, afgezien van je geborgenheid en eten bieden: zorgen dat je je geliefd voelt als degene die je bent.'

Max schudde haar hoofd; het was duidelijk dat ze het daarmee eens was.

'Ik heb je verstaan. Waarschijnlijk voor het eerst in veel te lange tijd. Ik heb verstaan wat je zei en ik ga veranderen.' Peyton keek Max recht aan.

Haar dochter glimlachte een heel klein beetje en Peyton voelde de tranen opkomen. 'Dat is je geraden,' zei Max. 'Want je was een volkomen gestoorde psychopaat en ik wil mijn moeder terug.'

'Vind je "volkomen gestoorde psychopaat" niet een beetje te?' vroeg Peyton half lachend, half huilend.

Isaacs galmende stem verraste hen beiden. 'Nee, ik zou zeggen dat dat best toepasselijk is.' Hij stond op de veranda in een korte broek en een sweatshirt met een kop koffie in zijn hand.

Peyton keek hem recht aan. Ze zag – gewoon, omdat ze al vele jaren met hem getrouwd was – dat ook hij minder gespannen was. Ze bedankte hem met een blik die alleen hij kon lezen en zei toen: 'Oké.' Ze wreef in haar ogen en probeerde niet stil te staan bij het feit dat haar handen onder de kippenbacillen zaten. 'Nou, deze volkomen gestoorde psychopaat heeft een voorstel. Wat zouden jullie ervan vinden om in de diner te gaan ontbijten? Ik heb al in decennia geen pannenkoekjes meer gehad.'

Max' ogen schoten naar haar vader, die knikte. 'Met chocolate chips,' zei Isaac snel.

'En een portie extra knapperige bacon,' voegde Max eraan toe.

'Als je er daar twee van maakt, hebben we een deal,' zei Peyton.

Isaac keek eerst naar Max en toen naar Peyton. Hij stak zijn handen uit naar hen. 'Dan gaan we samen.'

Lag het aan de vroegeseptemberhitte of gewoon aan de zenuwen dat ze zo overmatig transpireerde? Met een glimlach van oor tot oor op haar gezicht vanwege het ontbijt met Max en Isaac jogde Peyton naar het huis van Skye. Voor het eerst sinds tijden hadden ze samen gelachen. Er was nog steeds een lange weg te gaan, dat snapte ze best, maar eindelijk had ze het gevoel dat ze weer kon ademhalen.

Aurora deed met een brede grijns de deur open. 'Tante Peyton!'

'Ha, liefje. Wat zit je haar mooooooi. Wat zie je er schitterend uit!' Peyton volgde haar nichtje naar binnen. Aurora's gebruikelijke vlechtjes waren uitgehaald, waardoor er een woeste, glorieuze afro was overgebleven.

'Mag Max vandaag met me gaan zwemmen? Alsjeblieft?' Aurora trok aan Peytons arm. 'Heel erg alsjeblieft?'

Peyton volgde Aurora de keuken in, waar Gabe koffie zat te drinken. 'Hé,' zei hij. 'Hoe is het?'

'Mogen we alsjeblieft zwemmen? Heel erg alsjeblieft?' Aurora hupte op en neer.

'Volgens mij moet ze vanavond werken, lieverd, maar dat weet ik niet zeker. Zal ik het aan haar vragen als ik weer thuis ben?' vroeg Peyton.

Aurora knikte. Gabe sloeg het boek *Roza Rozeur, ingenieur* dicht en schoof het aan de kant. 'Trek anders even je badpak aan, Aurora. Dan gaan we samen onder de sproeiers tot we wat horen van Max.'

Zonder iets te zeggen rende Aurora de keuken uit.

'Hoe gaat het hier?' Peyton keek de keuken rond, die er, bij uitzondering, uitzag als een rampgebied.

'Geweldig,' zei Gabe. 'Skye is op bed gaan liggen met wat zij een verkoudheid noemt, dus ik probeer de boel gaande te houden. We hebben veel gelezen. Een beetje met Magna-Tiles gespeeld. En we zijn begonnen aan haar "Alles over mij"-poster.'

'Ik heb een eenhoorn en een hartje en een ster uit een tijdschrift geknipt!' riep Aurora vanaf de trap.

‘Heb je nu al huiswerk?’ vroeg Peyton.

Het was even stil. Toen zei Gabe: ‘Ga gerust naar boven als je haar wilt zien.’

Peyton schraapte haar keel. Sinds haar huwelijk had ze niet meer met regelmaat gerookt, maar nu had ze opeens enorme zin in een sigaret. ‘Dank je. Denk je dat ze me wil zien?’

Gabe keek Peyton aan. ‘Echt? Ik weet het niet. Maar je bent haar zus. Ik denk dat ze eigenlijk geen keus heeft.’

‘Oké.’ Peytons handen trilden toen ze de trap op liep. Ze klopte op de deur en wachtte, maar er kwam geen reactie. Ze duwde de deur een stukje open en stak haar hoofd naar binnen. Skye keek haar aan van onder de dekens. Haar haar zat in de war en ze had rode strepen op haar gezicht.

‘Wat is er met je gezicht gebeurd?’ vroeg Peyton.

Skye raakte haar wang aan met haar vingertoppen. ‘Aurora heeft me een “maskertje” gegeven. Ze had me niet verteld dat ze dat zelf gemaakt had in de keuken met alle ingrediënten waar ze bij kon.’

‘Getver. Enig idee wat ze gebruikt heeft?’

Skye schudde haar hoofd. ‘Nee, maar het ziet er nu beter uit dan gisteren. Toen leek het wel of ik een auto-ongeluk had gehad.’

Peyton lachte. ‘Zo ziet het er nog steeds uit.’

Skye glimlachte. ‘Bedankt.’

‘Wat heb je?’

Skye hoestte. Het klonk droog en vastzittend. ‘De pest. Een koudje. Depressiviteit. Alles bij elkaar.’ En vervolgens: ‘Je mag wel binnenkomen.’

Peyton deed de deur achter zich dicht en ging op het uiterste randje van Skyes bed zitten.

Er viel een gespannen stilte, die nog erger werd door het feit dat ze zich geen van beiden konden herinneren dat ze zich ooit opgelaten hadden gevoeld in elkaars nabijheid.

‘Heeft Gabe het je verteld?’ vroeg Skye.

‘Wat?’

'Aurora's biologische moeder is weer in verwachting.'

Het duurde maar een seconde voor het kwartje viel bij Peyton. 'Wat! Echt? Krijgen jullie een kind?'

Skye glimlachte futloos. 'We krijgen een kind. Eind oktober.'

Zonder na te denken wierp Peyton zich op haar zus en sloeg haar armen om haar ingebakerde lichaam. 'Een kind! Jullie krijgen een kind! O mijn god, ik trek dit niet! Sinds wanneer weten jullie het? Weet Aurora het al? Is het een jongen of een meisje? Eind oktober is wel heel erg snel. Ongelooflijk!'

Skye wurmde zich onder haar uit en ging zitten; ze kon haar blijdschap duidelijk niet verbergen. 'Ik heb al een wiegje gekocht.' Ze hield haar telefoon omhoog zodat Peyton de foto kon zien.

Gabe bracht twee koppen koffie naar boven en Peyton schoffelde hem bijna onderuit met haar feliciterende omhelzing. Vervolgens surften Skye en zij over websites van babywinkels, sloten een weddenschap af over het geslacht en brainstormden over leuke manieren om het Aurora te vertellen en daarna hun moeder. Het was erg verleidelijk om het daarbij te laten, om het blije nieuws de rest te doen vergeten, maar Peyton wist dat ze het onvermijdelijke niet meer kon uitstellen.

'Het spijt me,' zei ze met een plotseling hese stem. 'Ik weet dat dit' – ze wapperde met haar hand naar het verkreukte bed en de rommelige kamer met overal kleren en vieze borden – 'allemaal mijn fout is. Je zult me nu wel heel erg haten.'

Skye kneep haar ogen tot spleetjes. 'Ik haat je niet,' zei ze, terwijl ze de dekens tot aan haar kin optrok. 'Dat ik je wel kan vermoorden betekent nog niet dat ik je haat.'

'Je hebt zo hard gewerkt voor dat meidenhuis. Je had alles geregeld en toen ging ik het voor je verzieken. Al die meiden die je zou helpen. Ik ben er ziek van. En het spijt me echt heel erg.' Weer kwamen de tranen zonder waarschuwing, maar dit keer huilde ze hysterisch, onbeheerst. Peyton had erg haar best gedaan Max geen schrik aan te jagen met haar eigen overweldigende emotie, maar de nabijheid van haar zus zorgde voor een keiharde, onbesuisde jankbui.

Skye kwam meteen onder de dekens uit en wikkelde zich om Peyton. Haar lichaam was warm en haar geur – zoet maar niet wee, als een druppeltje esdoornsiroop – was vertrouwd. Peyton klampte zich aan haar zus vast, begroef haar gezicht in Skyes hals, doorweekte haar pyjamajasje met haar tranen. 'Kun je het me ooit vergeven?'

Skye legde haar handen op Peytons schouders en duwde haar zachtjes van zich af. Ze tilde Peytons kin op, wat ze ook altijd deed om Aurora's aandacht te vragen. 'Luister naar me,' zei ze zacht. 'Ik vergeef het je. Ik ga het niet opgeven. Op de een of andere manier ga ik het geld dat ik nodig heb bij elkaar scharrelen. Het wordt tijd dat ik Gabe vertel over de schuld die ik heb opgebouwd, want ik weet dat het verkeerd is om dat voor hem te verzwijgen.'

'Je hebt geen idee hoe –'

Skye viel haar in de rede. 'Laat me uitpraten.'

Peyton knikte en veegde met de mouw van haar sweatshirt onder haar ogen.

'Het echte slachtoffer van dit alles is Max. Dat weet jij ook. Als ik echt heel erg mijn best doe, kan ik zelfs een beetje begrijpen waarom je het gedaan hebt. Maar mijn god, Peyton – dit is haar leven. Haar toekomst.'

De voorraad tranen leek onuitputtelijk. Peyton verslikte zich bijna toen ze zei: 'Ik heb zo'n hekel aan mezelf. Niet alleen omdat ik het gedaan heb – dat is al erg genoeg – maar omdat ik dacht dat mijn briljante, prachtige dochter daar behoefte aan had. Dat was niet zo. Het was *míjn* droom, niet de hare.'

Skye legde haar hand op Peytons arm.

'Als ik heel eerlijk tegen mezelf ben, wist ik dat toen op de een of andere manier ergens ook wel. Ik weigerde het alleen te accepteren. Wat is er mis met me?'

Skye haalde haar schouders op. 'Geef mam de schuld, zou ik zeggen.'

Peyton glimlachte.

'Heb je dit allemaal al aan Max verteld?'

'Ja.' Peyton plukte een tissue uit de doos op Skyes nachtkastje. 'Ze wil werken aan onze relatie. Eigenlijk zou ze me voorgoed moeten verloochenen – ik denk dat ik dat gedaan zou hebben toen ik zo oud was als zij. Maar ik leer de laatste tijd heel veel over mijn kind, en het meeste daarvan is behoorlijk verbijsterend. Het is alleen –' Peytons stem stokte weer. 'Ik snap niet waarom ik dat niet eerder heb gezien.'

Skye schoof naar haar toe en sloeg haar armen om haar heen. 'Omdat je een idioot was. En soms een trut. Met andere woorden: een mens.'

'Het spijt me,' fluisterde Peyton.

'Ik zou dat graag nog vaker willen horen, maar ik moet verschrikkelijk plassen.' Skye sprong van het bed.

Peyton rolde met haar ogen toen ze zag dat haar zus, die haar bed de afgelopen achtenveertig uur absoluut niet verlaten had, er dus gewoon chic uitzag in haar kraakwitte katoenen pyjama. 'Ik moet naar huis,' zei ze. 'Beloof je dat je me belt als je iets nodig hebt? Ik ga uiteraard geen kippensoep voor je maken, maar ik kan wél uitvogelen waar ik de beste kan kopen.'

Skye hoestte weer en zwaaide halfslachtig. 'Zal ik doen. Doe Max en Isaac de groeten van me.'

'Zal ik doen. En, Skye? Bedankt voor je begrip. Je had me waarschijnlijk gewoon moeten zeggen dat ik de klere kon krijgen.'

'Dat wilde ik ook. Dat wil ik nog steeds. Maar daar kom ik uiteindelijk wel overheen.'

Peyton glimlachte. 'Ik hou van je.'

'Ik ook van jou. En wil je nu alsjeblieft maken dat je wegkomt? Ik moet zo veel mogelijk genieten van deze tijd zonder man en kind.'

Peyton trok de deur achter zich dicht en zwaaide naar Gabe en Aurora, die tikkertje speelden in de achtertuin. Isaac zat op de veranda aan de voorkant de krant te lezen toen ze terugkwam en ze werd overspoeld door opluchting toen hij gebaarde dat ze bij hem moest komen zitten.

'Bedankt dat je er bij Max op aangedrongen hebt dat ze met me moest praten,' zei ze, terwijl ze haar voeten op de rieten tafel legde.

'Ze was er klaar voor. Het was haar eigen idee.'

'Ik weet dat jij er iets mee te maken had en ik –'

Ze werd onderbroken door Max, die met haar laptop tegen zich aan gedrukt naar buiten stormde. Ze had haar ogen opengesperd en zag er ontzet uit.

Peyton sprong overeind, klaar om wat het dan ook was te tackelen: ziekte, brand, oorlog. 'Wat is er?' schreeuwde ze praktisch. 'Wat is er gebeurd?'

Ook Isaac draaide zich vol paniek naar Max toe.

Max zei: 'Ik ben viral gegaan.'

Peyton zag dat Isaac verbaasd zijn neus optrok. 'Wát heb je gedaan?'

'Mijn vlog is viral gegaan.'

Isaac schraapte zijn keel. 'En dat is iets goeds, toch?'

'Was dit iets waarvan je wilde dat het viral ging? Volgens mij is dat wat papa je probeert te vragen.'

'Ja, natuurlijk!' Max draaide het scherm naar hen toe en drukte op PLAY. Zwijgend keken ze met zijn drieën naar Max' professioneel ogende videodagboek met de villa's in Paradise en de jongeren in Range Rovers, begeleid door haar snijdende commentaar. Ook nu zagen ze het aantal kijkers stijgen.

'Zijn dat echt vierhonderdduizend mensen?' vroeg Peyton. Ze was bezorgd omdat Max met naam en toenaam te zien was – kleefde daar niet een veiligheidsrisico aan? – maar bedacht al snel dat Max wist wat ze deed. Haar dochter was een kunstenaar, een filmmaker, en ze had een andere manier om dingen te verwerken. En dat was oké. Het was meer dan oké – het was gezond en juist. Ze stak haar hand uit, streek over Max' schitterende, weerbarstige haar en zei: 'Ik vind dat je dit echt geweldig hebt gedaan; het raakt duidelijk iets bij heel erg veel mensen. Je bent vast heel trots. Ik in ieder geval wel.'

Max' onderkaak zakte naar beneden. Er verscheen een brede grijns op haar gezicht. En voor het eerst sinds ze zich kon herinneren voelde Peyton de knopen in haar keel, haar borst, haar maag, haar onderrug en haar slapen allemaal loskomen.

30
Zoen de blijvertjes

Het voelde raar om terug te zijn in haar eigen slaapkamer in haar eigen huis in de stad waar ze was geboren en getogen. Er was, fysiek gesproken, niets veranderd tijdens haar zomervakantie in Paradise, maar om een reden waar Max niet helemaal haar vinger op kon leggen, voelde haar slaapkamer in New York anders. Een beetje vreemd. Alsof hij haar niet meer paste.

Ze hoorde haar ouders kwebbelen op de gang, ontbijt maken en de espressomachine sissen op de achtergrond: een normale zaterdagochtend. Dat deel was erg fijn, dat ze allemaal weer onder hetzelfde dak woonden. Niets was perfect – verre van, als je bedacht dat haar vader over achtenveertig uur aan zijn gevangenisstraf zou beginnen voor een misdaad die haar moeder gepleegd had – maar alles leek een beetje tot bedaren gekomen. Haar moeder deed haar best. Haar ouders hadden later die ochtend afgesproken met Nisha, maar daarna zouden ze lastminutekaartjes kopen voor welke Broadwayshow er dan ook beschikbaar was op StubHub. Gewoon met zijn tweetjes, net als vroeger, en het verbaasde Max hoe fijn ze dat vond. De zondag zou ze samen met haar pa doorbrengen; het was zijn laatste, voordat hij zichzelf maandagmorgen aan moest geven. Ze waren het tot nu toe eens geworden over een brunch, gevolgd door tennis en waarschijnlijk even vissen bij de Boat Basin. Net als haar moeder leek haar pa gezien de omstandigheden uitzonderlijk goed gehumeurd.

Ze liep op haar tenen haar badkamer in, zodat haar ouders niet zouden merken dat ze wakker was. Hoe keurig ze zich ook gedragen hadden, er was nog steeds geen enkele reden om voor negen uur 's morgens een gesprek met hen te beginnen. Max ging naar de wc, poetste haar tanden en ging weer in bed liggen. Een snelle check van haar YouTube-kanaal deed haar naar adem happen: het was meer dan tweeënhalf miljoen keer bekeken en dat aantal steeg nog steeds. Ze ging er eens lekker voor liggen om de commentaren te lezen, maar haar blik bleef hangen bij de allereerste: een link van GoFundMe, gepost door iemand die zichzelf WeCare noemde.

De schuifbalk bovenaan de pagina toonde een doelbedrag van 1 miljoen dollar, een bedrag dat Max niet eens kon bevatten, maar het was het tweede bedrag waarvan ze duizelde: er was tot nu toe al 422.550 dollar binnen. Terwijl ze keek sprong het bedrag naar 422.600 dollar, bijna onmiddellijk gevolgd door 422.675 dollar.

'Wauw,' mompelde ze, terwijl ze aan de rechterkant van het scherm de donaties scande: 50 dollar, 250 dollar, 36 dollar, 800 dollar, 5 dollar. Het ging maar door, donaties van individuen, stellen, gezinnen en bedrijven en een flink aantal 'anonieme' schenkers. Een van hen had zonder enig commentaar 3600 dollar geschonken. Het was ongelooflijk. Onbeschrijflijk. Met zo veel geld zou het project vast weer van de grond getild kunnen worden! En het bedrag groeide met de seconde. Maar toen schoot haar iets te binnen waarvan ze in paniek raakte: wie was WeCare en hoe kwam ze erachter of deze persoon legaal was? Net als elke crowdfundingsite werd GoFundMe geplaagd door valse claims. Voor hetzelfde geld was dit opgezet door een slimme gozer uit India. In paniek appte ze naar Brynn.

Heb jij GoFundMe opgezet?

Drie puntjes en vervolgens: *Hè?*

Verdomme. Dat had het meest voor de hand gelegen.

Ze stapte haar bed uit, trok een sweatshirt over haar hoofd en liep naar de keuken.

'Goedemorgen, liefje.' Haar vader keek op van *The New York Times*. 'Jij bent vroeg op.'

'Weet een van jullie wie er een crowdfundingsite heeft opgezet en die gelinkt heeft aan mijn laatste vlog?' vroeg ze, in de wetenschap dat ze haar ouders net zo goed had kunnen vragen of ze wilden discussiëren over de voor- en nadelen van verschillende programmeertalen.

'Pardon?' Haar moeder fronste.

'Wat met wat gelinkt?' vroeg haar vader fronsend.

'Niets. Laat maar.' Er schoot van alles door haar hoofd en geen enkele mogelijkheid klopte. Zou het Gabe zijn? Ze wist dat hij zich onlangs had geabonneerd op haar kanaal en hij liet vaak bemoedigende commentaren achter. Maar net als de meeste mensen van middelbare leeftijd was hij nou ook weer niet zó technisch. Bovendien zou hij haar dat van tevoren verteld hebben.

'Wil je koffie?' vroeg haar moeder.

Haar telefoon in de kangoeroezak van haar sweatshirt ging over. Olivers naam verscheen op haar scherm en opeens wist ze het. 'Jij was het, hè? Zeg alsjeblieft dat jij het was.'

Max zag haar ouders vreemd naar haar kijken. Ze besefte niet eens dat ze haar adem inhield tot Oliver zei: 'Eh… ja.'

'O mijn god, je bent geweldig!'

'Tegen wie heb je het?' vroeg haar moeder.

Max liep terug naar haar kamer en schopte de deur achter zich dicht. 'Hoe kwam je erop? Heb je gezien hoeveel er al is binnengehaald?'

'Ja, ik krijg bij elke donatie een bericht. Ik moest het afzetten, want het ging maar door.'

Onder het bed werd gegromd en Max dacht er nog net op tijd aan haar voeten op te trekken. 'Echt hoor, Oliver, dit gaat zo veel veranderen. Voor Skye, ja, maar vooral voor die meiden.'

Het was even stil.

'Ben je er nog?' vroeg Max.

'Ja, ja.' Hij kuchte. 'Luister, ik heb gedaan wat iedereen gedaan zou hebben. Ik had geen idee dat het zo snel zou gaan. Ik vind het echt cool dat je je tante en die meiden probeert te helpen.'

'Ik weet niet wat ik moet zeggen.'

'Zeg maar niets. Volgens mij is de vlog die je gemaakt hebt nogal verbluffend. Ik vind... jou ook nogal verbluffend.'

Ze was blij dat hij haar niet kon zien, want ze zat als een idioot te grijnzen. Impulsief zei ze: 'Heb je plannen voor vandaag? Zullen we gaan vissen?'

'Víssen? Is dat geheimtaal voor iets anders?'

'Nee,' antwoordde ze lachend. 'Gewoon echt vis vangen met een hengel. Ik heb de spullen en kom naar je toe. Wat dacht je daarvan?'

'Nou, eh... waarom niet?'

'Mooi. Ik app je welke trein ik neem. Haal je me dan op van het station?'

'Ik weet nog steeds niet of je een geintje maakt.'

'Zorg nou maar dat je op dat verdomde station bent.' Max verbrak de verbinding en trok een korte spijkerbroek, een schattige tanktop, haar wandelschoenen en een hoody aan.

Haar moeder keek naar haar alsof ze net had verteld dat ze van plan was bij het leger te gaan, maar haar vader glimlachte. 'Weet je de code van het slot nog?' vroeg hij. 'Veel plezier.'

Max pakte een lege rugzak, nam de lift naar het souterrain van het gebouw en liep door de gangen met opslagruimtes tot ze die van hen vond. Binnen pakte ze zorgvuldig de rugzak in met haar vaders goedgeorganiseerde draagbare viskoffer, een minisnijplankje, twee opvouwbare stoelen zo groot als frisdrankflessen en een handjevol gereedschap, waaronder tangen, een hakensteker en een mes. Met karabijnhaken klikte ze twee opvouwbare hengels aan de buitenkant van de rugzak en zwaaide het hele geval over haar schouder.

Oliver stond zoals beloofd te wachten op het station toen haar trein uit Grand Central daar om 10.37 uur binnen kwam rijden. Toen hij haar rugzak aanpakte, trok hij zijn wenkbrauwen op. 'Geen geintje, dus,' zei hij geïmponeerd.

'Ik heb even gekeken,' zei ze, toen ze naast hem in de auto ging zetten, 'en over ongeveer twee uur is het hoogtij. Dat is niet perfect, maar best goed.'

'Bizar,' zei hij, terwijl hij de snelweg op reed. 'Welk stadsmeisje gaat nou vissen?'

'Een stadsmeisje dat vanbinnen een plattelandsmeisje is,' zei ze. 'Rechterbaan, alsjeblieft. En neem de volgende afrit.'

Nadat ze Oliver de richting naar Bass Pro Shops had gewezen voor een paar dozen bevroren pijlinktvis, reden ze naar een rotsige uitstulping aan de Sound. Max had gelezen dat je daar goed kon vissen. Ze klauterden de rotsen op en Max begon de spullen klaar te leggen. Oliver staarde haar met open mond aan toen ze een ietwat ontdooide hele pijlinktvis uit de doos haalde en die met een mes vakkundig onthoofdde. De resterende pijlinktvis sneed ze in slierten. Bij gebrek aan een handdoek of lapje veegde ze haar slijmerige handen af aan haar korte spijkerbroek.

'*No fucking way*.' Olivers bewondering was zichtbaar.

'Het is maar aas, hoor,' zei ze schouderophalend, terwijl ze probeerde niet te lachen.

'Ben ik een watje als ik dat niet wil aanraken?' Oliver fronste naar de slijmerige stapel voor hen.

'Ja,' zei Max lachend. 'Heel erg.'

In de uren daarna leerde Max Oliver alles wat zij van haar vader had geleerd: hoe je het juiste loodje moest kiezen, het vistuig moest verwisselen en vastgelopen molens diende te ontwarren. Ze liet zien hoe je het aas het beste kon vastmaken en waar je een vis precies moest vastpakken als je het haakje verwijderde, zodat je je niet sneed aan stekelige delen. Ze bespraken verschillende strategieën voor het verwijderen van doorgeslikte haakjes, hoe je zeker wist of een vis ondermaats was en hoe je die het beste snel en humaan kon doden. Ze vingen meer brasems dan je in een week kon eten en al snel had Oliver in het Spaans een deal gesloten met een van de mannen vlak bij hen om een deel van de vangst te ruilen voor een paar blikjes bier en zakjes chips. Max verwisselde hun hengels met netten, waarna ze zich uitstrekten op een platte rots, hun ietwat lauwe biertjes dronken en loom naar de dobbers keken die aan het oppervlak dreven. Toen Oliver zich opzijboog en haar behoedzaam kuste – één keer maar, heel simpel – voelde dat als het meest logische gebeuren op de hele wereld.

Toen Oliver later die middag naar De IJssalon was gegaan om te werken en Max met de trein terug was gereisd naar de stad, liep ze vanaf Grand Central met een rugzak vol vis en een enorme glimlach op haar gezicht terug naar huis. Wanneer had ze voor het laatst zó genoten? Wanneer hadden zeven uur voor het laatst gevoeld als dertig minuten? Wanneer had iemand haar voor het laatst in vertrouwen genomen? Die dag had Oliver, terwijl ze over het water staarden, stilletjes bekend dat hij met zijn beide ouders geen hechte band had. Max had zich toen met een schok gerealiseerd dat sinds Brynn weg was niemand in haar leven haar nodig had gehad, haar in vertrouwen had genomen of haar had behandeld als een vriendin.

'Indrukwekkend!' zei haar vader toen ze de zorgvuldig ingepakte filets uitpakte. 'Brasem is verrukkelijk, vooral zoals jouw moeder hem klaarmaakt.'

Peyton kwam de vis bekijken. 'Ik vroeg me net af wat we zouden gaan eten. Goed gedaan, Max. Het is net *Het kleine huis op de prairie* in de Upper East Side. Ik heb er zin in.'

Terwijl haar moeder bloem, chilipoeder en sojasaus uit de kastjes pakte, scrolde Max door de foto's die ze die dag had gemaakt. Er was er één van Olivers verafschuwde gezicht toen ze het aas aan het snijden was, een andere die hij gemaakt had toen zij een vet, 38 centimeter lang exemplaar binnenhaalde en haar favoriet: een selfie van hen samen met een bierblikje in de hand en turend in de zon. Ze besloot een foto die Oliver van haar had gemaakt te posten. Daarop hield ze trots een zo te zien levensgrote vis met alleen haar duim en twee vingers omhoog. Haar pa had haar geleerd welke vissen ze bij de bek vast kon houden en welke vlijmscherpe tanden hadden, waardoor je iets anders nodig had. Hij had haar ook laten zien hoe je de vis voor je uit moest gooien, waardoor die er op foto's vier keer zo groot uitzag.

De vangst van vandaag schreef ze erbij. En vervolgens tagde ze, zonder daar echt over na te denken, Olivers naam op de kop van de vis. Ze grinnikte bij de herinnering aan Olivers ontzetting toen zij de vis op de lippen gekust had.

'Gaf jij die vis nou een zoen?' had hij geroepen.

'Natuurlijk,' had ze gezegd. 'Mijn vader heeft me geleerd dat je de blijvertjes altijd moet zoenen.' Toen had ze zich opzijgebogen en Oliver gekust.

Haar moeders stem haalde haar terug naar het heden. 'Waar lach je om?'

Max voelde haar wangen rood worden. 'Wat? O, niets.'

Haar mobiel gaf het sein dat ze was getagd op Instagram. Snel opende ze de app, in de overtuiging dat het Oliver was die zijn eigen foto postte. Het duurde even voor ze zag dat het niet Oliver was, maar het American Film Institute. Wacht even... Had het American Film Institute háár getagd? Max fronste. Ja, ze had het in haar vlog over hen gehad, gezegd dat die opleiding haar eerste keus was, maar dat verklaarde nog niet waarom zij haar tagden in iets wat zij gepost hadden. Snel tikte ze op de thumbnail. Haar adem stokte toen ze de levensgrote foto van zo'n ouderwets letterbord zag waarop met plastic witte hoofdletters was geschreven KOM JE BIJ ONS, MACKENZIE MARCUS?

'What the...'

We willen Mackenzie Marcus graag uitnodigen om bij ons te komen studeren! Haar lef en bereidheid initiatieven te nemen om anderen te helpen liggen helemaal in de lijn van ons gedachtegoed. Max, we hopen dat je bij ons komt. PS *New Jersey is prima, maar wacht tot je Los Angeles in de winter ziet!*

'O mijn god, o mijn god, o mijn god.' Bij elke herhaling werd Max' stem luider.

Haar moeder liet een lepel vallen, die via het aanrecht op de grond kletterde. 'Wat is er? Wat is er gebeurd?' Ze klonk zowel geschrokken als berustend.

'Dit kán niet!'

'Max? Wat is er liefje? We krijgen echt de zenuwen van je,' zei haar vader.

Max stak krachteloos haar telefoon naar voren. 'Kijk zelf maar.'

Haar vader pakte hem aan en Max zag zijn ogen heen en weer schieten. 'Niet te geloven,' zei hij.

'Isaac!' Haar moeder schreeuwde nu. 'Wat is er?'

'Max heeft... Ze hebben... Hier, kijk zelf maar.' Hij gaf Peyton de telefoon.

'Mackenzie! Dit is ongelooflijk. Jij bent ongelooflijk! Ik wist niet eens dat je je ingeschreven...'

'Dat heb ik ook niet gedaan!' schreeuwde Max. 'Ze moeten mijn vlog gezien hebben. Kijk, ze weten vast van dat hele... toelatingsgebeuren. Blijkbaar willen ze op deze manier duidelijk maken dat ze weten dat het niet mijn schuld is.'

Ze klikte naar haar mail en ja, hoor, er was een e-mail van ene

Peter Handel. 'Het staat er allemaal,' zei Max terwijl ze las. 'Een e-mail van de toelatingsdecaan. Hun volledige toelatingscommissie is erg onder de indruk van mijn talent én mijn vastberadenheid en bereidheid om voor anderen te pleiten. Ze zeggen dat ik precies de kandidaat ben naar wie ze altijd op zoek zijn en dat ik zelf maar moet bepalen of ik meteen wil beginnen of het nog een jaartje uitstel.'

'O, lieverd, wat geweldig. Kom hier.' Haar moeder pakte haar stevig vast en haar vader sloeg zijn armen om hen beiden heen. 'Wat heerlijk voor je,' zei hij met brekende stem.

'Ik maar mijn uiterste best doen om jouw leven te verpesten, en moet je nu zien: je hebt het niet alleen totaal teruggedraaid, maar ook nog op eigen kracht. Ik... ik ben zo trots op je.'

Max bestudeerde haar moeders gezicht op zoek naar tekenen van sarcasme, onoprechtheid of martelaarschap, maar die zag ze niet. Alleen een glimlach die oprechte vreugde uitstraalde. 'Bedankt, mam. Ik ga Oliver bellen, oké?' De blik die haar ouders wisselden ontging haar niet, maar ze trok zich er niets van aan.

Oliver nam meteen op. 'Twee telefoontjes op één dag.' Door de warmte en intimiteit van zijn stem zat ze als een gek te grijnzen. 'Je gaat me toch niet vertellen dat je belt om voor te stellen vannacht te gaan vissen?'

'Nou, dat was ik niet van plan, maar eigenlijk is het niet eens zo'n slecht idee. Tot hoe laat moet je vanavond werken?'

Oliver had zijn baan bij De IJssalon niet opgezegd, ondanks de druk van zijn ouders dat wel te doen. Zodra de school weer begonnen was, waren ze tegen hem uitgevaren en hadden erop gehamerd hoe belangrijk het was je diploma te halen en verder te studeren, terwijl juist zij erop gestaan hadden dat hij in loondienst ging omdat dat zo goed op je cv stond. Maar Oliver had geweigerd zijn baan op te zeggen.

Door de telefoon hoorde Max de winkelbel rinkelen en Oliver zeggen: 'Nee, het spijt me, we hebben geen suikervrij ijs. Alleen echt ijs.'

‘Verbijsterend,’ zei Max lachend.

‘Ze stormde zonder iets te zeggen weer naar buiten,’ zei Oliver.

‘Zet me even op de speaker en kijk op Insta.’ Ze hoorde geruis. ‘Oké, zoek nu naar het American Film Institute.’

‘Doe ik,’ zei hij, meteen daarna gevolgd door een juichend: ‘Max, dit ben jij!’

‘Ja, ik weet het. Bizar, hè?’

Hij was even stil en ze wist dat hij het bijschrift las. ‘Wauw! Wat ga je doen? Ga je ernaartoe? Nu meteen, bedoel ik? Gewoon op een vliegtuig springen en wegwezen hier? Dat zou je moeten doen, hoor, je hebt het verdiend.’

Het stak heel even, die moeiteloze aansporing te vertrekken, maar ze suste zich met de gedachte dat hij een goed mens was, en goede mensen wilden wat het beste was voor hun dierbaren. ‘Nou, eigenlijk weet ik dat nog niet,’ antwoordde ze naar waarheid. ‘Alle spullen liggen in ieder geval al klaar, het doucherekje en de extra lange tweepersoonslakens. Ergens wil ik niets liever dan meteen naar Californië vliegen. Maar... overmorgen begint mijn pa aan zijn celstraf en ik moet er niet aan denken dat ik dan zo ver weg ben, of dat ik mijn moeder alleen laat.’ Het voelde raar dat Oliver niet alles wist – dat het eigenlijk haar moeder was die die kerel had omgekocht – maar ze kon het niet riskeren dat tegen hem te vertellen.

‘Dat snap ik,’ mompelde hij.

‘Trouwens, nu we al dat geld hebben ingezameld voor Skyes meidenhuis, denk ik dat ik misschien beter hier kan blijven om mijn tante te helpen alles weer op gang te krijgen. Ze moet opeens van alles doen en krijgt ook nog een kindje erbij. Ik zou haar enorm kunnen helpen.’

Hij zweeg.

‘Ben je er nog?’ vroeg ze.

‘Dus, hypothetisch gesproken zou het, als je het een jaartje uitstelt om je tante te helpen, logisch zijn om weer naar Paradise te komen en bij haar te logeren?’

Max zag voor zich hoe zijn bleke huid kleurde van verlegenheid en wilde opeens niets liever dan hem door de telefoon heen zoenen. Ze zou het nooit toegeven – nog niet, tenminste – maar zij had precies hetzelfde gedacht.

'Wie weet?' Ze kon de grijns niet van haar gezicht krijgen. 'Alles kan.'

31
Sluit maar achteraan in de rij

Peyton graaide rond in haar kledingkast tot ze de zwarte broek vond die er keurig uitzag, maar voelde als een joggingbroek en trok die aan. Ze combineerde hem met een wit T-shirt met V-hals, een ruimvallende linnen blazer en een paar belachelijk lekker zittende instappers die ze in een bevlieging had aangeschaft nadat ze op Instagram had gezien dat Meghan Markle er dol op was. Ze draaide haar haar in een losse, chique wrong, bracht minimale make-up aan – getinte moisturizer, een beetje mascara, een neutrale lipgloss – en bekeek haar verschijning in de badkamerspiegel. Netjes, evenwichtig en professioneel, zonder ook maar een vleugje glamour: precies goed. Uit haar sieradenkistje haalde ze de ketting die ze met Moederdag van Isaac en Max had gekregen. Het was een zeer dunne, roségouden ketting met een sierlijke letter M. Hij was niet luxueus of bijzonder prijzig, maar ze droeg hem het liefst van allemaal en ze glimlachte bij de herinnering aan de brunch waarbij ze hem aan haar gegeven hadden. Als laatste strekte ze haar hand en nam even de tijd om haar waardevolste bezit te bewonderen. Naar New Yorkse maatstaven was de verlovingsring verre van groot. Ze waren zo jong geweest toen zij Isaac ten huwelijk had gevraagd en de diamant die hij haar een paar weken later geschonken had was prachtig doch bescheiden. In de loop der jaren had hij haar talloze malen op verjaardagen en jubilea aangeboden hem te vervangen door een grotere of mooier geslepen steen, maar dat had Peyton altijd geweigerd. De ring was visueel niet indrukwekkend, maar ze was er dol op. Misschien kreeg Max op een dag een dochter of kleindochter, en dan kon de ring van generatie op generatie doorgegeven worden, vergezeld van het verhaal over hoeveel de oorspronkelijke eigenaars van elkaar hielden. Peyton glimlachte toen ze hem van haar vinger schoof en voorzichtig in haar met fluweel beklede sieradenkistje legde. Haar hand voelde naakt zonder de ring – ze raakte hem elke dag meerder keren aan – maar ze dwong zichzelf hem achter te laten.

Vervolgens klapte ze haar laptop open en opende de map ADMINISTRATIE. Ze had daar de afgelopen weken aan gewerkt, er relevante e-mails en bankafschriften aan toegevoegd. Het kostte maar een paar minuten om elk bestand te openen en te printen, de uitdraaien in een plastic mapje te schuiven en dat in haar handtas te stoppen.

Toen ze eindelijk hun slaapkamer uit kwam, voelde Peyton zich heerlijk rustig.

'Wat zie je er mooi uit,' zei Isaac, die op de bank een groot gebonden boek van Michelle Obama zat te lezen.

'Dank je.' Peyton liet zich naast hem op de bank zakken.

'Waarom heb je je zo opgedoft om eten op te halen? En waarom ga je het überhaupt ophalen? Laat Max het doen. Of, beter nog, vraag of ze het komen brengen. Dat hebben ze toch al eens eerder gedaan?'

Peyton legde haar hoofd op zijn schouder. Hij voelde zo warm en sterk. 'Ja, maar ik moet nog een paar andere boodschappen doen. Ik vind het niet erg om het even op te halen.'

'Boodschappen op zondagavond? Heb je een verhouding?'

Peyton schoot in de lach. 'Een verhouding? Dat kan er ook nog wel bij.' Ze pakte zijn kin, draaide zijn gezicht haar kant op en kuste zijn lippen.

'Mmm, waar was dat voor?' vroeg hij met een voldane blik.

'Zomaar.'

'Je hebt zeker weten een verhouding.'

Peyton kuste hem nog een keer en stond op. 'Is Max op haar kamer?'

'Ja. Hoewel ze volgens mij iets zei over een afspraak met Oliver.'

'Vanavond?' Ze fronste. 'Het is jouw laatste avond thuis en ik sta op het punt eten te gaan halen.'

'Ik neem aan dat ze daarna heeft afgesproken. Laat. Als de meeste bijna-achttienjarigen aan hun avond beginnen, zeg maar.' Het moest hem opgevallen zijn dat Peyton ontzet keek, want hij voegde eraan toe: 'Laat haar nou gewoon genieten, P. God mag weten dat ze het verdient na dit alles en je zei zelf dat het een leuke jongen is.'

'Dat is zo. Maar uitgerekend vanavond...'

'Liefje, als alles volgens plan was verlopen, zou ze op dit moment al op haar studentenkamer wonen en doen wat ze wilde. Dus ik vind dat we haar een beetje de ruimte moeten geven. Laat haar gewoon afspreken met haar vriendje. Wij hebben daar waarschijnlijk sowieso niets meer over te zeggen.'

'Heeft ze gezegd dat hij haar vriendje is? Noemde ze hem zo?'

Isaac pakte zijn boek weer en sloeg dat hoofdschuddend open, maar glimlachte wel. 'Je bent gestoord. Ga. Maak de pleiterik. Ik hou van je.'

'Ik ook van jou.'

Ze klopte op Max' deur. Toen er niets gebeurde, drukte ze haar oor tegen de deur en hoorde water stromen. Normaal gesproken zou ze Max niet storen onder de douche, maar er was niets normaals aan die avond.

'Max? Liefje? Hoor je me?' riep ze door de kier van de badkamerdeur.

'Ik sta onder de douche!'

'Dat weet ik, schat. Sorry. Ik ga alleen even eten halen en wilde zeker weten dat je mee-eet. Papa zei dat je vanavond iets had afgesproken met Oliver?'

De glazen douchedeur schoof open en Max stak haar hoofd naar buiten. 'Je weet best dat ik papa's laatste avondmaal niet wil missen.' Water druppelde op de vloer. 'Ik heb daarna met Oliver afgesproken. Hij komt naar de stad. We gaan uit.'

'Uit?'

'Ja. Uit.' Max schonk haar een zeldzaam authentieke glimlach. 'En aangezien ik papa en jou over mij heb horen praten alsof ik negen jaar ben, begrijp ik dat jullie willen weten of Oliver en ik iets hebben.'

'Iets hebben?'

'Het lijkt wel of er een papegaai in mijn badkamer zit.'

'Sorry,' zei Peyton glimlachend. 'Dus jullie hebben verkering?'

'Maaaaaam! Dat vráág je toch niet!'

'Voor het geval je dat nog niet wist: ik ben op deze wereld gezet om jou indringende en ongemakkelijke vragen te stellen over elk aspect van je leven. En daar hou ik nooit mee op; dan weet je dat. Niet als je achttien bent, niet als je dertig bent, niet als je zelf kinderen hebt.'

'Staat genoteerd.'

'Ik ga nu eten halen en ben zo terug.'

'Doe je de deur achter je dicht?' riep Max.

'Liefje? Ik hou van je. Heel erg veel.'

'Ik ook van jou!'

Er zat een lichtheid in Max' stem die er normaal gesproken niet was, en Peytons hart maakte een sprongetje. Ze klonk gelúkkig. Ze had een vriendje en toekomstplannen en dat had ze allemaal zelf voor elkaar gebokst. Niet alleen zónder Peytons hulp, maar ook ondánks haar hulp. Ze glimlachte en trok de badkamerdeur dicht.

In de lift ging haar telefoon. Waarom zou Kenneth haar op zondagavond bellen? Waarschijnlijk om haar te vertellen hoe ze moest reageren – of feitelijk niet reageren – als Isaac zich morgen meldde om zijn straf uit te zitten. Ze vermoedde dat ze rekening moest houden met paparazzi, maar had er niet bij stilgestaan hoe dat eruit zou zien. Ze hadden besloten dat zij Isaac ernaartoe zou rijden, hem naar binnen zou vergezellen en daar zo lang als het mocht zou blijven, en dat Max niet mee zou gaan, maar verder waren ze niet gekomen.

'Hallo? Kenneth? Hoor je me? Kenneth?' Op het scherm stond dat ze verbinding had, maar ze hoorde helemaal niets. Ze probeerden het allebei nog een paar keer tevergeefs, totdat Peyton naar buiten liep en ze opeens bereik had.

'Hoor je me nu?' Hij klonk geïrriteerd.

'Ja, sorry.' Het was drukkend warm voor half september en bijna meteen voelde ze haar T-shirt aan haar lichaam plakken. Dit was niet het moment om te gaan transpireren, dacht ze. Niet vanavond.

'Ik heb goed nieuws,' zei Ken. 'Heel goed nieuws.'

'Echt? Ik weet amper meer wat dat precies is.'

'Ik kom net van de telefoon met Joseph.' Hij zweeg.

'Oké...'

'En het was een zeer productief gesprek.'

Peyton slaakte een zucht. Haar portier draaide zich bezorgd naar haar toe. Ze wuifde even naar hem en draaide zich terug om een taxi aan te houden. 'Moet ik het uit je trekken?'

'Het zal je niet verbazen dat de kijkcijfers dramatisch zijn gedaald met Vivi op jouw plek. Ze willen je terug, met onmiddellijke ingang.'

Dit was voortreffelijk. Bevrijdend! Hoeveel ochtenden had ze de afgelopen zomer niet vergooid om te zien hoe dat imbeciele kind met Jim flirtte en zich een weg door de verslaggeving veinsde? Hoeveel tenenkrommende zogenaamde interviews had ze Vivi zien houden, waarbij ze elke keer haar handen wel door het scherm had kunnen steken om ze in een wurggreep om die schitterende delicate hals van haar te leggen? Hoe vaak hadden Sean en zij niet geappt tijdens uitzendingen en zich afgevraagd wat er gebeurd was met hun voorheen zo degelijk gerepeteerde en schitterend gechoreografeerde ochtendprogramma? Het had aan haar gevreten – haar 's nachts wakker en overdag gespannen gehouden – en nu, nog geen acht weken later, gaf ANN eindelijk toe wat Peyton al vanaf het begin geweten had: zij was degene die de kijkers wilden.

'O ja?' Ze kon het bijna niet geloven.

'Ja. Nou, niet helemaal met onmiddellijke ingang, maar achtenveertig tot tweeënzeventig uur nadat Isaacs straf begint, zodat dat nieuws alweer wat is weggeëbd. Moet hij zich morgenochtend melden?'

Peyton aarzelde even. 'Nu nog wel, ja.'

'"Nu nog wel"?'

'Ik bedoelde "ja". Ik breng hem er morgen naartoe.'

'Nou, in dat geval wordt het woensdag. Of uiterlijk donderdag.'

Er stopte een gele taxi bij de stoeprand en Peyton gleed op de achterbank. 'Voorlopig even recht over Park, alstublieft,' zei ze tegen de chauffeur.

'Peyton?'

'Ja, ja,' zei ze, terwijl ze het adres opzocht op haar telefoon. 'Ik waardeer je telefoontje, Kenneth, echt. Jij hebt al die tijd gezegd dat ANN erop terug zou komen en dat is zeer aangenaam. Maar nu zeg ik daar "nee" tegen.'

'Je viel even weg. Wat zei je? Waar zeg je "nee" tegen?'

'Op ANN's aanbod terug te komen. Ik ben er nog niet klaar voor. Ik heb meer tijd nodig.'

Het viel even stil en toen begon Kenneths stem langzaam in volume toe te nemen. 'Hoe bedoel je, "meer tijd nodig"? Zo werkt dat niet, Peyton! Zij hebben je met verlof gestuurd en zij bepalen wanneer je terugkomt.'

'Dat begrijp ik. Maar ik ga niet akkoord met hun voorwaarden,' zei ze rustig.

'Dat is niet aan jou!' Kenneth schreeuwde nu. Hoewel hij vaak geïrriteerd klonk, was het niets voor hem om zijn stem te verheffen. 'Je hebt een contract. Een zeer gedetailleerd en kostbaar contract!'

'Dat weet ik. En ik laat het aan jou over een achterdeurtje te vinden om mij meer tijd te geven, want ik zeg je: deze week ga ik niet terug naar ANN.'

'Peyton.'

'Kenneth.'

'Er is geen achterdeurtje en dat weet je. Ze dagen je voor de rechter als je weigert terug te komen.'

Peyton snoof. Dat deed ze niet expres, maar in het licht van alles wat er gebeurde, was dit gesprek belachelijk. 'Zeg maar dat ze een nummertje moeten trekken en achter in de rij aan moeten sluiten.'

'Wat? Ik kan je niet verstaan. Peyton?'

'Sorry, Kenneth, ik moet ophangen. Nogmaals bedankt voor alles. Ik spreek je snel.' Ze verbrak de verbinding. Dat viel best mee voor een van de gesprekken waar ze het meest tegen op had gezien.

'Mevrouw? Het adres?' vroeg de chauffeur.

'O ja, sorry.' Ze opende de app NOTITIES, waar ze eerder die dag de informatie had opgeslagen. 'Eighty-second en Amsterdam, de zuidoostelijke hoek, alstublieft.'

De rit duurde kort; er was niet veel verkeer op de weg op zondagavond en hoewel ze duizenden dingen had kunnen doen – waarschijnlijk behoorde te doen – leunde Peyton gewoon achterover en zag alles aan zich voorbijtrekken. De stelletjes die een ommetje maakten, de steppende kinderen op de trottoirs, honden in alle soorten en maten die trokken aan hun riem; allemaal genietend van het warme weer en de relatieve rust voordat er weer een week van werk en school begon.

Toen de taxi tot stilstand kwam, swipete Peyton haar mobiel met vijftig procent fooi over het betaalapparaat.

'Hé, bedankt,' zei de chauffeur zichtbaar verrast.

'Dank u,' antwoordde ze, waarna ze uitstapte en het portier dichtsloeg. Ze zwaaide hem even na toen hij wegreed.

Peyton wierp met een diepe zucht een blik op het bord boven de veelzeggende dubbele metalen deuren. Ze belde Isaac, die meteen opnam.

'Ik hoop dat je belt om te vragen of we ook rode wijn nodig hebben?' viel hij met de deur in huis. 'Want het antwoord is "ja".'

'Lieverd? Weet je nog hoe graag je die hengeltrip wilde maken? Die waarbij je het water in loopt en buiten kampeert en alles?'

Isaac schoot in de lach. 'Dat heet vliegvissen. En dat kamperen kan feitelijk zeer luxueus. Dat vertel ik je nu al jaren.'

'Nou, ik heb erover nagedacht en ik wil het doen.'

'Hè?'

'Ik wil het doen! Je roept al eeuwen dat dat nummer één staat op jouw bucketlist en ik vind dat we het moeten doen.'

'Gaat het wel met je, Peyton? Waar ben je nu?'

'Ja, hoor, alles oké. Maar zodra me dat wettelijk is toegestaan, wil ik dat we dat als eerste doen. Wij met z'n tweetjes. Zo lang als je wilt.'

'Zei je nou zodra jóú dat wettelijk is toegestaan?'

'Isaac? Luister goed, alsjeblieft. Ik wil niet dat je je zorgen maakt, oké? Het gaat goed met me – meer dan goed, eigenlijk. Het gaat geweldig, want ik doe nu eindelijk iets wat ik al lang geleden had moeten doen.'

'Peyton, ik snap –'

'Shh. Luister gewoon even. Je moet Nisha bellen. En Isaac? Ik hou meer van jou dan van wie dan ook op de wereld en ik kom zo snel mogelijk bij je terug.'

Het kostte bovenmenselijke inspanning om de verbinding te verbreken, vooral omdat ze hoorde dat hij begon te schreeuwen. Haar telefoon ging meteen weer over, maar ze drukte hem weg en stopte het toestel in haar tas. Haar benen voelden zwaar, maar ze ademde diep in en zette een stapje vooruit. Toen nog een en nog een, tot ze de trap van het politiebureau op liep. Twee agenten in uniform kwamen naar buiten toen zij daar als verstijfd naar de deur stond te staren.

'Mevrouw? Bent u de weg kwijt?' vroeg de jonge vrouwelijke agent.

'Hmm? O, nee, dank u,' zei Peyton. Ze hielden de deur voor haar open en ze bedankte hen bij het naar binnen gaan. Voor haar stond een metaaldetector en rechts van haar was een balie waarachter een verveeld ogende agent de administratie zat te doen.

'Kan ik u helpen?' vroeg hij ongeïnteresseerd.

'Ja. Mijn naam is Peyton Marcus en ik zou graag een rechercheur spreken,' zei ze zo zelfverzekerd mogelijk.

'Een rechercheur? Waar gaat het over?'

Peyton hoestte en schraapte toen haar keel. Ze haalde diep adem, hield hem even in en zei: 'Ik kom een misdaad bekennen.'

Dankwoord

Hoewel ik voor mijn gevoel eeuwen geleden met het schrijven van dit boek ben begonnen, had een groot deel van de noeste arbeid plaats tijdens de onverwachte en ongekende wereldwijde pandemie. Elke auteur zal bevestigen dat er niet zoiets bestaat als een 'gemakkelijk' boek en ik heb enorm geworsteld – om veel verschillende redenen – met bijna elke roman die ik heb geschreven. Maar nooit zo erg als deze keer. Het verlies in 2019 van Susan Kamil, de briljante redacteur die me steunde, in me geloofde en me toejuichte als ik aan alles twijfelde, was verschrikkelijk. Toen COVID-19 toesloeg en de wereld eerst tolde en vervolgens op slot ging, leek het onmogelijk om ook maar een greintje creativiteit op te brengen – vooral voor een boek dat je lekker op het strand zou moeten lezen. Overal waren bange, zieke en stervende mensen. Net als bij vele anderen waren mijn jonge kinderen opeens thuis en van ons afhankelijk voor hun scholing en sociale leven. We waren geïsoleerd van vrienden en familie; ons gebruikelijke vangnet was in één klap weg. Maar tijdens dit alles hebben de volgende drie mensen mij nooit laten zitten, zelfs niet als ik dat misschien gewild had.

Dank je wel, Sloan Harris. Jouw eerlijkheid en openhartigheid in goede en slechte tijden betekenen alles voor me. Dank dat je altijd mijn verdediger en vriend bent. Onze dertienjarige samenwerking is de beste van mijn carrière en wat ik vooral geweldig vind, is dat we inmiddels ook samen met onze gezinnen dingen doen. Ik zou dit allemaal niet zonder jou willen doen.

Dank ook aan Kara Cesare, mijn redacteur, die de draad zo naadloos heeft opgepakt toen het allerergste gebeurde. Je rouwde ongetwijfeld om je eigen verlies, maar hebt geen moment geaarzeld om je met hart en ziel in te zetten voor een nieuwe auteur. Of het nou aan onze gezamenlijke geboortestad of gewoonweg jouw instinctmatige, ongelooflijke warmte ligt, ik heb het gevoel dat ik je al eeuwen ken. Bedankt dat je een boek – en een auteur – hebt willen erven en je ons allebei hebt toegeëigend. Ik ben je voor eeuwig dankbaar.

En ik dank Lynne Drew, mijn Britse redacteur die er vanaf dag één was. Of we nu samen aan mijn eettafel aan een manuscript zitten te werken, een cocktail drinken tijdens een boekpresentatie in Londen of – momenteel – klagen over onze thuisschoolsituaties, ik ben erg dankbaar dat jij in mijn leven bent. Bedankt voor het vaak over het hoofd geziene werk dat je verricht om al mijn boeken zo goed mogelijk te maken. Ik adoreer je.

Ik bedank tevens de mensen bij Random House die me vanaf het begin het gevoel hebben gegeven welkom te zijn: Gina Centrello, Andy Ward, Robin Desser en Avideh Bashirrad. Alsmede het ongelooflijke team dat me geholpen heeft een ruw manuscript om te zetten in een gepolijste roman om die vervolgens met passie en professionalisme te introduceren in de wereld: Debbie Aroff, Maria Braeckel, Susan Corcoran, Madison Dettlinger, Belina Huey,

Michelle Jasmine, Leigh Marchant, Steve Messina, Colleen Nuccio, Paolo Pepe, Melissa Sanford, Jesse Shuman en Susan Turner.

Ik ben iedereen bij HarperCollins UK, mijn tweede huis aan de andere kant van de oceaan, dankbaar voor het zo briljant uitgeven van mijn boeken: Charlie Redmayne, Charlotte Brabbin, Roger Cazalet, Isabel Coburn, Kate Elton, Alice Gomer, Holly Macdonald, Hannah O'Brien, Rachel Quin, Michael White, Jaime Witcomb en Kimberley Young.

Heel veel dank gaat naar Felicity Blunt voor het precieus lezen van mijn manuscript en haar geweldige advies. Julie Flanagan, jij bent een tovenaar achter de schermen en een welkome redactionele stem – bedankt voor alles wat je doet. En Heather Karpas en Kristyn Keene: jullie kunnen wel weglopen, maar je niet verstoppen. Ik zal jullie altijd vinden.

Ik dank mijn vrienden die als familie voor me zijn – Helen Coster, Vicky Feltman, Julie Hootkin, Audrey Kent, Mandy Lewitton, Leigh Marchant en Arian Rothman – voor hun inspiratie voor de titel, de etentjes buiten op verscheidene koude en gure plekken, en Zoom-bijeenkomsten tijdens de quarantaine die zorgden dat ik mijn verstand niet verloor en waarin we alles bespraken: van de staat van ons land tot de beste eeltkrabbers op Amazon. Ik hou van jullie en ook van al jullie vrienden.

Ook mijn echte familie zorgt dat ik mijn verstand niet verlies, maar drijft me tevens tot waanzin – zoals dat hoort in de beste families. Mam en Bernie, pap en Judy, Jackie en Mel: fijn dat jullie zulke hulpvaardige en liefhebbende ouders en grootouders zijn. Dana en Seth, Dave en Allison: wie heeft het meer getroffen dan wij? Niets is leuker dan samen onze kinderen opvoeden. En tegen de rest van de Weisberger-, Zuskin-, Cohen- en Kelberg-clan wil ik zeggen dat ik mezelf erg gelukkig prijs dat jullie in mijn leven zijn.

Jullie, mijn lieve R & S, beginnen eindelijk te begrijpen wat jullie moeder doet en het is echt geweldig om dat met jullie beiden te delen. Jullie tweeën zijn het licht in mijn leven.

En tot slot, en het meest, dank ik Mike. Er gaat niets boven het delen van dit grote avontuur met jou. Jij maakt het allemaal mogelijk, elke minuut ervan. Ik hou van je.